I0585090

Große Richard Beer-Hofmann-Ausgabe in sechs Bänden

Herausgegeben von
Günter Helmes, Michael M. Schardt
und Andreas Thomasberger

LITERATUR

Richard Beer-Hofmann

Band 1

Richard Beer-Hofmann

Schlaflied für Mirjam

Lyrik, Prosa, Pantomime
und andere verstreute Texte

Herausgegeben, mit einem Nachwort und einem
editorischen Anhang versehen von
Michael Matthias Schardt

Dieser Ausgabe liegen die im Anhang genannten Erstdruck zugrunde. Uneinheitlichkeiten der Vorlagen, z. B. der Apostrophe, werden, wie die gesamte Zeichensetzung, nicht angetastet. Über die genauen Editionsrichtlinien informiert der Anhang.

Beer-Hofmann, Richard:
Schlaflied für Mirjam: Lyrik, Prosa, Pantomime und andere verstreute Texte. Herausgegeben, mit einem Nachwort und einem editorischen Anhang versehen von Michael Matthias Schardt.

1. Auflage (geb.) 1998 | 2. Auflage 2011
ISBN: 978-3-86815-539-6
© IGEL Verlag *Literatur & Wissenschaft*, Hamburg, 2011
Umschlaggestaltung: Franziska Kutzick
Alle Rechte vorbehalten.
www.igelverlag.com

Igel Verlag Literatur & Wissenschaft ist ein Imprint der Diplomica Verlag GmbH
Hermannstal 119 k, 22119 Hamburg
Printed in Germany

Die Deutsche Bibliothek verzeichnet diesen Titel in der Deutschen Nationalbibliografie. Bibliografische Daten sind unter http://dnb.d-nb.de verfügbar.

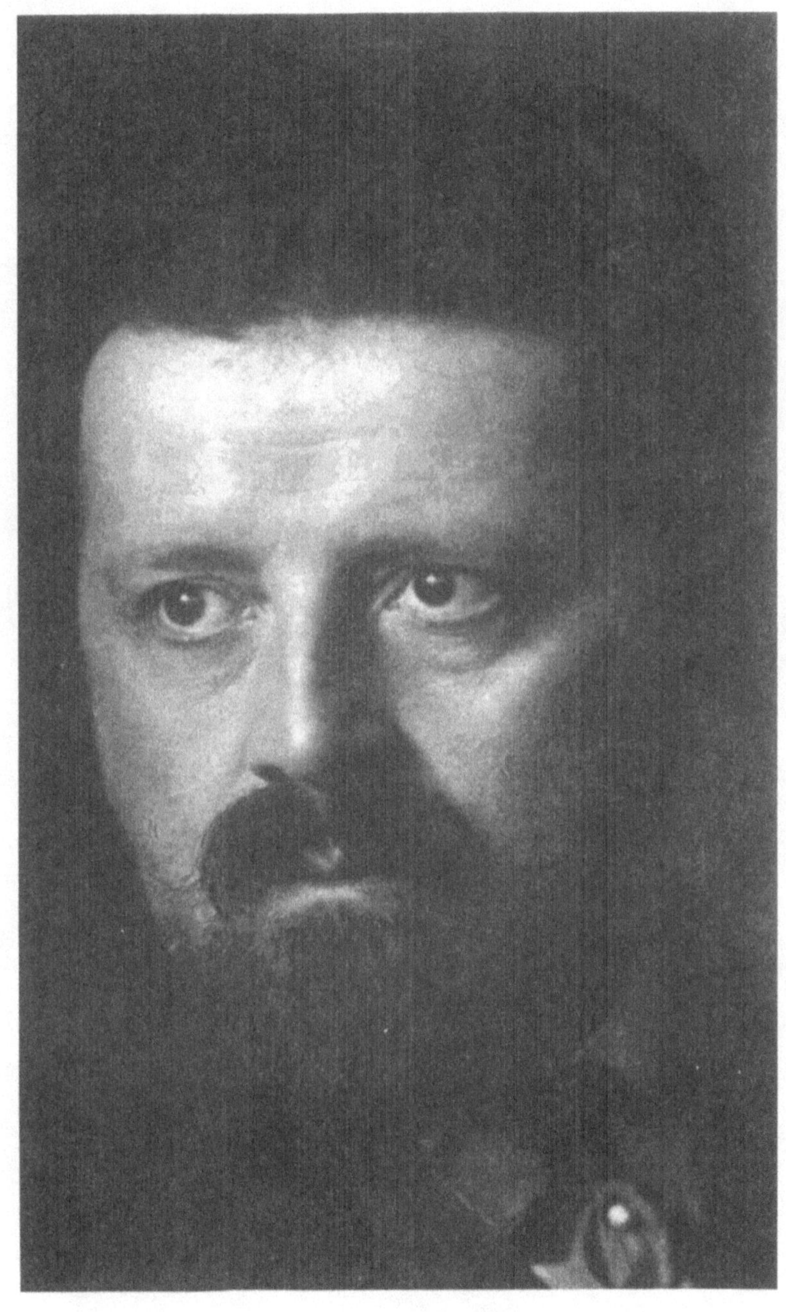

GEDICHTE

Verse (1941)

[Vor dem Bilde Paulas]

Vor dem Bilde Paulas
Seien diese Verse niedergelegt,
Die nur durch sie wurden.
Keiner von ihnen, bevor sie kam –
Keiner mehr, seitdem sie ging.

New York, Frühjahr 1941

Du warst mir gegeben – –

Ich ward dir gegeben,
Daß ich dich hüten sollt –
Nicht ich, nicht du, wir wolltens –
Es hat es so gewollt.

Du warst mir gegeben,
Daß Friede mich umweh' –
Wie fern ist nun die Welt mir –
Nur du bist meine Näh!

Wir waren uns gegeben,
Daß Leben aus uns blüh –
Ein Kind aus deinem Schoße –
Mein Morgen – grüßt mich Früh!

Ihr Beide – nicht wahr – *Beide,*
Ihr laßt mich nicht allein,
Das Letzte, was ich sehe,
Sollt ihr – so bet ich – sein!

Mit Augen, schon versagend,
Halt ich euch dann noch fest,
Wenn mich das Licht – das liebe –
Verläßt.

1897

Schlaflied für Mirjam

Schlaf mein Kind – schlaf, es ist spät!
Sieh wie die Sonne zur Ruhe dort geht,
Hinter den Bergen stirbt sie im Rot.
Du – du weißt nichts von Sonne und Tod,
Wendest die Augen zum Licht und zum Schein –
Schlaf, es sind soviel Sonnen noch dein,
Schlaf mein Kind – mein Kind, schlaf ein!

Schlaf mein Kind – der Abendwind weht.
Weiß man, woher er kommt, wohin er geht?
Dunkel, verborgen die Wege hier sind,
Dir, und auch mir, und uns allen, mein Kind!
Blinde – so gehn wir und gehen allein,
Keiner kann Keinem Gefährte hier sein –
Schlaf mein Kind – mein Kind, schlaf ein!

Schlaf mein Kind und horch nicht auf mich!
Sinn hats für mich nur, und Schall ists für dich.
Schall nur, wie Windeswehn, Wassergerinn,
Worte – vielleicht eines Lebens Gewinn!
Was ich gewonnen gräbt *mit* mir man ein,
Keiner kann Keinem ein Erbe hier sein –
Schlaf mein Kind – mein Kind, schlaf ein!

Schläfst du, Mirjam? – Mirjam, mein Kind,
Ufer nur sind wir, und tief in uns rinnt
Blut von Gewesenen – zu Kommenden rollts,
Blut unsrer Väter, voll Unruh und Stolz.
In uns sind *Alle*. Wer fühlt sich allein?
Du bist ihr Leben – ihr Leben ist dein – –
Mirjam, mein Leben, mein Kind – schlaf ein!

1897

Strom vom Berge

Es springen junge Quellen
Von Fels zu Fels, zerschellen
Weiß schäumend, und gesellen
Im Tal sich Bächen zu.

In sanfterm Fall umschmiegen
Das Land sie nun, und biegen
Um Bühel sich, und wiegen
So – ihren Drang zur Ruh.

Sie, die von oben kamen –
Sich selbst fremd – nur ihr Namen
Blieb ihnen – träge lahmen
Sie, seichtem Enden zu!

1898

Verse des Kaisers Hadrian

> *„Sterbend hat er lateinische Verse gesprochen,*
> *die uns aufbewahrt sind."*
> Gregorovius: „Der Kaiser Hadrian"

Animula, vagula, blandula,
Hospes comesque corporis,
Quae nunc abibis in loca
Pallidula, rigida, nudula,
Nec ut soles, dabis jocos.

Seelchen – kleines – schweifend, schmeichelnd,
Meines Leibs Genoß und Gast,
Sag – wohin wirst du jetzt wandern –
Armes – fröstelnd, nackt, erblaßt?
Du umspieltest meinen Sinn,
Froh – und gehst nun, sag – wohin?

1897

Mit einem kleinen silbernen Spiegel

Der Schauspielerin L. H.

Der Spiegel spricht mit wunderschöner Silberstimme:

Ein Glas – geschliffen, glatt, und klar und hart –
Bereitet, allen Schein in mir zu fangen –
Aufzeigend *fremder* Menschen Wesen, Art –
Ihr Schauern, ihre Lust und ihr Verlangen.

Weil mir verliehen ward, *getreu* zu spiegeln,
Bin *wahr* im Schein ich – *Schein* nur ist mir wichtig!
Ich zeig Dich – Dir. *Du* – kannst mich *nie* entsiegeln – –
Ich *kann* nur spiegeln – *weil* ich *un*durchsichtig!

1904

„Der einsame Weg"

An Arthur Schnitzler

Alle Wege, die wir treten,
Münden in die Einsamkeit –
Nimmermüde Stunden jäten
Aus, *was* wuchs an Lust und Leid.

Alles Glück und alles Elend
Blaßt zu fernem Widerschein –
Was beseligend, was quälend,
Geht – läßt uns mit uns allein.

Schritt ich eben nicht im Reigen?
Und was traf, das traf gemeinsam –
Bietet *keine* Hand sich? – *Schweigen*
Sieht mich an – der Weg wird einsam!

Ob ich stieg von Glückes-Thronen,
Ob ich klomm aus Leidens-Gründen –
Dort, wohin *ich* geh zu wohnen,
Will sich *Keiner* zu mir finden.

Ein Erkennen nur, mit klaren
Augen will mich hingeleiten:
Daß auch *vorher* um mich waren –
Unerkannt – *nur Einsamkeiten.*

1905

Einer Photographin ins Stammbuch

Dein Auge wählt – du zielst – schon hat geschliffnes Glas
Erbeutet dir ein Stückchen dieser Welt,
Licht, Dunkel, waren in den Dienst gestellt – –
Wie hast dus gut – nun ists ein Bild!
So gut ward *mir* es nicht – was aus mir quillt,
Wort wird, tönt, schwingt, und schon verhallt –
Flüchtigstes muß ich ballen zu Gestalt –
Wer weiß, ob es vermag, viel von der Welt zu sagen – –?
Am Ende sagts doch nur, wie einst mein Herz geschlagen!

1934

Prolog-Entwurf zu einer „Ariadne auf Kreta"

*Der Vorhang teilt sich. Der Prolog steht in der Mitte der Bühne. Jung,
einen übermannshohen weißen Stab in der Hand. Er stößt den Stab
stark zu Boden.*

DER PROLOG
*in verbindlich-heiterer Haltung, ein wenig jugendlich überlegen und
verspielt im Ton*:
Euch, die ihr hier versammelt – meinen Gruß! –
Euch wünsch ich, dieses Spiel mög euch gefallen!
Ihr hört es: hohle Bretter tritt mein Fuß – – –
Doch bitt ich euch: vergeßt ihr Hallen.
Für kurze Zeit sei'n eure Sinne mir gebannt!
Gezimmert ist der Boden, bunt bemalt die Wand,
Gedichtet Worte – wohl erkennt ihr leicht,
Wie wenig doch all dies dem Leben gleicht. –
Doch ihr – sollt *glauben!* Seht nun her:
Er stößt den Stab zu Boden. Eigenwillig
Dies – nenn ich: Kretas Boden! Uns umgürtet Meer;
Hoch über uns der Himmel; um uns, salzige Luft
Vom Meer her, diese Mauern überquillt der Duft
Von vieler Bäume rot- und weißem Blühen,
Den Engpaß dort – seht ihr zum Meer sich ziehn.
Von dort kommt Theseus –
          Den Zuschauern zulächelnd
              – ist er erst gelandet!
Die Säulen hier, aus Marmor, goldumrandet,
Sie tragen eines Königshauses Dach – –
Doch eh es anhebt, bitt ich euch, bedenkt:
Karg zugemessen ist die Zeit, der Raum beengt –
Und zeig ich *Götter* – – *Menschen* werden sie euch spielen! –
Will ich ein Bild von tiefster Leidenschaften Wühlen,

Von Zorn, Haß, Gier – wie Glück so stark berauscht – –
Ach! – Menschen äffen, was an Menschen sie belauscht,
Und eh mein Wort noch an das Herz euch greift,
Verlierts an Kraft, da's schlaff durch Andre schweift – – –

*Heiter, im Ton eines einladenden Ausrufers ansetzend, dann – unwill-
kürlich – in Ernst hinübergleitend*
Und nun: des Minos, des gerechten Königs Not –
Des mißgeborenen Minotauros Tod –
Des Theseus Kampf und seines Sieges Frucht:
Der wunderschönen Ariadne Flucht – –
All das bekommt ihr hier zu sehn!
Was *einst* geschah, wird *wieder* heut geschehn!
Denn zwei zwang *nicht* in Fesseln Zeit und Raum:
„Spiel" heißt das eine, und das andre: „Traum".
Gewesenes – Verwestes – wird und lebt,
Da Träume es zu einem Spiel gewebt!
Zum *Spiel* nur – doch euch *mehr* zu geben,
Wer könnte dies? Spiel – Spiel ist euer Leben – –
Nur daß noch Keiner, der von euch zur Grube fährt,
Vorher vernommen den Prolog, ders ihm erklärt.
Ihr spielt von Tag zu Tag – ich frag: nach *welchem* Plan?!
Mein Spiel – zumindest ists *Gesetzen* untertan!
Ins Chaos des Geschehens – endlos – unverständlich –
Lüg ich Gesetz, Verstand, und mach es endlich,
Und in die Spanne von Geburt zu Tod
Dicht ich noch – überwitzig – „Schuld" und „Not",
Was *leicht* wiegt nenn ich – euch gefällig – *wichtig*,
Häßlich, was euch verhaßt – und was euch recht ist, richtig!
„Euch", sag ich – als gehört ich nicht dazu –
Und bin ja doch –

Mit stark zustoßender Geste hinab, auf einzelne Zuschauer weisend,

        lächelnd

                – wie du da drunt – und du – und du!

1898

Chorus zu „Romeo und Julia"

Bei einer Aufführung an den Max Reinhardt-Bühnen, Berlin 1928, den vorhandenen Chorus-Stellen, auf Wunsch des Spielleiters, eingefügt.

I (NACH TYBALTS TOD)
Noch eben: Feste – Fackeln – Lichter – Lautenklang –
Jugend, in Liebe, Laune, tollem Überschwang,
Ein Himmel drüber, leuchtend, lächelnd, blau – –
Nun grollt Gewölk – geballt, gewittrig, grau.
Uralter Haß loht auf zum Brand im Nu –
Und einen Capulet erschlägt ein Montagu!
Nichts kann den Unstern dieses Tags mehr wenden,
Er hebt das Weh an – andre müssens enden!

II (VOR DEM FÜNFTEN AUFZUG)
Verona war die Szene euch bis jetzt –
Nun denkt euch rasch nach Mantua versetzt.
Hieher – verbannt durch seinen Fürsten – floh,
Das Herz verzehrt in Sehnen, Romeo.
Und: wenn sein Schritt hintanzte durch Veronas Lauben –
Schleppt mühsam er sich hier, und kommt die Post
Von Julias Tod, wird sie der Ärmste glauben,
Er, der nichts weiß von Julias, von Lorenzos Plan,
Und wird – oh Jugend, allzu untertan
Jedwedem Wallen! – wird dies junge süße Leben,
Des *Neige* köstlich noch vielleicht – wegheben
Von seinen Lippen, achtlos schütten in den Staub – –
Verzeiht – ich überschritt mein Amt – ich glaub,
Umranken bloß darf *schon getane* Taten
Der Spruch des Chors – nicht *vorher* sie verraten!

1928

Echo

ER:
Aus Fernen ruft ein Etwas jäh mich an – Geheiß
Dröhnt dunkel, herrisch zu mir durch die Stille – –
Ist es mein Schicksal, das so ruft? – Wer weiß – – ?
Es rief mein Wille einst – nun echot er, mein Wille!

ES:
Dein „Wille"? – Wunschtraum – Wort, eitel, voll
                                            Überschwang!
Du riefst nur, was zu rufen, dich dein Schicksal zwang!

1937

Altern

Graute dir nicht vor dem Baum, der
Immer nur in Blüte stände,
Ungerührt vom Gang der Zeiten,
Ewig starr in ihrer Wende?

Alle duftend weißen Blätter
Will die Blüte *von* sich streifen,
Tief im Kelch schläft ihr die Sehnsucht
Nach des Sommers heißem Reifen.

Von den sterngegrüßten Wipfeln
Zu den Wurzeln in der Erde
Kreist und pulst der tiefste Wille,
Daß die Blüte Frucht auch werde.

Blüte – Frucht – und *wieder* Samen!
Was ist Anfang, *was* ist Ende?
Nicht um ewiges Blühen hebe
Flehend du empor die Hände!

Wolle nicht, daß die da droben
Ewiger Satzung dich entbinden,
Fliehe nicht vor Vorbeschloßnem,
Stehe still – und *laß* dich finden!

Bebst zurück du vor dem Altern,
Schreckt dich eines Wortes Hall?
Sprich zum Stein nicht: „Du verwitterst",
Wenn er reifet zum Kristall!

Fühle selig dich verschwistert
Du, dem Baum, dem Stern, dem Stein!
Furchtbar wär es, *ausgeschlossen*
Vom gemeinen Los zu sein!

Sterne, die ins Weite kreisen,
Kennen Unten nicht, nicht Oben –
Raum, wie Zeit: Gespinst, Gespenster,
Die die Sinne *um* dich woben!

Blühen, Welken, Tod und Leben –
Kerker, die du dir gemauert!
Brich sie, tritt hinaus ins Freie,
Wo dich klare Luft umschauert!

Dir zu Häupten, dir zu Füßen –
Stern, der steht – und Stern, der irrt!
Alle kreisen! Tritt zu ihnen!
Keiner *war* – und jeder *wird!*

1906

Zu dem Zyklus „Die Historie von König David"

Entwürfe und Fragmente

I. CHOR DER ENGEL

Zu „Jaákobs Traum"

*Aus der Höhe – näherkommend – hell und leise ein Chor herabstei-
gender, noch ferner Engel:*

Sieh! Von hohen Stufen
Träuft herab das Klar,
Zu dir – *ungerufen* –
Steigt der Engel Schar!

Gläubigem Bejahen
Bleiben wir versagt,
Wollen *dem* nur nahen,
Der in Sehnsucht fragt!

Zweifle, träume weiter –
Zweifel, Traum und Qual
Bau'n die Himmelsleiter
Auf – zu Gottes Saal!

1906

II. SANG DER AHNEN

Zu „Davids Geburt"

*Aus großen ungleichen Bruchsteinen gefügter, sich wölbender Rund-
Raum.
Das Gestein in – von blassendem Gelb zu zartem Rot – wechselnden
Tönen.
Durch eine Öffnung in der Höhe pfeilt ein schmales Strahlenbündel
der sinkenden Sonne steil in den bläulichen Dämmer des Raumes.
In der Mitte – leicht und lässig schaukelnd – eine rohgezimmerte Wie-
ge aus rötlich-gelbem duftendem Zypressenholz. In ihr, auf weißem
Linnen – mit offenen Augen, aber unbewegt ruhend – ein Kind.
Um die Wiege, ein Gleiten nahe dem Boden hinschleifender grauer
Nebelschleier, die – zu Gebilden gerinnend und wieder verfließend –
die Wiege umkreisen. Emporwallend ballen sich die Gestalten – über
dem Kind schwebend – zu einer schweren, die Höhe des Raumes fül-
lenden Wolke, die, in ruhig wogendem tiefem Atmen – im Gleichmaß
des Schaukelns der Wiege – aufschwillt und wieder abebbt.
Leise hebt – aus der Höhe, aus der Tiefe, und rings – ein Rauschen
an, aus dem allmählich Raunen, und endlich leiser Sang sich löst.*

Leben – uns zu früh beschlossnes –
Unser Blut du – leb es *du*!
Sehnen – ruhlos, unerfülltes – –
Du erfüll es – brings zur Ruh!

Dumpfes, in uns dumpf gedämmert,
Laß es klingend werden frei – –
Gottgewolltem Sich-Empören –
Werde Flamme du, und Schrei!

Enkel du – und einstens Ahne,
Lodre weiter unsere Glut!
Reicher, röter, gottestrunkener,
Ström in Künftige unser Blut!

Sei geliebt – als höchsten Segen
Raunen Ahnen dir es zu!
Sei geliebt – und *mehr* noch: *Allem*
Gib dich *ganz*, in Liebe, – du!

1926

III. PROLOG-ENTWURF

Zu „Der Junge David"

DER PROLOG
*eine schlanke, noch junge, schöne, ernste Frau. Ein leichter weißer,
sich eng anschmiegender Turbanwund, Kleid und Mantel, weiß, in
überreichen Falten – geben nur das schmale Oval des Gesichtes, und
die ruhigen zartfesseligen, gut gegliederten Hände frei. Sie tritt – mit
leichter Geste die Vorhangfalten zur Seite streifend – vor den Vorhang, der hinter ihr zufällt.*

Daß diese Falten ineinander sanken – –
Nur Stunden sinds, daß hier Beth-El noch war!
Doch der mich schuf – – vor ihm, wie vor dem HERREN;
Sind wie ein einziger Tag vielhundert Jahr.

In eurer Jugend ward uraltes Sagen
Von Leah – Rahel – Joseph – euch vertraut:
Wie – erst um seinen Sohn, Jaákob weinet – –
Und wie er dann des Träumers Glanz noch schaut!

Wie – aus Jaákobs benedeiten Lenden
Aufwuchs ein Stamm, ein Volk, von Nacken hart – –
Ein neuer Pharao von Joseph *nicht* mehr wußte –
Und Josephs Volk ein Knecht der Knechte ward!

Bis – daß der HERR heraus sich hob den Hirten,
Den Findling, den ans Ufer trieb der Nil –
Und so ihn hieß: „Du Hirt, *steh* vor dem Herrscher,
Du Stammler – künde – drohe – und befiehl!

Zu Knechten sprich: ER weist den Weg als Wolke
Euch Tags – und loht euch Nachts als führend Feuer!
Meer – Wüste – Moscheh! schmiedet sie zusammen,
Zum Volk, mir treu – wie keines je getreuer!"

Und *also* – wird es! Und mit Zeichen, Wundern,
Mit ausgerecktem Arm und starker Hand –
Führt Gott der HERR – Schirm – Schild – und Schwert des
                                                    Sieges –
Sein Volk in heiliges, längst gelobtes Land!

Steil müssen sich des Jarden Wogen dämmen –
Hindurch zu lassen Gottes Cherubsthron –
Die Sonne muß in Gibeon sich säumen –
Still stehn der Mond im Tale Ajalon!

Und hundert Jahre gehn – und aberhundert – –
Nun sitzt das Volk an Bächen und im Tal,
Doch trotzt in Burgen noch der Kenaáni,
Und auf den Höhen raucht es für Baál!

Ringsum wogt Volk um Volk hervor aus Wüsten –
Keilt zwischen Stamm und Stamm sich, schwillt und drängt:
Amalek – Fluch ihm! – Ammon – Midjan – Moab – –
Das plündert, tötet, tilgt die Saat und sengt!

Und übers Meer her braust es, steigt aus Schiffen,
Gehelmt, gepanzert, greift es nach dem Strand:
Pelischtim! Lüstet sie's nach Raub – gleich Wettern,
Auf erznen Wagen prasseln sie ins Land!

Wohl wächst nun ein Geschlecht – das hat vergessen,
Wie aus Mizrajims Knechtschaft, bittrer Not,
Der HERR sein Volk herausgeführt – – auf Hügeln,
Auf allen Höhen, unter grünen Bäumen,
Dient es Baál, wälzt sich vor Astaroth – –
Und dennoch will der HERR sich sein erbarmen,
Aufweckt ER Richter – Führer – mehr und mehr,
Es zu erretten aus der Plündrer Fron:
Ein Weib – Deborah – heißt ER ziehen vor dem Heer – –
Von Ophras Tenne holt ER Gideon – –
Die Unfruchtbare läßt der HERR gebären:
Schemúel – eh er wird, dem HERRN geweiht,
Vermag kein *Held* zuchtloser Zeit zu wehren –
So setzt der HERR den *Seher* in die Zeit!

1916

IV. GESANG WÄHREND DES RAUCHOPFERS

Zu „Davids Tod"

In der Tiefe des Raumes der Altar. Zu seinen beiden Seiten Chöre junger Priester und Knaben in weißer Tracht. Vor ihm der Priester. Zu dessen Rechten und Linken je ein Knabe, der in erhobenen Händen eine flache Schale hält. In der einen Schale große schwarze Samenkörner, die man von fernen Inseln brachte, gehäuft – in der anderen Stücke honigfarbenen Harzes. Eine kleine Flamme züngelt auf dem Altar.

DIE STIMMEN DER JUNGEN PRIESTER:
Du Samenkorn – was dich gezeugt,
Glich dir und lag versenkt
In Erdennacht – bis Licht und Tau
Vom HERRN ihm ward geschenkt!
Draus wuchs ein Stamm, draus ward das Schiff,
Das her dich trug von fern – – –
Du Same! Ende, Anfang, du –
Loblodere nun dem HERRN!

Der Priester wirft Samenkörner in die Flamme, die hoch aufloht.

DIE STIMMEN DER KNABEN
Sie setzen fast schmerzend hoch ein:
Du goldnes Harz, du Wundenquell,
Entperlt dem tiefsten Weh!
Du Träne, die am Sonnenlicht
In Scham erstockte jäh – –
Du Baumesblut, das nie geblüht,
Dem Frucht nicht ward, noch Kern – – –
Fruchtlose Träne, stumm geweint –
Lobdufte nun dem HERRN!

Der Priester wirft in die Flamme das Harz, dessen blauer Rauch in zögernden Windungen nach oben steigt.

1908

Der Beschwörer

Schatten beschwor ich all mein Leben lang!
Ans Licht rief ich, was längst in dunkles Reich gesunken –
Ich – Herr und Knecht der Schatten, der mit ihnen rang,
Mit seinem Blut sie tränkte, bis sie trunken
Anstimmten dröhnend ihres Lebens einstigen Sang. –
Wie lange währts – ist dieser auch verhallt – – ein Leben
Ward für verhallenden Gesang von Schatten hingegeben!

1929

Herakleitische Paraphrase

ο αναξ, ου το μαντειον εστι το εν Δελφοιξ,
ουτε λεγει, ουτε χρυπτει, αλλα σημαινει.

Der Herr des das Orakel ist in Delphi, weder sagt er,
weder verbirgt er – doch deutet er an.
Herakleitos von Ephesos

DER DICHTER

Er sagt es nicht –
Flutendem Fühlen wird gesagtes Wort zum Sarg!
Er birgt es nicht –
Das nochmals bergen, was ein Gott schon barg?
Fluch, Segen, Rätsel das zu Danaidenfron ihn treibt,
Unfaßbares in brüchiges Gefäß zu fassen – –
Fragst du, was dem in Schauern stammelnd Hingegebenen
                                                  bleibt?
„Geheimstes ahnen und im Gleichnis ahnen lassen!"

undatiert

Erahnte Insel

Erahnte Insel du, in fernen Meeren,
Die meiner harrt, aus Flut emporzusteigen,
Umstarrt von Klippen, die der Zufahrt wehren,
Umbraust von schwarzer Wetter Wirbelreigen – –
Nie wird mein Boot an deinen Strand mich tragen,
Es weht nur Wind, der *weg* von dir mich weht,
Kein Schiffer weiß die Fahrt zu dir zu sagen,
Sternbild erlischt, eh es den Weg verrät –
„Laß ab!" umkreischt mich böser Vögel Schrei! –
Ich *laß* nicht ab! Das Steuer eingestellt,
Dorthin, woher Ruf – rätselvoll – an mich ergeht!
Es schlägt der Sturm das Steuer mir entzwei,
Es knickt der Mast, es birst mein Boot, zerspellt,
Geschnürt an Planken treib ich in der Flut,
Erstarrt, von salziger Lauge wundgebrannt,
Aufbrüllend wirft mich Woge wolkenwärts,
Hinab speit mich gischtender Woge Wut –
Im Strudel kreis ich mit des Bootes Trümmern –
Da – – aus der Tiefe hebt sichs: sanfter Düne Sand,
Der zärtlich meinem Leib entgegenschwillt – –
Sturm, Brandung ruht! –
Duft schwebt aus nahem Blühn – im Osten wird ein Schim-
                                     mern,
Durch Wipfel über mir, haucht Wehn der Frühe mild – –
Ich atme tief! –
Herz – ungebärdiges – sag,
Kamst du zur Ruhe hier, wohin dichs rief?
Ist dirs nun Seligkeit, an solchem Strand zu scheitern?
Jungfräulich: Land, Luft, Quell! All-erster Schöpfungstag
Will wieder friedvoll leuchtend dich umheitern!

Mein Werk! – Erahnte Insel du – an deren Küste
Manchmal – für kurze Frist – gnädig Geschick mich warf – –
Strand, dran mein *Wille* – *nie* als Sieger *landen* –
Daran – in Ohnmacht nur – ich selig *scheitern* darf!

1936

Der Künstler spricht

Pfeil bin ich in ewigem Fluge,
Gott entsandte mich im Spiel!
Doch um eines Pulses Welle
Vorher – gleicher Bahn und gleicher Schnelle –
Hatte lächelnd Gott entsendet
Vor mir her – mein ewiges Ziel!

undatiert

Maáchas Lied

Aus „Der junge David"

Schnee du, vom Hermon,
Treibts dich zu Tale –?
Springst du ein eisiger
Quell über Stein – –?

Frühling vom Berge,
Steigst du hernieder –?
Ruhst du am Hange –
Träumst du am Rain – –?

Schnee du, vom Hermon,
Tränkst du die Wurzeln?
Quillts durch dich – Ölbaum?
Schwellt es dich – Wein – –?

Schnee du, vom Hermon,
Bald wirst du Traube – –
Trank bald – ein Glühn unsrer
Wangen bald sein!

1906

Abbild

Du! – *jetzt*, Erinnerung nurmehr gewesner Form –
                        einst zuckend Fleisch,
Lebendiges, fächrig gekerbten Panzerschalen eingehaust –
Meer-Muschel, öffnend, schließend sich, gewichener
                        Ur-Wasser Kind –
Treibend in Ebbe, Flut, von Brandungen umbraust – –
Ein Muschel-Leben lebend, Leichnam dann, verwest,
Der Panzer eingebettet erst schmiegsamem Dünensand,
Verwittert endlich, Staub, zerstäubt – bloß Abbild des
                        Gebildes blieb,
Zu Stein sich härtend, dran mein Fuß nun stößt in kargem
                        Ackerland!
Ich heb dich auf – dein Antlitz gegen meines! *Hörst* du mich?
Mir ist, ich *hörte* dich – es tönt um uns – doch *wer* mag
                        scheiden:
Vergänglich, ich – und du, vergangen schon, entzeitet, *frei* – –
Wer wohl zum andern spricht – *wer* – von uns Beiden?

1939

Lied an den Hund Ardon – da er noch lebte

Du reine Seele, nicht verstört von Menschenwirrnis,
Du – stumm in eines zottigen Hundes Leib gebannt –
Fragst du empor zu mir aus braunen Augen, suchst du
Den Weg zu mir durch ewige unsichtbare Wand?

Ein Häuflein Pelz – feucht schwarz quoll draus die Trüffelnase –
So sah ich dich zuerst, du lagst – wie warst du klein! –
Geschmiegt in deiner Mutter Weiche – ihre Zunge
Wusch zärtlich deiner Augen wäßrig blauen Schein.

Im Winter war's. Im März, da trug ich aus dem Zwinger
Nach Hause dich, schob zwischen Rock und Hemd
Dein Körperchen – wild schlug dein Herz an meines,
Bang ging dein Blick zu mir: „Wer bist du? Du bist fremd!"

„Ein Mensch" – und drum ein Drohen! – Seit ich dich zuerst,
Umhegt von deiner Mutter Zärtlichkeit, gesehn,
War – keiner sagte mirs, doch merkt ichs –, war wohl
Gewalt und Weh von Menschen dir geschehn.

Denn schien dir streng mein Blick – schon kauertest du,
                                        wandtest
Den Kopf, bargst schützend mit dem Hinterlauf vor mir
Die Augen, bebtest – also stieß schon einmal
Ein Mensch im Zorn den Fuß ins Antlitz dir!

„Ein Mensch": Gewalt, der du von je anheimgegeben,
Weil Schicksal *so* für dich die dunkeln Würfel warf,
Daß tiefste Treue dir zu *dem* ward eingeboren,
Der – will ers – dich verstoßen – martern – töten darf.

Lang brauchtest du, bis in dir solch Erinnern
Verblich, Vertrauen wieder kam zurück,
Nur manchmal noch – jäh flammend, jäh erloschen –
Durchzuckt – wild, irr – tödliche Angst den Blick.

Der Sommer ward, du wuchsest, in dir wachte
Weisheit der Ahnen auf – ein Erbe, dir bestellt –:
Es warnte, hemmte, trieb dich, wies dir, wie man
Erschaut, erlauscht, erriecht gefahrerfüllte Welt.

Uralte Bräuche übtest du – nicht wissend, welch
Verborgner Sinn in ihnen waltend sei –
Aus Zeit aufragend, da dein Stamm, noch nicht verfallen
Den Menschen, einsam hauste, wild, umdroht – doch frei!

Sich drehn, eh man dem Schlaf sich anvertraut, als scharre
Die Lagergrube man, war heiliges Gebot –
Zum Mond emporzuweinen, vor ihm auszuschütten
Alles Geborenen Angst vor dumpf erahntem Tod.

Doch wenn auch so, Gewesenem tief verhaftet,
Zwang nichts, zu treten vorgetretne Spur –
Altem entringt sich Neues – nie vorher gewesen,
Nie wiederholt – einmalig – formt sich Kreatur!

Gestalt, Gang, Antlitz, Stimme – wohl: die gleiche Tracht ists,
Die dich, wie jeden deines Stammes, umfängt – –
Doch *dein* – nur *dein* – ist schon: *wie* stark, fromm hingegeben,
Nach meiner Seele suchend, deine Seele drängt!

Dein Erbteil: daß dichs lockt zu haschen nach
Huschenden Schatten, irr versprengtem Licht,
Nach Sonnenkringeln, Blinken, das aus Fenstern,
Spiegeln, aus Erzes Glanz und Glätte bricht –

Dein Erbteil: Jagdlust – und ererbt, daß Schatten
Und Licht dir gleich lebendger Beute gilt – –
Doch *nicht* ererbt – ganz *dein* – daß du dir fandest,
Wie *selbst* man schafft solch Licht- und Schattenwild!

Durchsonnte Fensterflügel stehen offen, schwanken,
Wenn du mit starkem Pfotenschlage sie bewegst –
Lichtfunken irren dann durchs Zimmer – Wild, das
Du Jäger – selbst dir schaffst – im Sprung jagst – nie erlegst!

Dein Tun gleicht meinem! Körperloses lock ich
Hervor, wie du – – rings regt sich Scheingestalt,
Und Scheingeschick – das ich doch selbst gewoben –
Erschüttert mich mit wirklichen Geschicks Gewalt.

Wir gleichen uns, mein Hund – doch *eine* Gnade
Ward mir voraus vor dir: daß Tag um Tag
Ich Glück dir schenken, dich umsorgen, dir ein
Gütiger treuer Gott zu sein vermag.

Wir gleichen uns, mein Hund – doch *andre* Gnade
Ward *dir* voraus vor mir: daß *nie* du wissen mußt,
Wohin uns, Schritt um Schritt, die Füße tragen –
Und welches Ende wartet aller unsrer Lust!

Wie *du* – auch *ich*: Dunklem anheimgegeben,
Das – Antwort weigernd – mir die Würfel warf,
Auch mir, im tiefsten, Treue gläubig eingeboren
Zu dem, der mich verstoßen – martern – töten darf!

Hinschwindend wie ein Hauch, ward Beiden uns kein Bleiben – –
Erst noch nicht – dann nicht mehr! – im Weltentakt gewiegt,
Umblinkt von gleicher Sterne gleichem Kreisen, treiben
Wir Zwei im Raum, ein Weilchen aneinand geschmiegt!

Und wie, geschöpft in hohlen Händen, Wasser
Zwischen den Fingern, eh mans merkt, verrinnt – –
Verläßt uns Jugend, über uns sinkt Altern,
Siechtum bespeit den Leib, wir sterben, und dann sind

Wir – eben noch geliebt – *schon* Schaudern, eisig Fremde,
Den Reichen, die noch nicht enterbt des warmen Lichts –
Vergeßne erst – Verschollne dann – dann Namenlose –
Zuletzt, verwest, zerstäubt: Heimkehrer in ein Nichts!

Du reine Seele du – von Wem? – mir anvertraute,
In dich, mein Ardon, stumm – von Wem? – gebannt – –
Hierher! – Mein schweigender Gefährte – mein Geschwister –
Aus gleichem kommen wir – wir gehn in gleiches Land!

1938

Ferne Hand

In hohler Hand dunkel geborgen hält
Gott den noch schwachen jungen Vogel „Welt“.
Er schläft – doch, öffnet Gott die Hand
Ein wenig nur, erwacht er, spannt –
Staunend aus Augen, viel zu groß –
Die Flügel aus – schwungfederlos,
Zum Flug nicht reif – – *ein* Flügelschlag –
Gott schließt die Hand – ein Weltentag,
Aus tausenden Jahrtausenden gereiht,
Verging, versank in Zeit – in Zeit – in Zeit! – –

Wer denkt es aus, wer rät voraus den Tag,
Da Gottes Hand sich *wieder* lockern mag,
Und offen bleibt so lange Zeit,
Bis reif des Vogels Federkleid.
Dann schüttelt sich, dann hebt sich Vogel Welt,
Steigt auf – weiß nicht wohin – nichts hält
Ihn mehr – hat *schon* vergessen tief,
In *wessen* Hand er eben friedvoll schlief.

Und immer wiederum von neuem hält –
Entläßt aus seiner Hand – Gott eine junge Welt – –
Doch *jede* träumt, verwaist, ruhlos, verirrt im Raum –
Von einer *fernen* Hand – drin einst sie schlief – den Traum!

1939

Gedichte aus dem Nachlaß

Auf das Feuilleton von Berger über Arthur

Wie das Schicksal es auch füge, –
Alfred kann nichts mehr passieren!
Wahrheit mischt er hold mit Lüge –
Schreibt Kritik mit Hintertüren.

Vorn ist's eine Ruhmespforte
Hinten wirds ein Hochgericht,
Rückversichert sind die Worte –
Alles sagt er – und sagt's nicht!

Wird es eine Ehrenkette?
Flicht er Ihnen einen Strick?
Selber weiß er's nicht – ich wette –
Dieser Janus der Kritik.

Doch im ganzen, ungefährlich
wird die Sache – wie mir scheint –
Danken Sie ihm nur *so* ehrlich,
Als er's selbst mit Ihnen meint.

Alfreds Lob, und Alfreds Tadel
Rührt Sie ja nicht! – Gott sei Dank!
– Doch – welch hoher Seelenadel,
Spricht aus Alfreds Lotterbank!

September 1907

[Und lest ihr]

Und lest ihr: „H. Meister“,
Und ruft ihr: „So heißt er
Ja nicht, dem man's schenkt!“

So sag ich: „Voreilig erscheint das Gekrittel,
Ist's auch nicht sein Name, so ist's doch ein Titel,
Der wohl ihm gebührt – dies, Krittler, bedenkt!“

14. Mai 1910

Leopoldskron

Ins Gästebuch von Leopoldskron

Geschwundener Geschlechter stolze Wiege –
Der dich erbaut, war Tausenden Dynast,
Die in dir wurden, wuchsen, westen –
Fern, fremd war ihnen Menschen-Müh und Last.

Hoch schwang ihr Weg sich! Drunten tief die Menge –
Sie selbst erlesen, irdisch auserwählt
Zu Prunk und Festen – allem frohen Glänzen
Vom ersten Blick des Kindes an, vermählt!

Und *traf* sie Leid, ward ihnen Leid nicht fruchtbar,
Es drang in sie – in ihnen blieb's bezirkt:
Und froher Sinn, gab niemals *Andern* Frohheit,
Und all' ihr Werk – für sie nur wars gewirkt – –

Du Haus, vergessen lang und lang in Öde – –
Ein neuer Herr geht nun durch deine Räume –
Und wird er froh – wird froh ums Herze *Andern*
Und träumt er – wird es Tausenden Geträume! –

Denn abendlich nach dumpfen Tagemühen,
Hebt, meisternd, Prospero den Zauberstab,
Wort, das sonst körperlos – ums Ohr gegeistert,
Bannt er in Fleisch und Blut – und von ihm ab

Weht starker Wille alten Staub und Moder,
Gibt ihm die eingeborne Kraft zurück – –
Haus – ! Schenk dem neuen Herrn Mut und Frieden –
Glück braucht er – – Tausenden zu schenken, Glück!

Leopoldskron, 20. Juli 1923

In das Stammbuch eines Schauspielers

Für Hugo Thimig zum 13. III. 1925

Es wölben sich in Kraft der Stirne Hügel –
Am Hange blühen Büsche weißer Brauen.
Darunter gletscherkühle klare Brunnen,
Die hell – aus Tiefen Blicke blitzend – blauen.
Dazwischen steilet sich der Nase Rücken,
Kurz, bündig – wie zum Wittern – klug erhoben.
Die obere Lippe schwingt und schwillt nach oben,
Wie Flügel, die zum Fluge aus sich breiten,
Die untere – kindlich schmollend vorgedrängt –
Empfängt
Das Wort – dieweil es noch sich formt – und sendet
Es tönender hinaus in alle Weiten.
Vom Kinn, hin zu den Wangen, kantige Grenzen,
Und rings, um Stirn und Schläfen, silbern Glänzen:
Wie Segel wallend wild vom Sturm gebläht,
Des Haares Helm – Kranz – Kronenmajestät!

[Miß nicht Dein Leben]

Miß nicht Dein Leben nach der Sterne Bahnen –
Miß es nach eignen Taten, Träumen, eignem Ahnen!
So viel Du selbst empfingst – so viel Du mehr gegeben – –
So leer – so voll – so kurz – so während wird Dein Leben!

1929

Hintergrund

Zu einem Foto von R. B.-H. mit dem Hund Ardon in Alt-Aussee

Ganz vor, Ardon, ein sehr geliebter junger Hund –
Dahinter, ein – nun – – *nicht* mehr junger Mann,
Und – füllend ganz den tiefen Hintergrund –
Gelagert groß: Berg, Wiesenhang und See,
Mit jeder Zeit des Jahrs sich wandelnd wohl – doch *wann*
Du sie auch siehst – nicht alt, nicht jung – nur *da* – seit je!

Herbst 1934

Rolandsrufen

Treibt es euch empor die Stufen
Auszuspähn, woher der Schall – –
Wißt: es ist ein Rolandsrufen –
Einer stirbt in Ronceval.

Roland stieß ins Horn – gebannt
Lauscht ihr bangem Hilfeschrei – –
Nun verstummt er – – Oliphant –
Rolands Horn – es barst entzwei!

– – –

Soll euch's schmerzlich süß umfluten,
Brand sein, der nicht sengt, nur loht – –
Braucht ihr fremder Qual Verbluten,
Fernen Ruf aus Todesnot!

20. August 1936

Ins Stammbuch von Hilla Fischer

Wie gut ein solches Stammbuch es doch hat:
Kein Autor will in ihm mehr, als ein einziges Blatt –
Oh, ließen manche es auch *sonst* bewenden
Bei *einem* Blatt, statt bei sehr vielen Bänden!
Trost: daß es doch – seit je – ein strenges Stammbuch gibt,
Drin, kaum zu *einem* Blatt, die Zeit oft *Bände* siebt!

Juni 1937

1001 Nacht, aus der 303. Nacht

In seinen Zügeln laß getrost dein Schicksal laufen.
Und ruhe Nächtens ohne Bang vor seinem Walten –
Denn: zwischen deinen Auges Auf- und Niederschlag
Kann Gott noch jedes Ding zu anderm Ding gestalten.

Mai – Juni 1939

Widmung an Moritz Heimann

Soll weithin schattend aus dem Stamm die Krone steigen,
Muß sich nach allen Winden rings der Stamm verzweigen.
Bleibt Wurzel Stamm und Saft auch dem Gezweig gemeinsam –
Daß anders jeder Zweig zum Licht strebt, macht ihn einsam.
Im Dienste *einer* Krone stehen durch Geblüt wir Beide – –
Dienst, ohne Lohn! Keinem zu Lieb' – keinem zu Leide!

30. Juni 1940

Du!

       – – – Du löst
Die Last des „Ich" von mir – machst fern von mir mich ruh'n,
„Ent-Ichst" mich so – doch niemals, Liebste kannst Du,
Von *Dir* mich lösen – mich von dir „ent-Du'n!"

30. Juni 1940

[Ich wollt']

Ich wollt' es wär nichts mehr zu tun –
Es hieße, ruhn mich – *endlich* ruhn!
Nichts mehr beginnen, *nichts* beenden –
Den alten welken müden Händen,
Entgleiten lassen stumm das Leben,
Dorthin – woher mir's ward gegeben.

New York, 26. Mai 1945

PANTOMIMEN

Pierrot Hypnotiseur

Regiebuch einer Pantomime [in vier Akten]

Personen:

PIERROT, DOKTOR
NOCHOSCH
ARLEQUINO
PANTALON, HAUSMEISTER
FRAU PANTALON
COLOMBINE, IHRE TOCHTER
SCARAMOUCHE, PIERROTS DIENER
SMERALDINA, KAMMERZOFE
BRIGHELLA, DOKTOR
TARTAGLIA, DOKTOR
TRUFFALDINO, DOKTOR

Zwischen dem zweiten und dritten Akte liegt ein Zeitraum von drei Monaten, zwischen dem dritten und vierten ein Zeitraum von zwei Jahren.

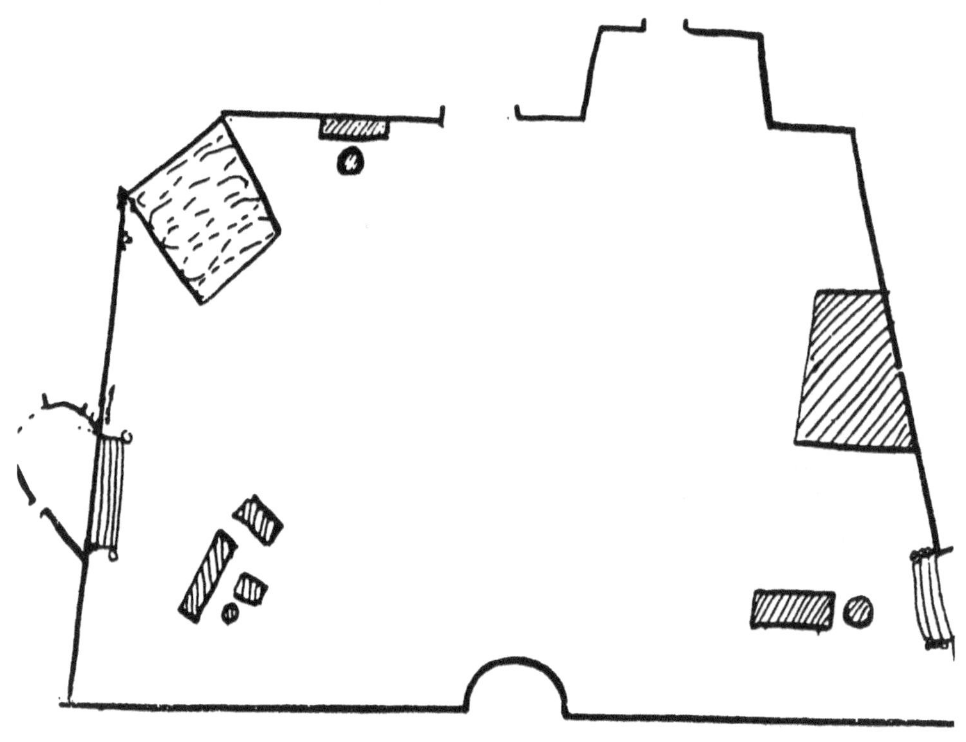

Originalskizze von Richard Beer-Hofmann

1. AKT

Rechts und links vom Zuschauer. Pierrots Studierzimmer. *An
der linken Seitenwand vorn, tiefer Erker, zu dem einige Stufen
hinanführen, von zwei Säulen flankiert, mit dunklem Vorhang
zum Zuziehen; links im Vordergrund: Schreibtisch mit Folian-
ten und brennender Kerze; davor abgenutzter rotsamtener
Lehnstuhl mit hoher Rücklehne, die am oberen Rande halb-
kreisförmig ausgebuchtet ist, das Holzwerk ist leicht vergoldet.
Vor dem Lehnstuhl ein Fußschemel; auf der rechten Seite des
Schreibtisches Tisch mit Büchern, Phiolen, Schriften, einem
silbernen Handspiegel; der Tischteppich ist halb herabgezerrt.
In der linken Ecke des Hintergrundes führt eine hölzerne Wendeltreppe in ein Gemach im höheren Stockwerk; an der Rückwand: links ein altes nachgedunkeltes Ölbild in mattem Goldrahmen, Kniestück in Lebensgröße, eine alte Frau mit freundlichem Gesichtsausdrucke – Pierrots Mutter – darstellend;
knapp davor, bis an den unteren Bildrand reichend, ein kleines
Tischchen mit mattblauer, verschlissener, gestickter Decke; ein
hohes venezianisches, irisierendes Kelchglas mit einigen Zweigen gelber Rosen und Schwertlilien steht auf dem Tischchen;
neben dem Bild ein großes niederes Fenster, durch das man
hinaus auf die Straße sieht: Marktplatz mit Kirche. An der
Rückwand rechts großer Türbogen, durch den man in das Vorzimmer bis zur Wohnungstüre sieht, der Türbogen mit einfachem dunklem Vorhang – zum Ziehen – verschlossen. An der
rechten Seitenwand ganz vorne Türe, zu der mehrere Stufen mit
Balustrade führen. Weiter nach rückwärts an der rechten Seitenwand ein altes Himmelbett mit dunklen Vorhängen; rechts
im Vordergrund Tisch mit Apparaten, Büchern, Tischteppich;
rechts ein Sessel; von der Decke hängt an einer Kette eine
glimmende Ampel. An den Wänden Gesimse mit Büchern, Ap-*

paraten; ganz im Vordergrunde rechts auf dem Gesimse Flaschen und Gläser; im Zimmer verteilt alte bemalte Truhen.
Früh morgens; die Kerze flackert tief herabgebrannt, dem Verlöschen nahe. –

I. Szene

PIERROT *allein*
Pierrot sitzt an seinem Schreibtisch; er trägt einen weiten, bis zur Erde reichenden schwarzseidenen Schlafrock, die breite Hemdkrause ist geöffnet und läßt den mageren, sehnigen Hals frei. Pierrot schreibt hastig, dann wild, lose Papiere nachlesend; er wirft die Feder hin und lehnt sich müde zurück. (Matte, einschläfernde Musik, die plötzlich wieder energisch einsetzt.)
PIERROT *rafft sich auf:* „Nur weiter, – immer weiter!" *Mit glänzenden Augen, zeitweilig vor sich hinstarrend, schreibt er weiter. –*

II. Szene

PIERROT, SCARAMOUCHE
Durch die Türe im Hintergrund kommt Scaramouche, mit brennender Kerze, ohne Pierrot zu bemerken, und auch von diesem nicht gesehen. Er nimmt den Sessel rechts vorne, stellt ihn an die Wand neben der Türe rechts im Vordergrunde, steigt hinauf, nimmt vom Sims eine Flasche, trinkt daraus auf dem Sessel stehend, in der linken Hand die Kerze, in der rechten Hand die Flasche; erst kurze Schlucke, – dann immer längere [Musik: „Gluck"; „Gluck"]; es geht zur Neige (die Musik markiert das Glucksen), er lehnt den Kopf zurück, um den Rest auszutrinken – verliert das Gleichgewicht – taumelt und fällt herunter.

Pierrot fährt aus dem Sessel auf und sieht Scaramouche.
PIERROT: „Schurke, was machst du?"
SCARAMOUCHE *(unschuldig)*: „Nichts, Herr!"
PIERROT: „Ah, du trinkst!"
SCARAMOUCHE: „Herr, ich habe Zahnweh" *(er zeigt auf die linke Wange).*
PIERROT *(die Flasche ihm wegnehmend)*: „Das ist nicht für Zahnweh!" *Er nimmt aus einer Truhe Watte und eine Binde:* „Daher komm – Schuft!" *Pierrot setzt sich auf einen Sessel, klemmt den Kopf Scaramouches, der vor ihm kniet, zwischen die Schenkel und bindet dem sich sträubenden Scaramouche die Binde mit der Watte um die Wange:* „So – jetzt geh!"
SCARAMOUCHE: „Darf ich das Licht auslöschen?"
PIERROT: „Warum?"
(Glockengeläute)
SCARAMOUCHE: „Herr, es ist frühmorgen."
Pierrot schiebt den Vorhang zurück und öffnet den Erker; das grelle Licht der Morgensonne bricht herein; ferne Glocken stimmen in das Geläute ein; draußen der Garten, mit jungen, geradlinigen, wenig verzweigten Obstbäumen in Blüte; hart am Fenster, fast bis ins Zimmer ragend, blühender Flieder und Kirschenbäume; blauer Frühlingshimmel mit wenigen kleinen weißen Federwölkchen; die hereinströmende Luft bauscht den Vorhang und treibt weiße Blütenflocken ins Zimmer.
PIERROT *sich über die Stirne und dann mit der Hand sich zufächelnd streichend:* „Wie angenehm der Blütenduft – die Morgenkühle!"
SCARAMOUCHE *zieht den Vorhang des Fensters an der Rückwand zur Seite, dann schlägt er den Vorhang des Himmelbettes zurück und weist auf das unberührte Bett:* „Willst du nicht schlafen, Herr?"
PIERROT: „Nein – bringe das Zimmer in Ordnung."
Pierrot durch die Türe rechts, ab.

III. Szene

SCARAMOUCHE, *dann* FRAU PANTALON *und* COLOMBINE
*Scaramouche zieht die Ampel herunter, dreht den Docht zurück
und bläst darauf; der Docht erlischt; er zieht die Ampel wieder
in die Höhe; dann geht er zur Kerze, bläst auf sie; die Kerze
flackert auf; er bläst nochmals, sie löscht aus; der Docht
glimmt noch ein wenig; Scaramouche leckt Daumen und Zeigefinger, und drückt den Docht zusammen; der Docht zischt;*
SCARAMOUCHE *hält sich die Nase zu:* „Püh!" *Es läutet; er
macht auf; Frau Pantalon (mit Schürze, Haube, Schaufel und
Kehrbesen) erscheint, und bringt Scaramouche einen Topf
Milch und ein großes Kipfel; Scaramouche macht sich darüber
her; Frau Pantalon räumt auf; es läutet, Scaramouche öffnet,
Colombine erscheint in einfachem kurzem Kleidchen, blaues
Band im Haar, Schürze, in der Hand einen Federbesen; sie
läuft auf ihre Mutter zu, kniet vor ihr, läßt sich von ihr auf die
Stirne küssen; Frau Pantalon übergibt Colombine Schaufel und
Kehrbesen, und geht durch die Mitte ab.*

IV. Szene

SCARAMOUCHE, COLOMBINE, *dann* ARLEQUINO
*Colombine beginnt aufzuräumen. (Walzer). Scaramouche hat
sich nicht um sie gekümmert; jetzt, da er mit der Milch fertig
ist, räumt er den Topf weg, und beginnt Colombine den Hof zu
machen; sie lacht ihn aus; sie verspottet ihn wegen seiner ein-
gebundenen Backe; er wirft die Binde weg.*
SCARAMOUCHE: „Du hast einen Liebhaber, Colombine!"
COLOMBINE: „O, nein!"
SCARAMOUCHE: „Abends, im Mondschein, bringt er dir vor
deinem Fenster Ständchen!"

großes Kipfel; Scaram. macht sich darüber her;
Frau Pantalon räumt auf; es läutet. Colombine erscheint in einfachem Kleidchen, blaues
Band im Haar, Schürze, in der Hand einen
Abstauber ⟨———⟩; sie läuft auf
ihre Mutter zu, kniet vor ihr, läßt sich von
ihr auf die Stirne küssen; Frau Pantalon übergibt Colombinen, Schaufel und Kehrbesen,
und geht durch die Mitte ab.

IV. Scene

Scaramouche, Colombine, dann Arlequin

Colombine beginnt aufzuräumen,
(Walzer). Scaram. hat sich nicht
um sie gekümmert; jetzt da er
mit der Milch fertig ist, räumt er den
Topf weg, und beginnt Colombinen den
Hof zu machen; sie lacht ihn aus; sie ver-

Zeichnung Beer-Hofmanns

COLOMBINE: „O, nein!“

Colombine steigt auf einen Sessel, um das Gesimse abzustauben; Scaramouche nähert sich vorsichtig, legt seinen Arm um ihre Taille, versucht sie zu küssen; er erhält eine schallende Ohrfeige; seine Backe schwillt an; Colombine lacht; Scaramouche jammert und erregt Colombines Mitleid; sie nimmt die weggeworfene Binde und Watte und winkt ihm; er will vor ihr niederknien, den Kopf zwischen ihre Knie klemmen, wie vorhin bei Pierrot; sie wehrt es ab und bindet ihm langsam, während er vor ihr kniet, die Wange ein.

Währenddessen ist in der Mitteltüre Arlequino mit einem Korbe Blumen am Rücken erschienen, und im Türrahmen stehen geblieben; er bewundert Colombine; Colombine starrt ihn an; „coup de foudre“ der Liebe; Colombine vergißt dabei Scaramouche, der den Rücken der Türe zugewendet hat, und zieht, mechanisch, immer fester die Binde zu, bis Scaramouche verzweifelt aufschreit, und so den Bann löst; Colombine schrickt zusammen und wendet sich verschämt ab.

V. Szene

SCARAMOUCHE, COLOMBINE, ARLEQUINO

SCARAMOUCHE: „Was willst du, Arlequino?“

ARLEQUINO: „Blumen verkaufen!“ *Er stellt den Korb zur Erde.*

SCARAMOUCHE: „Wir brauchen keine, – geh!“

COLOMBINE *klopft Scaramouche auf die Schulter und zeigt auf die Blumen vor dem Bilde von Pierrots Mutter:* „Sieh, die Blumen sind welk!“

SCARAMOUCHE: „Richtig – bist du gescheit, Colombine!“ *Scaramouche wählt einen großen Strauß bunte Blumen aus.*

COLOMBINE: „Du verstehst das nicht, Scaramouche; die da!“ *Sie nimmt lila Schwertlilien, gelbe Rosen und weißen Flieder,*

wirft die welken Blumen zum Fenster hinaus und arrangiert die frischen im Kelchglase.
Es läutet im Nebenzimmer; Scaramouche stürzt durch die Türe rechts ab.

VI. Szene

COLOMBINE, ARLEQUINO
COLOMBINE *(verlegen)*: „Was willst du noch da?"
ARLEQUINO: „Bezahlung!"
COLOMBINE: „Freilich – darauf habe ich ganz vergessen!" *Sie sucht in allen Taschen, findet kein Geld, und ist ganz verlegen. Arlequino sieht lächelnd zu, und verlangt endlich einen Kuß als Bezahlung.*
COLOMBINE *(verschämt)*: „O Nein!"
Arlequino nimmt – aus seinem Korbe – einen langen Zweig dunkler Rosen und hält ihn ihr vor's Gesicht (Stellung: er steht hinter und rechts seitlich von ihr). Colombine beugt sich über den Zweig, und atmet tief auf; Arlequino steht hinter ihr, siegesgewiß lächelnd (Musik bringt das Motiv „Dunkle Rosen"; leise, schweratmende, dunkelgefärbte, verführerische Musik). Colombine atmet schwer; er flüstert ihr Worte ins Ohr; sie neigt den Kopf, um ihm zu lauschen (zärtliche Musik, Frage, Antwort); die Gruppe ruhig, fast unbeweglich. COLOMBINE *plötzlich, heftig mit dem Kopfe schüttelnd:* „Nein, nein!" *Arlequino spricht weiter; Colombine beißt, wie sich selbstvergessend, in eine Rosenknospe, die zu Boden fällt; Arlequino zieht Colombine lächelnd an sich, sie leistet schwachen Widerstand; im Momente, da sie ihm ganz nahe ist, läßt sie die Verschämtheit beiseite, schlingt ihre Arme um seinen Hals und küßt ihn leidenschaftlich; man hört Schritte im Nebenzimmer; sie trennen sich; sie reißt eine Rosenknospe vom Zweige ab, gibt sie Arlequino zum Kusse hin, und birgt sie in einem großen golde-*

nen Medaillon, das sie an einer dünnen Kette um den Hals trägt; das Medaillon verschwindet im Kleidausschnitt; sie treibt Arlequino fort; an der Türe winkt sie ihn nochmals zurück, sie stürzen sich in die Arme; Arlequino läuft ab; die letzte Szene hat Pierrot, auf der Treppe der rechten Seitentüre stehend, mitangesehen; er kommt herab.

VII. Szene

PIERROT, COLOMBINE
PIERROT: „Du liebst Arlequino?" *Er deutet mit dem Daumen auf die Türe, durch die Arlequino abging.*
Colombine nickt verschämt.
PIERROT: „Sehr?"
COLOMBINE *(beide Hände an die Brust drückend, mit verzücktem Blick nach oben)*: „O, so sehr!"
PIERROT *(die frischen Blumen bemerkend)*: „Von wem sind die Blumen?"
COLOMBINE *(mit einem Knicks)*: „Von mir!"
PIERROT *(ernst)*: „Ich danke dir, Colombine!"
Man hört Musik auf der Straße; durch das Fenster sieht man zerlumpte Straßenmusikanten (Flöte, Geige, Harfe; lebendig sprudelnde Musik, graziös, liedartig, mit musikalisch hervorgehobenem Refrain).
Colombine stürzt an das Fenster und öffnet es; man hört die Musik deutlich; die Musikanten stellen sich vor dem Fenster auf; Colombine wiegt sich nach dem Takt in den Hüften.
PIERROT: „Tanze doch, Colombine!"
COLOMBINE: „Soll ich, – darf ich?"
Colombine tanzt; natürlich-graziöser, nicht künstlerisch vollendeter Tanz. Pierrot sieht zu; seine Leidenschaft entflammt sich; er nähert sich ihr; sie tanzt lachend vor ihm her, ihm ausweichend; schließlich kommt sie an Pierrot heran, und bit-

*tet um Geld für die Musikanten; sie erhält einen Beutel Gold-
stücke.*
COLOMBINE *(erstaunt)*: „Alles den Musikanten?"
PIERROT: „Ja!"
*Colombine eilt erfreut zum Fenster und wirft das Geld den Mu-
sikanten zu, die mit der Musik plötzlich aufhören, überglücklich
die Goldstücke aufraffen und sich bedanken. Colombine nimmt
ihren Dank an, und knickst immer vergnügt mit. Pierrot nähert
sich ihr zärtlich; Colombine lacht auf und läuft, ihren Besen,
ihre Schaufel und ihren Abstauber im Vorüberlaufen aufraf-
fend, in einem Bogen um die Bühne und rasch die Stufen der
Wendeltreppe hinauf. Pierrot will ihr nach; es läutet; Scaramouche erscheint und meldet drei Herren.*

VIII. Szene

BRIGHELLA, TARTAGLIA, TRUFFALDINO, PIERROT, SCARA-
MOUCHE
*Brighella, Tartaglia, Truffaldino erscheinen; Doktortracht;
Brighella trägt ein ungeheuer großes, zusammengerolltes Diplom, Tartaglia eine geöffnete Kassette, in der sich eine golde-
ne Ehrenkette mit Medaille befindet, Truffaldino ein verhülltes
Bild. (Grotesk-würdevoller Marsch)*
PIERROT *(erstaunt)*: „Was soll das?"
*Brighella will eine Ansprache halten; die Rolle behindert ihn;
er gibt sie Scaramouche; er beginnt, mit übertriebenem Pathos
zu reden; gewöhnt aber, vom Katheder zu sprechen, vermißt er
ihn; es ist keiner da; Scaramouche muß vor ihm niederknien
und den Katheder markieren; auf seinen Kopf gestützt hält*
BRIGHELLA *die Ansprache:* „Zum 25jährigen Doktorjubiläum
übersendet dir, Pierrot, die Fakultät dies Diplom!" *Er entrollt
das Diplom; man kann es im Publikum lesen; zumindest das
„XXV Jahre".* BRIGHELLA *(fortfahrend)*: „Diese Ehrenkette!"

Tartaglia hängt sie Pierrot um. „Und dies, dein eigenes Bild!" *Truffaldino enthüllt das Bild: man sieht Pierrot in Lebensgröße (ganze Figur) gemalt. Pierrot, überrascht und erfreut, läßt sich mit jedem einzelnen in ein kurzes Gespräch ein; hierbei benimmt sich Brighella ernst pathetisch, Tartaglia gemütlich, jovial, lebhaft, Truffaldino vornehm geziert, lächerlich affektiert. Pierrot zeigt ihnen sein neues Werk, an dem man ihn bei Beginn des Aktes arbeiten sah; er hält das Manuskript in der linken Hand und blättert es mit dem Daumen der rechten Hand rasch durch, (die Musik markiert das Rauschen der Blätter), dann gibt er es den Doktoren; die Doktoren stecken die Köpfe zusammen und blättern, zeitweilig lesend, eifrig darin herum. Großes Erstaunen, – dann rasch hintereinander:*

BRIGHELLA: „Das, was da drinnen steht, ist nicht richtig, ihr irrt, Pierrot!"

TARTAGLIA *(lachend)*: „Nein, nein, das glaub' ich nicht!"

TRUFFALDINO: „Ganz unmöglich!"

PIERROT: „O ja! Es ist *so*, wie es hier steht!"

BRIGHELLA

TRUFFALDINO   } „Nein, nein, – das glauben wir nicht!"

TARTAGLIA

PIERROT *(ironisch)*: „Nicht??? So seht!" *Er winkt Scaramouche.*

Scaramouche kommt grinsend herbei.

SCARAMOUCHE: „Du wünschst, Herr?"

PIERROT: „Du hast Zahnweh?"

SCARAMOUCHE *(sofort mit sehr trauriger Grimasse)*: „O, – wie sehr!"

PIERROT: „Welcher Zahn denn?"

SCARAMOUCHE *sucht unentschlossen, dann erklärt er plötzlich mit großer Sicherheit:* „Der da, Herr, – er tut sehr weh!"

PIERROT *schiebt einen Sessel in die Mitte der Bühne:* „Da, Scaramouche, setz dich!"

SCARAMOUCHE *(erstaunt):* „Warum denn, Herr??"
PIERROT *(energisch):* „Setz dich nur!!!"
Scaramouche setzt sich; Pierrot drängt mit rascher Handbewegung Brighella, Tartaglia, Truffaldino, die neugierig die Köpfe vorstrecken, zurück, dann streift er, 5-6 Schritte vor Scaramouche stehend, einen großen Brillantring vom Finger, und hält ihn dem überraschten Scaramouche vor.
SCARAMOUCHE *(ängstlich):* „Was soll ich, Herr?"
PIERROT *(nochmals energisch die Hand vorstreckend):* „Daher sieh!!!"
Scaramouche sieht auf den Ring und beginnt furchtbar zu schielen; endlich werden seine Lider schwer und fallen zu; Pierrot streicht ihm leise mit der Hand über die Augen. (Vom Momente an, da Scaramouche den Ring fixiert, ist das Orchester verstummt bis auf eine einzige Violine; ein stark eingesetzter zitternder Ton; im Anfange mit einem zweiten wechselnd, dann lang anhaltend und leise verhallend, bis Pierrot Scaramouche über die Augen streicht.) PIERROT *wendet sich zu den Doktoren; ruhig, sicher:* „Nun, was sagt ihr?" *Die Doktoren zweifeln, daß Scaramouche wirklich schlafe, und zupfen, kitzeln und zwicken ihn; er schläft weiter.* PIERROT *nimmt vom Tische eine Zange und reicht sie Brighella; auf Scaramouche deutend:* „Zieh ihm seinen kranken Zahn!" *Brighella zögert.*
PIERROT: „Nur zu!" *Brighella schürzt feierlich die Ärmel hinauf, richtet seine Halskrause, setzt sich eine Brille auf, prüft die Zange, dann öffnet er Scaramouche den Mund, der weit offen stehen bleibt, setzt die Zange an; er zieht an – es geht nicht; er versucht nochmals – es geht wiederum nicht. Endlich zieht er ihm mit aller Kraft den Zahn, verliert das Gleichgewicht, taumelt zurück auf Tartaglia, dieser auf Truffaldino, der sich den Kopf an der Säule des Himmelbettes anschlägt; Scaramouche schläft ruhig weiter – mit offenem Mund.*
PIERROT *(triumphierend):* „Nun, meine Herren!?"

DIE DOKTOREN: „Unglaublich!"
[*Pierrot winkt Scaramouche; Scaramouche steht auf;* PIERROT:
„Scaramouche, du bist Brighella!" *Scaramouche kopiert Brighellas würdevolles Wesen; Brighella sieht ärgerlich zu, während die beiden anderen Doktoren lachen.*
PIERROT: „Scaramouche, du bist Tartaglia!"
Scaramouche benimmt sich lebhaft jovial wie Tartaglia, der sich verdrießlich wegwendet, während die andren zwei lachen.
PIERROT: „Scaramouche, du bist Truffaldino!" *Scaramouche parodiert Truffaldinos preziös geziertes Wesen. Truffaldino wirft ihm gereizte Blicke zu, während die andren zwei Doktoren sich vor Lachen schütteln. (Die Musik hat während dieser Szene jeweilig die Motive, respektive ganze Sätze gebracht, die das Wesen der Doktoren charakterisierten, als sie mit Pierrot, nach Überreichung der Geschenke, sprachen.)*
PIERROT *endlich zu Scaramouche:* „Wach auf, Scaramouche!"
Scaramouche hält im Kopieren inne und bleibt erstaunt, Pierrot anstarrend, stehen.]
PIERROT: „Du kannst gehen!"
Scaramouche ab ins Vorzimmer.
Die Doktoren drängen sich um Pierrot, ihn beglückwünschend; zeitweilig schütteln sie die Köpfe, als könnten sie es doch nicht begreifen. Pierrot begleitet die Doktoren zur Türe, im Orchester hat stolze jubelnde Musik eingesetzt, die noch immer anhält, als Pierrot stolz und freudig von der Türe kommt und triumphierend, – befriedigt, sein Werk ansieht.

IX. Szene

PIERROT *allein*
PIERROT *greift nach dem Diplom, seine Augen haften auf dem „XXV Jahre"; seine Züge verfinstern sich, – die Musik bricht*

plötzlich ab; bitter lächelnd sieht Pierrot in einen silbernen Handspiegel, der auf dem Tische liegt; er streicht traurig über das spärliche graue Haar an seinen Schläfen und nickt traurig mit dem Kopfe: „Die Augen eingefallen, der Hals mager, der Kopf kahl, ich bin alt, ich bin alt!" *Er nimmt die goldene Ehrenkette vom Hals und schleudert sie unmutig von sich.* „Ich wollte, ich wäre schön, ich wollt', ich wäre jung!"

X. Szene

PIERROT, COLOMBINE
Colombine kommt mit Besen, Schaufel und Abstauber von der Wendeltreppe herab. Pierrot seufzt schmerzlich auf und schüttelt bitter lächelnd den Kopf.
Er wirbt leidenschaftlich um Colombine; sie wehrt ihn lachend ab.
COLOMBINE: „Aber Herr Pierrot, – Sie scherzen; *ich* und Sie??" *Sie läuft in den Erker und beginnt die Scheiben zu putzen.*

XI. Szene

PIERROT, COLOMBINE, *dann* NOCHOSCH
Pierrot lehnt an dem kleinen Tischchen neben seinem Schreibtische; er steht so, daß ihn – von der Hüfte an – der Tisch vollständig dem Auge der Zuschauer entzieht; sinnend blickt er auf Colombine; in diesem Augenblicke wird der Schlafrock Pierrots in Brusthöhe wie von unsichtbarer Hand zurückgeschlagen, und ein Kopf erscheint in scharfer Profilstellung, Pierrot süß anlächelnd: – Nochosch!
Nur einen Augenblick lang erscheint Nochoschs Kopf und verschwindet sofort; Nochosch in ganzer Gestalt erscheint. Schö-

ne, zarte, knabenhafte Erscheinung mit manchmal weibischen Bewegungen; blasses Gesicht; große schöne Augen mit langen Wimpern; grell rot geschminkte Lippen; halblange schwarze Knabenlocken, von denen einige über die Stirne fallen; die Augen bald halbgeschlossen mit sehnendem Ausdruck, bald stechend auf einen Gegenstand gerichtet; der Mund süß lächelnd; wenn er lebhaft wird, gleitet er öfters mit der Zungenspitze über die Lippen. Nochosch ist vollständig in grünlich schillernde Changeant-Seide gekleidet; von seinen Schultern fällt ein langer, goldig schimmernder, mit Smaragden besetzter Mantel aus Schleierstoff, der auf der Erde in schlangenhaften Windungen lange nachschleift. Nochosch steht hinter Pierrot und zeigt ihm Colombine.

NOCHOSCH: „Sieh, wie schön – wie reizend gebaut sie ist!"
PIERROT *(unmutig)*: „Ach, laß mich!"
Nochosch streicht kosend über Pierrots Hand und flüstert ihm, lüstern lächelnd, ins Ohr.
PIERROT: „Nein, laß mich!"
NOCHOSCH *hat den Brillantring vom Finger Pierrots gestreift; zu Pierrot*: „Da – hypnotisiere sie!"
PIERROT: „Nein – nein!"
Nochosch redet ihm lüstern lockend zu.
PIERROT *(nach seelischem Kampfe)*: „Gut denn!" *(Die ganze Szene vom Erscheinen Nochoschs an, bis zum Augenblicke der Hypnotisierung, wird sehr rasch gespielt.)*
Pierrot läutet kurz die Glocke, die auf seinem Schreibtische steht; Colombine – im Erker – wendet sich lächelnd um; Pierrot hält ihr den Ring entgegen.
PIERROT: „Da! – Sieh ihn an!"
Colombine starrt den Ring verwundert an und verfällt in hypnotischen Schlaf; sie lehnt, auf den Erkerstufen stehend, an der einen Säule, die den Erker flankiert. (Musik wie beim Hypnotisieren Scaramouches) PIERROT *(zu Colombine gewandt)*: „Du

sollst *mich* lieben, *mich* und keinen andren, Arlequino sei vergessen – jeder andere sei vergessen!" *(Die Musik bringt leise das Motiv „Dunkle Rosen")* Colombine macht eine leichte Bewegung des Kopfes; PIERROT *(energisch):* „Arlequino sei vergessen!" *(Das Motiv „Dunkle Rosen" bricht plötzlich ab)* Colombine ist wieder ruhig. PIERROT *(befehlend):* „*Mich* sollst du lieben, *mich*!" *(Kurzes, charakteristisches energisches Motiv; die Musik wiederholt es eindringlich.)*
PIERROT: „Colombine, wache auf!"
Colombine schlägt die Augen auf; von nun an erscheint ihr fröhlich-kindisches, harmloses Wesen von früher verschwunden; sie ist ernster; ihre Bewegungen, ihr Mienenspiel erscheinen weniger ihrem spontanen Empfinden entsprungen; sie handelt sichtlich unter einem Zwange; zeitweilig sieht sie Pierrot fragend an, als suchte sie, seinen Willen zu erraten.
Pierrot sieht sie unruhig an, an dem Erfolg der Hypnose zweifelnd; Colombine geht langsam auf ihn zu; Pierrot öffnet die Arme; COLOMBINE: „*Dich* will ich lieben – dich!!" *(charakteristisches, scharf markiertes, leicht wiederzuerkennendes Motiv; nicht leidenschaftlich; eher etwas gezwungen; als Antwort, ergänzend zu dem Motive „Mich* sollst du lieben, *mich" erscheinend.)*
Colombine läßt sich von Pierrot in die Arme schließen und bietet ihm selbst den Mund zum Kusse. Während dieser Szene hat Nochosch, Pierrot aneifernd und lockend, mitgespielt; im Momente des Kusses zeigt er ein lächelnd-triumphierendes Gesicht.
Pierrot eilt ins Vorzimmer zum Glockenzuge und schellt heftig; der Glockenzug reißt ab; Nochosch ist mit ihm nach hinten geeilt, und in den Falten der Vorzimmerportière verschwunden.

XII. Szene

PIERROT, COLOMBINE, HERR *und* FRAU PANTALON, SCARA-
MOUCHE, ARLEQUINO
PANTALON, FRAU PANTALON, ARLEQUINO, SCARAMOUCHE *er-*
scheinen hastig, erschreckt durch das Läuten; alle rasch hin-
tereinander: „Was gibt es?"
Pierrot führt Herrn und Frau Pantalon nach vorne.
PIERROT: „Gebt mir eure Tochter Colombine zur Frau!"
FRAU PANTALON *(tief knicksend):* „Große Ehre, Herr Pierrot, –
große Ehre!"
HERR PANTALON: „Aber Herr Pierrot, sie ist jung – und Ihr
seid alt!"
Arlequino macht währenddessen Colombine verliebte Zeichen,
die sie nicht beachtet; sie sieht ängstlich, neugierig auf Pierrot.
PIERROT *(zu Herrn Pantalon):* „Colombine liebt mich!"
HERR PANTALON: „Ich glaube nicht, Herr Pierrot!"
FRAU PANTALON *(gibt ihrem Manne wütend einen Rippen-*
stoß): „Warum denn nicht?" *Sie nimmt Colombine bei der*
Hand und sieht sie freundlich grinsend an: „Nicht wahr, du
liebst Herrn Pierrot?!" *Colombine nickt, dann macht sie sich*
von der Hand ihrer Mutter los, und geht gerade auf Pierrot zu,
der sie mit ruhigem Blicke ansieht; sie schlingt ihre Arme um
seinen Hals.
COLOMBINE: „*Dich* will ich lieben – *dich!*"
HERR PANTALON: „Ah – !!"
FRAU PANTALON *(zu ihrem Manne):* „Siehst du!" *(beiseite)* „Es
ist *doch* merkwürdig!"
HERR PANTALON *(die Achseln zuckend):* „Meinetwegen; *mir*
ist's recht."
Frau Pantalon gibt Scaramouche einen Auftrag; Scaramouche
stürzt eifrig ab.

[Arlequino lehnt ärgerlich mit verbissener Miene im Erker.
HERR PANTALON *zu Pierrot:* „Herr, wir sind arm; wir haben nichts unserer Tochter mitzugeben!" *Er stürzt seine Taschen um.*
PIERROT: „Das macht nichts!"
HERR PANTALON *lacht; dann, vergnügt schmunzelnd:* „Ich hab ja *doch* Geld!" *Er knüpft seine Weste auf; um den Bauch läuft ein breiter Gurt mit Taschen; er klopft darauf; es klingt wie Geld; er öffnet eine, und zeigt Goldstücke; zu Pierrot:* „Sie stehen Euch zur Verfügung, Herr Pierrot!"
PIERROT, *ihm freundlich auf die Schulter klopfend:* „Danke, lieber Pantalon; behaltet nur alles!"
Pantalon erhält von seiner FRAU *eine Ohrfeige:* „Du Lump, das hast du vor mir versteckt??!" *Sie schnallt ihm, während er ganz verblüfft dasteht, den Gurt ab und schnallt sich ihn selbst um.]*
Arlequino ist näher gekommen [Beim Anblick des Goldes leuchten seine Augen]; er tritt jetzt zu Herrn Pantalon.
ARLEQUINO: „*Ich* liebe Colombine, und sie liebt *mich! mir* gebt sie zur Frau!" *Herr Pantalon sieht unschlüssig auf Colombine hin. Pierrot ist währenddessen langsam zur Türe rechts gegangen; bei Arlequinos Worten wendet er sich – auf der obersten Stufe stehend – um und sieht ruhig Colombine an.*
COLOMBINE *(auf Pierrot weisend):* „*Ihn* lieb ich, – *ihn!*" *(Die Musik bringt das Motiv* „*Dich* will ich lieben, *dich!*") *Pierrot geht ab.*
PANTALON *(zu Arlequino):* „Da seht Ihr's!" *Arlequino wendet sich unmutig ab, geht nach rückwärts, und setzt sich auf die untersten Stufen der Wendeltreppe, vor sich hinbrütend.*

*-Costüm aus weiße

auße um den Hals-

tten, die aus den we

en

Re

ich an Pierrots

pft daran zurec.

Zeichnung Beer-Hofmanns

XIII. Szene

HERR PANTALON, FRAU PANTALON, COLOMBINE, ARLEQUINO, SCARAMOUCHE, *dann* PIERROT

Scaramouche stürzt mit einem alten verstaubten Koffer herein, den er in die Mitte der Bühne stellt. Frau Pantalon öffnet ihn mit einem Schlüssel aus dem großen Schlüsselbund, das sie an der Schürze trägt. Sie wirft einige alte Kleider beiseite, dann zieht sie ihr eigenes altes Brautkleid aus weißem Atlas, ein Paar Atlasschuhe und – stolz darauf hinweisend – einen Myrtenkranz und einen Brautschleier heraus. (Die Musik bringt ein altväterlisches, graziöses Menuettmotiv [bei Aufführungen auf deutschen Bühnen vielleicht: „Als der Großvater die Großmutter nahm."]) Frau Pantalon winkt Colombine, in den Erker zu kommen, nimmt Brautkleid, Kranz, Schleier und Schuhe über den Arm; Colombine geht mit ihrer Mutter in den Erker; Frau Pantalon zieht den Erkervorhang zu. –

Pierrot erscheint im Pierrot-Kostüm aus weißem Atlas; große weiße Tüllkrause um den Hals; große weiße Tüllmanschetten, die aus den weiten Rockärmeln herausragen; Seidenpompons an Jacke und Schuhen.

Scaramouche macht sich an Pierrots Toilette zu schaffen; zupft daran zurecht; bringt die goldene Ehrenkette aus einem Winkel des Zimmers, hängt sie Pierrot um den Hals, und zieht ihm, sich dabei übertrieben anstrengend, ein Paar weiße Handschuhe an. (Die Musik illustriert sein Ächzen und Stöhnen beim Glattstreifen jedes Fingers, das Zuknöpfen, das sehr schwer geht, das Abspringen eines Knopfes.)

Pierrot läßt all' das ruhig geschehen; er steht in der Mitte der Bühne –, ernst – in Gedanken; Herr Pantalon zupft sich mit würdevollen Bewegungen Hose und Rock zurecht; Frau Pantalon erscheint mit Colombine auf der Erkerstufe; sie trägt das Kleidchen und die Schürze Colombines über dem Arm. Colom-

bine hat das Brautkleid ihrer Mutter, das ihr viel zu lang und zu weit ist, an; das Kleid ist hochgeschlossen, prinzeßartig gearbeitet, rückwärts zum Schließen; Colombine trägt Myrtenkranz und Brautschleier. Frau Pantalon gibt das Kleidchen und die Schürze Colombines Scaramouche, der beides in den Koffer legt, bindet ihre Schürze ab, legt sie dazu, und zupft sich ihre Haube zurecht; Scaramouche schleift den Koffer ins Vorzimmer. Frau Pantalon vereinigt die Hände Colombines und Pierrots; das Brautpaar schreitet der Türe im Hintergrunde zu; Herr und Frau Pantalon feierlich hinterdrein; Pierrot bleibt plötzlich stehen; dann zieht er rasch Colombine zum Bilde seiner Mutter, und kniet vor demselben nieder [um den Segen der Mutter zu erflehen], er steht auf, nimmt eine langstielige Schwertlilie und weißen Flieder aus dem Kelchglase und reicht beides Colombine; er geht mit ihr, gefolgt von Herrn und Frau Pantalon, durch die Mitteltüre ab. Man sieht sie draußen beim Fenster vorübergehen.

XIV. Szene

SCARAMOUCHE, ARLEQUINO
Scaramouche geht, ohne Arlequino zu bemerken, zum Sims, auf dem die Flaschen stehen, steigt auf einen Sessel und nimmt eine Flasche herunter; er stellt den Sessel auf seinen Platz. Arlequino steht von der Stufe der Wendeltreppe, auf der er saß, auf und geht auf Scaramouche, der ihn erst bemerkt, als er ganz nahe ist, los. Scaramouche erschrickt, – dann erkennt er Arlequino. SCARAMOUCHE: „Ah, nur du bist's!" *(wegwerfende Geste) Scaramouche nimmt zwei Gläser und schenkt ein; er bietet ein Glas Arlequino an und nimmt das zweite; sie stoßen an; im Momente, da sie zum Trinken ansetzen, hört man Glockengeläute, dann Orgelspiel aus der Kirche. (Während der ganzen folgenden Szene Orgel) Sie setzen die Gläser ab;*

SCARAMOUCHE *(hebt den Zeigefinger)*: „Horch, jetzt gibt der Priester den Segen; stoß an, Arlequino, die Neuvermählten sollen leben!" *Arlequino stößt nicht an, sondern schleudert ingrimmig das Glas in eine Ecke.* SCARAMOUCHE *(besänftigend)*: „Na, na, nur ruhig." *Er trinkt behaglich sein Glas aus, und schnalzt mit der Zunge.*
ARLEQUINO *(wild-zornig)*: „*Solche* Hörner" *(Geste)* „will ich ihm aufsetzen!"
(mitten in das Orgelspiel hinein Hornquinten)
SCARAMOUCHE: „Na, na!"
ARLEQUINO: „*Solche* Hörner – ich schwör' es!"

XV. Szene

SCARAMOUCHE, ARLEQUINO, PIERROT, COLOMBINE, HERR und FRAU PANTALON
Scharfer Weihrauchduft erfüllt die Bühne. Pierrot mit Colombine kommen zurück, gefolgt von Herrn und Frau Pantalon, Arlequino stößt im Abgehen auf sie, verbeugt sich ironisch und geht durch die Mitteltüre ab; Scaramouche verbirgt Flasche und Trinkglas. (Musik, noch immer Orgel, aber pianissimo, wie ein Nachhall der kirchlichen Feier.) Herr und Frau Pantalon nehmen Abschied. PANTALON *(komisch-gerührt zu Pierrot)*: „Sie ist mein einziges Kind!" *Frau Pantalon spricht eindringlich mit Colombine, – ihr offenbar Ratschläge erteilend; Colombine nickt mechanisch. Herr und Frau Pantalon küssen Colombine, schütteln Pierrot die Hände und gehen ab, gefolgt von Scaramouche.*

XVI. Szene

PIERROT, COLOMBINE, – *dann* NOCHOSCH

Colombine hat sich in den Lehnstuhl am Schreibtisch gesetzt; enface-Stellung; die Füße parallel auf dem Schemel; sie zerpflückt gedankenlos den weißen Flieder, den sie in der Hand hält, und starrt ins Leere.

Pierrot steht einen Moment lang unschlüssig am Tische rechts im Vordergrund, dann legt er die goldene Halskette ab und geht auf Colombine zu, die in steifer byzantinischer Haltung dasitzt, die Hände auf den Armlehnen, in der rechten Hand die langstielige Schwertlilie. Die vergoldete halbkreisförmige Ausbuchtung der Sessellehne erscheint wie ein Heiligenschein.

Pierrot kniet vor ihr und streift ihr die weißen Atlasschuhe ab, sie schlägt den Schleier zurück und neigt sich zu ihm, er küßt sie. (Die Orgelmusik ist verklungen.) Hinter dem Sessel ist Nochosch erschienen, unbeweglich dastehend, mit süßem Lächeln; Pierrot steht auf und trägt die Schuhe zum Himmelbett. Colombine hat sich erhoben und steht nachdenklich mit schlaff herabhängenden Armen in der Mitte der Bühne; Nochosch tritt hinter sie; während Pierrot vom Himmelbett zurückkehrt, öffnet Nochosch die Spangen, die das Kleid rückwärts schließen, es gleitet zu Boden; Colombine steht in weißem Tüllröckchen und Hemdchen fröstelnd da; PIERROT schlingt den Arm um sie und sieht sie zärtlich an: „Mich sollst du lieben – mich!“ Colombine sieht zu Pierrot auf und schmiegt sich in seinen Arm; Pierrot küßt sie langsam.

Nochosch nimmt, hinter den beiden stehend, den Myrtenkranz und Schleier vom Haupte Colombines und schleudert ihn verächtlich in die Ecke; dann eilt er zum Himmelbett und schlägt mit großer, feierlicher Geste den Vorhang zurück. –

Der Vorhang fällt.

Die Musik verwebt die beiden Motive „Mich sollst du lieben, mich!" und „Dich will ich lieben, dich!"; einmal taucht noch das Motiv „Dunkle Rosen" auf, wird aber durch das energisch durchdringende Motiv „Mich sollst du lieben, mich!" – das voll instrumentiert die Musik des ersten Aktes schließt, – verdrängt.

Kurzer Zwischenakt

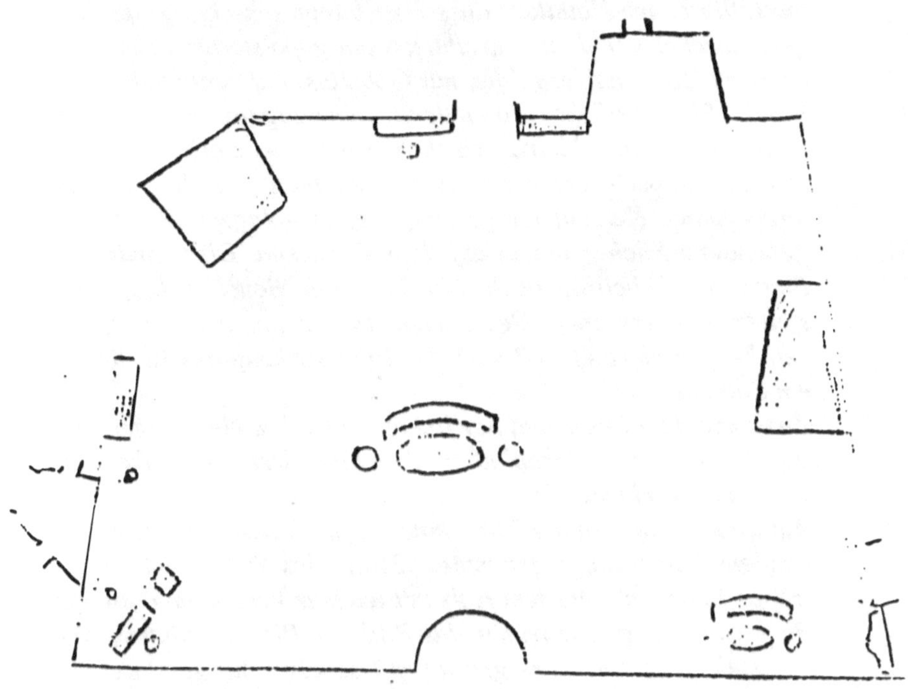

Originalzeichnung von Beer-Hofmann

II. AKT

Das Zimmer des ersten Aktes, jedoch vollständig anders eingerichtet.

Links im Vordergrund, fast ganz an die Kulisse geschoben, Pierrots Schreibtisch, jedoch nicht mehr der große, alte dunkle aus dem ersten Akte, sondern ein Schreibkasten zum Aufklappen in lichtbraun poliertem Holz mit Boulearbeit, vergoldeten Bronze-Knöpfen und Schnallen. Auf dem Schreibkasten in der Mitte eine alte chinesische Vase, rechts davon ein großer perlmuttglänzender Nautilus, links eine buntgescheckte große Kegelschnecke; vor dem Schreibtisch ein gepolsterter Lehnstuhl, braunes Holz und vergoldet, mit Gobelins, auf mattlichtblauem Fond Blumenstücke darstellend, überzogen; neben dem Schreibkasten ein kleines Tischchen mit zwei zierlichen zweiarmigen Silberleuchtern, in denselben blau gedrehte, bereits angebrannte Kerzen; einige elegante, in goldgepreßtes Leder gebundene Bücher liegen auf dem Tischchen. Die Wände mit Beauveais-Gobelins, nach Mustern von Boucher bespannt, stellen Schäferszenen, Gesellschaft im Garten, bei der Schaukel, beim Federballspiel vor; der Erkervorhang aus lichtblauem Peluche.

Zwischen dem Erker und der linken Seitentüre ein kredenzartiger Kasten; unten Schubladen, oben Glastüren, durch die man Porzellangeschirr sieht.

Auf dem Kasten: In der Mitte eine große chinesische Figur aus weißem Porzellan, sogenannter „Hund des Fo". Die Wendeltreppe in braun poliertem Holz mit leichter Vergoldung. An der Rückwand hängt wie früher das Bild von Pierrots Mutter; davor steht jetzt ein neues graziöses Tischchen auf geschweiften Füßen; auf demselben das Kelchglas mit großen gelben rotgefleckten, am Rande gezackten Tulpen.

Zwischen Fenster und der Türe des Hintergrundes eine Kommode, die auch als Buffet benützt wird; der Vorhang der Mitteltüre aus mattblauem geripptem Stoff; das Himmelbett an der rechten Seitenwand hat Vorhänge aus mattblauem Atlas, das Gestell ist braun, mit Gold verziert; den Betthimmel rafft ein schwebender, bemalter, holzgeschnitzter Engel mit vergoldeten Flügeln. Rechts, ganz im Vordergrund, Kommode mit zwei Meißner Porzellanvasen, in der Mitte Porzellan-Uhr, außerdem Porzellan-Nippes; über der Kommode ein Spiegel. Rechts im Vordergrund ein Sofa, ein Tischchen, zwei Fauteuils; in der Mitte der Bühne ein größerer Tisch mit Kanapee und zwei Fauteuils. Sämtliche Kästen und Kommoden in Marqueterie-Arbeit, Fauteuils und Kanapees gleichmäßig in braunem, vergoldetem Holz und mattblauen Gobelins, mit Blumenstücken und Girlanden. Auf den Tischen keine Tischteppiche. In der Mitte Porzellanlüster mit Kerzen. Auf dem Boden orientalische Teppiche.
Die Wohnung mit Tapezierergeschmack eingerichtet, ohne individuellen Zug.

I. Szene

COLOMBINE *allein*
Frau Colombine sitzt auf dem Sofa rechts im Vordergrund, mit einer Stickerei beschäftigt. Sie trägt ein weißes, einfaches, wenig dekolletiertes Pierettekostüm aus Batist. Die Arme halb frei, vor ihr auf dem Tisch ihr Arbeitskörbchen, eine Porzellanschale mit Konfitüren und ein Wasserglas mit einigen Rosen. Müde, gelangweilt blickt sie vor sich hin, streicht mechanisch mit der flachen Hand die Haare an den Schläfen zurecht, gähnt, nimmt ein Stückchen Konfitüre und leckt sich, in das Sofa zurückgelehnt, nachdenklich in die Luft starrend, langsam den Daumen und Zeigefinger ab. Sie beginnt wieder zu sticken;

es läutet; Scaramouche schlägt die Portiere zurück; Herr und Frau Pantalon treten ein. (Fagott)

II. Szene

COLOMBINE, HERR *und* FRAU PANTALON
Herr und Frau Pantalon, besser gekleidet als im ersten Akte, begrüßen Colombine, die ruhig auf dem Sofa sitzen bleibt; Frau Pantalon läuft neugierig im Zimmer umher, klappt den Schreibkasten auf und schließt ihn wieder, öffnet den kredenzartigen Kasten und besieht das Porzellan; beim Bilde von Pierrots Mutter nimmt sie eine große Tulpe aus dem Glase und steckt sie an die Brust; sieht ins Himmelbett hinein, setzt sich auf den Rand desselben und wiegt sich; das Bett knarrt. FRAU PANTALON: „Nicht viel wert!" *Endlich nimmt sie neben Colombine Platz, hebt ihr das Röckchen ein bißchen in die Höhe und sieht sich den Unterrock an; da versucht sie zwischen Daumen und Zeigefinger die Qualität des Stoffes und nickt befriedigt:* „Er ist gut!"*
Colombine läßt es ruhig geschehen; währenddessen hat Herr Pantalon auf dem Buffet eine Karaffe Rotwein und Biskuits entdeckt, sich ein Glas Wein eingeschenkt und ist damit nach vorne gekommen; er taucht das Biskuit in den Wein und ißt mit großem Wohlbehagen; dabei läßt er die Biskuits immer zu lange im Wein, so daß er sie nur mühsam herausziehen und essen kann; er muß mit der Unterlippe immer nahe ans Glas und tropft sich dabei an. Wie er fertig ist, stellt er das Glas nieder; Frau Pantalon ist gerade mit der Besichtigung des Meublements und ihrer Tochter fertig geworden.*
HERR PANTALON *(winkt seiner Tochter)*: „Komm her, Colombine." *Colombine steht auf und geht nach vorne.*
Herr Pantalon legt seiner Tochter die Hände auf die Schultern, läßt sie eine ganze Wendung machen, besieht sie, endlich hebt

er den Kopf Colombines in die Höhe und sieht sie aufmerksam an. Frau Pantalon steht neben ihrem Mann.
HERR PANTALON *(schüttelt besorgt den Kopf)*: „Früher warst du so dick" *(er bläst die Backen auf)* „und jetzt bist du so mager." *(Er sticht sich mit den beiden Zeigefingern in seine Bakken.)* „Früher warst du lustig, hast getanzt, bist gesprungen, jetzt bist du traurig, läßt den Kopf hängen, sitzt da und stickst."
(Musikalisch scharfe Auseinanderhaltung von einst und jetzt)
HERR PANTALON: „Was fehlt dir?"
FRAU PANTALON: „Was fehlt dir?" *Pause.*
(Musik: „Mich sollst du lieben, mich!")
COLOMBINE *(zuckt gleichgültig die Achseln)*: „Ich weiß es nicht."
Währenddessen ist Pierrot in der Tür rechts erschienen.

III. Szene

HERR PANTALON, FRAU PANTALON, COLOMBINE, PIERROT
Pierrot begrüßt Herrn Pantalon freundlich, Frau Pantalon mit kühler Höflichkeit.
HERR PANTALON: „Seht, Pierrot, meine Tochter an!"
Colombine hat sich niedergesetzt und stickt.
PIERROT *(harmlos)*: „Nun?!"
(Die folgenden Vorwürfe sind genau die Fragen, die Herr Pantalon an Colombine richtete; also auch dieselbe Musik wie früher; nur wiederholt Frau Pantalon alles, was ihr Mann sagt; Musik für die Gesten von Frau Pantalon genau dieselbe wie für die von Herrn Pantalon; nur eine Oktave höher.)
HERR PANTALON: „Früher war Colombine *so dick"* *(er bläst die Backen auf)* „und jetzt ist sie so mager" *(er sticht sich mit beiden Zeigefingern in die Backen).*

FRAU PANTALON: „Früher war Colombine so dick" *(sie bläst die Backen auf)* „und jetzt ist sie so mager" *(sie sticht mit beiden Zeigefingern in ihre Backen).*
HERR PANTALON: „Früher war sie lustig, hat getanzt, ist gesprungen, jetzt läßt sie den Kopf hängen, sitzt da und stickt."
FRAU PANTALON: „Früher war sie lustig, hat getanzt, ist gesprungen, jetzt läßt sie den Kopf hängen, sitzt da und stickt."
Frau Pantalon hat dieselben Gesten wie ihr Mann, nur chargierter.
HERR PANTALON: „Wie kommt das?"
FRAU PANTALON: „Wie kommt das?"
PIERROT *hat ruhig die Vorwürfe angehört; zu Herrn Pantalon gewendet:* „Seht, sie hat alles." *(Er zieht aus der obersten Schublade der Kommode rechts im Vordergrund Schmucketuis heraus.)* „Diesen Schmuck, diese Möbel, diese Stoffe, diese Einrichtung kaufte ich ihr zuliebe." *(Er wirft Seidenbörsen mit Goldstücken auf den Tisch.)* „Geld in Überfluß, was fehlt ihr?"
HERR PANTALON *(mit großem Pathos)*: „Aber ihr Herz??!"
Pierrot beißt sich in die Lippen und senkt einen Moment lang die Augen, dann sieht er mit erhobenem Kopf Colombine ruhig an.
(Musik: „Mich sollst du lieben, mich!")
Colombine steht vom Sofa auf, geht auf Pierrot zu, schließt ihre Arme um seinen Hals und küßt ihn.
(Musik: „Dich will ich lieben, dich!")
PIERROT *(mit ruhigem Lächeln zu Herrn und Frau Pantalon)*: „Nun?"
HERR *und* FRAU PANTALON *(zucken ratlos die Achseln)*: „Wir verstehen das nicht!" –
HERR PANTALON *(sieht auf seine Uhr)*: „Oh, schon so spät!" *(zu seiner Frau)* „Komm!"

Sie nehmen Abschied von Colombine und gehen mit Pierrot, der sie begleitet, durch die Mitteltüre ab; im Vorübergehen nimmt Herr Pantalon sich noch ein Biskuit vom Buffet.

IV. Szene

COLOMBINE *allein*
Colombine sitzt wiederum wie zu Beginn dieses Aktes stickend auf dem Sofa. Müde, gelangweilt, blickt sie vor sich hin, streicht mechanisch mit der flachen Hand die Haare an den Schläfen zurecht, gähnt, nimmt ein Stückchen Konfitüre und leckt sich, in das Sofa zurückgelehnt, nachdenklich in die Luft starrend, langsam den Daumen und Zeigefinger ab. (Dieselbe Musik wie in der ersten Szene des zweiten Aktes.)
Es läutet; SCARAMOUCHE *meldet:* „Es ist jemand da, der die gnädige Frau zu sprechen wünscht."
COLOMBINE *(gleichgültig, ohne sich von dem Sofa zu erheben):* „Laß ihn herein."

V. Szene

COLOMBINE, ARLEQUINO
Scaramouche schlägt die Portiere zurück; im Türrahmen steht einen Augenblick lang Arlequino; er trägt einen langen Slowakenmantel, der ihn bis zu den Füßen verhüllt, und einen breitkrämpigen Slowakenhut, der sein Gesicht beschattet. In der Hand in einem Korbe Kinderspielzeug aus Holz: hölzerne Pferde, Schafe, Ochsen, einige kleinere Holzpuppen, Pierrots, Arlequins, dann eine große rohgearbeitete, als Pierette gekleidete Holzpuppe mit beweglichen Gliedern, außerdem Kochlöffel, Quirle und Ratschen. Arlequino wirft Scaramouche ein

Geldstück zu, das dieser auffängt und in seine Tasche gleiten läßt; mit devoter Handbewegung und schlauem Lächeln fordert Scaramouche Arlequino auf, einzutreten.

Colombine wendet sich um; sie erkennt Arlequino nicht. Colombine sitzt auf dem Sofa rechts im Vordergrund, Arlequino steht in der Mitte der Bühne.

COLOMBINE: „Was willst du?"

ARLEQUINO *(das Spielzeug zeigend)*: „Kauft mir was ab, gnädige Frau!"

COLOMBINE *(gleichgültig)*: „Ich brauche nichts, geh!" *Arlequino zeigt die Kochlöffel (Geste, wie man sie braucht), zeigt die Quirle (Geste, wie man sie braucht).*

COLOMBINE *(gleichgültig)*: „Ich brauche nichts, geh!"

Arlequino zeigt die Ratsche und dreht sie.

COLOMBINE *endlich unmutig auffahrend und mit dem Fuße aufstampfend*: „Ich brauche nichts, so geh doch!!"

Arlequino verbeugt sich, nimmt seine Sachen und tut, wie wenn er abgehen würde; trägt jedoch nur rasch seine Sachen in die Ecke, die die Balustrade der Treppe rechts mit der rechten Zimmerwand und dem Himmelbett bildet, und kommt wieder nach vorne, – Colombine dreht sich um; er wirft Mantel und Hut nach rückwärts in dieselbe Ecke, in der das Spielzeug liegt, und steht vor ihr.

Arlequino im Arlequinokostüm. Colombine lehnt am Tischchen, an dem sie soeben saß.

ARLEQUINO *(stolz, zuversichtlich)*: „Ich bin Arlequino!"

COLOMBINE *sieht ihn* leicht *erstaunt an*: „Nun ja – aber was willst du?!"

ARLEQUINO *tritt näher (zärtliche Musik), er sieht sie mit flammenden Augen an, dann – zuversichtlich lächelnd*: „Ich bin Arlequino."

COLOMBINE *(zuckt ungeduldig die Achseln)*: „Nun ja, was weiter?!"

ARLEQUINO *(entsetzt)*: „Ja – hast du denn ganz vergessen?!"
(er zeigt auf die Stirne).
COLOMBINE *(harmlos)*: „Was?" *(dann ärgerlich-ungeduldig)*:
„Was denn?!"
ARLEQUINO *nimmt mit raschem Griff aus dem Wasserglase auf
dem Tischchen einen Zweig dunkle Rosen und hält ihn ihr hin,
sie lächelnd, siegesgewiß, wie im ersten Akte, anblickend. (Die
Musik bringt leise das Motiv „Dunkle Rosen".) Colombine
schließt wie im ersten Akte die Augen und atmet langsam den
Duft der Rosen; Arlequino sieht sie siegesgewiß lächelnd an;
Colombine öffnet die Augen, sieht nach oben, nagt an den Fin-
gern, runzelt die Brauen, sucht sich zu erinnern, sie strengt sich
an – vergebens. (Das Motiv „Dunkle Rosen" verklingt.)*
ARLEQUINO *(ganz außer sich)*: „Du erinnerst dich nicht?"
COLOMBINE *(wiederum harmlos)*: „Nein!" *Wütend reißt* ARLE-
QUINO *Colombine das goldene Kettchen mit Medaillon vom
Halse; er öffnet das Medaillon und reicht ihr die vertrocknete
Rosenknospe; ganz verzweifelt:* „Da sieh, da – erinnerst du dich
dessen nicht?! An unsere Küsse, an unsere Umarmung??!"
*Colombine hält mit ausgestreckter Hand die Knospe vor sich
hin und sieht sie nachdenklich an; (im Orchester erklingt, leise
anschwellend, stärker als früher, wieder das Motiv „Dunkle
Rosen") Colombine denkt angestrengt nach, plötzlich leuchten
ihre Augen, sie lächelt, sie scheint sich einen momentlang zu
erinnern;* ARLEQUINO *sieht es voll Freude:* „Nun? Nun?!!"
*(Das Orchester bringt das Motiv „Mich sollst du lieben, mich!"
leise, dann stärker.)*
COLOMBINES *Gesicht wird wieder ruhig, gleichgültig; sie läßt
den erhobenen Arm mit der Knospe schlaff sinken und zuckt die
Achseln:* „Ich weiß von nichts!"
Arlequino steht erstaunt da ohne es zu begreifen.
*Colombine läßt sich ins Fauteuil rechts im Vordergrund fallen,
zerbröckelt gedankenlos mit den Fingern der rechten Hand, die*

*auf ihrem Schoße liegt, die dürre Knospe und staubt sie dann
mit gleichgültiger Handbewegung von ihrem Kleide. –
SCARAMOUCHE stürzt eilig herein und meldet voll Angst: „Pierrot kommt!" Colombine bleibt ruhig sitzen, ohne zu erschrek-
ken; Arlequino stürzt hinaus und verbirgt sich in den Falten
der Portiere.*

VI. Szene

PIERROT, COLOMBINE, *dann* NOCHOSCH
*Pierrot kommt nach vorne, bleibt stehen und sieht auf Colom-
bine, die stickt. Colombine steht auf, geht auf Pierrot zu und
küßt ihn. (In ihrem Wesen liegt etwas demutsvolles.)
Sie nimmt ihr Arbeitskörbchen und geht damit in den Erker, wo
ein Fauteuil und ein Schemel stehen, setzt sich nieder, stickt
und sieht, dem Zimmer den Rücken kehrend, zum Fenster hinaus.
Pierrot hat sich rechts im Vordergrund auf das Fauteuil zunächst der Türe niedergesetzt; er stützt den Kopf in die Hand
und sieht ernst nachdenklich zu Colombine hinüber. – In der
Ecke, in die Arlequino Mantel, Hut und Spielzeug warf, steht
plötzlich – Nochosch; er gleitet hinter das Fauteuil, in dem Pierrot sitzt; er neigt sich über die Lehne und sieht Pierrot lächelnd ins Gesicht. (Beide einander gegenüber, Profilstellung.)
Pierrot fährt zurück, bleibt aber sitzen. Nochosch spielt die
ganze Szene hinter dem Fauteuil, sich immer über Pierrot neigend, und ihm zuflüsternd.*
NOCHOSCH *(auf Colombine zeigend):* „Sieh sie an! Früher war
sie voll und blühend, jetzt ist sie eingefallen, früher war sie lustig, tanzte und sprang, jetzt sitzt sie da, läßt den Kopf hängen
und stickt." *Nochosch macht dieselben Gesten wie früher Pantalon, nur weniger outriert und viel graziöser. (Musik dieselbe
wie früher bei Pantalon.)*

PIERROT *(unmutig)*: „Geh, laß mich!"
NOCHOSCH: „Sieh nur hin – dein Werk!"
PIERROT: „Du lügst! – Sie liebt mich!"
Nochosch lacht höhnisch auf.
PIERROT *(eindringlich)*: „Sie liebt mich!"
NOCHOSCH *läuft nach der Ecke, in der das Spielzeug liegt, nimmt die große Holzpuppe und zeigt auf sie*: „So liebt dich Colombine, – wie diese Puppe!"
PIERROT *(ist unmutig aufgestanden)*: „Geh, laß mich!"
NOCHOSCH: „Sie ist deine Puppe; siehst du, so liebt sie dich."
Er legt die Arme der Puppe um Pierrots Hals und drückt den Mund der Puppe auf Pierrots Mund. „So liebt sie dich."
Pierrot geht gegen den Erker zu, Nochosch höhnt ihn und tritt ihm mit der Puppe in den Weg.
PIERROT *schleudert wütend Nochosch zur Seite, blickt einen Moment finster vor sich hin, dann, indem er sich stolz aufrichtet:* „Sie liebt mich auch ohne Hypnose!"
(Geste mit dem Ring)
NOCHOSCH *(höhnisch)*: „Versuch es!"
PIERROT: „Gut denn!"
Er geht zum Erker, Colombine sieht von ihrer Arbeit auf; er winkt ihr, sie steigt die Stufen herab.
PIERROT: „Bleib stehen!"
Colombine bleibt stehen.
Sie steht jetzt bei der Säule des Erkers, wie im ersten Akte, als er sie hypnotisierte. Pierrot ungefähr sechs bis acht Schritte von ihr entfernt; er zieht den Ring vom Finger und hypnotisiert sie; sie lehnt mit geschlossenen Augen an der Säule; Nochosch hinter Pierrot. (Bild und Musik wie im ersten Akte.)
PIERROT: „Alles sei wie früher, wie weggewischt, wie weggeblasen. Du, Colombine, sei wieder du selbst, nicht mehr im Banne der Hypnose." *(Geste mit Ring, den er rasch ansteckt.)*
Colombine wacht auf und sieht Pierrot erstaunt an; sie steigt

die Stufen herunter; Pierrot geht auf sie zu, um sie in die Arme zu schließen; Nochosch ist auf die oberste Erkerstufe gestiegen, ein Fuß um eine Stufe tiefer, und sieht neugierig vorgebeugt zu; wie Pierrot Colombine umarmen will, schaudert sie zusammen, wehrt ihn ängstlich mit beiden Händen ab und flüchtet zum Schreibkasten nach vorne. Pierrot ist zurückgetaumelt und lehnt mit tiefstem Schmerz am Mitteltisch; Nochosch lacht höhnisch triumphierend laut *auf* – (musikalisch) – *schleudert die Puppe in die Mitte des Zimmers, und verschwindet in den Falten des Erkervorhanges.*
Nochmals will sich Pierrot COLOMBINE *nähern; sie faltet die Hände:* „Bitte" *(abwehrend)* „laß mich!"
Pierrot ab durch die Türe rechts.

VII. Szene

COLOMBINE, ARLEQUINO
Colombine steht einen Augenblick da und denkt nach; in der Mitteltüre erscheint Arlequino; sie dreht sich um, sieht ihn, läuft ihm entgegen und wirft sich in seine Arme; beide kommen nach vorne; Colombine sieht Arlequino selig in die Augen, sie küssen sich. (Musik bringt das Motiv „Dunkle Rosen".)
Colombine lehnt sich in Arlequinos Arm zurück, schließt selbstvergessen die Augen, und langsam – halb gehend, halb von Arlequino getragen – läßt sie sich gegen das Sofa in Mitte des Zimmers drängen; in diesem Augenblicke öffnet sich die Türe rechts; Arlequino entflieht ins Vorzimmer, wo man ihn sich hinter einem Stuhle verbergen sieht; Pierrot kommt die Stufen herab und geht traurig auf Colombine zu, die erhitzt und schweratmend beim Mitteltische steht.
PIERROT *(flehend):* „Colombine – liebe mich!"
COLOMBINE *(ihn zornig abwehrend):* „Laß mich, laß mich."

VIII. Szene

PIERROT, COLOMBINE, ARLEQUINO, FRAU PANTALON
*Es läutet; Pierrot und Colombine drehen sich um und sehen,
wie Scaramouche Frau Pantalon die Türe öffnet; Frau Pantalon stößt im Vorzimmer auf Arlequino, begrüßt ihn voll Freude
und fordert ihn auf, mit ihr ins Zimmer zu kommen; er weigert
sich, gibt aber schließlich nach. Frau Pantalon kommt mit Arlequino, in den sie sich einhängt, nach vorne, nimmt ihn, der
etwas verlegen ist, bei der Hand, stellt ihn Colombine vor, die
ihn ohne jede Verlegenheit begrüßt, ihm aber fest die Hand
drückt und ihn mit heißem Blick ansieht; Pierrot merkt es, zieht
finster die Brauen zusammen, beißt die Lippen, faßt sich aber
und zeigt ein ruhiges Gesicht; FRAU PANTALON stellt Pierrot
und Arlequino mit der Handbewegung: „Herr Pierrot – Herr
Arlequino" einander vor. Pierrot und Arlequino, vorne in der
Mitte stehend, reichen sich mit gezwungen verbindlichem Lächeln die Hand; Colombine drückt ihrer Mutter dankbar die
Hand.*

Vorhang fällt

Die Musik nimmt das Motiv aus dem ersten Akt: „Solche Hörner will ich ihm aufsetzen" *auf und führt es kurz, graziös,
durch.*

Kurzer Zwischenakt

III. AKT

Lustige Musik; das Thema „Solche Hörner" klingt anfänglich an, später verschwindet es, um einer tollen übermütigen Platz zu machen.
Dekoration des zweiten Aktes; Mitteltisch ist mehr nach vorne gerückt und mit einem weißen Tischtuch gedeckt; Aufsatz mit Obst, Schüssel mit Backwerk, Wein und Likörflaschen; auf dem Buffet Speisereste und geleerte Flaschen.

I. Szene

Pierrot, Arlequino, Colombine, Scaramouche, Smeraldina
Colombines Wesen ist gänzlich verändert; sie ist übermütig, lustig, lebhaft; Arlequino gegenüber voll hingebender, dankbarer Zärtlichkeit; ihren Mann behandelt sie mit schlecht verhehltem Widerwillen, ihm sichtlich Verachtung zeigend. Grundton für ihr Benehmen bei Beginn dieses Aktes: naive Schamlosigkeit.
An dem Mitteltisch sitzen Pierrot auf dem Sofa, rechts Arlequino, links Colombine. Arlequino erzählt – eifrig vorgebeugt – die Schlußworte einer lustigen Geschichte, während er mit den Fingern ein Stückchen Backwerk hält. Pierrot sitzt aufrecht, starrt finster vor sich hin und zwingt sich manchmal zu einem Lächeln, als hörte er zu; Colombine hat sich toll lachend ganz in ihr Fauteuil zurückgeworfen und es dabei gedreht, so daß sie jetzt beinahe ganz en face dem Publikum gegenüber liegt, die Füße übereinandergeschlagen, die Hände gegen das Mieder pressend, als ersticke sie; sie reißt die Serviette ab, die sie um den Hals gebunden trägt, und wirft sie zur Erde; man sieht ihre

Toilette; sie trägt ein Pierettenkostüm aus goldgelbem Atlas, sehr kurz, blaßblaue Seidenstrümpfe, gelbe Atlasschuhe mit gelben Seidenpompons, ebensolche an der Taille. Die Taille ist so tief als möglich dekolletiert, schulterfrei, keine Ärmel; stattdessen Spangen aus Türkisen in Brillantfassung. Um den Hals eine Brillantenriviere. Hängende Ohrringe und Türkise; im Haar, das leicht gepudert ist, Tuff aus gelben und blauen Straußfedern, mit Reiheraigrette gehalten und von einer Türkis-Brillantbrosche. Brillanten auf zitternden Draht gefaßt in der Aigrette. Brillantarmbänder, Brillantringe, der Kleiderausschnitt nicht mit Schmuck besetzt. Der Rock mit stark gebauschten Panniers.
Scaramouche mit weißen Handschuhen und Smeraldina (in kokettem Kammermädchen-Kostüm) servieren. Scaramouche räumt das Backwerk ab, Smeraldina wechselt die Teller; Scaramouche stellt Likörgläser auf den Tisch.
PIERROT *(im Begriffe einzuschenken) zu Arlequino:* „Gefällig?"
ARLEQUINO: „Bitte."
Pierrot, sich zum Lächeln zwingend, schenkt Arlequino, sich und Colombine ein; sie stoßen alle drei an; Colombine füßelt dabei mit Arlequino, sie trinken; Colombine und Arlequino vertauschen ihre Gläser und trinken jeder aus dem Glase des andren. Pierrot bemerkt es, macht ein finsteres Gesicht, ist aber gleich wieder freundlich; man steht vom Tisch auf; Colombine ist leicht angetrunken; Arlequino empfiehlt sich Pierrot, der ihm gezwungen lächelnd die Hand reicht, küßt Colombine die Hand und geht ab. Während dieser Szene hat man Smeraldina und Scaramouche im Vorzimmer mit großem Behagen essen, aus den Flaschen trinken und dazwischen sich küssen gesehen.

100

II. Szene

Colombine, Pierrot, Scaramouche
Colombine hat sich auf das Kanapee rechts im Vordergrund geworfen; sie ist erhitzt und fächelt sich mit ihrem Taschentuch; Pierrot naht ihr und will sie küssen. COLOMBINE *(unmutig):* „Geh weg, du bist ekelhaft, mir ist so heiß!" *Es läutet; Scaramouche bringt ein Paket, übergibt es Pierrot und wartet.*
PIERROT: „Schon gut, geh nur!"
Pierrot öffnet das Paket, entnimmt ihm ein Etui; er öffnet das Etui, nimmt ein Brillantarmband heraus und überreicht es Colombine.
COLOMBINE *legt es mit leuchtenden Augen, sehr erfreut, an. Pierrot bittet demütig um einen Kuß; sie hält ihm gleichgültig den Mund hin, dabei das Armband ansehend; er küßt sie leidenschaftlich und preßt sie an sich; sie stößt ihn von sich:* „Du zerdrückst mir mein Kleid!" PIERROT *sinkt in ein Fauteuil rechts im Vordergrund:* „Jeden Kuß muß ich bezahlen!" *Er stützt schmerzlich den Kopf in die Hand. Colombine nimmt das Etui und legt es in die oberste Lade der Kommode rechts im Vordergrund, kramt dabei drinnen herum, nimmt ein winziges Kinderhäubchen heraus und beginnt, wie spielend, ein blaues Band einzuziehen.* PIERROT *bemerkt es, ist mit einem Sprunge neben ihr, reißt es ihr aus der Hand mit leuchtendem, glücklichem, lachendem Gesicht:* „Wirklich?" *(Kopfbewegung)*
COLOMBINE *(ruhig nickend):* „Wirklich!"
PIERROT *überglücklich will ihr die Hand küssen, sieht aber ihr ironisch-lächelndes Gesicht; er schlägt sich mit der flachen Hand vor die Stirne:* „Ich Narr, ich Narr!" *(mit fürchterlich verhaltenem Zorn):* „Also von ihm??" *Er zeigt mit dem Daumen nach rückwärts nach der Türe, durch die Arlequino abging; Colombine schweigt und senkt die Augen; er faßt sie bei der Hand und preßt sie:* „Von ihm??" *Er wiederholt die Geste.*

COLOMBINE *frech die Achseln zuckend*: „Ich weiß es nicht."
Pierrot stößt sie mit solcher Gewalt von sich, daß sie zu Boden fällt. Er selbst steht finster brütend unbeweglich da.
Colombine rafft sich zornig vom Boden auf, streicht ihr Kleid zurecht, geht an Pierrot vorbei, ohne ihn anzusehen; sie öffnet die Kommode rechts im Vordergrund, nimmt eine Serviette vom Tisch, breitet sie vor der Kommode aus, wirft rasch eine Menge von Etuis, dann auch Schmuck ohne Etuis hinein, bindet das Tuch zu, nimmt es und geht zur Türe.
PIERROT: „Wohin gehst du??"
COLOMBINE *(kurz)*: „Weg von dir."
PIERROT *(befehlend)*: „Bleib!"
Colombine geht.
PIERROT *(bittend)*: „Bleib!"
Colombine geht.
PIERROT *nimmt sie bei der Hand (flehend)*: „Bleib, Colombine, bleib!"
COLOMBINE *wendet sich um und sieht Pierrot mit bösem Blick an; sie lacht kurz auf*: „Gut, ich bleibe!" *Dann wirft sie das Bündel auf ein Fauteuil der Mittelgarnitur; mit befehlender Geste zeigt sie auf die Kommode*: „Dorthin gib es." *Pierrot trägt gehorsam das Bündel zur Kommode, kniet nieder und räumt die Etuis ein; Colombine sitzt mit gekreuzten Armen und übergeschlagenen Beinen am Mitteltisch und sieht vor sich hin, nervös mit den Absätzen der Schuhe trommelnd; Pierrot ist fertig und kommt demütig zu ihr; sie steht auf und weist gebieterisch auf die Türe rechts im Vordergrund*: „Geh!" *Pierrot geht langsam traurig ab.*

III. Szene

COLOMBINE, ARLEQUINO

Arlequino erscheint durch die Mitteltüre. Colombine fliegt in seine Arme; Arlequino küßt sie, geht zum Tisch, schenkt sich ein Gläschen Likör ein, stürzt es hinunter und setzt sich. Colombine läuft nach der Kommode, nimmt das Kinderhäubchen heraus und zeigt es Arlequino, ihn innig dabei ansehend. ARLEQUINO: „Was soll ich damit?" *Er schenkt sich ein Gläschen Likör ein und stürzt es hinunter.* COLOMBINE *(dringender)*: „Arlequino, sieh!" *Sie zeigt ihm nochmals das Kinderhäubchen;* ARLEQUINO *sieht sie fragend an:* „Was ist denn?" *Colombine schmiegt sich innig an ihn.* ARLEQUINO *sieht sie mit rascher Kopfwendung von der Seite an; plötzlich begreifend:* „So! Da läßt sich nichts machen!" *Schenkt sich nachdenklich ein Gläschen Likör ein und stürzt es hinunter.* COLOMBINE, *erst erstaunt, daß Arlequino nicht erfreut ist, dann „Komm", sie winkt ihm, mit ihr in den Erker zu gehen; er nimmt die Flasche Likör und geht mit ihr in den Erker. Er setzt sich in den Sessel bequem nieder, neben ihm auf dem Fußschemel, vertrauensvoll an ihn geschmiegt, sitzt Colombine, er stößt das Fenster auf; Abendsonne (nicht Abendrot). Colombine zieht den Erkervorhang halb zu, jedoch so, daß man die Gruppe sehen kann.*

IV. Szene

PIERROT, ARLEQUINO, COLOMBINE

PIERROT *kommt langsam, zwei breitkrempige Hüte in der Hand und zwei lange Mäntel über dem Arm, die Treppe der Türe rechts herunter. Auf der Treppe bleibt er einen Augenblick stehen, sieht in den Erker hinüber, dann schüttelt er traurig den*

Kopf; er streift die Schuhe ab, um nicht gehört zu werden; legt Mäntel und Hüte auf den Tisch rechts im Vordergrund; geht leise auf den Zehenspitzen zum Erker, schiebt den Vorhang noch mehr zu, so daß nur ein dünner Spalt offen bleibt, steht einen Moment überlegend da; dann geht er zum Schreibkasten, klappt ihn auf, zündet eine Girandole vom Nebentischchen an, richtet sich Papier und Feder her und beginnt zu schreiben; nur einige Zeilen, dann faltet er den Bogen zusammen, legt ihn in einen anderen, den er schließt, indem er die Enden ineinandersteckt, er schreibt darauf mit großen Lettern „TESTA-MENT" hält das Papier zum Trocknen an die Kerze, so daß man im Publikum die Aufschrift lesen kann; er hält eine Stange Siegellack an die Kerze, siegelt fünfmal das Testament (Musik markiert das fünfmalige Aufdrücken der Petschaft) er nimmt die Schlüssel aus der Tasche und legt sie dazu. Aus dem Schreibtisch nimmt er eine Handvoll Goldstücke und schiebt sie in die Tasche, dann nimmt er einen Mantel und Hut, legt beide in die Serviette, in die früher Colombine den Schmuck packte, und bindet die Serviette zusammen. Er steht ruhig, ernst, mit trauriger Miene rechts im Vordergrund. Er überfliegt mit einem Blicke die Einrichtung des Zimmers; wie abschiednehmend schreitet er langsam den Umkreis des Zimmers ab, von rechts vorne beginnend nach rückwärts; beim Bett angelangt, schluchzt er auf und birgt sein Gesicht in den Vorhangfalten, dann wischt er sich mit dem Ärmel die Augen aus und geht wankend weiter; beim Bild der Mutter bleibt er stehen und sieht es an; mit einem Sprung steht er auf dem Tischchen, und mit einem kleinen Dolch, den er aus der Brusttasche zieht, schneidet er mit vier raschen Schnitten das Bild aus dem Rahmen und rollt es zusammen. Er steigt vom Tischchen; dann geht er mit entschlossenen Schritten nach vorne; einen Augenblick lang blickt er nach dem Erker, dann, wie etwas abschüttelnd: „Nein, nein!"

Er nimmt den Mantel um, drückt sich energisch den Hut in die Stirne, schlüpft in die Schuhe, nimmt das Bündel und das Bild der Mutter; auf dem Tischchen rechts vorne, wo das Bündel lag, liegt das Taschentuch Colombines (Batist mit Spitzen); er drückt es an die Lippen, saugt das Parfüm ein und legt es nieder, sendet einen letzten Blick nach dem Erker und geht langsam, aber entschlossen durch die Mitteltüre. Im Moment, da Pierrot an der Vorzimmerportiere vorüberkommt, schlüpft aus den Falten derselben Nochosch und gleitet mit Pierrot zur Türe hinaus. (Die Musik von dem Moment an, wo Pierrot Abschied nimmt, piano; eine traurige, unsäglich wehmütige leise Melodie, zeitweilig lauter werdend wie im Moment, da Pierrot das Bild der Mutter ansieht; ganz pianissimo, wenn Pierrot am Himmelbett schluchzt, sie verklingt langsam, während Pierrot zur Türe schreitet.)
Circa 30 Sekunden Pause; im Orchester leise, dunkle Paukenschläge, wie das Hämmern des Blutes in der Schläfe. Im Zimmer Dämmerung. Plötzlich draußen Lärm und Geschrei.

V. Szene

SCARAMOUCHE, FRAU PANTALON, HERR PANTALON, ARLEQUINO, COLOMBINE
Scaramouche, Herr und Frau Pantalon stürzen entsetzt ins Zimmer; Scaramouche schwingt in der Rechten den nassen Mantel und Hut, den Pierrot im Bündel trug; Colombine hat den Erkervorhang zurückgerissen und steht erschreckt mit Arlequino auf der obersten Stufe des Erkers.
SCARAMOUCHE *zeigt ihnen den nassen Mantel und Hut Pierrots:* „Er hat sich ertränkt."
COLOMBINE *bricht ohnmächtig zusammen; Arlequino trägt sie zum Fauteuil des Schreibtisches; sie kommt zu sich und klam-*

mert sich an Arlequino: „Verlaß mich nicht, Arlequino, verlaß mich nicht!"

Arlequino unmutig, beruhigt sie leichthin und will sich unbemerkt aus dem Staub machen. Bei der Türe sieht er, wie der alte Pantalon das Testament auf dem Schreibtisch findet, es eröffnet und voll Erstaunen liest; Arlequino bleibt stehen und sieht neugierig zu.

PANTALON: „Alles gehört dir, Colombine!" *Er öffnet das untere Schreibtischfach, ganze Säcke Gold, einer geplatzt, rollen heraus. Pantalon zu Colombine:* „Alles gehört dir, mein Kind!" *Colombine sieht sich unruhig nach Arlequino um; Arlequino kommt nach vorne; Colombine flüchtet in seinen Arm.*

ARLEQUINO: „Sei ruhig, Colombine, ich werde dich nie verlassen!" *Er preßt sie an sich, und während er ihr einen Ring an den Finger steckt, scharrt er mit dem Fuß einige verstreute Goldstücke zu sich.*

PANTALON *zu Arlequino:* „Schützen Sie mein Kind!"

Arlequino preßt mit salbungsvoller Miene Colombine an sich, die vertrauensvoll zu ihm aufschaut; Frau Pantalon sucht, am Boden rutschend, mit Scaramouche Goldstücke zusammen, und durch das Fenster im Hintergrund sieht man auf der Straße Pierrot im Mantel und Hut stehend, vom Abendrot beleuchtet, er schüttelt traurig den Kopf; durch das Erkerfenster fällt ebenfalls das Abendrot und beleuchtet die Gruppe. Leise erklingt im Orchester „Pierrots Abschied" aus der früheren Szene.

Der Vorhang fällt.

Im Orchester verklingt „Pierrots Abschied".

IV. AKT

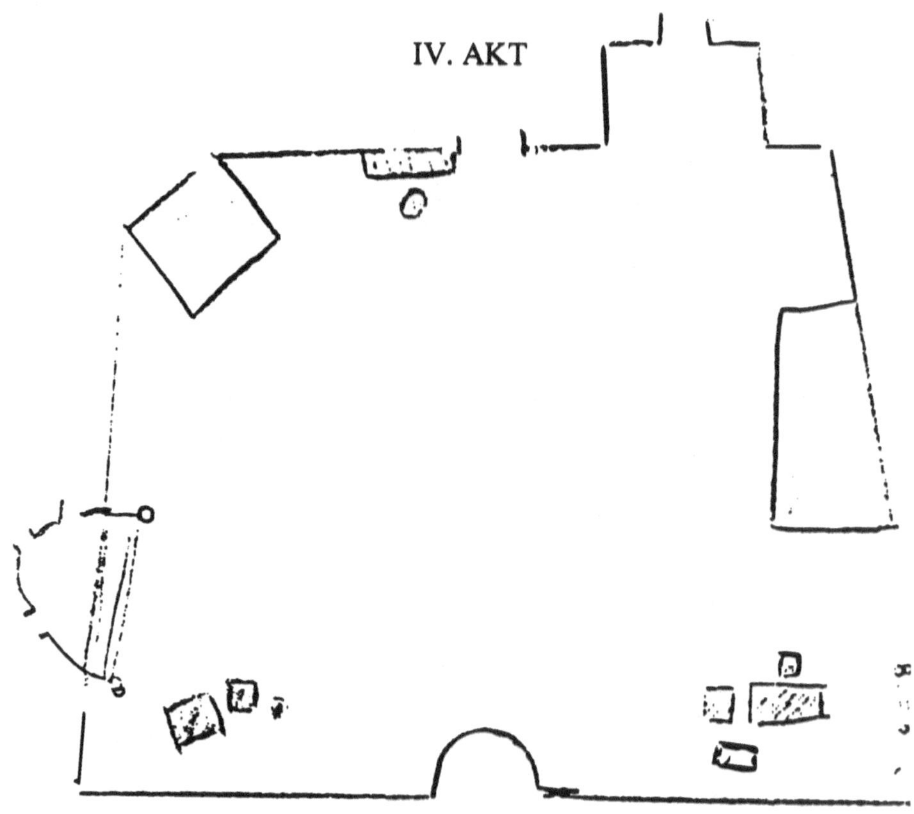

Originalskizze von Richard Beer-Hofmann

Derselbe Raum wie in den früheren Akten; die Wände kahl, an einzelnen Stellen sieht man noch herumhängende Reste der Tapeten, an andren ist sogar die Kalkverkleidung abgebröckelt, man sieht die roten Ziegel; die Wendeltreppe ist verschwunden, statt deren führt eine Leiter nach oben. Am Erker ist der blaue Samtvorhang noch befestigt; stark verschlissen. Der Vorhang ist zugezogen. An Möbeln stehen im Zimmer anstelle des Himmelbettes eine gebrechliche schiefbeinige Bettstatt; aus dem Strohsack hängt Stroh heraus; bunt gestreifter Bettüberzug;

*rechts im Vordergrund anstelle der Salongarnitur roh gear-
beiteter Tisch mit Medizinflasche, Löffel, Teller mit Hering-
skelett, eine leere Flasche, in der eine brennende Unschlittker-
ze schief steckt, ein halber Laib Brot, ein Wasserglas; links neben dem Tisch und hinter dem Tisch je ein zerrissener Strohsessel; vor dem Tische große hölzerne Wiege; rechts im Vordergrund an der Wand Kleiderstock mit zerfetzten Kleidern be-
hängt; links im Vordergrund, wo früher der Schreibkasten
stand, ein roh gearbeiteter Tisch mit einem zerrissenen Fauteuil von der früheren Einrichtung, hölzerner Fußschemel davor; auf dem Tische Teller, Speisereste, ein Weinglas. An der
Stelle, wo früher das Bild von Pierrots Mutter hing, jetzt Pierrots Bild, das die Fakultät ihm zum Doktorjubiläum sandte, davor ein Tischchen mit einem tönernen Wasserkrug, in dem sich
Feldblumen befinden. Vor dem Tischchen ein Strohsessel. Von
der Decke hängt an einem Strick eine alte Laterne mit brennender Kerze, durch das Fenster im Hintergrund fällt Mondlicht ins Zimmer; die Straßen mondhell.*

I. Szene

COLOMBINE *allein*
*Colombine in zerrissenem, weiblichen Arlequinokostüm, mit
ungeordnetem, nur leicht hinaufgestecktem Haar, blaß im Gesicht, sitzt auf dem Strohsessel rechts im Vordergrund an einem
Stück roher Leinwand eifrig nähend; sie hat einen alten Schal
umgeworfen; vor ihr die Wiege, in der ein circa anderthalbjäh-
riges Kind liegt.*
*Colombine näht; sie nimmt die Schere vom Tisch und schneidet
den Faden ab.*
*Sie putzt den Kerzendocht mit den Fingern; lehnt sich müde in
den Sessel zurück, gähnt und beginnt einzuschlafen; das Kind
in der Wiege wimmert; Colombine fährt auf, wiegt ein bißchen*

die Wiege, die Musik bringt leise ein einfaches, trauriges Kin-derliedchen, bis das Kind still wird. Sie sucht nach dem Löffel auf dem Tisch und nimmt die Medizinflasche, hält sie gegen das Licht, sie ist leer; sie steht auf und ruft aus dem Vorzimmer Smeraldina.

II. Szene

Colombine, Smeraldina
Smeraldina erscheint; zerrissener Rock; grobe schmutzige Kü-chenschürze; nicht geschnürt, statt der koketten Schuhe des früheren Aktes große Pantoffeln, die bei jedem Schritte klap-pern; auf dem einen Fuß ist der Strumpf heruntergeglitten; zer-struweltes Haar.
Smeraldina *(unmutig, verschlafen, gähnend)*: „Was willst du?“
Colombine *(freundlich)*: „Bitte hol’ Medizin – für das Kind.“ *Sie gibt ihr die Medizinflasche.*
Smeraldina: „Und das Geld?“
Colombine *(traurig die Achseln zuckend)*: „Ich hab’ keins.“
Smeraldina *(stürzt ihre Taschen um, unwillig)*: „Ich auch nicht“, *dreht sich brüsk um und geht ins Vorzimmer.*
Colombine geht zur Wiege des Kindes, setzt sich in den Sessel und starrt vor sich hin, die Medizinflasche in beiden Händen haltend.

III. Szene

Arlequino, Smeraldina, Colombine, *dann* Scaramouche
Man hört auf der Gasse einen ordinären Gassenhauer pfeifen; beim Fenster vorüber taumelt Arlequino; er öffnet die Türe, kommt unsicher herein und setzt sich gleich im Vorzimmer auf

einen Sessel, der bei der Türe steht. Smeraldina *setzt sich auf seinen Schoß, sie küssen sich, der Sessel knackt und droht zusammenzubrechen.*
Arlequino steht auf und taumelt ins Zimmer, ohne sich um seine Frau zu kümmern, direkt auf das Fauteuil links im Vordergrunde los; er läßt sich hineinfallen, läßt den Kopf hängen und starrt gedankenlos vor sich hin, die Hände in der Tasche, in der Stellung des jungen Ehemannes auf dem zweiten Bild von Hogarths „Marriage à la mode". Endlich versucht er mechanisch seinen Gassenhauer zu pfeifen; Colombine fährt auf und bemerkt ihn; sie geht auf ihn zu, zeigt ihm die leere Medizinflasche; er nimmt sie zerstreut, öffnet sie, schnuppert dazu und gibt sie mit Zeichen des Abscheus Colombine zurück.
COLOMBINE *(klopft ihm auf die Schulter)*: „Für das Kind – gib mir Geld!"
ARLEQUINO *(ärgerlich)*: „Ich hab keins!"
COLOMBINE *(flehend)*: „Gib mir Geld."
ARLEQUINO *(wütend)*: „Ich hab keines!"
COLOMBINE *(eindringlich)*: „Gib mir Geld, ich muß es haben!"
Arlequino sieht sie von der Seite an, dann steht er auf, kneift Colombine in die Backe, zeigt ihr ihr Gesicht in einer Spiegelscherbe, die auf dem Tische lag und die er ihr entgegenhält, und deutet mit dem Finger, widerlich lächelnd, auf die Straße. Colombine sieht ihn mit großen Augen an, endlich begreift sie, sinkt schluchzend in das Fauteuil und birgt ihr Gesicht in der Hand; Arlequino zuckt die Achseln und geht. –
[Im Vorzimmer stößt er auf Scaramouche, der vornehm gekleidet ist, korpulent und würdevoll aussieht; ARLEQUINO *verbeugt sich respektvoll vor ihm, sieht ihn an, läuft dann rasch nochmals ins Zimmer zurück, klopft Colombine auf die Schulter, zeigt mit dem Daumen auf Scaramouche, der gerade eintritt:* „Der da!" *Er blinzelt verständnisinnig und läuft davon, Scara-*

mouche ehrfurchtsvoll grüßend; Scaramouche dankt nachlässig.

IV. Szene

COLOMBINE, SCARAMOUCHE, *dann* SMERALDINA
SCARAMOUCHE, *der jetzt der Hausherr Arlequinos ist, bleibt in der Mitte der Bühne stehen, sieht sich das Zimmer an:* „Sehr schäbig!" *Er geht nach vorn zu Colombine, die links im Fauteuil saß und jetzt aufsteht. Scaramouche klopft Colombine auf die Schulter; Colombine macht eine ehrfurchtsvolle Verbeugung und will demütig Scaramouche die Hand küssen;* SCARA-MOUCHE *(herablassend, abwehrend):* „Laß nur, laß nur!"
Colombine bittet Scaramouche, ihr Geld zu borgen. SCARA-MOUCHE *(erstaunt):* „Wozu?" COLOMBINE *führt ihn zur Wiege:* „Arznei für mein krankes Kind brauch ich – bitte gib mir Geld!" SCARAMOUCHE *(ärgerlich die Achseln zuckend):* „Was geht das mich an?"
COLOMBINE *fällt vor ihm auf die Knie, umschlingt seine Beine und bittet ihn:* „Gib mir Geld für das Kind!"
SCARAMOUCHE *hebt sie lüstern lächelnd auf, dann nimmt er eine Börse heraus, sucht drinnen nach zwei Goldstücken, legt sie auf den Tisch rechts im Vordergrund, setzt sich daneben auf den Sessel:* „Gib mir einen Kuß, und du bekommst die Goldstücke!" *Colombine fährt auf – dann wirft sie einen schmerzlichen Blick auf die Wiege und geht zu Scaramouche. Scaramouche zieht sie zu sich aufs Knie; sie läßt es willenlos geschehen; er küßt sie; er will sie nochmals küssen; sie steht auf; er legt noch zwei Goldstücke hin und winkt ihr; sie kümmert sich nicht darum, nimmt ein Goldstück und die Arzneiflasche und läuft damit ins Vorzimmer, wo sie es Smeraldina übergibt; Smeraldina geht damit fort.*

Colombine kommt nach vorne; SCARAMOUCHE *wird zudring-
lich, sie wehrt ihn ab; er wird zornig und ballt die Faust, er
steckt seine zwei Goldstücke wieder ein, dann droht er Colombine und läuft zum Blockkalender; er reißt das Blatt ab; ein
neues Blatt mit einem Einser kommt zum Vorschein; er deutet
darauf hin.* „Entweder zahlen, oder ich werf' euch aus der
Wohnung hinaus!"
Scaramouche wütend ab.]
*Colombine geht zur Wiege des Kindes; es schläft; Colombine
fürchtet, es zu erwecken, und geht auf den Zehenspitzen leise
nach rückwärts; sie setzt sich müde auf den Bettrand; das Bett
knarrt; Colombine steht wieder auf und geht zum Bild Pierrots;
sie setzt sich auf den Sessel, der vor dem kleinen Tischchen
steht, und sieht das Bild an. (Im Orchester erklingt:* „Pierrots
Abschied") *Colombine nickt traurig mit dem Kopfe; dann ord-
net sie die Blumen in der Vase, putzt mit der Schürze ein Fleck-
chen vom Goldrahmen des Bildes weg; sie setzt sich wieder
nieder und sieht wehmütig das Bild an.*

V. Szene

COLOMBINE, PIERROT, NOCHOSCH
*Das Fenster im Hintergrunde öffnet sich geräuschlos; im Fen-
sterrahmen steht Pierrot; Pierrot trägt ein schwarzes, weites
Pierrotkostüm aus Krepp, schwarze Tüllkrause, aus den weiten
Ärmeln ragen schwarze, weite, gefaltete Tüllmanschetten her-
aus; schwarze Seidentuffs am Rock und an den schwarzen
Stoffschuhen.*
*Pierrot steigt vom Fenster herab; hinter ihm gleitet Nochosch
ins Zimmer herein und bleibt auf dem niederen Fensterbrett sit-
zen.*

Pierrot legt seine Hand auf die Schulter Colombines; sie dreht sich erschreckt um und sieht Pierrot, sie hält ihn für ein Gespenst, reibt sich die Augen.
PIERROT: „Nein, ich bin kein Gespenst, ich bin wirklich Pierrot."
Sie kommen nach vorne. PIERROT *schlägt entsetzt die Hände zusammen:* „Aber wie sieht es denn hier aus?"
Colombine lächelt traurig und nickt mit dem Kopf, sie führt ihn zur Wiege des schlafenden Kindes, PIERROT *beugt sich darüber, dann mitleidsvoll:* „Armes Kind!"
Colombine senkt den Kopf und wischt sich eine Träne aus dem Auge.
PIERROT: „Aber sag mir nur, wieso es soweit gekommen!"
Colombine setzt sich auf den Schemel links im Vordergrund, Pierrot setzt sich ins Fauteuil. COLOMBINE *erzählt:* „Ich liebte Arlequino." *(Das Orchester bringt das Motiv:* „Dunkle Rosen".*)* „Er spielte und trank, trank und spielte und schlug mich zuletzt."
PIERROT: „Arme Colombine."
Colombine lehnt sich, auf dem Schemel sitzend, an ihn.
Pierrot hält sie mit seiner linken Hand umschlungen.
Colombine sieht zu ihm auf; er beugt sich über sie und küßt sie väterlich auf die Stirne; er streicht ihr liebkosend über Haar und Wange; (sanfte, wie beruhigende, feierliche Musik, die langsam in das Wiegenliedchen, mit dem Colombine am Beginne des Aktes das Kind einschläferte, übergeht).

VI. Szene

COLOMBINE, PIERROT, NOCHOSCH, *dann* ARLEQUINO
Colombine greift nach Pierrots Hand und küßt sie zweimal inbrünstig rasch nacheinander; in diesem Momente hört man ein kurzes schmerzliches Wimmern, ein leichter Schrei – dann

Stille; die Musik ist verstummt. Colombine läuft zur Wiege, sieht hinein, hebt das Kind in die Höhe, läßt es in die Wiege zurückfallen, schreit auf, und bricht ohnmächtig an der Wiege zusammen.

PIERROT *ist mit einem Sprunge neben ihr; er beugt sich über die Wiege, hebt das Kind in die Höhe, legt den Kopf an die Brust, horcht:* „Es ist tot!"

Pierrot läßt das Kind in die Wiege zurücksinken; dann sieht er nach Colombine, hebt sie in die Höhe, sie kommt zu Bewußtsein, wirft sich aber krampfhaft schluchzend wieder über die Wiege; Pierrot steht ratlos; er überlegt einen Augenblick (im Orchester erklingt leise die Musik, die während der Hypnotisierung erklang). PIERROT *hebt den Kopf; ein Gedanke durchzuckt ihn:* „Ja, das ists!"

Er versucht Colombine aufzurichten; sie klammert sich aber an die Wiege; Pierrot läßt sie los, macht 3 bis 4 Schritte nach rückwärts, streift den Ring vom Finger und hält ihn Colombine mit energischer Geste entgegen; Colombine sieht den Ring an; langsam erhebt sie sich und steht jetzt aufrecht da, den Kopf leicht zurückgelegt, die Augen halb geschlossen. Der Schal ist von ihren Schultern geglitten.

PIERROT: „Alles sei vergessen, wie weggewischt, wie weggeblasen *(Geste)*; du bist wieder jung, schön, lustig, die kleine lustige Colombine von früher!"

Aus einer Ecke nimmt er Besen und Schaufel und reicht beides Colombine; dann energisch: „Wach auf."

Colombine schlägt die Augen auf, sieht Pierrot an, dann lacht sie fröhlich und beginnt zu räumen (Musik wie im ersten Akt); sie rückt die Sessel links im Vordergrund zurecht; der Morgen hat während der letzten Szene gedämmert, im Zimmer und auf der Gasse ist es lichter geworden; Pierrot sieht, schwer atmend, aber ruhig, in der Mitte des Zimmers stehend, Colombine zu; von ferne erklingt leise die Musik der Straßenmusikanten

aus dem ersten Akt; Colombine horcht auf und wiegt sich ver-
gnügt in den Hüften. PIERROT *(wie im ersten Akte):* „Tanze
doch Colombine!"
COLOMBINE: „Darf ich, soll ich?"
Pierrot nickt; Colombine bindet sich rasch die verrauften Haa-
re mit einem blauen Band, das sie im Haar trug, in die Höhe,
streicht sich die Haare an den Schläfen zurecht, richtet sich ko-
kett ihre Toilette; die Musik klingt näher, Colombine tanzt
fröhlich, harmlos wie im ersten Akte; die Musik klingt weiter
entfernt, als wären die Musikanten nur vorübergezogen, aber
noch deutlich vernehmbar. Man hört von ferne Arlequinos
Gassenhauer. PIERROT *(fährt zusammen):* „Was tun?"
Colombine tanzt noch immer; Pierrot zieht aus seiner Tasche
ein Fläschchen Gift, leert es in ein Weinglas, das auf dem Ti-
sche links im Vordergrund steht, zieht einen Dolch aus seiner
Tasche und prüft die Spitze; Nochosch, der die letzten Vorgän-
ge mit Neugier verfolgt hat, stürzt jetzt angstvoll nach vorne
und sucht Pierrot den Dolch zu entwinden; Pierrot schleudert
ihn nach rückwärts, Nochosch taumelt bis zum Bette und bleibt
dort – angstvoll verzweifelnd die Szene mitansehend – stehen.
PIERROT *winkt freundlich Colombine:* „Trink, es ist gut!" *Co-*
lombine nimmt das Glas, hebt es hoch und geht damit auf Pier-
rot zu, als wollte sie auf sein Wohl trinken; Pierrot zwingt sich
mit Anstrengung zu einem Lächeln, weicht aber vor ihr zurück;
er steht jetzt auf den Erkerstufen; Colombine, vor ihm, trinkt
lächelnd auf Pierrots Wohl; erst einen kurzen Schluck, der sie
schwanken macht, aber ihr schmeckt; sie lacht, taumelt und
lehnt sich, eine Stufe tiefer stehend als Pierrot, an ihn;
PIERROT *hält sie mit der linken Hand umschlungen und setzt*
mit der rechten den Dolch an seine Brust; er lächelt ihr zu:
„Trink nur!" *Colombine lacht und trinkt, ihn schelmisch dabei*
ansehend; Pierrot stößt sich langsam, ruckweise, Colombine
lächelnd ansehend, den Dolch ins Herz; erst im Momente, da

Colombine den Kopf auf die Brust sinken läßt und das Glas klirrend zu Boden fällt, verzerrt sich Pierrots Gesicht in schmerzlichem Todeskampfe; er bricht zusammen; drüben beim Bette fällt mit ihm zugleich Nochosch tot zu Boden; Pierrot reißt, im Falle unwillkürlich nach einer Stütze suchend, den Erkervorhang mit sich, und fällt, Colombine fest umschlungen haltend, über die Erkerstufen hin. Die Morgensonne bricht durch das Erkerfenster in vollen Strahlen herein und beleuchtet die beiden Toten, die [in] dem im Sonnenlicht schimmernden blauen Samtvorhang ruhen. Die Morgenglocken erklingen, das Erkerfenster springt auf; ferne Glocken stimmen in das Geläute ein; draußen der Garten mit jungen, geradlinigen, wenig verzweigten Obstbäumen in Blüte; hart am Fenster, fast ins Zimmer ragend, blühender Flieder und Kirschbäume; blauer Frühlingshimmel mit wenigen kleinen weißen Federwölkchen; die hereinströmende Luft treibt weiße Blütenflocken ins Zimmer und streut sie über die beiden Toten hin, die im vollen Sonnenglanze ruhen. In das Glockengeläute schrillt Arlequinos Gassenhauer; die Vorzimmertüre öffnet sich, und pfeifend taumelt betrunken herein, – Arlequino!

Der Vorhang fällt

Schluß!

Das goldene Pferd

Pantomime in sechs Bildern

Vorbemerkung

Die Pantomime (geschrieben Winter 1921 – Frühjahr 1922) war ein verlockender Versuch, einmal auf das Wort zu verzichten, ein Geschehen – in Aufbau und Führung – so zu erfinden, daß es durch Tun, Gebärde, Mimik, Spiel schöner durchgebildeter Körper, Licht, Farbe, Musik sinnfällig und fesselnd würde. Das entthronte Wort sollte nur *zwischen* den Bildern – im Bericht des Märchenerzählers als Gesang – sich einordnen dürfen, dann noch an jenen Stellen, wo – auch im gesprochenen Stück – aus der Situation ein Lied erwachsen würde.

In der hier vorliegenden Fassung sind die genauen Angaben der Geste, des Spiels, des mimischen, choreographischen, kostümlichen Details, der Farbenkontrastierung und Beleuchtung, der Forderungen an die Musik eingeschränkt. Vollständig würden sie den Leser zu sehr belasten.

PROLOG

Der Vorhang geschlossen. Dunkel.
Gebrochene Harfenakkorde setzen stark entschlossen ein. Aus dem Proszenium hebt sich langsam ein weißer Sockel. Auf ihm, mit gekreuzten Beinen, der Märchenerzähler.
Musik nicht *rezitativisch – nicht melodramatisch untermalend.*
Liedartig, arienartig geschlossen. Reich instrumentiert, aber

nie ein Mezzoforte überschreitend. Der Gesangsstimme den Vortritt lassend.

DER MÄRCHENERZÄHLER, *sich lächelnd verneigend. Verbindlich*:

> „Ich grüße euch! – *Ich* bins, dem sonst man lauscht
> In hellbestirnten lauen Sommernächten,
> Denn Märchen weiß ich, drinnen sich Geschicke
> Zu Wundern – seltsam, unerhört – verflechten.
> Doch: Sonne, Mond, Männer- und Frauenleiber,
> Prunk der Paläste, funkelndes Gestein,
> Meer, Wüste, Gärten, Sturm – muß ich erschaffen –
> Aus nichts –

Lächelnd, mit nicht so ernst gemeinter Bescheidenheit

> mit meinem armen Wort allein!
> Heut laßt mich stumm sein! Leibhaft sollt ihrs schauen,
> Im Bild – doch farbig atmend, Fleisch und Blut,
> Bewegt – und statt des Wortes überströmt von
> *Musik*, mit mächtiger, sanft – – und wilder Flut!
> Nur manchmal noch – euch dienend zu geleiten –
> Sei mir, wie sonst, das Wort – mein Wort! – gewährt,
> Und nun – merkt auf: Das, was ich heut euch zeige,
> Das nenne ich – seht hin!“:

„DAS GOLDENE PFERD“

Der Vorhang teilt sich.

An die Rampe anschließend – den Bühnenrahmen füllend – die Fassade eines Palastes aus grünem Malachit. Das große Tor in der Mitte und die hohen Fenster, durch Nischen ersetzt. Alle Nischen in arabischer Kielbogenform, mit Goldmosaik ausgekleidet.

In den Nischen: In den zwei untersten je zwei kniende, nackte, herkulische Neger. Mit ihren Nacken scheinen sie die Last des Baues zu tragen.

In der Tornische: Auf goldumpanzertem Pferd der junge Emir in goldener Rüstung. Zu seiner Rechten und Linken ein Zwerg und ein Riese – beide in grüngold schimmernder Tracht.

In der linken Nische: Bilal, breit, behäbig dastehend, ein Winzermesser und ein Bündel Bast in den Händen.

In der rechten Nische: Halimah, Bilals Tochter, an einer hohen Sense, die sie gegen den Boden stemmt, lehnend.

In der linken oberen Nische: Bahádur, auf einen Spaten gestützt, vor sich hinträumend.

In der rechten oberen Nische: Der König, in schwarzer, smaragdenübersäter Tracht. Tiara aus Smaragden. Er blickt ernst und umschattet vor sich hin.

In der obersten Nische: Tarkah, die Lautenspielerin, hochmütig aufgereckt. In weitem Silbermantel. Silberner Turban. In der lässig herabhängenden Linken eine silberne Laute.

Alle diese Gestalten nicht sofort sichtbar. Erst in dem Augenblick, da der Märchenerzähler auf eine Nische weist, wird sie erhellt.

Der Märchenerzähler greift nach dem Stab und weist – ohne sich umzuwenden – auf die einzelnen Nischen. Zuerst auf die große Tornische.

Der Emir wird sichtbar. Kriegerische – stolze, prunkende Reitermotive, in Geheimnisvolles sich verlierend.

DER MÄRCHENERZÄHLER:

 „Ein *Emir* auf goldumpanzertem Pferd,

 Goldsattel, Goldzaum und Goldbügel!

 Aus Fernen kommt er. Ein Riese, ein Zwerg – –

 Zwei Seltsame – halten die Zügel!“

Bilal und Halimah werden sichtbar.

Breit, kraftvoll-behäbig ins Pastorale ausladend, gegen Schluß
sich zart rundend

> „Hier, *Bilal!* Ein Bauer, an Feldern reich,
> Und an Vieh, und an Hausgesind,
> Auf eigenem Boden sein eigener Herr –
> Und dort: *Halimah*, sein Kind!"

Unruhig drängend heroisches, schmerzlich alteriertes Kanta-
bile

> „Und hier *Bahádur*, Halimah verlobt,
> Er liebt sie – doch Liebe, sie hält
> Ihn gekettet an Heimat und Scholle und Haus –
> Und die Welt lockt draußen – – die Welt!"

Der König wird sichtbar.

Gebietend, feierlich-majestuose Rhythmen, schwermütig über-
schattet

> „Ein *König*, stolz auf basaltenem Thron,
> Doch satt aller Schätze und Macht.
> In Schwermut alternd – er sieht seinen Weg
> Sich senken zu Dämmer und Nacht!"

Tarkah wird sichtbar.

Hochmütig herausfordernd – gerissene Arpeggien

> „*Tarkah!* Sie spielt die Laute und tanzt
> In niederen Schenken um Lohn –
> Vom Morgendämmer zur nächsten Nacht
> Steigt aus Dunkel sie auf, bis zum Thron.
> Es lockt ihre Laute, ihr Lied und ihr Leib,
> Bis die Glut zur Flamme hoch loht!
> Sie lockt über Lügen und Leichen und Leid,
> Zu Lust und Taumel und Tod!"

Die Gestalten verblassen, der Vorhang schließt sich, es ist wie-
der dunkel.

*Einige wenige überleitende Takte, um in die verbindlich ruhig,
liebenswürdige Stimmung des Prologbeginnes zurückzufinden.
Dann:*

    „Nun mag es beginnen! – Doch bebt noch in euch
    Eures Tagwerks Unruh und Hast!
    Noch glitt von euern Schultern nicht ab
    Dumpfer Sorgen und Mühen Last!"

Er hebt befehlend den Stab.

    „So woge vorher Musik noch heran,
    Umflute rings um euch den Raum –
    Gebt willig euch hin! Nehmt schwerer es nicht",

*Er neigt sich verbindlich lächelnd, während bereits Dunkel sich
über ihn senkt.*

    „Als ein Märchen, ein Spiel – einen Traum!"

*Der Märchenerzähler ist nicht mehr zu sehen. Leises, helles
Klingen und Rauschen, als ströme Wasser aus eben erschlosse-
nen Quellen. Darüberhin immer breiteres Dahinwogen melodi-
scher Elemente, das zu starkem Rauschen anschwillt, dann
langsam abebbt. Ruhige, friedliche Klänge. Der Vorhang teilt
sich.*

ERSTES BILD

Der ummauerte Bauernhof Bilals.

*Links das Männerhaus – rechts das Frauenhaus. Alles Mauer-
werk mit weißem, grobkörnigem Bewurf.*

*Im Hintergrund die Mauer des Hofes, durch hohe Pfeiler ge-
gliedert, durchbrochen von einem breiten Tor, dessen Flügel
ausgehängt sind. Rechts im Mittelgrund ein Schöpfbrunnen.*

*Die Tracht der Insassen des Bauernhofes: Ihre Elemente,
südslawischer und kleinasiatischer Bauerntracht entnommen,*

frei verwendet und durchsetzt mit einem an Zeit und Land sich nicht bindenden Märchenorient.

Vortag der Hochzeit Halimahs mit Bahádur.

Später Nachmittag. Der Himmel in türkisenem Blau, das später in Glühen des Abendhimmels, in Dämmern und mondhelle Nacht übergeht.

Der Hausverwalter schlägt den Gong: Feierabend.

Die Arbeit wird abgebrochen. Aus den Gärten treten Bilal und Halimah, dann Bahádur. Mägde bringen ihnen kupferne Bekken, in denen sie ihre Hände spülen.

Ein niederer Tisch, für das Abendbrot gedeckt, und drei hohe Kissen werden aus dem Männerhaus herausgetragen.

Der junge Schneider – begleitet von zwei Lehrjungen – bringt die Hochzeitskleider des Brautpaares. Er läßt die Pracht der Kleider bewundern. Der Schneider geht.

Der Juwelier bringt – in einem Kästchen – zwei goldene Ketten mit den Miniaturbildern des Brautpaares. Bilal hängt Halimah das Bild Bahádurs, Bahádur das Bild Halimahs um. Der Juwelier geht.

Halimah, Bahádur, Bilal setzen sich zu Tisch. Aus den Gärten klingt ein breiteinhertretender schlichter Bauerntanz.

Von ferne erklingt – immer näher kommend – rauschende Marschmusik. Die Mägde eilen zum Hoftor. Auch Bilal, Halimah und Bahádur.

Auf der Straße, im Abendglühen, ein prunkvoller Zug. Charakter des Zuges – ein Fürst, der unter kriegerischer Bedeckung reist. Schwergepanzerte Reiter, leichte Bogenschützen, ein Trupp musizierender Spielleute, reich aufgezäumte Tragtiere.

Der junge Emir auf goldumpanzertem Pferd wird sichtbar. Er hält. Ein Krieger kniet nieder und bietet dem Emir den Nacken, auf den er, vom Pferd absitzend, tritt.

Der Emir tritt in den Hof. Ein stolzes, blasses, ernstes Gesicht. Nur wenig älter als Bahádur. Unter dem an den Seiten offenen

Übergewand aus violetter Seide ein goldenes Kettenhemd. Der goldene Helm mit goldenen Kettengehängen. Im goldenen Gürtel ein Dolch und ein leicht gekrümmter Säbel. An einer langen Halskette ein Miniaturporträt, in smaragdener Fassung. Auf der Straße – gerahmt vom Torbogen – das Pferd, von dem er absaß. Zwei schwarze Sklaven halten die Zügel. Hinter dem Pferd gepanzerte Krieger, Lanzenschäfte, dunkelviolette Wimpel.

Das riesenhafte Pferd ist ganz in Gold gepanzert. Der Kopf in einem Plattenharnisch, wie in einer Maske, die nur Augen, Ohren und Nüstern frei läßt. Die Platten gleich Buckeln einer Panzerechse. Halsharnisch, Brustharnisch, der vorn wie ein Schiffskiel sich vorwölbt. An den Plattenpanzer schließt sich ein Schuppenpanzer, an diesen ein Kettenpanzer. Am Nackenharnisch eine Art aufgerichteter scharfzackiger Drachenkamm. Alles in matt leuchtendem Gold. Auch die Hufe vergoldet.

Hinter dem Emir treten ein: Krieger in prunkenden Rüstungen. Dann ein Zwerg in sumpfgrün-goldschillernder Kleidung mit großem Turban, und ein riesenhafter, noch junger Sklave, vom breiten, goldenen Gurt an in den gleichen Stoff gekleidet. Der Oberkörper nackt. Im Gurt Dolch und leicht gekrümmter Säbel, in rubinenbesetzten Scheiden.

Wenn der Emir eintritt, werfen sich Knechte und Mägde zu Boden. Bilal, Halimah neigen sich bis zur Erde, Bahádur starrt wie gebannt auf die Eintretenden. Der Emir winkt lächelnd, alle erheben sich.

Bilal begrüßt ehrfürchtig den Emir. Halimah bietet ihm einen Trunk. Der Emir sieht sie an. Er bemerkt das Bild Bahádurs am Halse Halimahs. Bilal stellt ihm Bahádur als Bräutigam Halimahs vor. Der Emir läßt sich Halimahs Bild von Bahádur reichen, der, entflammt, Rüstung und Waffen der Krieger bestaunt. DER EMIR setzt die Schale, die ihm Halimah reicht, an die Lippen. Während er trinkt, haftet sein Blick fragend unver-

wandt an Halimah, und unauffällig drückt er Halimahs Bild an seine Brust.

Er wendet sich zu Bahádur: „Zieh mit uns!"

Bahádur jubelt freudig auf. Aber Bilals und Halimahs traurig flehender Blick halten ihn zurück – er bleibt.

Der Emir gibt Bahádur Halimahs Bild zurück, sein Blick taucht, suchend, in Bahádurs Augen – ganz kurz nur, – dann grüßt er mit leichtem Lächeln, wendet sich und besteigt sein Pferd. Er winkt – die Musikanten des Zuges setzen stark und jubelnd ein. Er zieht weiter.

Bahádur blickt sehnsüchtig dem Zuge nach.

Bilal, Halimah, Bahádur setzen sich wieder zu Tisch.

Es dämmert. Die Ampel über dem Hauseingang wird entzündet. Man reicht Bilal seine Wasserpfeife, Halimah ihre Laute. Sie greift einleitende Akkorde (Halimahs Lied), bricht aber ab, da von der Straße her, immer näher kommend, das Spiel einer Flöte klingt. Auf der Straße wird der blinde Sänger sichtbar, geführt von einem Knaben, der eine Art Flöte bläst. Der Knabe geht voran. An seinem Gürtel eine Schnur, deren anderes Ende um den Gürtel des blinden Sängers geschlungen ist.

Der blinde Sänger: Ein Greis, groß, kraftvoll, aufrecht. Unter vollen weißen Brauen liegen tief die erstorbenen Augen. Eine Art kleiner Harfe hat er an einer Schnur umgehängt. In der Hand ein mannshoher Stab, den er im Gehen – nicht tastend, sondern sicher – vor sich hin setzt. Der Sänger tritt in den Hof. Halimah reicht ihm einen Trunk. Bilal fordert ihn auf, zu singen.

DER BLINDE SÄNGER *hebt an. Die Finger gleiten über die Saiten der kleinen Harfe. Sonst reglos, hoch aufgerichtet:*

„Ruft ihr mich den *blinden* Sänger –
Nennt ihr nicht mein *wahres* Los,
Gnädig wandte nur nach innen
Gott den Blick mir – Gott ist groß!

Ließ er mich erst seligen Auges
Wandern durch den *Schein* der Welt –
Frei von Schein, den *Sinn* zu schauen,
Ward ich innen nun erhellt!"
Erfüllt vom Wesen seiner Sendung
„Eure Lust und Qual zu ahnen,
Hat nun Gott in mich gelegt – –
Naht ihr mir – so rauscht in Wellen
An mein Herz, was euch bewegt!"
Leiser, gedämpft anhebend, dann immer ergriffener und rascher dahinströmend
„Jüngling du! – Zu mir herüber
Haucht die Glut, die dich versengt,
Glanz und Macht! Wie sie dich locken!
Wie zu Kampf und Sieg dichs drängt!
Achtest du dein Tun geringe,
Weils nicht prahlt in gleißem Schein? –
Wie es wiegt auf *Gottes* Waage",
Fast zurechtweisend
„Weißt nicht du – weiß *Gott* allein!"
Feierlich, verkündend und grollend
„Mißt du denn, wozu dein Leben
Gott in seinem Planen braucht?
Dünkt dirs klein und niedrig? *Gott* dünkt
Groß vielleicht es und erlaucht!"
Leise, gedämpft, zart, fast ein Beten
„Nur, wie deine Seele blühet –
Rein enttaucht dem Tag, der Nacht,
Formt dein wahres Schicksal – gib es
Nicht um bunter Masken Tracht!
Tracht ist Trug, verblaßt, vermodert
In des Morgens erstem Licht!
Was dich lockt – eh du es neidest,

Sieh sein wahres Angesicht!"
Zu jugendlich hellem, gläubig vertrauendem Choral sich auf-
schwingend

"Erz, das dir verliehen, schmiede,
Stark und stolz, zu *eignem* Los!
Reines Ringen wird zum Segen
Gott dir wenden – Gott ist groß!"

Warnung und Mahnung des Liedes hat Bahádur mit bitter
überlegenem Lächeln abgelehnt. Der Sänger geht.
Bilal, Halimah, Bahádur erheben sich. Der Hausverwalter
schlägt den Gong – das Zeichen, Nacht zu machen. Bilal geht
ins Männerhaus.
Halimah wird von Bahádur zum Frauenhaus geleitet. Knechte
und Mägde gehen zur Ruh. Der Hausverwalter löscht die Am-
pel und geht.
Es ist Nacht. Der Hof ist leer. Nur zwei Knechte sind noch be-
schäftigt, die schweren Torflügel einzuhängen, das Tor zu
schließen.
Der Hof bleibt leer.
Aus dem Männerhaus tritt Bahádur mit einem Kissen und einer
Decke, um im Freien zu schlafen. Aus dem erhellten Fenster
Halimahs im Frauenhause klingt gedämpft – auf der Laute ge-
spielt – das Lied des blinden Sängers.
Bahádur horcht einen Augenblick, dann – mit einer gering-
schätzigen Geste das Lied und seine Mahnung ablehnend –
bettet er sich auf den Stufen des Männerhauses.
Das Lied verklingt, das Licht im Fenster verlischt. Bahádur
schläft.
Es ist stille.
Dann, aus der Ferne, die Musik, die den Zug des Emirs beglei-
tete.
Sie kommt näher, immer näher. Nun ist sie – aber noch immer
leise – vor dem Tor. Sie scheint fremdartig, sonderbar gefärbt.

*Ein dreimaliges Klopfen. Bahádur fährt auf – aber er glaubt zu
träumen.*
*Nochmals drei dumpfe Schläge. Bahádur fährt auf. Er öffnet
das Tor. Auf der Schwelle der Emir. Hinter ihm, im Mondlicht,
sein goldgepanzertes Pferd, neben ihm Zwerg und Riese.*
Bahádur glaubt noch immer zu träumen.
DER EMIR: „Kein Traum – dort – das Pferd, es steht für dich
bereit!"
*Zwerg und Riese betreten den Hof. Sie bringen Rüstung und
Kleider, die denen des Emirs gleichen. Staunend, betäubt,
schwer atmend steht Bahádur und duldet es, daß sie in fliegen-
der Hast ihm die Kleider überwerfen und ihn waffnen. Der Riese hält ihm das Schwert hin. Der Zwerg den Helm. Nun erst
scheint Bahádur zu erwachen – er greift nach beiden, gürtet
sich mit dem Schwert, setzt den Helm auf und tritt in fiebernder
Erregung dem Emir gegenüber – nun ihm gleichend.*
DER EMIR *weist auf sein Pferd:* „Dort steht dein Pferd – sitz
auf!"
Bahádur wendet sich zum Gehen – DER EMIR *vertritt ihm den
Weg:* „Halt!" *Er nimmt die Kette, die er trägt, von seinem Hals
und bietet sie zum Tausche gegen die Kette mit dem Bild Halimahs, die Bahádur trägt.*
*Einen Augenblick noch zögert Bahádur – dann reißt er sich die
Kette vom Halse und reicht sie dem Emir. Der hängt seine ei-
gene Kette Bahádur um.*
*Bahádur stürzt zum Ausgang, er steigt in den Sattel. Zwerg und
Riese fassen die Zügel; der Emir, auf den Stufen des Frauenhauses stehend, winkt. Das Pferd schreitet aus.*
*Der Vorhang schließt sich rasch. Die Marschrhythmen setzen
nochmals rasch entschlossen ein, um bald in der Ferne zu verklingen.*

ZWISCHENAKT

Der Vorhang geschlossen. Dunkel.
Musik: „Ritt durch die Nacht." *Romantisch und balladenhaft.*
Die Musik geht nach wenigen Takten aus Marschrhythmen in
den Rhythmus eines gleichmäßig gemessenen Trabens über.
Über dem immer gleichen Trabmotiv der Bässe und gedämpf-
ten Pauken flimmernd die Stimmung der Mondnacht. Ritt durch
den Wald. Ritt längs des Flusses.
Aus dem nächtlichen mondhellen Weben hebt sich immer deut-
licher ein balladenhafter Satz.
DER MÄRCHENERZÄHLER *wird sichtbar. Er hebt an:*
Unter dem Balladenmotiv immer leise das Motiv des Trabens

    „Nun reitet Bahádur auf goldenem Pferd
    Durch die Nacht über Hänge und Hügel!
    Er kennt nicht die Straße, er weiß nicht das Ziel – –
    Zwei *Seltsame* halten die Zügel:
    Ein Zwerg und ein Riese. Die kehren nun heim
    Zu dem König, der sie entsandt.
    Ein König! Herr über Inseln und Meer
    Und noch unermessenes Land!
    Tausendtausende küssen vor ihm den Staub – –
    Doch – kein Erbe ward seinem Thron,
    So hat er zur Schwester – ferne vermählt –
    Gesandt um den einzigen Sohn.
    Der hat für Halimah gegeben dahin
    An Bahádur sein königlich Los.
    Nicht weiß noch Bahádur, mit wem er getauscht – –
    Zwei *Seltsame* wissen es bloß.
    Nicht weiß noch Bahádur, daß er jetzt trägt
    Auf der Brust eines Königs Bild!
    Daß des Königs Namen gebietend blitzt
    Von der Klinge des Schwertes und dem Schild – –

So reitet Bahádur auf goldenem Pferd
In die Welt – und er weiß es mehr kaum,
Wie all dies geschehen – zwei *Seltsame* führen – –
Er reitet dahin wie im Traum!"
Das Balladenmotiv findet verklingend zurück in die Motive des
„Ritt durch die Nacht".
Auch jetzt noch kein einziges Forte.
Nach wenigen Takten mischen sich in die Rhythmen des Tra-
bens scharf akzentuierte Rhythmen eines derben, eher bäueri-
schen Tanzes.
Sie unterdrücken allmählich fast die Rhythmen des Reitens.
In die Tanzrhythmen mischen sich Gläserklirren, girrendes La-
chen, kurze Aufschreie von Frauenstimmen – alles noch ge-
dämpft.
Der Vorhang teilt sich. Hinter einem Nebelschleier im Dämmer
die Szene des zweiten Bildes.
DER MÄRCHENERZÄHLER:
„Drunten seht die weiße alte
Königsstadt im Mondesglanz!
Hier die Schenke vor dem Stadttor –
Drinnen Wein, Musik und Tanz!
Wohl vertraut sind hier dem Riesen
Wie dem Zwerg Gebäu und Platz,
Und sie kennen den geheimen
Zugang zu des Königs Schatz.
Wächter stehn – ins Horn zu stoßen,
Wenn der längst Erharrte naht –
Für den Schwestersohn des Königs
Ist geschmückt, beblumt der Pfad.
Hier wird nun Bahádur rasten
In der Schenke rotem Schein –
Drinnen drehen sich Wirt und Gäste,
Dirnen – alle trunken, heiß von

Liebe, Tanz, Musik und Wein!"
Die Nebel heben sich.

ZWEITES BILD

Schenke auf dem ummauerten Platz vor dem Tor der Königs-
stadt.
Rechts und links hohe Wallmauern.
In der linken Mauer ein Stalltor, von Steinbänken flankiert, in
der rechten ein hoher Torbogen, durch den die Straße aus dem
Tal heraufführt.
Im Hintergrund: Rechts – in einem Turm der Stadtmauer – das
Stadttor, durch ein herabgelassenes Gitter verschlossen. Links
die Schenke, ein niederer Würfel mit flachem Dach, das eine
kleine Kuppel krönt. Der Zugang zur Schenke über einen brei-
ten Altan, zu dem von beiden Seiten Stufen führen. Unter dem
Altan eine breite Nische. In der Nische eine breite, niedere
Steinbank. Über der Eingangstür eine rote Laterne.
Nachts. Der Platz im Dunkel. Nur um die Schenke ein roter
Lichtkreis. Im Hintergrund, aus der Tiefe ragend, im blauen
Mondlicht, die weißen Dächer, Kuppeln, Türme der Königs-
stadt.
Aus der Schenke dringt Tanzmusik. Die beiden Wachsoldaten
am Stadttor lehnen ihre Lanzen an die Pfeiler und treten in die
Schenke. Pferdetraben. Durch den Torbogen rechts, auf dem
goldgepanzerten Pferd, Bahádur. Zwerg und Riese halten die
Zügel. Bahádur sitzt ab. Der Riese führt das Pferd in die Stal-
lung. Der Zwerg nimmt Bahádur den Helm ab. Bahádur lehnt
schlaftrunken an der Nische des Altans der Schenke. Die Tanz-
musik ist zu Ende.
Ein Lautenlied erklingt. Der Zwerg schlägt mit einem Schlüssel
an eine verborgene Tür im Boden, die zu den Schatzkammern

des Königs führt. Echo antwortet. Die Tür öffnet sich. Unheimlich grünfahles Licht bricht hervor. Schlürfen von Schritten, der Tritt nackter Sohlen, darüber leichtes Klirren silberner Geräte. All das formt sich zu schreitenden Rhythmen, die geheimnisvoll, fremd, unwirklich den Zug begleiten, der langsam aus der Tiefe steigt: Gewappnete Neger, dann fast nackte Neger, die schweres silbernes Gerät und einen silberdurchwirkten Teppich tragen. Dann wiederum Gewappnete. Mit lautlosem Schritt ziehen sie über den Platz und laden ihre Last unter dem Torbogen ab. Der Riese schließt die Tür der Schatzkammer und folgt den Gewappneten. Bahádur hat sich müde auf die Steinbank gleiten lassen. Das Lautenspiel in der Schenke ist verstummt. Tarkah, die Lautenspielerin, tritt auf den Altan. Hinter ihr Ghajur, der Schenkbursch, jung und schön. Tarkah trinkt aus dem Becher, den Ghajur ihr reicht, küßt Ghajur – aber da er zärtlicher wird, weist sie ihn wieder zurück in die Schenke. Der Zwerg erkennt Tarkah, erklettert den Altan, flüstert ihr ins Ohr, zeigt auf den schlafenden Bahádur und bedeutet ihr: Schweigen.

Geräusch aus der Schenke. Der Zwerg birgt sich im Dunkel des Torbogens, Tarkah tritt in die Schenke zurück.

Aus der Schenke klingen die einleitenden Takte eines Tanzliedes: „Der Tanz des Trunkenen." Die Treppen herunter schwankt der Trunkene. Er ist jung, groß, schlank. Seine weinselige Beglücktheit steigert seine Anmut. Rechts und links von ihm je eine Tänzerin. Seine Arme halten ihre Nacken umschlungen. Hinter ihm ist Ghajur aus der Schenke getreten, hat eine Weinkanne und Trinkschalen auf den Sockel der Treppenwange gestellt und ist wieder zurückgekehrt.

DER TRUNKENE – in langsamem Tanzschritt mit den beiden Tänzerinnen den Platz umkreisend. Die ersten acht Zeilen, immer ein paar Tanzschritte nach vorne, dann ein leichtes Verlie-

ren der Balance, ein Zurückweichen – dann wieder nach vorne
Tanzen:

"*Sagt* mir nur Eins nicht: ich sei jetzt betrunken!
Sagt ihrs, so *sagt* nicht, ich wär es vom Wein!
Bin ichs – so *bin* ichs von Tanz und Musik und –
Von euern Augen – ihr Schönsten – allein.
Sagt nicht, ich schwanke im Gehen – ihr seht doch,
Das soll ein Tanz sein, nach rechts und nach links!
Schwer ist das Stillstehn! Doch soll ich mich drehen –
Sagt es – ich harre nur eueres Winks!
Seht dort die Schalen und seht dort die Kannen!
Oh! du mein schuldlos beschuldigter Wein!"

Zu den Mädchen

"Du, meine Linke du, hebe die Schale!
Du, meine Rechte du, schenke mir ein!"

Er hält im Tanzen inne und schlürft die Schale, die ihm ge-
reicht wird.

"Mädchen her – Mädchen! Daß voll sei das Dutzend,
Ruft mir noch zehn her – ihr seid ja nur zwei!
Wartet! mein Silber da werf ich durchs Fenster –
Silber, mein liebes – du lockst sie herbei!"

Er hat einen Beutel mit Silbermünzen durch die Scheiben eines
Fensters der Schenke geworfen. Sofort stürmt ein Schwarm aus
der Schenke, die Stufen hinab und formt sich zu einer Kette,
den Trunkenen umkreisend.

"Jetzt gehts im Kreis! Ach, im Kreis nur ist Gleichheit!
Wer tanzt voraus da? Und wer tanzt da nach?"

In wachsender Beglücktheit

"Schwankt hier der Boden, so steigen wir höher –
Schwingen uns himmelnah – dort auf dem Dach."

Immer leiser, hingegebener, endlich weinselig verklärt

"Glückliche schweigen! So schweig ich – sonst meint ihr,
Wein sei die Glocke, die laut aus mir schellt!

Eins nur noch sag ich: Ach! schön seid ihr Mädchen –
Schön ist die Nacht heut – nein –: Schön ist die Welt!"

Der Tanz, lässig einherschlendernd, aber rhythmisch scharf akzentuiert einsetzend, täuscht spanischen Madrileñacharakter, leicht rasselnd, vor – um schließlich als weinselig verklärter Ländler zu verhauchen.

Die Tänzerinnen entdecken Bahádur, wecken ihn, bieten ihm Wein, bieten lachend sich selber an. Aber da er verlegen, spröde abwehrend vor ihnen zurückweicht, lassen sie von ihm und huschen ins Haus zurück.

Tarkah ist auf den Altan getreten. Unter ihr, an die Mauer gelehnt, steht Bahádur. Sie streift, auf der Treppe stehend, den Schuh vom Fuß, so, daß er vor Bahádur zu Boden fällt. Er blickt auf, dann reicht er ihr – ohne sie anzublicken – den Schuh. Sie setzt ihren nackten Fuß auf Bahádurs Schulter – er weicht aus. Sie flüstert, auf den Stufen kauernd, Bahádur ins Ohr – er wendet den Kopf. Sie steigt herab, tritt vor Bahádur, zieht ihn an sich, küßt ihn – er wehrt schamhaft und unwillig ab. Unmutig wendet sich Tarkah. Ghajur tritt ihr auf den Stufen entgegen. Ein Gedanke blitzt in Tarkah auf. Sie lächelt, sie greift nach ihrer Laute. In Ghajurs Arm geschmiegt, die Laute spielend, Ghajurs Zärtlichkeit sich hingebend und wieder versagend, schreitet sie an Bahádur, der in der Nische lehnt, vorbei – als wüßte sie nichts von ihm. Ghajur umschlingt sie – ihr Spiel bricht ab. Sie entwindet sich ihm, er faßt sie mit hartem Griff, sie versucht zu entkommen. Ghajur schleift sie mit sich dem Dunkel zu, aber Bahádur wirft sich auf Ghajur. Ein kurzes Ringen – Tarkah ruft um Hilfe. Aus der Schenke stürzen der Wirt, die Gäste, ein Hauptmann der Leibwache, Stallburschen, Wasserträger, Kameltreiber. Man trennt die Ringenden, man schleppt den tobenden Ghajur zurück in die Schenke. Bahádur und Tarkah sind allein.

Tarkah, in der herabhängenden Linken die Laute, schreitet langsam, zögernd auf Bahádur zu – ganz Demut, ganz Zerknirschung.

Bahádur strafft sich, kreuzt die Arme über der Brust, seine knabenhafte Befangenheit scheint von ihm gewichen. Ruhig, seiner sicher, steht er da.

Tarkah tritt vor ihn. Ihr Kopf sinkt tiefer, sie schluchzt auf, die Laute entgleitet ihr, sie bricht in die Knie, dann liegt sie vor Bahádur, faßt seinen Fuß und setzt sich ihn auf den Nacken.

Bahádur zieht sanft den Fuß zurück. Tarkah faßt seinen Arm und zieht sich an ihm empor. Sie lächelt ihm zu, dann löst sie ihre Gürtelschärpe und trocknet seine Schläfen.

Bahádur läßt es schwer atmend geschehen. Als striche sie ihm nun die feuchten Locken aus der Stirne, gleitet ihre Hand sanft über seine Wangen, seinen Hals, die Brust entlang – ein Ergreifen künftigen Besitzes. Bahádur reißt sie an sich und preßt ihren Kopf an seine Wange. Mit herabhängenden Armen – wie willenlos – läßt sie es geschehen. Erst wenn er sich zu ihr hinabneigt, hebt sie, noch immer schmerzlich lächelnd, ihre Lippen ihm entgegen, und im Kuß schlagen ihre Arme jäh, gleich Fangeisen, über seinem Nacken zusammen. Summen, Lachen, Instrumente, die gestimmt werden – aus der Schenke poltert ein Schwarm von Gästen und Musikanten auf den Altan.

Tarkah und Bahádur haben sich aus ihrer Umschlingung gerissen. Tarkah blickt rasch nach oben, dann blitzschnell zurückweichend, zieht sie Bahádur mit, und reißt nun – in der Mitte der Nische herrisch aufgereckt – mit gleichzeitigem Ruck beider Hände die Flügel des Nischenvorhanges zu.

Stolpernd, sich stoßend, lärmend, lachend taumelt der Schwarm die Stufen hinab auf den Platz, starrt und deutet auf das flache Dach der Schenke, als erwarte man, dort droben etwas zu sehen. Die Musiker stimmen den „Tanz auf dem Dach" an, da der Trunkene auf dem Dache sichtbar wird. Er steigt aus der Tiefe, den Reigen der Tänzerinnen hinter sich her ziehend. Er springt auf die Kuppel und steht dort, in festem Rhythmus des Tanzes sich wiegend, immer wilder und hetzender ein schellenloses Tamburin schlagend, mit seinem Rhythmus die Musiker unten mitreißend.

Der Tanz: ein einfacher Reigen von Schleiern umwallter Mädchenleiber im Mondlicht. Die Art des Tanzes, später von der Musik verführt, zu sich hingebendem Wirbel gesteigert.

Die Musik: nicht hell, heiter – eher dunkel, werbend und lokkend, ihre Elemente aus dem Liebeslied Tarkahs (in der Szene mit Ghajur), schöpfend.

Was der Vorhang, der die Nische schließt, verbirgt, bricht jubelnd aus der Musik. Jeder Ansatz, zu lösen, zu entspannen, wird von dumpf vibrierenden gewitternden Paukenwirbeln verschlungen, schwillt zu neuer, fast schmerzlicher Spannung, um endlich, beseligt zu veratmen.

Die Gruppen unten im Hofe – in schwach erhelltem Dunkel – miterfaßt von den Rhythmen, wiegen sich, umschlingen sich.

Ghajur läuft die Stufen hinab und sucht mit seinem Blick Tarkah.

Vor dem zugezogenen Vorhang fährt er zurück. Er erblickt auf dem Boden Tarkahs Laute und Gürtelschärpe. Er stürzt auf die Nische zu.

In dem Augenblick, da er den Vorhang zur Seite reißen will, steht schon Tarkah vor ihm, hoch aufgerichtet, Aug in Auge mit Ghajur.

GHAJUR, *mühsam verhalten, auf die Nische weisend:* „Er ist dort drinnen?"

TARKAH, *sich aufreckend, kurz und stark nickend:* „Ja!"

Im selben Augenblick wird der Vorhang zur Seite gerissen, und Bahádur steht neben Tarkah.

Ghajur springt ihn an und schlägt ihm mit geballter Faust ins Gesicht.

Bahádur taumelt zurück – dann hat er den Dolch aus der Scheide gerissen und stößt ihn Ghajur in die Brust (alles Folgende sehr rasch). Ghajur bäumt sich hoch auf, fährt – das Gesicht schmerzverzerrt – mit beiden Händen an seine Brust und reißt sich das Hemd auf. Dann läuft ein Zittern durch seinen noch immer hochaufgebäumten Körper, und er bricht in die Knie.

Bahádur steht noch vorgebeugt – wie er zustieß – da und starrt keuchend, mit weit offenen Augen, auf Ghajur.

GHAJUR, in sich zusammensinkend, versucht noch einmal sich aufzurichten, es gelingt ihm nicht. Er wirft den Kopf zurück. Mit unendlich schmerzlichem, hilflos-fragendem Aufblick zu Bahádur, breitet er die Arme: „Warum hast du das getan?"

Bahádur – nicht mehr Entsetzen, sondern verzweifeltes Weh im Gesicht – hat eine Bewegung, als wollte er Ghajur aufrichten.

Über Ghajurs Gesicht gleitet ein wehes Lächeln. Er schüttelt, langsam verneinend, den Kopf, dann läßt er die Arme sinken und fällt vornüber.

Ein kurzes Zittern läuft durch seinen Körper, der sich im Tode streckt.

Der Reigen auf dem Dach bricht ab.

Die Tänzerinnen stürzen an die Brüstung, sie winken den Musikanten, sie weisen hinab auf die Leiche Ghajurs, die Musik bricht ab.

Der Schwarm der Gäste und Musikanten wälzt sich nach vorn und prallt vor der Leiche zurück.

Es wird ganz still. Nur der Trunkene – noch immer im Tanze sich wiegend – schlägt unbekümmert auf sein schellenloses Tamburin, das dumpf wie eine Totentrommel klingt. Es dämmert. Graues Frühlicht über allem.

Aus der Schenke stürmen Ghajurs Freunde: Wasserträger, Kameltreiber, Roßknechte mit Stangen und Äxten, um Bahádur sich zu holen.

Die anderen versuchen, die Anstürmenden zurückzuhalten. Bahádur, immer mehr gegen die rechte Wallmauer gedrängt, zieht sein Schwert – aber schon sind Stangen und Äxte über ihm! Da werfen sich – wie herausgeschleudert aus dem Dunkel des Tores in der Wallmauer – Neger ihnen entgegen, die Lanzen zum Angriff eingelegt.
Zur Rechten Bahádurs steht – ihn überragend – der Riese, zu seiner Linken der Zwerg, eine silberne, brennende Fackel im hocherhobenen Arm.
Wiederum wird es still.
Der Trunkene sitzt müde, schlaftrunken auf der Kuppel, nur manchmal noch leichte, dumpfe Schläge gegen sein Tamburin führend.
DER RIESE nimmt Bahádur die Klinge aus der Hand, hält sie dem Hauptmann der Wache, der nahe bei ihm steht, hin: „Lies!"
Der Hauptmann neigt sich über die Klinge und blickt staunend Bahádur an.
DER RIESE greift nach dem Bild des Königs (das der Emir Bahádur umhing) und hält es dem Hauptmann hin: „Sieh!"
Der Zwerg leuchtet mit der Fackel. Der Hauptmann erkennt es, zieht sein Schwert, beugt vor Bahádur – mit dem Schwerte grüßend – das Knie.
Die anderen weichen – eine Gasse bildend – zur Rechten und Linken Bahádurs zurück und beugen die Knie.
Der Hauptmann schwingt sein Schwert. In der Loggia wird der Turmwächter sichtbar, stößt ins Horn. Ein einzelner Hornruf. Nahe und ferne Hornrufe antworten.
Der Trunkene ist eingeschlafen.
Beim Hornruf des Wächters ist Bahádur, der bisher wie betäubt alles geschehen ließ, aufgefahren und sieht verwirrt den Riesen an. Der Riese faßt mit seiner Linken Bahádurs Rechte und schreitet mit ihm durch die Knienden der Mitte zu. Zu Bahá-

*durs Linken der Zwerg. Wenn Bahádur durch das Spalier der
Knienden hindurchgeschritten ist, erheben sie sich und drängen, scheu murmelnd, dem Hintergrund zu.*
*In der Mitte des Platzes angelangt, bleibt der Riese stehen.
Bahádur faßt nach dem Bild des Königs und sieht es an. Der
Riese hält ihm das Schwert hin,* BAHÁDUR *neigt sich darüber
und liest. Er streicht sich über die Stirn:* „Träum' ich?"
In die Hornrufe klingt leise aus der Ferne jubelndes Harfenspiel.
DER RIESE *legt bedeutsam den Zeigefinger auf den Mund:*
„Schweige!"
BAHÁDUR *richtet sich hoch auf und schüttelt wild entschlossen
den Kopf:* „Nein!" *Er wendet sich, um den Hauptmann herbeizuwinken.*
*Der Riese faßt mit hartem Griff Bahádurs Rechte und preßt sie.
Er steht, Aug in Aug mit Bahádur, und weist auf den Leichnam
Ghajurs.*
Bahádur senkt den Kopf.
DER RIESE *hält Bahádur das Schwert hin:* „Nimm es!"
Bahádur greift – den Blick zu Boden – zögernd danach.
*Jubelndes Spiel von Harfen und hellen Flöten kommt näher,
dazwischen noch immer – aus großer Ferne – vereinzelte
Hornrufe.*
DER ZWERG *stülpt die brennende Fackel und stößt sie zu Boden, daß sie erlischt. Dann zupft er lächelnd Bahádur am Gewand und weist nach rückwärts:* „Horch doch, sie kommen!
Um deinetwillen!"
Das Spiel erklingt stärker und rauschender.
BAHÁDUR *horcht auf. Seine Augen weiten sich. Sein Leib
strafft sich.*
*Mit starkem Stoß stößt er sein Schwert in die Scheide. Dann –
schon befehlend:* „Meinen Helm!" *Der Zwerg winkt, ein Neger-*

sklave stürmt zu Bahádur und bietet ihm – vor ihm kniend – den Helm.

Mit entschlossener Geste setzt Bahádur den Helm auf. Von nun an frei, fürstlich in der Haltung.

Der Riese winkt. Die silbergewappneten Neger stürmen über den Platz – am Leichnam vorbei – reißen die Flügel des Stalltores weit auf.

DER RIESE, auf das Stalltor weisend: „Komm!" Bahádur schreitet, den Riesen zur Rechten, den Zwerg zur Linken, der Stallung zu.

Der Tote liegt hart an seinem Weg.

Einen Augenblick lang zögert Bahádur, schließt die Augen und wankt leicht. Der Riese will ihn stützen – aber schon hat sich Bahádur gefaßt.

Die Lichter der Schenke sind erloschen. Das Gestein des Mauerwerkes ist jetzt im Morgenlicht. Dahinter in blendendem Weiß Dächer, Türme der Stadt.

Die Musik ist nahe.

Aus dem Tore der Stallung reitet Bahádur in langsamem Schritt auf dem goldgepanzerten Pferd. Zu seiner Linken der Riese, zu seiner Rechten der Zwerg. Um ihn Neger, mit silbernen Helmklappen, silbernen Rundschilden, silbernen Lanzen – um die nackten Leiber einen silbernen Lendenschurz.

Rasselnd fliegt das Stadttor in die Höhe. Sonnenlicht überflutet den Platz. Draußen der Jubel der Menge. Durch das Spalier gebeugter Nacken zieht Bahádur in die Stadt, umrauscht von Musik. Hinter ihm schließt sich der Zug der Neger an. Als letztes der dem König bestimmten Geschenke tragen zwei Neger einen zusammengerollten, silberdurchwirkten Teppich. Der Zwerg, der zurückgeblieben ist, winkt. Aus der Stallung – wohin sie floh, als Bahádur Ghajur niederstieß – schlüpft Tarkah. Die Neger entrollen halb den Teppich, Tarkah schmiegt sich in seine Falten. Der Zwerg schlägt den Teppich über ihr zu. Die

Neger nehmen ihre Last wieder auf und folgen dem Zug. Als letzter der Zwerg.

Der Vorhang schließt sich.

DRITTES BILD

Thronsaal aus schwarzem Basalt.
Drei Stufen – über die ganze Breite des Raumes hin – grenzen Vordergrund vom erhöhten Hintergrund. Den Stufen eingefügt, die Sockel vier mächtiger gebündelter Säulen. Sie teilen die Linie der Stufen in drei Säulenportale. Zwischen den Säulen des mittleren buchten sich die Stufen gegen den Hintergrund zu einem Amphitheater aus. In der Tiefe ragt der breite steinerne Thronsitz über sieben steilen Stufen. In der Rückwand des Saales je eine große zweiflügelige Gittertüre, in jeder Seitenwand eine einflügelige. Oberhalb der linken Tür – die ins Frauenhaus führt – ein käfigartiger Balkon aus Gitterwerk.
Wände, Säulen, Estrich – aus matt-schwarzem Basalt. Das Gitterwerk der Türen und des Balkons – aus mattem Silber.
Drei große silberne Ampeln – eine über dem Thron, zwei in der Tiefe des Saales. Vorhänge, die – herabgelassen – die Thron-Nische und die seitlichen Portale gegen den rückwärtigen Teil abzuschließen vermögen. Auf dem Thron: der König.
Am Fuß der Säulen, die den Thron flankieren: links der Riese – rechts der Mundschenk.
Zu den Füßen des Throns: Im rechten Halbrund, auf den Stufen sitzend und dahinter stehend, der Hofstaat des Königs. Im linken Halbrund die Königin-Mutter mit ihrem Hofstaat. Im Käfig des Balkons Harfen-, Flöten-, Lautenspielerinnen. Die Tür darunter von zwei jungen Eunuchen, die anderen Türen von je zwei Kriegern bewacht. An jeder Säule ein Hauptmann der

Leibwache. An der linken Säule der Mitte – nahe der Königin-Mutter – der Hauptmann, der nachts die Wache am Stadttor befehligte.

Auf der untersten Stufe – rechts – zwischen zwei zum Königshaus gehörigen Fürstinnen – die Königin-Mutter. An Sechzig, groß, schlank, aufrecht. Das ruhige Oval des Gesichtes und schmale edle Hände heben sich, hart umrissen, aus tiefviolettem Dunkel weich-bauschender Seiden und Schleier. Keinerlei Schmuck – der Saum des Oberkleides mit Reihen großer Amethyste besetzt. Auch der Stock, auf dessen ebenholzener Krücke weiß ihre Hände ruhen.

Die jungen Musikantinnen auf dem Balkon: in dünnen Seiden- und Schleierhemden in Tönen von Hell-Violett zu Lila.

Die Krieger an den Türen: in silberner Rüstung.

Der Riese: in giftgrüner, dicht mit Silber durchwebter Seide. Die schwere Keule aus Ebenholz mit silbernen Buckeln.

Der Mundschenk: ein Knabe. Auch sein Kostüm in Grün gehalten.

Der König: um Vierzig, groß, schlank, sehnig. Blaß. Der Bart um die Oberlippe als schmaler Streif, an den Wangen kurzgeschnitten, fällt bis auf die Brust. Einsamkeit, Fremde, Unnahbarkeit sind um den reglos Thronenden. Sein Gewand: schwarze Seide. Darüber der weite Königsmantel, um Stirn und Schläfen eine hohe Tiara von smaragdenem Reif gehalten.

Wenn der Vorhang, mit einem starken Hornruf, sich teilt – Stille, und über allem, einen Augenblick lang, sonderbare Starre. Die Ampeln erhellen nicht die ganze Tiefe und Höhe des Raumes. Das Schwarz der Tracht läßt die Gestalt des Königs mit dem Basalt des Throns fast eins erscheinen.

Ein zweiter Hornruf, heller und stärker. Aus der Ferne, weitergegeben, Horn-, Trommeln-, Trompetensignale. Die Haremswächter stoßen ihre Stäbe zu Boden: die Flöten-, Harfen-, Lautenspielerinnen setzen ein, die Flügel der Gittertüre, im

Hintergrund rechts, springen auf – draußen in der Bläue des mondhellen Hofes ein Spalier silberumpanzerter Krieger.

Ein Schwarm gewappneter Neger saust durch das Spalier der Fackelträger. Trommeln. Bahádur wird im Hof sichtbar. Hals, Arme, Nacken, Brust frei. Unterhalb der Achseln ein Schuppenpanzer bis zu den Hüften. Der breite Gurt, die den Knöcheln zu sich engende Hose, der hohe Turban – aus tiefvioletter Seide. Dolch, Säbel, Wehrgehänge mit Amethysten bedeckt. Um den Hals die Kette mit dem Bild des Königs.

Er schreitet ruhig – vor ihm läuft der Zwerg, der auf einen Wink des Königs neben den Riesen tritt.

Wenn Bahádur in das Halbrund vor dem Throne tritt, stoßen die Wächter ihre Stäbe stark zu Boden. Aufjubeln der Musik, alle erheben sich, nur der König und die Königin-Mutter nicht. Bahádur beugt das Knie, erhebt sich auf einen Wink des Königs, tritt vor die Königin-Mutter und beugt vor ihr das Knie. Sie bietet ihm die Hand zum Kuß, er küßt die Innenfläche, sie neigt sich leicht Bahádur zu, sieht – nach den Zügen ihrer Tochter suchend – ihn forschend an. Er erhebt sich, steigt geneigten Hauptes die Thron-Stufen hinan, beugt auf der vorletzten Stufe das Knie, küßt die Innenfläche der Hand, die der König ihm hinhält, und tritt – auf der vorletzten Stufe bleibend – zu seiner Rechten. Der Riese grüßt mit einem Lächeln und einem schrägen Blick des Einverständnisses zu ihm hinauf.

Die Wächter stoßen die Stäbe zu Boden – der Hofstaat nimmt wieder seine Sitze ein.

Die Schwarzen sind im Hof sichtbar geworden. Über den gebeugten Nacken schwankt die Last der Geschenke, wogt träge wie ein silbernes Band über die Breite des Saales, umrauscht von Musik, unter deren Prunk immer wieder die seltsam unruhigen Rhythmen – die nachts aus der Tiefe der Schatzkammern stiegen – grollen und aufzüngeln.

Sie ziehen am Thron vorbei, durch das linke Seitenportal, um, an der Rückwand ihre Last abladend, bei ihr im Dämmern zu kauern. Im Augenblick, da die zwei letzten – die Teppichrolle auf den Schultern – am Thron vorbeiziehen, springt der Zwerg vor, aus dem Teppich gleitet Tarkah, und steht, dem König zugewandt, hoch aufgereckt vor den Stufen des Thrones. Die Laute fängt DER ZWERG *auf und weist auf Tarkah:* „Die Lautenspielerin!" *Er lehnt die Laute an eine der Säulen und tritt wieder neben den Riesen.*

Tarkah: Ein weiter Mantel aus grün-silbernen Schuppen, eng um sie geschlagen, läßt nur die nackten Füße sehen. Ein Stirnreif hält einen Silberschleier fest. Sie schreitet die Thronstufen hinauf.

Leichte Unruhe durchläuft den Saal. Der König ballt die Brauen und lehnt sich – unwillkürlich mehr Raum zwischen sich und die Aufsteigende legend – in die rechte Ecke des Thronsitzes. Auf der vorletzten Stufe hält Tarkah. Ohne die gekreuzten Arme zu bewegen, schlägt sie den Schleier zurück. Bahádur will auffahren – aber die Hand des Riesen legt sich schwer auf Bahádurs Fuß, und ein Drohen des Blickes gebietet Ruhe.

Tarkah schlägt den Mantel auseinander, dem König ihre Nacktheit bietend.

Nur einen Augenblick lang verharrt sie so, dann steht sie verhüllt, den Kopf leicht gesenkt, reglos.

Der Unwillen in den Zügen des Königs hat sich zu hochmütigüberlegenem Lächeln entspannt – nun winkt er den Wächtern an der Tür des Frauenhauses. Zwei dunkelhäutige Sklavinnen stehen schon tiefgeneigt bereit, Tarkah, die dem König zugewandt – Fuß um Fuß rückwärts setzend – herabsteigt, zu empfangen.

Der König erhebt sich – mit ihm alle. Mit leichtem Neigen grüßt er, verabschiedend, den Hofstaat der Königin-Mutter, den eigenen, zuletzt Bahádur, der dem König zugewandt, die

Stufen herabsteigt, von den vier Statthaltern empfangen und zur rechten Seitenwand begleitet wird.

Der König nimmt seinen Sitz wieder ein. Tief sich neigend, ziehen sich alle zurück. Während sein Hofstaat durch die rechte Tür des Hintergrundes den Saal verläßt, ist die Königin-Mutter im Begriff, durch das linke Säulenportal dem Frauenhaus zuzuschreiten. Nahe der Säule, an welcher der junge Hauptmann der Leibwache postiert ist, steht verschleiert Tarkah. Die Königin-Mutter erblickt sie. Mit befehlender Geste rührt sie mit der Spitze ihres Krückenstockes an den Rand von Tarkahs Schleier. Tarkah schlägt den Schleier zurück, der junge Hauptmann erkennt sie und erschrickt. Die beiden Fürstinnen und die Königin-Mutter bemerken es. Auf ihren Wink führen die Sklavinnen Tarkah ins Frauenhaus. Die Fürstinnen neigen sich zum Hauptmann. Mit kaum bewegten Lippen gibt er Auskunft. Sie berichten rasch der Königin-Mutter. Sie ballt die Brauen und schreitet mit ihrem Gefolge ins Frauenhaus. Die Wächter treten hinaus in den mondblauen Hof, hinter ihnen schließen sich lautlos die Flügel der silbernen Türen. Zwei Sklavinnen haben auf ein Tischchen Kannen und Schalen gestellt. Die Wächter blicken, Befehle erwartend, zum König auf. Mit gnädigem Nikken entläßt er sie. Rasch gehen sie dem Frauenhaus zu, winken den musizierenden Frauen, die, ohne ihr Spiel zu unterbrechen, vom Balkon zurückweichen, und treten ins Haus. Die Musik dringt gedämpft aus dem Inneren. Langsam verglimmen die Ampeln des Hintergrundes. Der Saal ist leer. Nur mehr Riese, Zwerg und Mundschenk sind um den König. Der Riese hat sich müde niedergelassen, die schwere Keule lehnt neben ihm. Zu seinen Füßen kauert der Zwerg.

Der König hebt die Tiara von seinem Haupt und setzt sie auf eine der Seitenlehnen des Thrones. Der Mundschenk hat eine Schale hochgehoben und blickt auf. Der König nickt. Der Knabe beginnt feierlich den Abendtrunk zu mischen. DER ZWERG

faßt die Laute, die noch an der Thronsäule lehnt, greift einen Akkord und weist zum Balkon hin: „Die Lautenspielerin?"
Der König nickt. Der Zwerg faßt den Riesen am Gewand und zieht ihn rasch mit sich dem Frauenhaus zu, während der Mundschenk, die Trinkschale mit beiden Händen haltend, die Stufen zum Thron hinansteigt.
Das seitliche Gitterwerk des Balkons gleitet zur Hälfte herab – Tarkah neigt sich vor. Ihr Mantel läßt Nacken, Schultern, Arme frei. Ein silberner Helm deckt zur Gänze ihr Haar.
Der Riese faßt mit kurzem Griff – wie man einen jungen Hund an der Nackenhaut hochhebt – den Zwerg am Rücken seines Wamses und stellt sich ihn auf die Schulter. DER ZWERG *zieht aus dem Schlitz seines Hemdes eine schmale grüne Phiole, weist auf den König:* „In seinen Trank!" *Tarkah nickt, läßt die Phiole zwischen ihre Brüste gleiten und tritt ins Haus zurück. Der Riese kehrt lässig an seinen Platz zurück. Der Zwerg verschwindet rechts im Eingang, der zu den Gemächern Bahádurs führt.*
Der König hat getrunken und die noch halbvolle Schale neben sich auf die Seitenlehne gestellt. Er streicht dem knienden Mundschenk über den Scheitel und nickt ihm verabschiedend zu. Der Knabe küßt den Schuh des Königs und kehrt ins Frauenhaus zurück. Der König lehnt sich müde in die Flanke des Thronsitzes zurück. Er dämmert vor sich hin. Die Musik ist verklungen. Aus der Ampel fließt langsam verdämmernder Schein über den Thronenden. Aus dem Hof gleitet bläuliches Mondlicht in den Saal.
Im Augenblick, da der Mundschenk ins Frauenhaus tritt, wird der Zwerg sichtbar. Er winkt in den Gang hinein – und an ihm vorbei, bricht aus dem Gang die Schar schwarzer Träger und fegt den Geschenken zu. Hinter ihnen der Zwerg mit Tarkahs Laute.

BAHÁDUR *ohne Turban und Waffen, tritt aus dem Gang –* Tarkah *aus der Türe des Frauenhauses. Sie erblickt ihn, und jubelnd über die Breite des Hintergrundes hinstürmend, wirft sie sich an seine Brust. Er umschlingt sie einen Augenblick lang – dann, sie von sich weghaltend, weist er finster blickend, mit einem scharfen Ruck des Kopfes, auf den König:* „Und der?"

TARKAH *schüttelt wild entschlossen den Kopf:* „Nie!" *Und von neuem an Bahádurs Brust sich werfend, reißt sie ihn so weit in die Tiefe des Ganges, daß die Umschlungenen nicht mehr zu sehen sind.*

Die Schwarzen haben die Geschenke aufgeladen. Dunkel geballt, auf nackten Sohlen lautlos huschend, drängt in fiebernder Hast die Schar nach vorn.

Schwerlos scheint nun das Silber der Geräte. Leicht lastet es auf ihren Nacken und Schultern. Den fernen schläfernden Sang übergrollt nun dumpf verhallend die Weise, die nachts die Schar der Schwarzen aus der Tiefe der Schatzkammern emporgeleitete.

Unheimlich rasch rollt alles Geschehen ab: Schon steht das silberne Ruhebett vor den Thronstufen, mit seinen mächtigen Tragstangen gleicht es einer Bahre. Man rafft Kissen, wirft den Teppich darüber. Rechts, zu Häupten des Lagers, ragt übermannshoch der silberne Leuchter: Rasch gleiten hohe Räucherbecken an die beiden Säulen des Mittelportales heran – dann birst die Schar der Schwarzen entzwei.

Sie fassen die Troddeln der schweren Vorhänge, sie ziehen an, das Halbrund gegen den Hintergrund abschließend.

Zwei dunkle Menschen-Knäuel kauern nun, reglos harrend. Das Licht der Ampel über dem Thron ist im Erlöschen. Die Umrisse des Königs, der – reglos lehnend – zu schlafen scheint, verfließen ins Schwarz des Gesteins.

Der Riese hat sich erhoben, der Zwerg – er hat Tarkahs Laute auf das Ruhebett gelegt – steht neben ihm. Dann gehen sie dem rechten Portal zu.
TARKAH *und Bahádur treten aneinander geschmiegt aus dem Gange.*
Sie löst sich von Bahádur, zwingt ihn sanft auf die Stufen nieder: „Hier bleibe!" *Auf ihren Wink treten Riese und Zwerg hinter ihn, der Riese lehnt scheinbar lässig an der Säule, aber Bahádur bewachend und bereit. Tarkah küßt flüchtig Bahádurs Scheitel, der – trotzig sich verschließend – auf den Stufen sitzt, dann eilt sie, dem Zwerg folgend, dem Hintergrund zu, wird erst wieder ganz links sichtbar. Sie faßt die Fackel, die ihr der Zwerg reicht, und schreitet hochaufgerichtet durch das linke Portal die Stufen herab der Mitte zu. Leise, dumpf, aus Tiefen heraufwallend, scheint unerbittlich ernst die finstre Feier eines Trauerzuges ihre Schritte zu geleiten.*
Der Zwerg winkt – die Schwarzen ziehen die Züge – langsam sinken die Vorhänge herab, den Vordergrund abschließend, auch Bahádur und den Riesen verdeckend. Die Schwarzen entgleiten. Mit ihnen der Zwerg.
Tarkah ist mit dem König allein. Sie steht vor den Thronstufen, ihm zugewandt, im Dunkel. Sie hebt die Fackel hoch, entzündet das Räucherwerk und die Kerzen. Deren Licht umhellt rötlich den König, der in die Flanke des Thrones geschmiegt ruht.
Tarkah wendet die Fackel nach unten, sie erlischt und klirrt auf den Estrich nieder – der König schreckt auf. Tarkah neigt sich tief, nach der Laute tastend, die auf dem Ruhebett liegt. Der König nickt lächelnd und setzt die Trinkschale an die Lippen. Tarkah wirft den Mantel ab – die Flammen übersprühen ihre Nacktheit bis zum Ansatz der Lenden. Silberne Halbkugeln decken die Brüste. Um die Hüften läuft ein silbernes Band. An ihm angearbeitet Hosen aus dünnen Silberschnüren. Um die Handgelenke Silberstreifen. Ein langer shawlartiger Streifen

des gleichen Netzwerks läuft von einem Handgelenk quer über den Rücken zum andern.
Der König setzt die Trinkschale ab, behält sie aber in der Hand. TARKAH *greift einen einzigen stark aufrauschenden Akkord – es klingt wie ein herrischer Anruf. Dann flutet ihre Stimme zum Thron empor – weich, dunkel, schwellend:*

    „König auf schwarzem Throne – bestellt,
    Tausendtausend zu lenken – –
    Tarkah heiß ich – und wer mich bezahlt,
    Dem spiel ich auf in den Schenken!“

Der König fährt befremdet auf.

    „Glaubst du, dir harre entgegen mein Leib,
    Scheu, in jungfräulichem Beben?!
    Tarkah heiß ich – und wer mir gefiel – –
    Dem hab ich froh mich gegeben!“

Der König schleudert die Trinkschale zur Seite und tritt – als träte er einem Gegner gegenüber – eine Stufe hinab. Tarkah steigt, hochmütig trotzend, dem König zwei Stufen entgegen.

    „Blühn sie nicht, hoffend, daß du sie erschließest“,
Mit einer Kopfbewegung gegen den Balkon
    „Drinnen im silbernen Haus?
    Was soll dir Tarkah? Den Vogt, ruf den Vogt,
    Daß er sie weise hinaus!“

Der König hat den Kopf leicht vorgeneigt, reglos gespannt.

    „Wenig nur lockt es mich, Gunst zu ergirren,
    Prunk und fürstlich Geschmeid! –
    Vielzuviel weiß meine Jugend von Liebe – –
    Vielzuviel weiß sie von Leid!
    Spielend und tanzend um Geld –“
Stark und trotzend
    „Ja! – doch eine, die nur in Liebe sich gibt,
    Hätt' ich vielleicht dich – nicht um deine Krone –
    Doch um dein Leid dich geliebt!“

*Die Züge des Königs entspannen sich zu verächtlich durch-
schauendem Lächeln. In der Stimme Tarkahs nicht mehr
Hochmut, nur mehr Dunkel, Raunen*
    „Sieh, ich sah es – um Mund und um Augen
    Und im verlorenen Blick – –:
    Herr über Tausender Leben und Sterben –
    Mächtiger! – Wo blieb dein Glück?!"
Der König senkt betroffen den Blick.
    „Schlaflose Stunden vor Tag hörst du's hämmern
    Rastlos, hart, ohne Ruh:
    Länder – Triumphe – und Schätze – und Frauen – –!
    Wozu noch taugt dirs – *wozu*?!"
*Eine Stufe unterhalb des Königs, wendet sie sich so, daß sie
seitlich von ihm steht. Ihre Schulter und Wange streifen seine
Hüfte und seinen Arm.*
    „Jugend verflog! – Was hoffst du noch? Fühle,
    Wie dir dein Leben entrinnt!
    Leichter trügst du das Grauen, umspielte
    Deine Knie ein Kind!"
Der König läßt langsam den Kopf auf die Brust sinken.
    „Frauen im silbernen Käfig, sie teilen
    Lust mit dir – *wann* du's verlangst – –
    Doch in schlaflosem Dunkel – wer teilt da,
    Wer – mit dir deine Angst?!"
Sie tritt die letzte Stufe hinan, an seine Seite sich schmiegend.
    „Einsamer! *Mein* Herz gedrängt an das *deine* –
    Fühle, es pulset dir zu:
    Was dich umschmiegt – das sehnet und leidet,
    Bangt und" –
Die Laute klirrt zu Boden.
    „stirbt einsam – wie du!"

*Ihr Kopf sinkt an die Schulter des Königs. Ohne die Lider zu
heben, legt er die Arme um sie. Während beide langsam die
Stufen hinabsteigen*

„*Schicksal*, uns *beiden* Gebieter – es warf mich –
Einsamer – an deinen Strand!
Heiß mich nun gehn oder bleiben – du fühlst dich
Doch mir im Tiefsten verwandt!"

*Sie stehen vor dem Ruhebett, der Mantel sinkt zu Boden. Der
König zieht sie fester an sich.*

„Ward dir mein Leib geschenkt, zu entzünden –
Und dann, zu löschen die Lust?!"

*Den König sanft auf das Lager niederdrängend, aber sich von
ihm lösend*

„Sieh – ich will mehr sein! Von Abend zu Morgen
Sollst du – mein friedloser König – geborgen
Ruhen an meiner Brust!"

*Der König, nun ganz auf dem Lager ruhend, breitet die Arme
nach Tarkah.*

„Harre noch – daß ich die Lichter uns lösche –"

*Sie gleitet hinter das Kopfende und facht mit einer Geste den
Luftzug, der die Kerzen erlöschen macht. Nur die Räucherbek-
ken werfen Licht. Tarkah neigt sich über den König, der zu ihr
aufblickt.*

„Flüchtig wie kühlender Wind
Laß meine Lippen die Schläfen dir streicheln,
Ruhe, mein König – mein Kind!"

*Ihre Lippen gleiten über seine Schläfen. Der König sucht sie
festzuhalten. Sie hakt mit raschem Griff die rechte Halbkugel
ihres silbernen Brustschmuckes los, dann richtet sie sich jäh
auf.*

„Sieh meine Schale, die ich dir biete –
Laß sie mich füllen mit Wein –"

*Sie füllt rasch aus einer Weinkanne die Halbkugel, leert die
Phiole in den Wein.*

    „Trink – ich komme, mein König –"
Während er die Schale ansetzt und leert

                        „– uns beide
    Scheidet der Tod nur allein!"

*Dem König entgleitet die Schale, er will entsetzt auffahren.
Tarkah reißt ihre Arme hoch und wirft das silberne Netz, das
an ihren Armbändern befestigt ist, nach vorne über den König.
Verstrickt ins Netz, versucht er taumelnd sich aufzurichten,
aber Tarkah, ein Knie an das Kopfende gestemmt, hält das Netz
nieder.*

*Ein Zittern durchläuft noch den Leib des Königs. Sie neigt sich
über ihn, richtet sich auf und wirft das Netz wieder nach rückwärts. Sein Leib gleitet zu Boden, nur der Kopf und ein Arm
lehnen noch am Rand des Lagers. –*

*In dem Augenblick, da Tarkah die Phiole in die Schale leert,
wird der Vorhang rechts zur Seite gerissen. Bahádur will nach
vorne, um Tarkah zu hindern. Mit starkem Griff hat der Riese
Bahádur in die Knie gezwungen und hält ihn fest. Erst als der
Leib des Königs zu Boden gleitet, gibt der Riese Bahádur frei,
der – noch in den Knien – entsetzt starrt.*

Alles Folgende in atemloser Hast.

*TARKAH einen Augenblick still, dann – in zwei Sätzen bei den
Stufen des Portals – winkt Bahádur zu: „Geh! Geh!"*

*Der Riese reißt Bahádur auf und verschwindet mit ihm, hinter
ihm der Zwerg, dem Tarkah die Phiole zuwirft. Dann läuft sie
zum Lager, hebt die silberne Halbkugel ihres Brustschmuckes
vom Boden, hakt sie fest, wirft sich zum Gong rechts – zwei
starke Schläge – zum Gong links – ein kurzer wild-hetzender
Wirbel – dann läßt sie sich – wie ohnmächtig – zu Boden gleiten. Einen Augenblick lang Stille.*

*Tarkah richtet sich, horchend, auf – Geräusche und Rufe aus
dem Frauenhaus. Schritte – Öffnen – Zuschlagen von Türen.*
*Drei Sklavinnen schieben den Vorhang des linken Portals zur
Seite, neigen sich vor, versuchen Tarkah aufzuheben. – Sie entdecken den König, prallen zurück, stürmen ins Frauenhaus zurück.*
*Der Balkon wird erhellt. Ein Schwarm von Sklavinnen und Eu-
nuchen mit Fackeln, blanken Schwertern dem Ruhebett zu.*
*Vor dem Leichnam des Königs einen Augenblick lang ein Stok-
ken, Eunuchen heben den König auf das Lager. Alle übrigen
am linken Portal, scheu zusammengedrängt.*
*Die rechte Tür des Hintergrundes birst, ein wirrer Haufe von
Leibwachen, Würdenträgern, Sklaven wirft sich nach vorn. Aus
dem Frauenhaus zwei Eunuchen mit Fackeln, hinter ihnen die
Königin-Mutter auf ihren Krückstock gestützt, entschlossen
schreitend. Um sie ihre Frauen. Bewegung durchläuft die Men-
ge. In dem Augenblick, da die Königin-Mutter dem Lager des
Königs naht, werfen sich ihre Frauen ihr entgegen, um den An-
blick des Leichnams ihr fernzuhalten.*
*Im selben Augenblick, aus der Tür der rechten Seitenwand,
Bahádur, vor ihm ein Neger mit Fackel, hinter ihm Zwerg und
Riese. Vier Eunuchen, aus dem mondhellen Hof nach vorne
stürmend, drängen ihn zur Seite, um Platz für den Leibarzt des
Königs zu schaffen. Der tritt an das Lager. Tiefe Stille. Der
Leibarzt faßt die Hand des Königs, hebt sie ein wenig hoch,
läßt sie wieder sinken. Kniet nieder, legt horchend das Ohr an
die Brust des Königs. Er steht auf, hebt das Augenlid des Königs. Wendet langsam den Kopf nach der Königin zu. Dann
nach der Seite, wo Bahádur – hinter ihm Zwerg und Riese –,
die Statthalter der Provinzen und die Würdenträger stehen. Er
sieht Bahádur an, dann tritt er auf ihn zu und beugt vor ihm tief
das Knie.*

Stille. Dann ungeheure Erregung. Kurze Trompetensignale im Hof.

Die Königin-Mutter ist nach vorne geschritten. Ihre Frauen verstellen ihr den Ausblick auf den Leichnam. Nahe dem Kopfende steht Bahádur. Die Haltung der Königin-Mutter ist ungebrochen, wenn auch nur mühsam beherrscht. Da sie dem Lager sich zuwenden will, bringen zwei Eunuchen Tarkah, vor DIE KÖNIGIN-MUTTER. *Sie winkt:* „Laßt sie los." *Tarkah, als verließen sie die Kräfte, bricht in die Knie. –*

Die Königin-Mutter, über sie gebeugt: „Was ist geschehen?"

TARKAH *hat nur ein hilfloses Schütteln des Kopfes und Zucken der Schultern:* „Ich weiß es nicht." *Die Königin-Mutter deutet mit dem Krückstock auf die Weinkanne. Die Eunuchen füllen hastig eine Schale und halten sie Tarkah hin. Tarkah fährt auf, dann greift sie nach der Schale und leert sie.*

Die Königin-Mutter blickt ihr gespannt ins Gesicht. Tarkah gibt die Schale zurück, alles blickt auf Tarkah. Sie richtet sich auf. Ein Eunuch hat Tarkahs Mantel aufgehoben, wirft ihn Tarkah um. Sie hüllt sich in ihn, ihr Blick sucht Bahádur. Bahádur fängt den Blick auf.

DIE KÖNIGIN-MUTTER *mit einer energischen Geste:* „Führt sie hinein!" BAHÁDUR *ist vorgetreten, hat Tarkahs Hand gefaßt und sie zu sich herübergerissen. Befehlend:* „Sie bleibt!" *Die Königin-Mutter tritt einen Schritt vor. Bahádur und sie stehen beide einander gegenüber. Dann Bahádur mit einem jähen Entschluß:* „Sie bleibt hier!" *Und herrisch befehlend:* „Den Leichnam hinüber ins Frauenhaus!" *Die Königin-Mutter ist – Bahádur entsetzt anblickend – zurückgewichen. Ungeheure Erregung durchwogt die Menge. Bahádur nochmals:* „Ich befehle es!"

Acht Eunuchen fassen das Ruhebett an, schlagen den herabhängenden Teppich hinauf – so daß er wie ein Leichentuch den

*König bis zur Brust verhüllt, und tragen ihn, begleitet von Fak-
kelträgern, nach links.*

*In dem Augenblick, da sie sich der Königin-Mutter nähern –
die nun zum ersten Mal den Leichnam ihres Sohnes erblickt,
verläßt sie ihre Kraft. Sie schließt die Augen, wankt, aber schon
hat sie sich gefaßt, richtet sich hoch auf, und Bahádur starr
anblickend, weicht sie, als hätte sie den Rückzug des Königs zu
decken, Schritt vor Schritt zurück.*

Die Gruppen rechts und links wallen in Erregung auf.

*Die Träger haben, auf der obersten Stufe rastend, das Ruhebett
niedergestellt. Die Königin-Mutter steht daneben.*

*Bewegung läuft durch beide Gruppen. Noch nicht entschieden
feindlich, aber schon irgendwie ein Bedrohen Bahádurs. Bahádur steht – um ihn ist noch freier Raum. Neben ihm nur Zwerg
und Riese, der seinen Streitkolben ergriffen hat, und ein fak-
keltragender Negersklave. Tarkah ist vorher in der Gruppe
rechts verschwunden.*

*Bahádur starrt mit weit offenen Augen vor sich hin. Sein Atem
geht schwer. Der Riese, mit einem Satz auf der obersten Stufe,
schwingt zeichengebend den Streitkolben über seinem Kopf im
Kreis. Sofort antwortet ein heller Hornruf. Durch das rechte
Tor braust eine Kolonne gerüsteter Neger in den Saal, die
Treppen des rechten Portales herunter, und hat im nächsten
Augenblick – weit um Bahádur freien Raum schaffend – ein
Spalier gebildet. Die Tore im Hintergrund schmettern zu. Noch
ein Aufwallen der Menge, dann tiefe Stille. Nur von außen –
entfernte – kurze Trommelwirbel. In der Mitte des Raumes
Bahádur – allein. Hinter ihm, bei dem Königsmantel, der dem
König im Todeskampf von den Schultern glitt – der Zwerg. Er
faßt grinsend den Mantel und versucht, ihn bis an Bahádur
heranzuschleifen.*

*Der Riese legt zwei Statthaltern der Provinzen die Hand auf die
Schultern und weist auf Bahádur. Das Spalier öffnet sich für*

die beiden. Sie nahen sich tief gebückt Bahádur, fallen vor ihm auf die Knie. Bahádur erwacht aus seiner Betäubung und richtet sich auf.

Die Statthalter erheben sich, legen den Königsmantel Bahádur an. Er wendet sich und läßt sich von ihnen bis an die Stufen des Thrones geleiten. Dort treten sie zur Seite. Der Riese hat ein Zeichen gegeben.

Aus der Tür der rechten Wand brechen vier Jünglinge hervor, in den Händen silberne Tubas. Im nächsten Augenblick stehen sie in der Mitte des Raumes. Mit den Rücken aneinander, nach den vier Weltgegenden gerichtet, wie ein einziger Leib.

Bahádur schreitet langsam Stufe um Stufe zum Thron hinan. Da er oben angelangt, sich umwendet, setzen die Tubas ein. Ein heller durchdringender Stoß. Die Menge neigt sich. Nur das Spalier der Neger bleibt während des Folgenden regungslos – Bahádur faßt, ruhig zugreifend, die Krone (die auf der Armlehne des Thronsessels steht), hebt sie mit beiden Händen hoch und setzt sie sich auf.

Ein zweiter Tubastoß. Die Menge fällt auf die Knie.

Bahádur greift nach dem Herrscherstab, hebt ihn hoch und setzt ihn gebietend vor sich hin.

Ein dritter Tubastoß. Die Menge fällt aufs Antlitz.

Nur die Königin-Mutter steht auf den Stufen links mit finsteren Brauen.

In dem Augenblick, da alle aufs Antlitz fallen, wird der Mantel Bahádurs ein wenig zur Seite geschoben. Tarkah wird sichtbar. Sie schmiegt sich um Bahádurs Füße und hebt sich an ihm empor.

Bahádur fährt zusammen, dann schlägt er den Mantel – Tarkah schützend und verhüllend – nach vorne.

Die Türen im Hintergrund springen auf, und während die Menge noch auf ihrem Antlitz liegend verharrt und Bahádur regungslos steht, klingen von draußen Trommelwirbel und Trom-

petenrufe – anwachsend, jubelnd, schließlich untergehend in einem wilden Wirbel von Pauken.

Der Vorhang schließt sich.

ZWISCHENAKT

zwischen drittem und viertem Bild.

Musik: Leises Anrollen von Meereswogen an den Strand. Die Nische des Märchenerzählers wird erhellt.
DER MÄRCHENERZÄHLER *hebt an:*
Balladenhaft. Unter der Melodie läuft leise das unruhige Rollen des Meeres.

    „Nun stieg Bahádur zum Throne auf,
    Durch Blut, über Leichen und Lügen,
    Doch wissen um sein Geheimnis *drei* –
    Den dreien muß er sich fügen.
    Der Riese, der Zwerg, und Tarkah! Er ward
    Knirschend ein Knecht der drei – –"
In seligem Erinnern
    „Da noch durch Bilals Gärten er ging –
    Wie war er Herr da, und frei!
    Nun stößt man seinen Stolz in den Staub,
    Fremder Wille und Wink wird Gebot,
    Und bäumt er sich auf – so sagt ein Blick,
    Ein Runzeln der Stirn, was ihm droht!
    Man raunt es im Hof, man flüsterts im Heer,
    Durchs Land läufts erst leise, dann laut:
    Des toten Königs Mutter – sie hält
    Sich ferne, sie schweigt, sie mißtraut!
    Und Tarkah schleift ihn von Fest zu Fest,

Betäubt ihn mit Prunk und mit Pracht –
Doch unheilbrütend graut jeder Tag,
Angstdräuend dämmert die Nacht!
Wohin ging sein Mut, sein Stolz? Er stöhnt
In Nächten Verlorenem nach!
Nur Tarkahs Leib gibt Taumel ihm,
Und Vergessen der Schuld und der Schmach!
Da Heimat und Liebe ihn noch umfing,
Wie schritt er da stolz und frei! – –
Nun ahnt er das Ende! Ihm graut – und doch sehnt
Er das Ende – ein Ende herbei!"
Die Nische wieder im Dunkel.
*Die Musik bringt durch wenige Takte das dumpfe Rollen der
Wogen stärker – aber noch nicht sehr laut – dazwischen ein-
zelne Harfenklänge.*

Der Vorhang teilt sich.

VIERTES BILD

In den königlichen Gärten am Meer.

*Die ganze Bühnenöffnung füllt der steinerne Torbogen einer
Halle.*

*Die Wölbung reicht nur zwei Schritte in die Tiefe der Bühne,
dann setzt eine schmale, steinerne Terrasse an, die über die
ganze Bühnenbreite läuft. Hinter dieser, wiederum zwei Stufen
höher, eine ebensolche zweite Terrasse, von einer steinernen
Balustrade abgeschlossen. Diese in der Mitte durchbrochen
durch die Mündung einer Treppe, die hinab zum Meere führt.
Rechts und links münden Laubengänge aus goldenem Gitter-*

werk. Im Torbogen links eine eiserne Türe, zu der vier Stufen hinanführen.

In der Mitte des Vordergrundes eine sehr große ovale steinerne Kelter, in den Boden versenkt, den sie zwei Stufen hoch überragt. Torbogen, Estrich, Terrassen, Balustrade, Kelter – alles aus rotem Porphyr. Der Torbogen und das Gitterwerk fast gedeckt von Weinranken und Trauben. Das Laubwerk in Tönen von hellem Rostbraun bis zu purpur flammendem Rot.

Der Horizont in tiefem wolkenlosem Saphirblau. Nur rechts ballt sich eine schwere weiße Gewitterwolke. Links ragen schaukelnd aus der Tiefe die Spitzen weißer Segel. Späte Nachmittagssonne.

Auf der unteren Terrasse die gedeckte Tafel des Königs, links eine Gruppe von musizierenden Frauen. Zwei Neger flankieren die Mündung der Treppe zum Meer, je drei die Mündungen der Laubengänge. Rechts und links lehnt eine leichte goldene Leiter, die zum Gitterdach der Laubengänge führt. Auf dem Dach kniet je eine Sklavin, die Trauben schneidet und sie einer Sklavin auf der Leiter reicht. Diese gibt sie weiter an eine dritte, welche die Trauben in einen goldenen Korb wirft. Ein am Fuß der Leiter kniender Neger trägt diesen Korb auf dem Nacken. An der Kelter im Vordergrund sind fünf Negersklaven beschäftigt, die Trauben zu schaufeln. Im Hintergrund der Aufseher, ein riesenhafter Negersklave, der die Arbeiten leitet. Alle Neger in der Tracht des zweiten Bildes: schmaler Lendenschurz und niederer Turbanwund aus grüngoldschimmerndem Stoff. Die wachehaltenden Neger mit Lanzen. Die Sklavinnen in hochgeschürzten, ärmellosen Hemden, schmalem Turban.

Die Tafel des Königs mit golddurchwirktem Stoff bedeckt. Goldene Kannen, Trinkschalen, eine Goldschüssel mit Pfirsichen und Feigen.

An der Tafel sitzen: Bahádur, links neben ihm Tarkah. An der Schmalseite der Riese, der Zwerg.

Bahádur trägt die Tracht des zweiten Bildes (dem Emir gleichend), nur statt des Helmes einen Turbanwund aus schwarzer weicher Seide.
Tarkah: Hals, Nacken, Schultern und Arme frei. Weiter ärmelloser Mantel, mit Smaragden besetzt. Auf dem Kopf eine Tiara aus Smaragden.
Hinter Bahádur und Tarkah steht der Mundschenk. Bahádur, den Kopf auf die Brust gesenkt, mit finster geballten Brauen vor sich hinstarrend. Tarkah ruhig unbewegt in thronender Haltung. Zwerg und Riese sitzen in bequemer Haltung und sehen der Arbeit an der Kelter zu.
Wenn der Vorhang sich teilt, alles regungslos. Mit einem schärferen Einsetzen der Musik beginnt die Starrheit sich zu lösen. Aus den Laubengängen tritt rechts ein Zug von zehn Sklavinnen, links von zehn Negern hervor. Sie schreiten hintereinander in Marschschritten, die leicht tänzerisch gefärbt sind. Alle tragen auf dem Kopf flache vergoldete Körbe mit Trauben. Sie schreiten gegen die Mitte zu, kreuzen sich und leeren ihre Körbe in die Kelter. Der auf der oberen Terrasse stehende Aufseher stößt den Stab zweimal zu Boden. Die Sklavinnen steigen die Leiter herab, die Sklaven mit den Körben erheben sich und tragen die Körbe – sich in der Mitte der Bühne begegnend – zur Kelter und leeren sie.
Die Sklaven heben den schweren vergoldeten Deckel der Kelter, der hinter ihr lehnte, setzen ihn auf.
Sie springen auf den Deckel der Kelter, drücken ihn durch ihr Gewicht nieder. Gleichzeitig ist je ein Sklave nach vorne gestürmt, mit erhobenen Händen eine vergoldete Trommel tragend. Sie stellen sich links und rechts der Kelter auf, und schlagen ein kurzes Trommelsignal. Aus den rückwärtigen Laubengängen bricht rechts ein Schwarm von neun Negersklaven, links ein Schwarm von neun Sklavinnen. Sie haben eine Art großer Kastagnetten am Handgelenk befestigt. Die Schwärme

*der Sklaven umdrängen die Trommler, die ihre Schlägel hoch
in die Luft schleudern, wieder auffangen. Die Musik setzt zu einem schweren, langsamen, dann im Tempo sich steigernden,
stampfenden, wildaufjauchzenden Tanz ein.*

*Die fünf Sklaven auf der Kelter treten – immer auf derselben
Stelle stehend, mit den Armen und dem Oberleib nachhelfend –
im Takte.*

*Die Sklavinnen rechts, die Sklaven links ahmen, die Trommler
umkreisend, das Keltertreten nach.*

Die Musik immer rascher, anfeuernder.

*Aus dem rückwärtigen Laubengange links treten hintereinander
zwei Paare Eunuchen, goldene Stäbe in den Händen. Hinter ihnen langsam, gestützt auf ihren Stab, herrisch hochmütig, die
Königin-Mutter.*

*Zu ihren Seiten: Der Arzt und der Hauptmann der Leibwache.
Hart hinter ihr die Frauen des königlichen Hauses. Dahinter
zwei Eunuchen. Alle in der Tracht des Dritten Bildes. Nur tragen die Königin-Mutter und die Frauen über ihren Schleiern
noch weitwallende schwarze Schleier.*

*Die Musik spielt weiter, die Tanzenden halten inne und wenden
sich dem Zug zu, der über die obere Terrasse dem rechten Laubengang zuschreitet.*

*Auch Tarkah, Bahádur, Riese und Zwerg wenden sich um.
Bahádur hat sich erhoben – bereit, die Königin-Mutter zu begrüßen. Aber mit herrischem Griff reißt ihn TARKAH auf seinen
Sitz nieder. Sie selbst richtet sich hoch auf, und mit starker Gebärde gegen die Tanzenden: „Nur weiter!" Ein scheues Zögern,
dann beginnt der Tanz von neuem.*

*Die Königin-Mutter hat innegehalten und den Kopf kurz nach
der Tafel hingewandt, dann schreitet sie, ohne das Weitere zu
beachten, dem Laubengang zu, in dem sie mit ihrer Gruppe
verschwindet.*

*Der Wirbel der Trommler hat den Tanz zur Wildheit entfacht.
Die Sklaven auf der Kelter, die bisher auf derselben Stelle ste-
hend stampften, treten nun, im Kreise hintereinander schreitend, die Kelter. Die Sklaven schlagen die Kastagnetten. Auch*
DER ZWERG *und* DER RIESE *winken den Keltertretern ungeduldig zu:* „Stärker, rascher!“
*In den Mündungen des vorderen Laubenganges wird eine
Gruppe von Negern sichtbar.*
*Auf einen Wink Tarkahs stürzen sie nach vorne. Die fünf Neger
des rechten Laubenganges gerade auf die tanzenden Sklavinnen los, die fünf des linken Laubenganges durch die tanzenden
Neger hindurch. All das sehr rasch. Jede Sklavin hat rechts und
links von sich einen Neger, um dessen Hals sie ihre Arme
schlingt. Der Riese hat sich erhoben und vorgebeugt, hingerissen zugesehen. Nun richtet er sich jäh auf, wirft Jacke und
Hemd ab, stürmt der Kelter zu, rafft eine übermannshohe Keule, die hinter der Kelter liegt, vom Boden auf, springt auf die
Kelter in die Mitte der fünf tretenden Sklaven, steht mit ge-
spreizten Beinen da, hebt mit beiden Armen die schwere Keule
hoch und stößt sie vor sich hin. Die Sklavinnen und Sklaven
winken ihm jubelnd zu.*
*Ein unbestimmtes Summen, wie das eines Bienenschwarmes,
setzt ein – mit den Streichern so verschmelzend, daß Men-
schenstimme und Stimme des Instruments kaum zu unterschei-
den sind. Die Musik feuriger aufrauschend, dann in ein unruhi-
ges dunkles Gären übergehend, immer rascher, nach Entspan-
nung drängend.*
*Um den Riesen, der immer mächtiger die Keule niederstößt, die
Keltertreter, die im Kreise stampfend einherschreiten. Um die
beiden Trommler, die ihre Schlägel in die Luft werfen und auffangen, die Tanzenden. Es ist kaum ein Tanz mehr. Die Tänzerinnen, den Leib wild zurückgeworfen, stampfen wild, aber mit*

schon ermatteten Knien, während die Neger lachend ihnen zunicken.

Die Gewitterwolke hat sich langsam anschwellend gegen die Mitte des Horizonts geschoben. Die Sonne steht hinter der Wolke und durchleuchtet sie an den Rändern. Fernes dumpfes Donnergrollen, das nur einen Augenblick lang Tarkah, Bahádur, den Zwerg und die Tanzenden aufhorchen läßt.

Tarkah hat, mitgerissen, sich erhoben. Sie ergreift zwei flache Trinkschalen und schlägt sie, zurückgeworfenen Hauptes, wie Becken aneinander. Ein zweites – nun näheres – Grollen, dann zerreißt ein Blitz die Gewitterwolke, ein kurzer Donnerschlag dröhnt, ein einziger Aufschrei der Tanzenden, ein Aufjauchzen der Musik – aus der Kelter springt dunkler Traubensaft in die goldenen Weinkühler.

Die Keltertreter lassen sich erschöpft auf der Kelter zu Boden sinken.

Der Riese läßt die Keule seinen Händen entgleiten und steht schweratmend da. Dumpfes Nachgrollen des Donnerschlages. Die Tänzerinnen hängen im Arme der Tänzer, die, ihre Tänzerinnen weiter umschlungen haltend, sich zu Boden sinken lassen. Alle bilden sie – kniend, kauernd, halbaufgerichtet am Boden liegend – zwei zur Kelter ansteigende Gruppen, die ihre Trinkschalen dem immer stärker springenden Traubensaft entgegenstrecken.

Tarkah hat sich, einen Arm um Bahádurs Hals schlingend, niedergleiten lassen und lehnt mit geschlossenen Augen, schweratmend an seiner Schulter. Bahádur reißt sie an sich, küßt sie, mit schmerzlichem Ausdruck, dann blickt er gequält vor sich hin. (All das – vom Donnerschlag an bis hierher – muß sich in kaum zwei Minuten abspielen.)

Die Musik hat die Motive des Tanzes langsam verklingen und abebben lassen. Zeitweilig noch ein Versuch des Aufraffens, das Anrollen der Meereswogen wird wieder stärker vernehmlich.

Der Riese steigt von der Kelter herab. Er winkt dem Mundschenk, der ihm eine Trinkschale bringt. Er hält sie unter den Strahl und schreitet dann der Königstafel zu. Er rührt an Tarkahs Schulter. Tarkah richtet sich auf und blickt unter schweren Lidern den Riesen lächelnd an. Sie nimmt die Schale, bietet sie Bahádur, der mit leicht unwilliger Gebärde abwehrt. Tarkah fährt verletzt auf. Dann lächelt sie verächtlich. Sie setzt die Schale an die Lippen und trinkt, Auge in Auge mit dem Riesen. Bahádur bemerkt es. Tarkah setzt die Schale ab und bietet sie dem Riesen zum Trunk, noch immer mit ihrem Blick an ihm hängend. Der Riese greift nach der Schale, Tarkahs Blick erwidernd. Im Augenblick, da er den Rand der Schale — dort wo Tarkah trank — an die Lippen setzt, springt Bahádur auf, schlägt dem Riesen die Schale aus der Hand, steht drohend ihm gegenüber. DER RIESE fährt wild auf. Aber sofort löst sich sein Zorn in überlegene Verachtung. Er blickt Tarkah an und zuckt verächtlich die Schultern. Dann weist er mit kurzer Gebärde auf Bahádurs Stuhl: „Auf deinen Platz!" *Er kreuzt die Arme und wartet — Bahádur unter geballten Brauen fest anblickend.*
Bahádur steht, die herabhängenden Arme an den Leib gepreßt, die Fäuste geballt, mühsam sich bezwingend, schweratmend da.

TARKAH *legt mit kurzem Griff ihre Linke auf seine Schulter und weist gebietend auf den Königssitz:* „Auf deinen Platz!"
DER ZWERG *ist rasch auf die linke Seite der Königstafel hinübergeglitten. Er grinst höhnisch und weist auf den Königssitz:* „Auf deinen Platz!" *Bahádur wirft, von Ekel geschüttelt, den Kopf in den Nacken. Er birgt in tiefer Scham mit dem Arm sein Gesicht.*
In das müde, gedämpfte Spiel der musizierenden Frauen, das von den stärker anrollenden Meereswogen fast gedeckt wird,

klingt immer deutlicher das Oboe-Motiv des Knaben, der im ersten Bild den blinden Sänger führte.

Bahádur horcht auf.

Die ersten Takte des blinden Sängers erklingen, noch ferne.

Bahádur horcht angestrengt, unsicher, ob er auch recht höre.

Das Lied klingt näher. Nun ist es deutlich zu erkennen.

Rostrote Segel einer Barke, die man nicht sieht, gleiten von rechts heran. Die Barke legt vor der Treppe an. Die Segel knattern im Wind.

Die Melodie des Liedes erklingt stark – mit dem Anrollen der Meereswogen sich vermählend. Die musizierenden Frauen halten inne.

Auch durch die Liegenden, Knienden, Kauernden zu beiden Seiten der Kelter geht eine leichte Bewegung. Sie verharren ermüdet, wenden sich aber, sich dehnend, träge dem Meere zu, so daß sie, im Dunkel des Torbogens und im Schatten der dunkelgeballten Gewitterwolke, die nun fast zwei Drittel des Himmels deckt, eine wie schlaftrunkene Masse bilden.

Aus dem rechten Laubengang der obersten Terrasse der Zug der Königin-Mutter. Die Königin-Mutter schreitet voran, leicht zögernd. Sie hält an der rechten Seite der Treppenmündung inne und blickt gespannt zum Meer hinab. Aus der Tiefe – die Treppe vom Meer herauf – steigt, seinen hohen Stab entschlossen vor sich hinsetzend, langsam mit festen Schritten, das Haupt in den Nacken gelegt, der blinde Sänger. Sein Mantel umflattert ihn. Auf der Terrasse bleibt er einen Augenblick lang stehen. Seine Gestalt konturiert sich scharf gegen die Gewitterwolke. Der Rand der Wolke ist durchleuchtet von den Strahlen der Abendsonne.

Die Königin-Mutter und ihre Frauen in dunklem Violett. Das Braun und Rostrot des Laubes, das Blauschwarz der Trauben, der Porphyr des Torbogens und der Terrasse – nun im Schatten –, die Gewänder der Sklavinnen, die Leiber der Neger – all das quillt zu einem düstern Ganzen, aus dem nur die musizierenden Frauen, das Gold der Tafel und die weiße Gestalt des blinden Sängers hervorleuchten.

Der blinde Sänger wendet scharf den Kopf Bahádur zu und grüßt ihn – ohne sich zu neigen – mit einer leichten Bewegung der Hand.

Bahádur starrt ihn an.

Tarkah und der Riese sind hinter Bahádur getreten.

Der Sänger tastet mit seiner Linken nach rückwärts. Aus der Tiefe der Treppe streckt sich ihm eine Hand entgegen. Er faßt sie. Halimah wird sichtbar, hinter ihr Bilal.

Mit einem jähen Ruck reißt der Sänger (ohne seine Stellung zu ändern) Halimah nach vorne, so daß sie taumelnd – noch auf der obersten Terrasse, aber gegenüber Bahádur – Fuß faßt, und läßt ihre Hand los.

Halimah erkennt Bahádur.

Bahádur hat unwillkürlich eine Bewegung gegen Halimah zu. Aber Tarkah legt die Hand auf Bahádurs Schulter. Der Riese flüstert ihm ins Ohr und weist auf die Königin-Mutter, die sich gespannt beobachtend vorneigt. Halimah breitet aufjauchzend die Arme Bahádur zu. (Halimahs Liebesmotiv aus dem ersten Bild erklingt.)

Bahádur hat nochmals eine Bewegung, als wollte er Halimahs Hände ergreifen, aber er faßt sich und steht in erzwungener Ruhe.

HALIMAH *fährt über ihre Stirne. Sie faßt es nicht. Ganz nahe an Bahádur:* „Ich bins – Halimah!"

Bahádur weicht einen Schritt zurück.

Die Königin-Mutter hat einen Schritt nach vorwärts gemacht. Sie rührt mit der Spitze ihres Stockes an Bahádurs Schulter. Bahádur zuckt auf und wendet den Kopf der Königin-Mutter zu.

DIE KÖNIGIN-MUTTER *weist mit einer Kopfbewegung auf Ha-limah:* „Wer ist dies?"

BAHÁDUR *mit einem Zucken der Schultern*: „Ich weiß es nicht!"

HALIMAH *fährt verletzt auf. Sie reißt sich die Kette mit Bahádurs Bild von der Brust und hält es Bahádur mit beiden Händen, wie einen Spiegel, vor:* „Da! Sieh! Dein eigenes Bild!" *Halimahs Liebesmotiv erklingt wiederum, drängender, beschwörend.*

Bahádur steht unbewegt.

Halimah läßt fassungslos die Kette mit dem Bilde zu Boden fallen. Eine der Frauen reicht es der Königin-Mutter, die – scharf prüfend – ihren Blick vom Bild zu Bahádur und wiederum zum Bild wandern läßt.

HALIMAH *greift sich an die Stirne, dann – wie vor Unbegreiflichem verzweifelt Hilfe suchend – wendet sie sich zu Bilal*: „Vater, begreifst du es? Er ist es doch!"

BILAL *tritt (noch auf der oberen Terrasse) vor Bahádur. Er blickt ihn finster an. Dann – in verhaltener Erbitterung*: „Ich bins, Bilal!" *(mit zornigem Schütteln des Kopfes)* „Auch mich kennst du nicht?" BAHÁDUR, *sich hochmütig reckend – aber mit niedergeschlagenen Augen –, hat eine wegweisende Handbewegung*: „Man schaffe doch den Lästigen weg!" *Der Riese winkt. Mit einem Sprung sind die beiden Neger, welche die Treppenmündung flankieren, neben Bilal und reißen ihn zurück.*

Die Musikantinnen sind aufgesprungen. Mit den beiden Negern ist auch der Aufseher an Bilal heran, hat ihm den Turban, der sich aufrollt, vom Kopf gerissen und versucht, ihn damit zu fesseln. BILAL *reißt sich los. Mit einer kurzen Geste wirft er Tarkah zur Seite, dann – sich verzweifelnd an den Kopf greifend –, flehend*: „Bahádur!" *Er rüttelt ihn mit voller Kraft*: „Bahádur – besinne dich, komm zu dir – erwache!"

TARKAH, *nur einen Augenblick taumelnd, dann in wilder Wut den Negern winkend*: „Stoßt zu!"

Die beiden Neger stoßen ihre Lanzen in Bilals Rücken. Bilal bäumt sich auf, mit weit offenen Augen starrend, dann wankt er, Halimah versucht, ihn zu stützen, und vermag es nicht. Nur wenige Schritte taumelt er zurück, dann scheint er – schon hart vor dem Sänger stehend – noch einmal festen Fuß zu fassen. Mit der Rechten preßt er Halimah an sich, seine Linke gleitet zweimal liebkosend über ihre Wange, ein wehes Lächeln geht über sein Gesicht, dann bricht er zu Boden. Sein Oberleib lehnt an den Knien des blinden Sängers. Aufschluchzend wirft sich Halimah über ihn und küßt seine Hände.

Der blinde Sänger tastet nach Bilals Haupt, streicht langsam über Bilals Augen; Bilals Leib gleitet ganz zu Boden. Über ihn hingestreckt liegt Halimah. Der Sänger steht wieder unbewegt wie zuvor.

In dem Augenblick, da die Neger mit ihren Lanzen zustoßen, wallt alles in starker Erregung auf: die Gruppe der Frauen, die Massen zu beiden Seiten der Kelter, die Gruppe der Königin-Mutter. Nur Bahádur starrt wie gebannt auf den Sterbenden. Gespannte Stille. Der Hauptmann der Leibwache – aus dem Gefolge der Königin-Mutter – winkt. Fünf Krieger brechen hervor und fassen die Neger, die Bilal niederstießen. Die Gepanzerten haben die beiden Neger gefesselt in ihrer Mitte. Ihnen gegenüber, drohend, der Haufen der Neger.

DIE KÖNIGIN-MUTTER *hebt den Arm, Ruhe gebietend. Die feindlichen Gruppen stehen still. Sie wendet sich zu Bahádur und sieht ihn ernst und finster an. Sie hält das Bild Bahádurs ihm vor:* „Bist du es?"

BAHÁDUR, *aus einer Art Starrheit erwachend, rasch:* „Nein!"

Die Königin-Mutter läßt das Bild sinken, ohne den Blick von Bahádur zu wenden. Dann neigt sie sich ein wenig nach vorne.

BAHÁDUR *richtet sich hoch auf:* „Ich bin es nicht!"

Ein scharfer Hornruf durchschneidet den anschwellenden Gewitterwind und das stärkere Anrollen der Meereswogen, und läßt Bahádur – der im Begriff war, die Hand zum Schwur zu erheben – stocken. Er horcht – mit ihm Alle. Nochmals – nun näher – drohend anschwellend, ein Hornruf, und mit ihm und dem Sturmwind zugleich braust von rechts ein dunkles Schiff heran und hält mit jähem Ruck vor der Treppe.

Es ist hochbordig, so daß es die Balustrade überragt, die Segel dunkelviolett. Auf dem Bug steht der Emir in dunkelvioletter Seide, den kronenartigen Helm auf dem Haupte. Um ihn fahles Gewitterlicht. Hinter dem Emir Gepanzerte. Alles hat sich dem Schiff zugewandt. Auch Halimah – noch im Knie verharrend.

Der Emir betritt die oberste Terrasse. Er wendet sich der Königin-Mutter zu. BAHÁDUR *starrt den Emir an. Dann, hart an die Königin-Mutter, die Hände an die Brust pressend:* „Ich bin der Echte – Ich!"

Die Königin-Mutter weicht vor ihm zurück. Der Krückstock entfällt ihrer Hand. Abscheu und Ekel in den Mienen, hebt sie wild abwehrend die Arme gegen Bahádur. Die weiten Ärmel ihres Gewandes gleiten bis zu den Schultern herab. An ihrem rechten Arm wird ein Feuermal sichtbar.

Der Emir sieht es, reißt den Ärmel an seinem rechten Arm zurück, und hebt den Arm hoch. Dasselbe Feuermal ist auf seinem Arm zu sehen.

DIE KÖNIGIN-MUTTER *erblickt es. Jubelndes Leuchten geht über ihr Gesicht, sie breitet die Arme gegen den Emir. Der Emir beugt vor ihr das Knie. Sie rührt mit beiden Händen an seine Schultern. Während er sich erhebt, küßt sie ihn auf die Stirne. Dann weist sie auf den Emir:* „Dieser ist der Echte!"

Ein dritter – nun feierlicher – Hornruf vom Schiffe her. Das Gefolge der Königin-Mutter, die fünf Gepanzerten, die Gruppe der Frauen, der Mundschenk beugen das Knie.

Tarkah, der Riese, der Zwerg sind ein wenig nach rechts zurückgetreten: ein unschlüssiges, nicht ausgesprochenes Sich-Neigen.

*Die Gruppe der sechs Neger und des Aufsehers – die den Ge-
panzerten gegenüberstehen – flüstern miteinander.*
*Hinter der Kelter sind nun die zwanzig Neger, die den Kelter-
tanz tanzten, die fünf Keltertreter und die zwei Neger, die den
Wein in den Becken auffingen, zu einer unruhigen Masse ver-
eint. Die Knienden richten sich wieder auf.* DIE KÖNIGIN-
MUTTER *wendet sich Bahádur zu. Man hat ihr den Krückstock
gereicht. Sie hebt ihn hoch, und Triumph im Gesicht, weist sie
gebieterisch zu Boden:* „Auf die Knie – Bahádur!"
BAHÁDUR – *mit wildem Schütteln des Kopfes –:* „Niemals!"
*Ein Neger stürmt aus dem Laubengang rechts und hält ihm
Schwert und Helm (dem Kronenhelm des Emirs gleichend) hin.*
BAHÁDUR *setzt den Helm auf und greift nach dem Schwert.
Dann ist er, mit einem Sprung, hinüber nach links zu der Grup-
pe der Neger. Er reißt das Schwert aus der Scheide:* „Das
Schwert soll zwischen uns entscheiden!"
*Bahádur und der Emir – in gleicher Tracht und Rüstung – ste-
hen einander gegenüber. Dann kreuzt der Emir verächtlich lä-
chelnd die Arme über der Brust. Er wendet sich scharf dem
Schiff zu und hebt die Linke. Ein schwirrender hoher Geigenton
– das schrille Läuten einer kleinen Glocke.*
*Auf Deck vor dem großen Segel steht, in fahlem gelbem Licht,
die schlanke Gestalt eines Jünglings. Nur ein Lendenschurz aus
grüngoldenen Schuppen. Grüngoldener Köcher mit Pfeilen.
Grüngoldene Helmkappe. Das Visier heruntergelassen. In der
Linken den grüngoldenen Bogen.*
DER EMIR *gegen die linke Seite:* „Tretet zurück!"
*Die sieben Neger werfen sich zurück, die Gruppe der Frauen
stiebt in den Laubengang, die fünf Gepanzerten treten zur Seite.
Der blinde Sänger steht unbewegt.*
Der Jüngling entnimmt langsam seinem Köcher einen Pfeil.
DER EMIR *weist mit starker Geste auf Bahádur:* „Diesen –
triff!"

*Tarkah, der Riese, der Zwerg werfen sich der Königin-Mutter
zu Füßen.*
BAHÁDUR *blickt um sich. Dann – geschüttelt von Ekel – reißt
er den Helm sich vom Haupt und schleudert ihn zur Seite, er
zerbricht seine Klinge über dem Knie, reißt sein Gewand auf
und bietet sich dar:* „Triff mich – ich will nicht weiterleben!"
*Der Pfeil schnellt – mit starkem, das Brausen übertönendem
Harfenklang – vom Bogen.*
*Halimah hat sich mit gebreiteten Armen vor Bahádur geworfen
– der Pfeil haftet in ihrer Brust.*
Der Sturm bricht dumpfheulend los.
*Im Torbogen der Halle hat sich die Masse der Neger, wie eine
einzige tobende Woge, die Stufen zur Treppe hinangeworfen
und hämmert mit den Fäusten die eiserne Tür, Einlaß verlan-
gend.*
*Bahádur hat Halimah gefaßt und lädt sie sich auf die Schulter.
Er wankt.*
*Ein dumpfer Ton – als schlüge man Erz aus der Tiefe, nahe der
eisernen Pforte. Die Tür springt nach innen auf. Die Menge
quillt, in wilder Angst sich stauend, nach vorne wogend, durch
das schmale Tor.*
*Bahádur ist unten bei den Fliehenden angelangt. Sie achten
nicht auf ihn und geben für ihn nicht Raum.*
*Immer näher grollender Donner. Nur aus dem Tor ein grünli-
cher Schein, um den Schützen auf dem Deck gelbes ver-
schwimmendes Licht.*
*Bahádur versucht, zu den Stufen zu gelangen. Der Aufseher
und die sechs Neger brechen nach vorne, in die Menge, den
Weg für ihn zu bahnen. Bahádur steigt keuchend hinan, hinter
ihm Aufseher, Lanzenträger, Neger in wilder Hast. Das Tor
wird von innen zugeschlagen. Ein Blitz hellt noch einmal die
Terrassen auf. Dann ein Donnerschlag, das Prasseln niederge-
henden Hagels.*

Tiefste Finsternis.
Nur der Schütze auf dem Deck ist – von gelbem Licht umflossen
– zu sehen, den Bogen neben sich zu Boden stemmend.

Der Vorhang schließt sich.

FÜNFTES BILD

Verfallener Burghof in der Königsburg.

Rechts und links Mauern aus schwarzgrauen Bruchsteinen. Im Hintergrund schließt eine zinnengekrönte Mauer den Burghof. In dieser Mauer ein großes schwarzes Tor in der Breite einer Einfahrt. Das Tor, zwischen gemauerten Pfeilern, ist an Ketten hochzuziehen.
In der rechten Seitenmauer, vorne, eine breite niedere Gittertür, aus starken, schwarzen Eisenstäben. Zu beiden Seiten der Tür, eiserne Ringe in der Mauer eingelassen, als Fackelhalter. In der Mitte des Vordergrundes ein niederer Zisternenrand, von feuchtem Moos überwachsen.
Nacht: Schwarzgeballtes Regengewölk, mit nur wenigen durchleuchteten Rändern, treibt, vom Sturm gejagt, über den sternenlosen Himmel.
Aus der Gittertür rechts bricht, aus der Tiefe kommend, ein grünlicher Lichtschimmer. Alles andere in Finsternis.
In das Heulen des Sturmes und das Grollen des Donners klingt das Motiv des Marsches der Neger aus dem dritten Bild, aber rascher, drängender. Ein Blitz zerreißt die Finsternis.
Das eiserne Tor rechts springt auf. Ein Schwarm von Negern bricht in den Hof: Acht Neger mit Lanzen, die fünf Keltertreter mit ihren Schaufeln, die zwanzig Tänzer, alle – wie in einem Raum gefangene Bienen – in dumpfem Summen an die Wände

*und an das Tor anprallend, einen Ausgang suchend. Hinter ih-
nen steigt keuchend Bahádur aus der Tiefe auf. Über der linken
Schulter trägt er Halimah. Ihr Kopf und ihre Arme hängen
schlaff herab.*

*Er läßt sie sanft zu Boden gleiten, so daß ihr Oberleib an der
Zisterne lehnt. Ihr Kopf ist auf ihren linken Arm herabgesun-
ken, der auf dem Zisternenrand ruht. In ihrer Brust haftet noch
der Pfeil. Er kniet vor ihr nieder.*

*Hinter Bahádur sind noch der Aufseher, zwei unbewaffnete Ne-
ger und zwei Neger mit Fackeln rasch aufgestiegen. Sie haben
die Fackeln in die Ringe der Gittertüre gesteckt. Sie haben klirrend die Tür ins Schloß fallen lassen, sind zum großen Tor ge-
stürzt und versuchen, vereint mit dem aufgeregten Schwarm,
das Tor an den schweren eisernen Ketten hochzuziehen.*

Dann lassen sie los und stürmen nach vorne, Bahádur zu.

*Eine abwehrende Handbewegung Bahádurs läßt sie hinter der
Zisterne jäh innehalten.*

Bahádur neigt sich von neuem über Halimah.

*Die fünf Keltertreter mit ihren Schaufeln stehen in der Mitte,
harrend. Hinter ihnen, unruhig wogend, die anderen. Der Aufseher hebt die Hand. Die Keltertreter stoßen ihre Spaten in die
Fugen des Pflasters und stemmen die Pflasterwürfel los. Die
den Schaufelnden zunächst Stehenden fangen die Pflastersteine
und werfen sie dem ersten der Kette zu, der sie dem nächsten
reicht, und so fort. Fünf Neger stehen bereit, die Steine zu türmen, um das Gittertor zu verrammeln. Andere schichten kniend
einen Teil der Steine zu einem niederen Wall, um die offene
Grube.*

*Wenn die Schaufelnden ihre Schaufeln klirrend in die Fugen
des Pflasters stoßen, dringt das Motiv des Keltertretens (aus
dem vierten Bild) durch das dumpfe Nachgrollen des abziehenden Gewitters. Das Motiv ist ins Wilde, Unheimliche verzerrt
und rhythmisch hastiger geworden.*

Zugleich mit dem ersten Klirren der Schaufeln, hat Halimah die Augen aufgeschlagen und den Kopf ein wenig gehoben. In freudigem Aufatmen hat sich Bahádur erhoben und ist einen Schritt zurückgetreten. Halimah richtet sich ein wenig auf. Bahádur hat eine Bewegung, als wollte er ihr helfen. Halimah wehrt leicht ab und richtet sich langsam, ruckweise auf. Sie steht – noch leicht schwankend. Sie atmet schwer. Der Schaft des Pfeiles in ihrer Brust erzittert bei jedem ihrer Atemzüge. Sie wendet den Kopf Bahádur zu und blickt ihn voll an. Das Liebesmotiv Halimahs (aus dem ersten Bild) erklingt stark anschwellend, alles andere übertönend. Sie lehnt den Kopf in den Nacken und breitet die Arme aus. Bahádur will sie umarmen – der Pfeil in Halimahs Brust hindert ihn.
Halimah blickt auf den Pfeil. Dann – mit schmerzlichem Lächeln – faßt sie den Schaft mit beiden Händen, richtet sich auf und zieht, ihren Schmerz bezwingend, den Pfeil aus ihrer Brust. Sie läßt ihn zu Boden fallen und breitet mit seligem Lächeln von neuem ihre Arme aus, Bahádur zu empfangen. Aber ehe er sie umfangen kann, zuckt sie in wildem Schmerz auf und bricht in die Knie. Bahádur steht vorgebeugt und starrt entsetzt auf Halimah.
(Es ist die Stellung, in der er – im zweiten Bild – vor dem sterbenden Schenkburschen Ghajur stand. Auch das nun folgende Spiel zwischen Bahádur und Halimah, dasselbe wie damals, zwischen Bahádur und Ghajur.) HALIMAH, *in sich zusammensinkend – aber noch kniend –, läßt den Kopf auf die Brust sinken. Dann – in einem letzten Versuch sich aufzurichten, der ihr nicht mehr gelingt – wirft sie den Kopf zurück. Mit hilflos fragendem Aufblick zu Bahádur breitet sie die Arme:* „Warum hast du das getan?!"
Bahádur – nicht mehr Entsetzen, sondern verzweifeltes Weh im Gesicht – hat eine Bewegung, als wollte er Halimah erfassen, um sie aufzurichten. Über ihr Gesicht gleitet ein wehes Lä-

cheln. Sie schüttelt langsam verneinend den Kopf, dann – mit einem hoffnungslosen Zucken der Schulter – läßt sie die gebreiteten Arme sinken und fällt vornüber aufs Gesicht. Bahádur starrt einen Augenblick nach der Toten, dann fährt er jäh empor.

Im Augenblick, da Halimah stirbt, hat die Arbeit der Neger gestockt. Die Steine sind an der Gittertür rechts zu einem Haufen getürmt, der die Türe verdeckt. Um die offene Grube ist ein niederer Steinwall geschichtet. Die fünf Keltertreter stehen rastend zu beiden Seiten der offenen Grube. Grünliches Licht, aus der Grube, erhellt ihre Gesichter von unten her. Alles Folgende in fieberhafter Hast.

Der Aufseher löst sich aus der Masse, greift nach dem Mantel Bahádurs, der auf dem Zisternenrand liegt. Er wirft ihn, das eine Ende in der Hand behaltend, gegen die linke Seitenmauer. Der Mantel rollt sich auf, er scheint an Länge immer mehr zu wachsen – einem schmalen Teppich gleichend. Zwei Neger reißen die Fackeln aus den Ringen und stürmen zur Grube, und stehen hinter ihr mit hocherhobenen grünflammenden Fackeln. Die sechs Neger haben Halimahs Leichnam auf den Mantel gelegt. Sie heben ihn hoch und rücken dem offenen Grabe nahe. Bahádur versucht sich loszureißen. Es gelingt ihm nicht. Die Neger halten ihn an den Armen und Händen fest. Die Träger am Kopf- und Fußende des Leichnams stehen an den Schmalseiten des Grabes. Während sie ihn langsam hinabgleiten lassen, steigt – wie aus der Tiefe kommend – noch einmal Halimahs Liebesmotiv auf, aber in hoffnungslose schluchzende Klage gewandelt.

Die Keltertreter laden rasch zustoßend die Steine auf ihre Schaufeln und werfen sie ins Grab. Das Klirren der Schaufeln und das Aneinanderschlagen der Steine wächst zu einem Wirbel an.

204

Mit einem letzten Aufbieten seiner Kraft reißt sich Bahádur los,
aber schon wirft sich die Masse zwischen ihn und das Grab.
Er weicht zurück, er greift sich, irren Blickes, an den Kopf,
dann stürmt er dem großen schwarzen Tor zu. Er reißt ver-
zweifelt an der einen der eisernen Ketten, an denen das Tor
hochgezogen wird, dann läßt er sie klirrend zu Boden fallen
und schlägt mit geballten Fäusten gegen das Tor. Ein metal-
lisch dröhnender Wirbel – das Tor fliegt rasselnd in die Höhe,
Bahádur weicht bis gegen die Zisterne zurück.
Vom Torbogen umrahmt, steht draußen, von grünlichem Licht
umflossen, das goldgepanzerte Pferd des Emirs.
Höhnisch verzerrt erklingt der Marsch des Emirs (aus dem er-
sten Bild). An den Pfeilern des Tores stehen links der Zwerg,
rechts der Riese, den Oberleib entblößt (wie zu Ende des vier-
ten Bildes). Sie fordern Bahádur auf, in den Sattel zu steigen.
Einen Augenblick lang steht Bahádur keuchend da – dann
stürmt er entschlossen dem Tor zu. In dem Augenblick, da er
die Schwelle überschreiten will, fällt klirrend die goldene Rü-
stung vom Pferde ab. Das halbverweste Gerippe eines Pferdes
steht vor ihm. Unter dem Turban des Zwerges grinst ein Toten-
schädel, Antlitz und Leib des Riesen starren von grünlich trie-
fender Verwesung.
Bahádur taumelt zurück und stürzt zu Boden.
Das Tor fällt donnernd zu. Die Mauern des Burghofes hallen
wider, aber schon mischen sich in ihren Widerhall breitwogen-
de Harfenklänge. Durch einen Spalt des schwarzen Sturmge-
wölkes bricht silbernes Mondlicht und überfließt den Zinnen-
kranz der Mauer. Auf der Mauer des Hintergrundes steht, ge-
hüllt in ihren silbernen Mantel, gleißend vor Licht, Tarkah.
Die Masse der Neger ist zurückgewichen.
Immer reicher wogende Harfenklänge rauschen auf.
Tarkah läßt den Mantel von ihren Schultern gleiten. Sie steht in
dem silbernen Netzgewand, das sie vor dem König trug. Sie

setzt die Laute an, Bahádur hat sich erhoben und starrt zu ihr
auf.
TARKAH *lächelt ihm zu, dann hebt sie an:*
>„Bist du am Ende, und hoffst du nicht mehr? –
>Höre, Bahádur, mein Rufen!
>Steilt sich aus Mauern ein Kerker um dich,
>Bau' ich dir rettende Stufen."

In der Ecke, die die rechte Mauer mit der des Hintergrundes
bildet, sind die ersten Stufen einer fast leiterartigen Treppe
sichtbar geworden, im Mondlicht silbern erglänzend.
Bahádur schreitet zurückgeworfenen Hauptes, den Blick auf
Tarkah gerichtet, in nachtwandlerischer Bestimmtheit den Stu-
fen zu.
Er betritt die ersten Stufen. Vor ihm leuchten immer neue auf;
die Stufen, die er betreten, erlöschen hinter ihm.
>„Tarkah, sie führt dich! Bahádur – hierher!
>Schwankst du und schwindelt es dich?
>Denk nicht der Toten, blick *nicht* mehr zurück –
>*Mich* sieh, Bahádur – nur *mich*!"

Bahádur ist oben angelangt und betritt die Mauer.
Tarkah – immer Laute spielend – beginnt den Zinnenkranz
entlang nach links zu schreiten, den Kopf Bahádur zugewandt.
Er schreitet ihr nach.
>„Wieder ins Leben weis' ich den Weg,
>Löse von Reue und Not –
>Was ich dir schwur – Bahádur, ich halt' es:
>Treue bis an –"

Sie läßt die Laute fallen, wendet sich jäh Bahádur zu, reißt das
Netz von ihrer linken Schulter und wirft es über Bahádurs
Haupt.

>„– – deinen Tod!"

Bahádur versucht das Netz herabzureißen, dann schwankt er und stürzt mit einem gellenden Schrei in die Tiefe. Die Mauern des Burghofes stürzen donnernd zusammen.
Das Kollern des Gesteins verhallt in das Grollen eines fernen Gewitters, das Dunkel hellt sich langsam auf, der Bauernhof Bilals wird sichtbar.

SECHSTES BILD

Der Bauernhof Bilals.
Graues Dämmern. Nur rechts, auf den Stufen des Frauenhauses das erste Licht des Morgens.
Links, auf den Stufen des Männerhauses, Bahádur hingestreckt, die geballten Fäuste an die Brust gepreßt, den Kopf in den Nacken geworfen, im Schlaf aufstöhnend, dann mit einem Ruck sich halb aufrichtend.
In das letzte verhallende Grollen eines abziehenden Gewitters klingt hell und jubelnd stark der Morgenruf einer Amsel.
Bahádur schlägt die Augen auf.
Er richtet sich auf. Mit angstvoll weit offenen Augen blickt er um sich. Langsam beginnt er zu erkennen, wo er ist. In den jubelnden Ruf der Amsel klingen – näherkommend – die Schalmei eines Hirten und die kleinen Glocken einer Schafherde. Auf der Straße zieht, der aufgehenden Sonne entgegen, der Hirt mit einer Herde weißer Schafe (wie im ersten Bild) vorbei.
Nun erst schöpft Bahádur, befreit, tiefen Atem.
Aus der Türe des Frauenhauses ist, in weißem dünnem, an der Brust geschlitztem Gewand, barfuß Halimah getreten. Sie steht auf der obersten Stufe und windet ein Tuch um ihr gelöstes Haar.
Bahádur erblickt sie. Ein jubelndes Aufleuchten geht über sein Gesicht. Er stürmt die Treppe hinan und wirft sich vor Halimah

*— sie umfassend — auf die Knie. Aufschluchzend birgt er sein
Gesicht in ihrem Schoß. Halimah — in einem unwillkürlichen
Aufzucken — deckt ihre Brust mit ihren Händen.*
*Dann neigt sie sich über Bahádur und — seinen Kopf sanft zu-
rückbiegend — blickt sie ihn ängstlich fragend an.*
BAHÁDUR *schüttelt — unter Schluchzen lächelnd — den Kopf:*
„Es ist nichts — es ist nichts!" *Er richtet sich an Halimah auf, —
eine Stufe tiefer stehend, umfaßt er sie, preßt sie an sich und
birgt sein Gesicht an ihrer Brust.*
*Halimah sieht ihn nochmals an, dann — nachdenklich vor sich
hinblickend — streicht sie mit mütterlicher Zärtlichkeit über
sein Haar, die Melodie der Schlußzeilen des Liedes des blinden
Sängers klingen, das Schalmeimotiv des Hirten ablösend, auf.*
HELLE FRAUENSTIMMEN *aus der Höhe ringsum, setzen, um-
schwirrt von Harfen, zart ein:*

> „Nur wie deine Seele blühet,
> Rein enttaucht dem Tag der Nacht,
> Formt dein wahres Schicksal — gib es
> Nicht um bunter Masken Tracht!"

Ferner Orgelklang fällt ein und schwillt choralartig an.

> „Erz, das dir beschieden, schmiede
> Stark und stolz zu eigenem Los!
> Reines Ringen wird zum Segen
> Gott dir wenden — Gott ist groß!"

Die ersten Sonnenstrahlen brechen hervor.
*Halimah neigt sich über Bahádur, faßt seinen Kopf mit beiden
Händen und küßt ihn auf den Mund.*

Der Vorhang schließt sich.

EPILOG

*Bahádur und Halimah verneigen sich – vor dem geschlossenen
Vorhang stehend – vor den Zuschauern.*
Leichter, zierlicher Lautenklang.
*Der Vorhang öffnet sich, nahe dem linken Bühnenrand, zu ei-
nem Spalt. Gehüllt in ihren silbernen Mantel, die Laute spie-
lend, tritt Tarkah vor.*
*Bahádur und Halimah weichen bis an den rechten Bühnenrand
zurück.*
*Tarkah schreitet weiter nach rechts, ganz nahe an Bahádur und
Halimah. Hinter Tarkah treten – sich an den Händen haltend –
durch den Spalt: der König, Ghajur, der Emir, die Königin-
Mutter, der Zwerg, der Riese, der Trunkene, und bilden mit
Tarkah eine Reihe.*
TARKAH *sich auf der Laute begleitend, lächelnd:*
   „*Ruft* ihr auch bloß Held und Heldin –
   Laßt uns doch mit ihnen einen!
   Traumgestalten werden immer
   Ungerufen euch erscheinen!
   Dünkten wir euch bös und schaurig,
   Dünkt der Held euch sanft und gut – –
   Schuf doch er uns Leib und Seele,
   Blut sind wir von seinem Blut!
   Was – gebändigt – tief sonst schlummert,
   Wacht im Traum gebietend auf.
   Taten, Träume – und ein Ahnen
   Lenken jedes Lebens Lauf!
   Zeigt im Traum euch euer Antlitz,
   Was euch tief befremden mag – –
   Fragt euch: Ob im *Traum ihr* Maske,
   Oder Maske tragt am *Tag!*
   Gute Nacht und – gute Träume!

Nehmt zuletzt als Wunsch von mir:
Mögen eures Traums Gestalten,
Häßlicher nicht sein – als wir!"
*Sie verneigt sich und gleitet – noch immer Laute spielend –
durch einen Spalt des Vorhanges rechts. Hinter ihr die andern.
Während Zwerg, Riese und Trunkener abziehen, haben sich
Bahádur und Halimah den Zuschauern zugewandt und vernei-
gen sich.*
BEIDE:
„Gute Nacht und gute Träume!"
DER TRUNKENE, *der als letzter schreitet, schiebt den Vorhang
so weit zur Seite, daß Bahádur und Halimah verschwinden
können. Dann, den Vorhang schließend, tritt er als letzter zu-
rück, sich verneigend – (nicht komisch, sondern liebenswürdig
mit tiefer Stimme)*:
„Gute Träume – gute Nacht!"
Hinter dem Vorhang ein verhallend summender CHOR:
„Gute Nacht!"

PROSASKIZZEN

„Was sich nicht ausdrücken läßt"

„Was sich nicht ausdrücken läßt, ist nicht französisch", zitiert Du Bos in einem Tagebuchblatt.

Genau um das, was sich *nicht* ausdrücken läßt, geht es. Das, was *zwischen* den Worten schwingt, was sich wehrt, in die plumpe Form des Wortes sich gießen zu lassen, was so weder einer Sprache noch einer Nation angehören kann. Es ist eben das, was *vor* dem Wort da ist, und was jedes Wort überdauert. Dieses „was sich nicht ausdrücken läßt" – fühlen oder ahnen zu lassen, ist die eigenste Aufgabe des Dichters.

Das einzelne Wort versagt. Sinn und Logik der Sätze versagen. Wie aber Worte und Sätze ihre Antlitze einander zuneigen, oder sich von einander abwenden – wie sie, das eine Mal, von magnetischer Kraft erfaßt, willenlos einander zuschießen, das andere Mal sich zu Kuppen türmend, oder gegeneinander stehend, mit steilem Gefäll der Flanken aus tief eingeschnittenen Schründen aufragen – all das läßt Gebirge, Schluchten, Hänge und Täler werden – eine namenlose schwebende Landschaft, durch die *das* fühlbar, dämonisch geisternd weht, was – wie Dämonen – dem Ausdruck sich entzieht, seinen Namen verweigert, weil es – wie Dämonen – nicht Menschen, *zugleich* mit seinem Namen, Macht über sich gewähren will. – Sagbares zu sagen, das ist der ungeheuere, nicht leichte, der Sprache auferlegte Dienst. Aber ihre verklärte Sendung, zu der sie manchmal aufblühen darf, ist: Unsagbares, Letztes, ahnen zu lassen.

17. Juli 1922

Stumme Szenen

Je mehr der Versuch gemacht wird, im Drama die Zahl der Situationen, in denen nicht gesprochen wird, der Zahl der Situationen, in denen auch im Leben nicht gesprochen wird, anzunähern – d. h. je mehr der schweigende Ablauf von Situationen auch vom Drama übernommen wird – also, pantomimisches Element verstärkt ins Drama einströmt – – je mehr dies geschieht, desto mehr wird die Allgemein-Verständlichkeit des Dramas wachsen, der Kreis sich erweitern, zu dem das Drama zu reden vermag. Eine Geste kann nie so verstiegen sein wie das Wort, weil das Auge die Geste sofort als unwahr ablehnt, wenn sie von der natürlichen Geste sich zu weit entfernt. Eine „verkothurnte" Geste wird nicht ertragen, eine leicht erhöhte Geste kann nur einen Augenblick lang verwendet werden (weil der Zeitablauf im Drama bemessen ist). Die echte, Affektgeborene Geste altert nicht – der Stil der Rede altert. So wird das Eindringen des mimischen Elementes als Ersatz für vieles bisher Gesprochene – neben unendlich viel andern Vorteilen – auch eine Exklusivität der Kunst verhindern, sie verhindern übersubtil zu werden, wozu das Wort oft verführt.

Undatiert (1927?)

Nebenfiguren

Die Schicksale der Nebenfiguren müssen im Drama scharf umrissen sein – auch dort, wo es *scheinbar* überflüssig ist.

Im Drama wird eine Figur für die paar Stunden, die ich mich mit ihr befasse, *„Hauptfigur"*, weil ich von ihrem Schicksal rede – die Andern sind in diesen Stunden *„Nebenfiguren"*. Würde ich diese in den Mittelpunkt stellen, sie könnten *„Hauptfiguren"* sein, und die heutige *„Hauptfigur"* wäre *„Nebenfigur"* in ihrem Schicksal.

Das muß man immer irgendwie spüren – man muß merken, daß der Dichter unendlich mehr von ihnen weiß, als er heute zeigt: weil man die dichterische ewige Gerechtigkeit ahnen muß, die – wie die göttliche – zwischen Haupt- und Nebenfiguren nicht scheidet.

22. Mai 1927

Katzen

Katzen sind unfromm und völlig respektlos. Lange – die vielen Nekropolen ihrer Mumien bezeugen es – wurden sie in Ägypten als Götter respektiert – lange genug, um dahinter zu kommen, was es mit „Göttern" und „Respekt" auf sich hat.

So sieht es aus – aber: vielleicht sind sie nur dahinter gekommen, daß *sie* weder Götter sind, noch Respekt verdienen, und nun leugnen sie – um ihr Selbstgefühl zu retten – Götter überhaupt, und billigen *Niemandem* Anspruch auf Respekt zu – grandios überlegene Skeptiker, aus eigener Insuffizienz.

8. März 1930

Sonnensysteme

Wir beruhigen uns gedanklich bei der Idee eines Systems, bei dem die Erde – *wir* – um eine Sonne kreisen, als wäre damit alles in Ordnung. Die Unruhe – peinliche oder lebensstärkende – mit der Sonne um andere Sonnen zu kreisen – und dies in unendliches „Nicht mehr fassen können" fortgesetzt – ist uns nicht, sozusagen, „in Fleisch und Blut" unseres Bewußtseins übergegangen. Ein tiefer Instinkt in uns weigert sich, Unbegrenztes dem Gefühl einzuverleiben. Dem Wissen – oder besser, dem Gefühl des Grenzenlosen – ob wir es als *Ordnung* ins Unbegrenzte fortgesetzt, oder als *Chaotisch-Amorphes* empfinden – stellt sich immer der Form-Wille, der Umgrenz-Wille, der Schöpfer-Wille entgegen. Der Künstler ist die *Entartung*, nein – *Überartung* – dieses *allen* Menschen innewohnenden Willens oder Triebes – (hier sind „Wille" und „Trieb" nur die bewußte oder unbewußte Erscheinungsform ein und derselben Sache). Der Künstler ist die monomanische Reinkultur dieses Willens. Der Dichter wird instinktmäßig (wenn er ein „geborener" Dichter ist) unablässig das grenzenlos Chaotische der Welt, wie das grenzenlos Geordnete, Gesetzmäßige – *beides* – als das unausschöpfliche Meer empfinden, in das er, selig, seine Netze auswerfen darf.

April oder Mai 1930

„Ultra Posse"

„Ultra posse nemo tenetur." – Über seine Kraft, sein Können, seine Möglichkeiten hinaus, zu leisten – kann von Niemandem verlangt werden. – Von *Einem*, doch: Vom Dichter. Weh ihm, darum! – Wohl ihm, darum!

24. Dezember 1930

Hirten und Bauern

Der Hirt, der „schweift", hat sein Herz an keine Heimat-Erde gehängt. Seine Gottheit haust nicht im Stein, im Baum, im Quell, irdisch gebunden und nah – er wandert, seit je: frommer vertrauter Genosse allnächtlich mit ihm wandernder, ferner heiliger Sterne. So wird er, wenn er zum Bauer, zum Mann der Erde werden soll, einen Zustrom erdverknüpften, Rast und Frieden ersehnenden Blutes brauchen, um dem Acker anzuhangen – was für ihn immer ein sich Bescheiden, ein, im wahren Sinn, „Herabsteigen vom hohen Roß" bedeutet.

Er war Hirt, Herr der Herde, er befahl ihr – der Erde, dem Acker, befiehlt man nicht, man muß ihm dienen.

Längst schon seßhaft, Bauer im verheißenen Land, war im Juden noch das Wissen um das Hirtentum seiner Vorzeit. „Ein umherschweifender Aramäer war mein Vater", hebt der überkommene Weihespruch an, mit dem der Korb, gefüllt mit den Früchten des Landes, beim „Erstlingsopfer" am Altar dargebracht wird – und zu allen Zeiten nimmt der alte Hirtenstamm, willig, Zuströme ruhigeren Bauernblutes in sich auf, und verzeichnet sie getreu: Von den zwölf Stämmen haben zwei – Menasse und Ephraim, die Joseph-Söhne – eine Ägypterin zur Mutter – Moses nimmt die Tochter Jithros, eines Priesters aus Midjan zur Frau; Boas, der Ahnherr Davids, die Moabiterin Ruth, und Maácha, Davids Frau, ist die Tochter des Königs Thalamais von Geschur, einer nordsyrischen Landschaft an den Hängen des Hermon.

29. Januar 1931

Frömmigkeit „auf den ersten Blick"

„Liebe auf den ersten Blick", das gibt es – aber nicht für den Ersten-Besten. Sie ist selten, wie das Genie, selten, wie große Inspiration.

Es gibt auch „Frömmigkeit" („Gläubigkeit", „Transzendenz" – besser „Transzendieren") auf den ersten Blick. Sie wird blitzhaft durch irgend einen Anlaß entzündet. Sie wird in dem „konstitutiv"-Frommen wahrscheinlich ganz früh, in der Kindheit – dem Erinnern entzogen – aufgewacht sein, erweckt worden sein.

Aber wir treffen sie auch bei Erwachsenen, in der Geschichte aller „Erweckungen" (die ja eine Skala vom Erhabenen bis zum Skurrilen bilden). Buddhas Austritt, des Paulus'

Weg nach Damaskus, sein epileptischer Anfall – sehr verschieden sind die Starts einer Seele, die aufsteigen will.

Undatiert (vor September 1931)

Klima

Der stärkste Faktor aller Veränderungen auf Erden, das unentrinnbare Schicksal alles Lebenden – von den Anfängen des Lebens her – sein Leben, Sterben, seine Auf- oder Abwärtsentwicklung bestimmend: das Klima. Und da alle klimatischen Verschiebungen, Beginn und Ende aller Eiszeiten und aller anderen Epochen, kosmisch bedingt sind, so ist letzten Endes alles Schicksal der Menschheit wie des Einzelnen von Sternen bedingt – steht in den Sternen geschrieben.

Undatiert (1931?)

Von seinen „Pairs" gesehen

Wer allzusehr die um ihn überragt, wird von unten her, aus der „Frosch-Perspektive" – vielleicht respektiert, bewundert sogar, aber immer verzerrt – gesehen werden. Von Angesicht zu Angesicht, Aug in Aug, von seinen „Pairs", in Wahrheit, erkannt zu werden – dieses Glück widerfährt den Großen nicht oft.

Wildbad Gastein, 4. September 1932

Form-Chaos

Alle „Form" wird immer ein „Waffenstillstand" mit dem „Chaos" sein – ob nach einem Sieg, oder nach einer Niederlage, kann kaum entschieden werden.

„Form" setzt die Fiktion, daß irgendetwas Anfang und Ende habe. „Form" hebt Erscheinungen aus dem Fließen der Erscheinungen. „Form" ist immer ein Aufbegehren gegenüber dem Chaos. So ist „Form-Geben" ein Sichüberheben gegenüber dem Leben. „Hybris" ist in diesem Sinn die seelische Einstellung des Schaffenden. Wer Form setzt, muß sich entschließen, Wurzeln und Wipfel zu kürzen, künftige Keime zu zerstören, Zusammenhänge zu zerreißen. Der Dichter gibt einem Teil des ewig flutenden Namenlosen einen Namen, er hebt es aus unendlicher Zeit, unendlichem Raum, und setzt es in die geschlossene, schwebende, kristallene Sphäre eines – von ihm zu schaffenden – Existenten. Jedes „Formgeben" erheischt bewußtes Nichtwissen-*wollen* der – ach, so wenigen – Zusammenhänge, die wir kennen, oder ahnen. Weil Form Namengebung ist, haftet ihr, wie *jedem* Namen, noch Dämonisches an. Jedes Ding ist für uns erst da, wenn es benannt ist. Dichter sein, heißt: alle Dinge taufen. Nochmals, wieder, taufen, die Last klanglos gewordener Namen von ihnen nehmen. Nur wer ihnen neue Namen gibt, welche die Menschen aufhorchen, befreit zustimmen lassen, als hätten die Dinge erst jetzt ihre *wahren* Namen empfangen, ist wirklich Schöpfer. Man sagt „Schöpfer" und müßte „Zauberer", „Magier" sagen. Denn des Dichters dunkles, unheimliches Tun ist immer, magischer „Besprecher" des Chaos zu sein, so daß es – einen Augenblick lang seiner tödlichen Macht vergessend – von der Stimme des Beschwörers gebannt – lauschend innehalten, im Rhythmus der Zaubersprüche des Dichters flutend, leuchtend aufrauschen muß – um erst, aus des Beschwörers Gewalt wieder entlassen, finster, furchtbar, uferlos dahinwogen zu dürfen, wie vorher. Und daß Einer – und sei es nur für Augenblicke – als Herr des Chaos sich erweist, für eine Spanne Zeit, den Alp der Ur-Angst, von armen bangenden Menschenherzen zu nehmen vermag – ist

magische Tat, groß genug, um vor dem Magier, Menschen auf
die Knie zu zwingen.

(Abgebrochen, da der Block zu Ende war)
Gastein, 17. September 1932

Kein Regenschirm

Frömmigkeit ist kein Regenschirm, nur dazu da, um bei
schlechtem Schicksalswetter aufgespannt zu werden.

November 1932

Die „Vorzugs-Schüler"

Die selbstzufriedenen, dogmatisch abgestempelten „Frommen"
aller Kulte halten Gott für einen Schulmeister, und sich für seine fleißigen musterhaften Vorzugs-Schüler – die noch überdies
das Recht haben, alle guten Noten, nach eigenem Ermessen
sich selbst zu geben.

November 1932

Austriazismus

In der „Austriazismus"- und analoger „Sprach-ismen"-Frage
wird oft zartes von jedem Einzelfall bestimmtes Empfinden als
– einzig legitimer Richter – ausgeschaltet, der „Sprachgebrauch" eines bestimmten Territoriums wirft sich zum Richter
über den Sprachgebrauch eines anderen Territoriums auf, und
maßt sich Entscheidung in eigener Sache an.

Wer im Norden sitzt, wird, ohne zu zögern, österreichi-
schen, ihm fremden Sprachgebrauch als „Austriazismus" an-
zeigen. Wer in südlicherem, in österreichischem Land sitzt,
wird mit norddeutschem, ihm fremden Sprachgebrauch kon-

frontiert, entweder sich überzeugen lassen, daß der norddeutsche – nicht sein eigener Sprachgebrauch der richtige sei (eine Schwäche, von der der Norddeutsche völlig frei ist), oder er wird ihn zwar weiterhin als artfremd empfinden, innerlich ablehnen, aber dennoch – sozusagen „wider die Natur" – eingeschüchtert, mit schlechtem Gewissen, dem norddeutschen Sprachgebrauch sich fügen.

Der Reichtum einer Sprache, ihr Wertvollstes, ist nicht ihr einheitlich Reglementiertes, sondern das durch Zeit und Raum hin fluktuierende Sprachgut, das auf das ersessene Attest der „Schriftsprache" gern verzichten mag. Dieses freie, reichere, der Kasernierung abgeneigte Sprachgut, ist das Wertvollste. Es wahrt oft – vielleicht nur mehr zu erahnen – die Haltung uralter Herkunft, es atmet oft die Frische und Unberührtheit eines jungen Geschlechtes, es verleugnet nicht Gehöft, Haus, Werkstatt, Landschaft, wo es geboren ward, den Zufall, der es wandern ließ – und, von Überlegung, Gelehrsamkeit, dogmatischem Drang nicht überprägt, hat es die Anmut, die man „Kindern der Liebe" nachsagt.

Dieses große unentbehrliche Sprachgut gibt erst volle Möglichkeit der Farbigkeit, Einzigartigkeit des Ausdruckes, schafft um ihn eine Ahnung der Atmosphäre des gesprochenen, lebendigen Wortes.

„Austriazismus", oder ein anderer „Ismus", als Urteil – oder Denunziation – gebraucht, sagt meistens nur aus, wo der Richter – oder Denunziant – seinen dauernden Sitz hat.

Anfang 1933

Die Beschenkten

Die Dichter sind es, die Gott immer wieder beschenken. Sie empfangen von ihm – welche, *welche* Welt! Und welch ein Abbild erstatten sie zurück?

Eines, darin Chaos zu seliger Ordnung sich verklärt – eines, das den Tod vergessen läßt, das dem Bild der Dinge Dauer, *über* das wirkliche Leben der Dinge hinaus, verleiht – eines, das Tod so an Tod knüpft, daß alles eine Kette des Lebens zu sein scheint. Eine bittere hoffnungslose Welt empfangen Gottes Erwählte, und – um das Messer in der Wunde noch umzudrehen – schenkt Gott ihnen tieferes Wissen um das Weh der Welt als Andern – – und ruhig, als sei es, was ihm gebühre, empfängt Gott von ihnen, den ewig ungelohnten Liebedienern, den ewig unbezahlten Exkulpatoren Gottes, als Geschenk eine Welt zurück, in der Weh nur eine Herbe der Süße erscheint – Leid, ein Weg vielleicht, zu Seligkeiten – Tod, das Sprengen einer Pforte zu erahntem Leben – – eine Welt der Dichter – trotz Allem – voll Hoffen, für das in dieser – *Seiner* – Welt, nicht viel Raum ist. Nicht viel!

13. Juli 1933

Von einer Dichtung reden

Wer es unternimmt, von einer wahren Dichtung zu andern zu sprechen, hat: durch Bloßlegen des seelischen Geäders, durch Aufzeigen des Flechtwerks der Beziehungen, durch Aufhorchenmachen auf Klang und Rhythmus, durch Betrachten aus immer anderer Nähe und – zurücktretend – aus immer anderer Ferne, durch Spürhund-gleiches, nicht zu beruhigendes, Umkreisen – so nahe an das Werk heranzulocken, daß man fühlt, vor Unfaßbarem zu stehen, das – durch Worte nicht zu umgreifen, dem Ausdruck sich entziehend, – vom Frommen das „Unaussprechliche" das „αρρητου", das „ineffabile" des religiösen Erlebens genannt wird. Die Erschütterung des religiösen Erlebens, wie des wirklichen Erlebens einer Dichtung, wird nie von einem „Erkennen" ausgelöst, sondern vom Gefühl eines „Konfrontiert werdens" eines „Stirn an Stirn" stehens, also eines ganz nahe seins, einem Etwas, das, nicht bloß „größer" als wir, sondern – jenseits allem „groß" und „klein" – irdischem Maß sich entzieht.

Dieses erschreckende und beglückende Erschauern ist der – leicht entgleitende – Augenblick einer Kommunion, in der Wort wirklich Fleisch werden will. Und, daß der Dichter Werkzeug dieser Wirkung sein darf, daß ihm Auftrag und Kraft gegeben ist, schwerlose Brücken von der kleinen ängstlichen Welt des Verstehens zu unendlichen, kühnen Welten des Ahnens zu schlagen – nur *dies* vermag das Frevel-nahe Tun des Dichters zu rechtfertigen, das sonst Läppisch-nichtiges wäre, oder – an sich selbst sich ergötzendes, widerliches Spiel.

31. Juli 1938
Morgens, aufgewacht, im Bett.

Fang der Tief-See

Es gibt Tiere der Meeres-Tiefen, die nur in schwarzer, von Sonnenlicht noch nie durchdrungener Finsternis, und nur unter dem Druck einer Wassersäule von vielen tausenden Metern zu leben vermögen. Nie gelingt es, sie lebend heraufzuholen – die Änderung ihrer Lebens-Bedingungen tötet sie, während das Fangnetz heraufgezogen wird, jäh: sie zerbersten, zerreißen, ehe sie noch die Oberfläche erreichen.

Der Dichter, der das Fangnetz seiner Worte – sich überhebend – in allzugroße Tiefen des Empfindens versenkt, bringt Verborgenes, das nur in Finsternis, unter der Last ungeheuerer Bürden, von keinem gesehen, leben will – tot, zersprengt, grauenhaft entstellt, ans Licht: seine wahre Gestalt, sein lebendiges Sein, bleibt unerkannt – Geheimnis – nach wie vor.

Undatiert (1938?)

„Die blasse Kaiserin der Nacht"

Bildnis eines Falters

Am kaum sichtbaren Mückengitter des Fensters mit gespreiteten Flügeln hängend – schon nachts als ich schlafen ging, hing der Falter, zitternd, verlockt vom Licht, dort – „Pale Empress of the night" – „Die blasse Kaiserin der Nacht." So groß fast wie ein kleiner Vogel. Unter der wundervoll lässig geschwungenen, am obern Rand weiß und falb gesäumten Kurve der oberen Flügel – die untern Flügel, sich streckend, sich verengend, und endlich auslaufend in lange schmale Schwingenspitzen, die – dem Flug kaum mehr dienlich – ein Steuer vielleicht sind – vielleicht nur Prunk: schmale Schleppen, feierlich nachschleifend im ruhigen Gleiten durch die Luft der Nacht. Das blasse Grün der zarten dünnen Flügel – fast nur ein Weiß, vom grünlichen Licht des Mondes überflossen. Auf den obern Flügeln, vom Rand wie an einem Stiel abzweigend – auf den untern, frei in den Raum gesetzt: kleine ovale, von dunkler sich herabsenkenden Lidern halbgeschlossene Augenflecke. Der Leib, weißsamten. Die großen gefiederten hellbraunen Fühler, wie ein Geweih, zwischen den Augen aufsteigend.

Woodstock, N[ew] Y[ork], Sonntag, 30. Juni 1940

Vorspiel im Himmel

Jede wahre große Dichtung hat – wie „Faust" – ihr „Vorspiel im Himmel" – – geschrieben oder ungeschrieben – aber untrüglich im wahren Mittelpunkt des Werkes, als leuchtender Kern geborgen.

Immer wird es darum gehen, wie der Mensch an Gott, und Gott am Menschen – wie sie, aneinander sich entzündend, aneinander sich bewähren. Denn jedes Schicksal – Heldisches, wie das des „Unbekannten Soldaten" – braucht den großen

„Gegenspieler" (und „Partner" *zugleich*), damit Nebel – aus den gurgelnden finstern Wassern anfang- und endlosen Geschehens aufdampfend – einen Augenblick lang – sich zum Phantasma eines Menschenschicksals tröstlich zu formen vermögen: strahlend – tönend – – und vergänglich zugleich.

N[ew] Y[ork], Sommer 1941

Gottes Frömmigkeit

Im „Faust" geht es um nichts Geringeres als um die Frömmigkeit Gottes – *darum*, daß Gott ein gläubiger Gott ist, einer, der an den Menschen *glaubt*, und sich diesen Glauben vom Teufel – der an den Menschen *nicht* glaubt – nicht rauben läßt.

Kein blasphemisches Wort Fausts – weder, gleich am Beginn, noch unmittelbar vor dem Tode –

„Tor! wer dorthin die Augen blinzelnd richtet,

Sich über Wolken seinesgleichen dichtet";

vermag Gott den Glauben an Faust zu rauben: denn vor dem *Sein* eines Menschen schwindet sein Wort, immer – als nichtig – ins Leere.

New York, 1941

Ur-Zeit des Wortes

Das Wort ist, seinem Ursprung nach, nicht bestimmt, im täglichen Ablauf des notwendigen Geschehens Dienst zu tun. Den entscheidenden Geschäften des Menschen ist es natürlich, *wortlos* getan zu werden – vom Essen an, das ihm ja den Mund stopft, bis zum Zeugen, Empfangen, Gebären, Sterben, Töten. Die volle, unabgelenkte Kraft des Menschen muß in jedes Tun einströmen – jeder Bruch des Schweigens schwächt die Kraft, schlägt eine Bresche, durch die sie entweichen kann – alles wichtige Tun ist instinktiv abgedichtet gegen das Wort. Erst die, Jedem eingeborene Ur-Angst vor Dämonen löst dem Menschen die Zunge – der Angst-Schrei, der den Alp-Traum durchbricht, das Schaudern, das die Zähne aneinanderschlagen läßt, der Hilfe-Ruf zu Dämonen, und die stammelnde Beschwörung, das „Besprechen", das sie abwehren, schrecken, fernhalten soll – alle transzendenten Regungen brauchen das Wort. Zauberworte sind die Worte, die als Erste geboren wurden, stummen, symbolhaften Opfer-Riten noch nahe verwandt, wie diese noch ein Tun. Werbe-Rufe – Koseworte der Liebenden – beruhigende Worte, die das Kind in den Schlaf lullen sollen – sind vielleicht das erste – noch schöne – Absinken der Worte vom Ritualen ins Weltliche – – schon hat das Wort seinen ersten Schritt ins Leben gewagt – aber noch von seelischer Aura leuchtend umströmt.

New York, 1943

[Dichter]

DICHTER, UND WIRKLICH GANZE MENSCHEN sind nicht erst Kinder, dann Jünglinge, dann Männer, dann Greise – in der Blüte, und noch im späten Reifen, und zögerndem Welken ihres Lebens haben sie, manchmal in guten Augenblicken, Alles gleichzeitig: das Staunen, das arglose Vertrauen und die Reinheit des Kindes, das kühn schwellende Verheißen, den jubelnden Sturm, den traumhaft überschäumenden Rausch, das beseligt sich Hingebende des Jünglings, die Entschlossenheit, beherrschte Kraft, und Bereitschaft des Mannes, die Verantwortung der Tat zu tragen, die Milde, das gütige Verstehen, das schmerzvoll schweigende sich Vollenden und adelig-stolze Entsagen des Greises.

New York, Oktober 1943

Der Freund der Worte

Das Wort ist immer älter und weiser, als der, der es gebraucht. Es hat mehr erlebt. Es erzählt auch – dabei in jedem Augenblick von innerem Leben bebend – was es erlebt hat – aber so Wenige haben Ohren, es zu hören. So viele die, als Forscher, beflissen um das Wort bemüht sind – auch manche darunter, die von ihrer Zunft gepriesen werden – berichten von den Worten als Totenbeschauer und Anatomen. Das Wort – und die wunderbaren Zellenstaaten des Wortes, die man Dichtungen nennt – liegen als Leichen auf dem Seziertisch. Und was dann am Ende davon berichtet wird, kann ja doch nur ein Sektionsbefund sein. Nur der Dichter lebt – Freund und Genosse der Worte – ihr Leben mit – darum lieben die Worte den Dichter.

Undatiert (1943?)

„Diesseits – Jenseits"

Die Leute, die von „Diesseits" und „Jenseits" ungefähr, wie von „Inland" und „Ausland" reden und Buchhaltung mit diesen zwei Begriffen treiben, sind dumm und vulgär. Aber wollte man – nachsichtig – auf diese Nomenklatur für eine Weile eingehen, und versuchen, sie mit Sinn zu füllen – dann: das Wertvolle im Diesseitigen wäre ja doch immer nur das Jenseitige.

Undatiert (1943?)

Nestroy

Nestroy kann seinem Verstand niemals die Türe weisen, nie ihn zumindest für eine Weile beurlauben. Er kann nicht aufhören überlegen zu sein – vor allem der Sprache überlegen, er demaskiert sie gerne, er sieht ihr auf die Finger, und freut sich, sie bei ihren kleinen und großen Unredlichkeiten zu erwischen, und bei dem ständigen Prozeß, den er ihr macht, zwingt er sie, als belastender Kronzeuge gegen sich selbst auszusagen.

N[ew] Y[ork], Februar 1944

Schönheit der Dinge

Die durch die Zeiten ragende, furchtbar medusenhafte Schönheit der Dinge, vor deren leidfernem Blick alle menschliche dem Tod verfallene Schönheit ohnmächtig bangt und erstarrt.

Lake Placid, Juli 1944

Entgeheimnissung

Die „Entgeheimnissung" aller Vorgänge des Lebens schreitet unaufhaltsam fort. Müßig, es zu beklagen oder es zu bejubeln. Sicher ist durch Hineinleuchten in viele dunkle Ecken, durch Wegreißen von Vorhängen, Öffnen der Fenster, viel schlechte Luft entfernt worden. Aber auch Bindungen, die vorhanden waren – darunter sicher viele quälende (nicht mehr Bindung, einmal in alter Zeit freiwillig eingegangen – sondern jetzt, nur mehr, überkommene Fessel) sind weggefallen. Man hat mehr freien Raum, um sich zu strecken, aber man ist einsamer, oder vielleicht – so unlogisch das Wort klingen mag – „alleiner" geworden.

Diese neue größere Helligkeit, dieses überscharfe, oft schmerzende Licht (man vergesse nie, daß es nicht Sonnenlicht, sondern Laboratoriumslicht, von vielen tausenden Kerzenstärken ist), das nun gleichmäßig über vieles fällt, was früher im Dämmern blieb, läßt viele eingeborene Instinkte unbefriedigt.

So wenig wir dauernd vierundzwanzig Stunden volles gleichmäßiges Licht vertragen würden (weil es das Entsetzlichste: „Rhythmuslosigkeit" bedeuten würde – nur Totes ist rhythmuslos), so wenig sind wir zufrieden, wenn alles klar – „entgeheimnißt" – erscheint. Zumindest dem Durchschnittsblick – dem Dichter kann ja nichts entgeheimnißt werden. Die Seele wird sich Ersatz suchen. Und neben dem Anwachsen okkultistischer Strömungen (am stärksten bei Menschen, die zu stumpf sind, um über das alltägliche Wunder des Lebens zu staunen), wird das Bedürfnis der Menschen nach Dämmerung (neben Helligkeit) sich in den Traum flüchten – in die zweite, bessere Hälfte des Lebens. Die kommenden Menschen werden mehr träumen, mehr träumen *müssen*, um das Gleichgewicht zu finden. Die rhythmische Relation, die Gewichtsverteilung zwischen Nichtwissen – Drang zu wissen – langsamem Erkennen – Wissen – um, auf einer höheren Windung der Spirale, wiederum *nicht* zu wissen – wird in jeder Generation, immer von neuem, ausbalanciert werden müssen.

Undatiert (1944?)

Vor-Rechte

Vor-Rechte – bescheidene! – darf nur der beanspruchen, der reichlich Vor-Pflichten sich auferlegt hat.

Undatiert (1944?)

„Zeit ist Geld"

„Zeit" vermag vielerlei: Aber es ist das Zeichen der Erbärmlichkeit einer Welt, wenn sie den Spruch: „Zeit ist Geld" in einem Ton spricht, als wäre dies das höchste Lob, das man der Zeit spenden könnte. Jawohl! „Zeit ist Geld" – aber es ist eine jämmerlich verpfuschte Karriere der „Zeit", wenn aus ihr nichts Anderes wird, als Geld!

Undatiert (1944?)

Gezähmte Triebe

Triebe, kann man nie vollständig zähmen. Ein wilder Pranken-
schlag trifft oft unerwartet, ohne kenntlichen Anlaß, den Wär-
ter.

Und auch domestizieren kann man sie kaum. Sie lassen ihre
gesicherte volle Futterschüssel, brechen aus, und stürmen
jauchzend zurück in die Gefahren des geheimnisvollen Dschun-
gels, aus dem sie kamen.

Undatiert (1944?)

„Ursache"

„Ursache" ist ein Wort, das keine Berechtigung hat, sich als
Singular zu gebärden, es gibt in Wirklichkeit nur den Plural:
„Ursachen".

New York, 27. Dezember 1944

Das Unwiderrufliche

Es gibt kein Gesetz, das unwiderruflicher und erbarmungsloser
wäre, als das, welches den Kristall zwingt, als Kristall zu wachsen – dem Lachs befiehlt, die Ströme stromaufwärts zu steigen
in Bergbäche, um dort zu laichen, das Leben dort weiter zu geben, wo er es einst empfing.

New York, 27. Dezember 1944

Chronist des Fatums

Von allem aus Worten Geschaffenem, ist die Erzählung die
seelisch reinste Form, kann es zumindest sein, wenn sie
Selbsterlebtes berichtet. Der Dramatiker spricht, ein anderes

Selbst vortäuschend, in Maske und vermummt zu der Menge, seine Gestalten sollen von seinem Innersten verraten, und zugleich es verbergen. Der Lyriker spricht zwar in eigenem Namen, er weint sein Weh und jubelt seine Lust, aber, verborgen befiehlt ihm eine überkommene, oder selbstgefundene Form, die Opfer verlangt, und sich willig selbst zum Opfer gibt. Nur der, der es auf sich nimmt, Selbsterlebtes zu erzählen, der – von sich redend – *doch* von sich schweigt, und nur vom Willen des Schicksals berichtet, der nur *die* Form hat, in welche das Schicksal sein Leben – unbekümmert um seinen Willen – gepreßt hat, kann, reinen Herzens, während er von sich zu sprechen scheint, ehrfürchtiger Chronist des Fatums sein.

Undatiert (1944?)

„Beruhigend" – „beunruhigend"

Jede wahre Dichtung ist beruhigend und beunruhigend zugleich, da alles Lebenswerte nur in den wechselnden Flut und Ebbe des Empfindens zu leben vermag.

New York, Februar 1945

[Gottesfriede]

GOTTESFRIEDE = TREUGA DEI – wird nie dauernd eingehalten.

Die ringende Seele (– die Seele, die ringen muß) muß ihn ja immer wieder brechen, um ihn immer wieder neu schließen zu können.

Undatiert (1945?)

DRAMATURGISCHES

Entwürfe, Bearbeitungen, Fragmente, Übersetzungen

Verkaufte Geliebte

ARTHUR
RICHARD   } Italiener, drei Freunde
LORIS
FELS, Italiener
GRENADINE
MERISETTE   } Tunesierinnen
MALAGA
AUKTIONATOR
GEILER
SKLAVE

I. Akt

Dach der Taverne. Aussicht aufs Blaue und den Sand. Ruine Sonnenuntergang. Türe (Falltüre)

I. Szene

Sklave 3 Freunde. Herrichten zum Abschiedssouper. letzten Abend vergnügt verbringen. Morgen mit der Karawane nach dem Sklavenmarkt wegziehen. Sich verdingen als Poeten. (Tyrtäus, Anakreon, Pietro Aretino) Kleine Auseinandersetzung über Wert. Pasquillant hervorgehoben. Reden immer unterbrochen durch Vorbereitungen fürs Mahl. Absicht am Schluß den Geliebten zu gestehen. Wie werden sies aufnehmen? Skeptische Antwort. II. Mädchen kommen. Glocken von Mauleseln. Warum verspätet? Motivierung. III. Souper. Mondlicht Fackeln Schakaleheulen Lammsknochen hinunterwerfen IV. Tischlied. Pointe durch Aufschrei abgebrochen: unten steht

einer im Mond. Mädchen gehen sich schminken und putzen, Teppich, Eunuchen, Musikinstrumente holen, durch Falltüre 3 Freunde wiederholen Abschiedsmotiv. einer der früher sitzen blieb, erkennt Fels. Fels tritt auf über Treppe. Pflückt Oleanderblüte. die Arbeit ist ihm ebenso zuwider wie das Elend, es wird ihm schon wieder besser gehen. Geschichte der Merisette Tänzerin, ich sie genommen, reich gemacht; warum nicht mir auch einmal so? subjektiv motivierter Fatalismus (er redet ruhig mit dem Ton dessen, der die Dinge schon tausendmal durchgedacht hat) Kritik der Küche oder des Polsterarrangements. ohne Verbitterung konstatierend. Wie schaust Du aus? antwortet nicht gleich sondern erst nach 3 Versen. pantomimenhaft prägnant: Schicksal erzählen, kein Geld. Reste eines prachtvollen Gewandes. Wenn er jetzt unten (Säulen vor der Moschee Details Brunnenrauschen) schläft friert ihn und die Goldstickereien drücken ihn im Schlaf.
Keine Klagen. (Antrag der 3 ihm zu helfen, damit er in Italien eine Partie machen kann.) eventuell
Die 3: wir müssen doch etwas für Dich tun! haben selbst nichts. Morgen wegziehen. Karawane. Er: verlange auch nichts, würde wohl nehmen, nicht philiströs. einer: wenn wir was für Dich tun können, lassen sagen oder komm zum Stadttor bei Sonnenuntergang (Karawane zieht vorbei) leb wohl. Er im abgehen: Bemerkung über Wetter, = gleichgültiges. findet Pantoffel an der Treppe: von wem? ah, gratuliere sehr hübsch, sehr schmal. Possenmotiv. Frauenname an der Wand notiert.
3 allein: eigentlich sollten wir ihm doch helfen. der hilft sich nie. er ist der Sohn eines großen Dichters (einer zitiert etwas vom Vater und er erkennt es nicht Makamenspitzfindigkeit: in den Reden der 3 stark: kontrastierend mit Fels und den 3 Mädchen, die sehr einfach sprechen; ohne Metaphern); wenn wir weg sind, versumpft er ganz. Geld haben wir keines. was haben wir sonst: Pergament, Mantel, Dolch, ein Schmuckstück. Das

letzte an Edelsteinen Stoffen hängt auf den Geliebten. (lachend)
verkaufen wir die.
einer bedenklich: Verkaufen?!

II. Warum denn nicht? Bist du verliebt oder
  glaubst Du, daß sie uns lieben?
erster: Ja, aber, das sind doch keine Sklavinnen!
II: wir im Gegenteil ihre Sklaven gewesen
Iter aber sie werden sich nicht lassen   per Hetz
IIter: wir reden ihnen halt ein, daß sie davonlaufen
  können. eine wirds schon glauben
Iter: es geht auch nicht. lassen wirs, wir können
  ihm halt nicht helfen.

Die Mädchen rufen. Ballet abgesagt. ein bißchen Gelage. Pasquillant verrät die Absicht, die Mädchen zu verlassen oder verrät daß absolut kein Geld mehr da ist. Gekeife. Merisette
stumm. 2 gehen (individualisiert) und Du?
Arthur: ich kann mit Dir nichts anfangen; wenn die nicht gegangen wären hätten wir Euch fortschicken müssen, wir reisen
weg; Merisette: ich bleib bei Dir wenns Dir auch schlecht geht;
Arthur: ich bringe mich weiter (wie? bleibt offen) für Dich
kann ich kein Kamel mieten. Merisette: Verkauf mich, ich
komm zu Dir zurück; Du hast das Geld. Plan: Markt von einem
Tag für die Kaufleute??
intakt!!
Arthur: Jetzt ist mir geholfen. bei ihrer Erwähnung des Marktes
vor der Moschee erinnern sich die Freunde an Fels.

Vorhang

Das Echo des Lebens

Ein Epilog zur Generalprobe des Stückes
„Der Ruf des Lebens"

*Am Tage der Aufführung. Vier Uhr Nachmittags. Da es der 11.
Dezember ist, dämmert es bereits merklich. Der Vorhang ist
hochgezogen. Die Bühne trägt die Dekoration des 2. Aktes. Die
Figuren des Stückes, die noch vor kurzem, in der unmateriellen
Wirklichkeit, die ihnen die Worte ihres Schöpfers gaben, be-
wegt aufrecht standen – lehnen nun, in der materiellen Un-
wirklichkeit, die ihnen gestern – bei der Generalprobe – die
Schauspieler gaben, etwas blaß und müde an den Wänden umher. Nur der alte Moser liegt von rechts nach links, die ganze
Bühne überquerend, wie ein Schlagbaum am Boden. Auf dem
Fensterbrett scheint der Oberleib des Obersten zu stehen. Man
kann augenblicklich nicht erkennen, ob er einen Unterleib besitzt. Irene, die man befragen könnte, liegt neben dem alten
Moser auf dem Boden. Falls Max sie fragen sollte, wird sie es
verneinen.*
*Vorne, hart am Souffleurkasten, ist eine dünne, frisch gestri-
chene grüne Barriere aufgestellt, wohl, um zu verhindern, daß
die Personen des Stückes dem Publikum zu nahe gehen. Der
Souffleurkasten scheint besetzt – nach der Unruhe, die in ihm
herrscht; (als säße jemand darin, dem es zu eng ist.*
Eine Pause.
Dann, eine ungeduldige Stimme aus dem Souffleurkasten: So
fangen Sie doch an!
MARIE *mit etwas starren Augen, leise, und ein wenig verlegen:*
Verzeihen Sie, Herr – – – ich weiß gar nicht, wie ich Sie nennen soll – –

SOUFFLEUR: Souffleur! Nennen Sie mich nur so. Für Sie bin ich es augenblicklich – was ich sonst bin, kommt hier nicht in Betracht. Fangen Sie doch an!

MARIE: Verzeihen Sie, Herr Souffleur – aber – – ich bin vielleicht nicht ganz berechtigt, Sie das zu fragen – aber wieso sind wir da?

KATHARINA: Ja! Wieso sind wir da?

DER OBERST: Sie fragen nach den letzten Dingen – liebe Marie! Nach unserem Dasein.

MAX *zu Albrecht leise*: Der Oberst ist ein gar zu witziger Kopf!

DER OBERST: Die Fragen nach den letzten Dingen, für den letzten Akt, liebe Marie! Vorher, ist jede Tiefe eine Grube, die sich der Dichter gräbt.

SOUFFLEUR *ärgerlich*: Dann graben Sie doch nicht, Herr Oberst!

MARIE: Aber ich habe ja nur ganz unschuldig gefragt – – –

DIE OBERSTIN *hebt den Kopf, sehr hart*: „Unschuldig"? Sie? *Sie lacht auf, und läßt den Kopf wieder sinken.*

KATHARINA: Auch ich habe nur leichthin – – –

DIE OBERSTIN *wie vorhin*: „Leichthin"? *Das* paßt für Sie. „Leichthin".

SOUFFLEUR *ärgerlich zur Oberstin*: Fangen Sie nicht wieder an – –!

UNTEROFFIZIER SEBASTIAN *sehr militärisch, aber mit eingefetteter Stimme*: Melde gehorsamst, wir sollen doch anfangen!

SOUFFLEUR: Reden Sie nichts drein – Sie – wie heißen Sie, Unteroffizier, ich habe Ihren Namen vergessen.

SEBASTIAN: Melde gehorsamst, Herr Souffleur, Sebastian!

SOUFFLEUR: Anfangen!

DER ARZT: Herr Souffleur, ich kann Fräulein Marie nicht Unrecht geben – – –

OBERST: *Das* haben wir gemerkt!

DER ARZT: – – es ist doch für uns alle – sozusagen – eine Lebensfrage, zu wissen, wieso wir da sind?

DER ADJUNKT / MAX *gleichzeitig*: Fräulein Marie hat Recht.

SOUFFLEUR: Gut, ich will versuchen – – –

DER OBERST: Der Dichter ist unser Schöpfer! Ich will versuchen es Ihnen zu sagen. Geben Sie Acht!

DER ALTE MOSER: *hebt den Kopf* Acht? Nein, neunundsiebzig Jahre bin ich alt – –

DER ARZT: Sie irren sich, Herr Moser, Sie sind jetzt gar nicht mehr alt; Sie sind ganz jung tot.

DER ALTE MOSER: Ich will nicht tot sein.

DER ARZT: Herr Moser! Ich bin Ihr Arzt – Sie müssen tot sein! Sie sind dazu verpflichtet. Nicht nur sich selbst gegenüber – – –

SOUFFLEUR: Passen Sie auf, Sie werden mich nicht verstehen! Wissen Sie, wie lange die kleinen Teilchen im Resonanzboden einer Violine nicht zur Ruhe kommen und noch fortschwingen, wenn für unser Ohr der Bogenstrich, der sie erschütterte, längst verklungen ist?

ALBRECHT: Wir reiten morgen in den Tod, Herr Souffleur – und Sie – prüfen uns Physik?

SOUFFLEUR: Es war nur eine rhetorische Frage – – –

Der Hintergrund wird durchsichtig; im hellen Sonnenlicht erblickt man ein Dorf, lieblich an Hängen gelagert. Eine tiefsinnige STIMME *sagt*: Rhetorisch! Ja!

EINE FRAUENSTIMME *wiederholt in kurzen Atemstößen, ekstatisch*: Rhetorisch! Ja, das ist er!

Die Landschaft entschwindet.

ARZT: War das Grünau, Herr Adjunkt?

ADJUNKT: Nein, lieber Doktor: Grinzing!

SOUFFLEUR: Nun sehen Sie: Von allen Worten, die Sie gestern auf der Generalprobe sprachen, schwingt noch die Luft; sie hallen noch von den Mauern und den gemalten Leinenwänden wider, und wer feine Ohren hat, kann sie hören.

ARZT: Aber Herr Souffleur, das würde ja nur erklären, wieso unsere Stimmen da sind; aber woher nehmen Sie denn unsere Leiber?

SOUFFLEUR: Ich könnte sagen: „Von die zwei Gulden!" Aber Sie würden mich nicht verstehen, und es würde, überdies, vielleicht mein Inkognito lüften.

DER ALTE MOSER *hebt den Kopf*: Nicht lüften! Sind Sie toll, ich kann den Tod davon haben. *Er legt sich wieder hin.*

ARZT *energisch*: Herr Moser, ich ordiniere Ihnen tot zu sein. Wenn Sie meine Verordnungen nicht befolgen, stehe ich für nichts!

SOUFFLEUR: Ihre Leiber also, Herr Arzt? Nun denn: Wenn Sie einen Gegenstand, zum Beispiel das Fensterkreuz dort – – –

MAX: Hier ist keines, Herr Souffleur! Sonst bleibt der Herr Oberst beim Hereinspringen hängen!

SOUFFLEUR: Lassen Sie mich ausreden!

OBERSTIN *höhnisch*: *Wir – Sie?* Haha!

SOUFFLEUR: Wenn Sie ein Fensterkreuz fest ins Auge fassen, und dann den Blick von ihm abwenden, so werden Sie – wenn Sie genau beobachten – noch einen Augenblick lang, vor sich in der Luft, das Bild des Fensterkreuzes sehen. Ich sage: „Das Bild"! Aber wissen wir, ob es mehr oder weniger Bild ist, als das Fensterkreuz, das wir vorhin sahen – nicht? – – Sagen Sie doch: „Jo"! – Von der Leiblichkeit, die gestern auf der Probe Schauspieler den Worten des Dichters liehen, schweben die Formen noch durcheinander in diesem Raum, und haben – eine Weile – eine Art von Leiblichkeit.

SEBASTIAN: Herr Souffleur, melde gehorsamst, daß doch seither die gestrige Abendvorstellung – ganz ausverkauft – hier war!

SOUFFLEUR *nach einer Pause*: Sie haben recht – aber ich fange an zu zweifeln, ob Sie wirklich „Sebastian" heißen!

SEBASTIAN: Melde gehorsamst: So soll ich le- – *abbrechend zu Max*: Fürchten Sie nichts, Herr Leutnant – auch wir haben einander zugeschworen, auch wir sind todgeweiht!

OBERST: Wie kommt es, Unteroffizier, daß ich gar niemanden vom Regiment erblicke?

OBERSTIN *höhnisch*: Weil du mit dem Rücken gegen den Kasernenhof stehst!

OBERST: Aber es sollten doch Kürassiere unseres Regimentes vorbeigehen und grüßen, und ich sollte „Gute Nacht" wünschen – – – wo sind denn Alle – – Unteroffizier!

SEBASTIAN: Melde gehorsamst: Das ganze Regiment ist nach Hause gefahren um Abschied zu nehmen, und wir haben einander zugeschworen, daß keiner zurückkommt. Wir sind alle blaue Kürassiere.

KATHARINA *gerührt zu Sebastian*: Geben Sie mir Ihre Hand, Sebastian!

Sebastian: gibt die Hand nicht

KATHARINA: Abschied nehmen ist süß!

SEBASTIAN: Melde gehorsamst, es kann auch eine Woche dauern!

KATHARINA: Ich dachte, du seist ein lustiger Bursche?

SEBASTIAN: Zu Befehl! Auch lustig bin ich, aber dann sag ich nicht „Abschied nehmen".

MARIE *kommt nach vorne, bückt sich zum Souffleurkasten*: Ich danke Ihnen, Herr Souffleur – jetzt versteh ich mein Dasein! *sie wendet sich und tritt der Oberstin auf ihr Kleid*

OBERSTIN *wütend*: Jetzt treten Sie mir noch die Schleppe ab! *Das* ist zu viel! Sie – Sie –Hyäne des Schlachtfeldes!

MARIE *sanft*: Was habe ich Ihnen getan, Frau Oberst?

OBERSTIN: Sie fragen noch? Mein Mann erschießt mich, und an meiner Leiche hängen Sie sich an den Hals meines Geliebten?

ALBRECHT *zu Max*: Das sind *deine* Zusammenhänge, Max!

MARIE: Und *mein* Schicksal vergessen Sie? Ich habe mich ihm hingegeben, und aus meinen Armen ist er gegangen, sich umbringen für eine Andere? Was bin denn dann ich ihm gewesen?
OBERST *hebt den Kopf wie ein altes Schlachtroß, das bekannte Signale hört:* Was sind *das* für Töne?! Herr Leutnant!
MAX: Zu Befehl, Herr Oberst!
OBERST: Ich komme um eine Kleinigkeit zu holen.
MAX: Herr Oberst?
OBERST: Meine Frau hat sich gestern bei Ihnen vergessen!
MAX: Herr Oberst scherzen.
OBERST *stark:* Sie *hat* sich vergessen.
SEBASTIAN: Melde gehorsamst, Herr Oberst, da liegt sie *noch*. *Er will sie aufheben.*
OBERST: Lassen Sie! *zu Max* Ich will, daß man sie später bei Ihnen finde!
MARIE *will auf Max zueilen:* Max!
DER ALTE MOSER *hält sie am Fuß fest:* Geh nicht weg von mir, Marie! Ich hab dich gequält; ich bin ein alter kranker Mann von neunundsiebzig Jahren! Vergib mir!
MARIE *sanft:* Ich vergebe dir!
OBERSTIN *wild:* Sie vergibt *Ihnen*, Sie vergibt *Sie*, sie vergibt in allen Fällen! Ein sanftes Mädchen, Ihre Tochter! Und Sie, Herr Rittmeister, sollten sich auch schämen! Hören Sie auf mich zu zwicken! Sonst steh ich auf!
OBERST: Irene!? Welcher Rittmeister zwickt dich?
MAX: Herr Oberst, wir sind beide vom Regiment der Geweihten.
OBERSTIN: Der Herr Moser!
OBERST: Woher weißt du, Irene, daß er Rittmeister ist?
SEBASTIAN: Melde gehorsamst: Am Zwick, Herr Oberst!
KATHARINA: Stecken Sie mir die Locken auf, Sebastian!
Sebastian fängt an, sie zu frisieren.

OBERST: Herr Rittmeister, Sie werden diesen Mord *auf Irene weisend* auf sich nehmen und sich morgen Früh standrechtlich erschießen lassen. *bitter höhnend* Es wird Ihnen nicht schwer fallen, Sie sind ja das Sterben gewöhnt!

DER ALTE MOSER: Ich bin ein alter Mann von neunundsiebzig Jahren – –

OBERST: Und erst Rittmeister?

KATHARINA: Noch diese Locke, Sebastian!

OBERST: Wo haben Sie gedient, Herr Rittmeister?

DER ALTE MOSER: Wir sind alle blaue Kürassiere!

OBERST: Oh, über die verschlungenen Schicksalswege! So sind Sie der Rittmeister Moser, den ich erfunden habe?

KATHARINA: Noch eine Locke hier, Sebastian!

SEBASTIAN *eine Locke aufsteckend*: *Noch* ein Dreh!

OBERST: Da wären Sie ja an allem Schuld, was uns heute trifft!

DER ALTE MOSER: Wenn Sie mich aber erfunden haben!

OBERST *bitter*: Das hat Sie nicht gehindert, wirklich zu sein.

ARZT: Jetzt erkennen wir es, Herr Moser! Sie sind an allem schuld! Und an Ihrem eigenen Tod trifft Ihre arme Tochter kein Verschulden. Sie selbst haben sich umgebracht. Wären Sie damals, anstatt feige davonzulaufen, den Heldentod gestorben – Sie hätten nie geheiratet, hätten nie eine Tochter (die Sie notgedrungen vergiften mußten) gehabt – und wären heute, – mit Ausnahme kleiner Altersbeschwerden frisch und gesund!

SEBASTIAN *eine neue Locke aufsteckend, sehr begeistert*: *Noch* ein Dreh!

OBERSTIN: Um Ihretwillen, Sie alter Feigling, muß mein Mann sterben!

OBERST: Um Ihretwillen, Herr Rittmeister, ist ein ganzes Regiment todgeweiht!

DER ARZT: Sie sind an allem schuld, Herr Moser!

DER ALTE MOSER: Jetzt ist's zu viel und vor allem, Herr Doktor, sagen Sie nicht Herr Moser, sondern Rittmeister zu mir.

Mein Davonlaufen ist an allem schuld? Ja, dann ist mein Vater daran schuld, weil er meine Mutter geheiratet hat, und so fort, bis auf Adam und Eva! Muß ich alter Mann von neunundsiebzig Jahren Ihnen sagen, daß man sich nicht auf Kausalitäten einlassen soll, weil sonst eine Konfusion herauskommt!

SOUFFLEUR: Es *gibt* keine Kausalitäten!

DER ALTE MOSER: Lassen Sie mich ausreden!

SOUFFLEUR: Sie wären der Erste, dem *ich* das gestattet hätte! Es gibt keine Ursachen, und keine Wirkungen! Eine Wirkung ist eine Ursache, die noch lebt, sonst könnte sie nicht mehr wirken!

SEBASTIAN *selig frisierend*: *Noch* ein Dreh!

DER ALTE MOSER: Das versteh' ich nicht! Aber, zum Teufel, merken Sie denn nicht, daß Sie Alle meinem Davonlaufen Ihr Leben verdanken? Glauben Sie, mein Heldentod hätte den Dichter interessiert?

SEBASTIAN *jubilierend*: *Noch* ein Dreh!

OBERST: Ihr Davonlaufen ist doch überhaupt eine witzige Erfindung von *mir*! *Ich* kann darauf stolz sein, daß Sie davongelaufen sind, aber doch nicht *Sie*.

SEBASTIAN *dem Wahnsinn nah*: *Noch* ein Dreh!

ARZT: Nun, Herr Oberst, wenn Sie sich aber gar so viel einbilden auf das Elend, das Sie mit Ihrer witzigen Erfindung angerichtet haben, so muß ich Ihnen schon sagen: *wir* haben keinen Grund Ihnen dankbar zu sein. Ertrinkende sind keine Menschen für ein Drama. Und in dem Stück sind fast alle am Ersaufen. Katharina und der Herr Moser und die beiden Herrn Leutnants und Sie auch, Herr Oberst. Für das, was einer tut, der weiß, daß er morgen sterben soll, kann man ihn nicht mehr zur Rechenschaft ziehen; das ist kein Lebender mehr. Der hat nicht mehr freien Willen, den kommandiert nur seine Todesangst, und wo es nicht freien Willen gibt – gibt es kein Drama!

OBERST: Schade, daß Ihre Weisheit so kurzen Atem hat, wie der Herr Moser. Es *gab* keines – aber es *gibt* eines: Sie selbst spielen ja darin!

SEBASTIAN *entrüstet: Den* Dreh mach' ich nicht mit!

ARZT: So werde ich Ihnen nach der Vorstellung sagen – – –

OBERST: Das können Sie nicht! Sie sind nur *in der Vorstellung!*

SEBASTIAN *schreit:* Aufhören!

ARZT: So werde ich Ihnen sagen, daß Tod und Leben Voraussetzungen sind – nicht Stoffe. Tod und Leben sind unverantwortlich und stehen niemandem Rede; und daß einer Dichter ist, heißt nur, daß er manchmal – nicht zu oft – nach ihnen fragen darf. Fragen! Ohne Antwort zu bekommen! Und schön muß er fragen – sehr schön!

OBERST: Sie wollen mich wohl belehren, Herr Doktor? Schweigen Sie endlich!

ARZT: Herr Oberst haben Ihrem Regiment zu befehlen – nicht mir!

OBERST: Sie irren, mein Lieber! Auch Ihnen! Sie sind – wie ich selbst – von *meinen* Gnaden! *Er springt ins Zimmer, die Maske fällt ab – der Dichter steht da.*

SEBASTIAN *wimmernd in die Knie sinkend: Kein* Dreh mehr! Keiner mehr! Wenn *ich* schon nicht mehr mit kann!

DICHTER *nach vorne kommend, zündet sich eine Virginia an, und sagt zum Souffleur, in den Kasten hinunter, scharf:* Die letzte Rede des Arztes haben doch *Sie* souffliert!

SOUFFLEUR: Ja mein Lieber – ebenso wie Ihre Reden!

Sebastian wimmert auf, der Arzt unterstützt ihn und fühlt ihm den Puls.

DICHTER: Wieso? Ja so! Natürlich! Aber hören Sie auf, Sie sehen doch, der Mann stirbt bereits an Ihren Drehs!

SOUFFLEUR: An meinen? Doch auch an Ihren!

DICHTER: Ja, ja! Aber nach dem Nachtmahl ist mir das zu anstrengend. *Er will sich auf die Barriere setzen.*

SOUFFLEUR *aufschreiend*: Nicht auf die Barriere! Das ist keine, das ist der letzte Akt: grün und stark gestrichen! Auf den wird sich die Kritik setzen!

DICHTER: Keine Witze jetzt! Sagen Sie übrigens: Es ist ja sehr ehrenvoll für mich, aber – haben Sie wirklich nichts anderes zu tun als sich meine Figuren herzunehmen, und mit ihnen Schindluder zu treiben? Fischer würde sagen: „Ein ausgeruhter Kopp!" Bei Ihnen kann man sich ja nicht einmal revanchieren. Bis zu Ihrer Generalprobe bin ich bestenfalls so alt wie der alte Moser! Warum verschwenden Sie soviel Geist – –

ARZT *um Sebastian bemüht*: Ein Glas Wasser, bitte.

DICHTER *fortfahrend*: – – da sehen Sie – so viel Geist an fertige Figuren, die ihn wirklich nicht brauchen? Geben Sie Ihren davon – ich meine den noch unfertigen! Bei einer Pentalogie kann man nie davon genug haben! Übrigens, mir fällt ein: Sie könnten eine Familienfideikommisstiftung aus der Pentalogie machen. Immer der älteste Sohn hat daran zu schreiben, und wenn einer Ihrer Nachkommen sie wirklich fertig macht, so wird er enterbt – weil er aus der Art geschlagen ist! Wissen Sie: *Wenn Sie schon ein Stück kritisieren wollen, gestalten Sie nicht an meinen Gestalten herum* – sondern schreiben Sie einen Essay für die „Rundschau" – das wird wenigstens klarer und deutlicher sein.

SOUFFLEUR: Deutlicher vielleicht – aber das war nicht meine Absicht!

DICHTER: Hetzen Sie doch nicht den Satz zu Tode – er ist sehr gut!

SOUFFLEUR: Eigentlich, lieber Arthur, ist es recht unfreundlich von Ihnen, mir das von der Pentalogie – wenn auch im Scherze – so vor allen Leuten zu sagen! Sie hätten mir das auch unter vier Augen sagen können – das wäre liebenswürdiger gewesen.

DICHTER: Liebenswürdiger vielleicht! Aber das war nicht meine Absicht!

SOUFFLEUR: Hetzen Sie doch den Satz nicht zu Tode! Er ist sehr gut!

DICHTER: Übrigens, das, was Sie den Arzt da sagen lassen, von der Kausalität – ist recht couragiert von Ihnen. Sie spielen den Krieg in Feindesland! *Sie* – als Verteidiger der Kausalität! Wissen Sie, was Sie sind??

SOUFFLEUR: Meiner Bescheidenheit, lieber Arthur, ist es wohl zuzutrauen, daß ich weiß, was ich bin!

DICHTER: Sie sind: „Grachi de seditione quaerentes"! Bombenwerfer, die über Knallbonbons sich beklagen! *Sie* verlangen Kausalität in einem Drama! Ich krieg ordentlich eine Wut, wenn ich mir das vorstelle! *Er bricht erbittert ein Stück von seiner Virginia, die nicht brennt, ab.* Ausgerechnet *Sie* machen mir Vorwürfe! *Sie*, der Sie – – Sie – *wütend auflachend Sie*, *Sie*: „Es geschah" Sie!

SEBASTIAN *interessiert aufhorchend*: Eschkenasi? Von welchem Eschkenasi sind Sie – –

SOUFFLEUR *milde*: Bestehen Sie immer noch darauf, daß Sie „Sebastian" heißen?

SEBASTIAN *hat sich aufgerichtet; respektlos, in herzlicher Gemütlichkeit, fraternisierend*: Sind Sie nicht bös, Herr Dichter – und Herr Eschkenasi – wir sind alle blaue Kürassiere!

Der Vorhang fällt

Eine Bearbeitung von
„The Winter's Tale" von Shakespeare

Frühlingswiese, die gegen den Hintergrund zu abfällt, in hellem Morgenlicht. Ein dünner, grüngestrichener Lattenzaun – über die ganze Breite der Bühne laufend – ragt im Hintergrund aus der Tiefe auf. Weiße und farbige Wäsche, zum Trocknen auf den Zaun gehängt, flattert und bläht sich im leichten Wind.

Rechts aus der Tiefe aufragend die weißen Wipfel blühender Kirschbäume. Zaun- und Baumwipfel silhouettieren sich gegen den hellblauen Frühlingshimmel, über den kleine weiße Lämmerwölkchen streichen. Links im Vordergrund eine kleine Gruppe junger Birken.

Vor den blühenden Obstbäumen, rechts her, tönt das Schwatzen der Stare, Drosselsang und Amselpfiff. Dazwischen, von links, von einer Männerstimme gepfiffen, ein lustiges Tanzlied.

Autolycus, von links, tritt pfeifend im Tanzschritt auf. Er ist ungefähr 25 Jahre alt. Rotblondes, zerstruweltes, halblanges Haar, stark sommersprossig. Weite Hose aus ungebleichtem Linnen, bis zu den Knöcheln reichend, an den Rändern gefranst, im Gesäß und an den Knien durchlöchert. Eine weite, vorn offene zerfetzte Hemdbluse fällt darüber, fast bis zu den Knien. Um den freien mageren Hals ein buntes Tuch geknotet. In einem Ohrläppchen ein kleiner goldener Ohrring. Er ist barfuß. In der Hand trägt er einen knotigen Stock. Er tanzt rasch, geschmeidig, leichtfüßig einher, dabei ein wenig hinkend, da er um die große Zehe des linken Fußes ein Tuch als plumpen Verband gewickelt hat.

AUTOLYCUS *im Tanzschritt über die Bühne:*
>   Wenn Primeln, Narzissen und Maiglocken blühn
>   Holiroh – du herrlichste Zeit!
>   Die Welt wieder warm, die Welt wieder grün –

Holiroh – die Welt wieder weit!
Und der Drosseln Sang und der Amseln Pfiff –
Holiroh – und der Stare Geschwatz!
Und alle Abend in anderem Heu –
Holiroh – ein anderer Schatz!
Zwei Beine zum Laufen, ein Maul, das euch flink,
Wie im Wirbel, beschwatzt – und die Hand,
Die noch im finstersten Sack weiß den Weg –
Holiroh – so kommt man durchs Land!

Er bricht ab, um sich den Verband am Fuß zu richten; währenddessen, ein wenig zum Publikum: Ich hab dem Prinzen Florizel gedient, ich habe eine Livree aus Samt getragen, ja! Aber jetzt bin ich außer Dienst. Wir vertrugen uns nicht mehr, und so haben wir uns in Frieden auseinandergesetzt – ich saß drei Wochen. *Sein Verband ist wieder in Ordnung, er singt sein Lied weiter.*

Und faßt man mich ab – und steckt mich ins Loch –
Holiroh – ich komm schon noch los!
Und kennt man mich auch wie das schlechteste Geld –
Holiroh – die Welt ist so groß!

ein paar Tanzschritte

Wenn Primeln, Narzissen und Maiglocken blühn –
Holiroh –

Erblickt die Wäsche am Zaun, wirft den Knotenstock weg, ist mit einem Sprung am Zaun, und während er sorgsam ein Betttuch abnimmt:

dann blüht auch am Zaun
Die Wäsche zum Trocknen – die pflück
ich mir ab –

Er breitet das Bettuch auf der Wiese aus.

Gebt acht – Ihr Mädeln und Frauen! *Er springt zum Zaun, beginnt einen Teil der Wäsche abzunehmen und legt jedes Stück sorgsam über den linken Arm.* Ich handle in Linnenzeug!

Er nimmt ein Hemd ab. Hemden – *Er nimmt zwei Unterröcke ab.* Unterröcke, weiß und farbig, in jeder Farbe schön! *Er versucht, die verknoteten Bänder aufzuknoten.* Ach, die Bänder! Schon wieder alle verknüpft und abgerissen! O Ungeduld der Leidenschaft! Schür – *Er blickt suchend umher.* Schürzen? – keine Schürzen? Macht nichts – beziehen wir von wo anders! *Er nimmt ein kleines Kinderhäubchen vom Zaun.* Da schau – ein Kleines habt Ihr heuer auch?! *Er stülpt das Häubchen auf die zur Faust geballte Linke, als wäre sie ein Kinderkopf. Den Daumen – zwischen dem dritten und vierten Finger durchgesteckt – bewegt er, als wäre er eine Zunge. Dem Häubchen zulachend und zunickend:* Guck-Guck! *Während er das Häubchen zu dem andern legt, mit Überzeugung:* Herzig sind kleine Kinder! *Er nimmt dreieckige Tücher ab.* Busentücher! Ah! Gestickt und mit Klöppelspitzen! Fleißige Mädeln – geschickte Mädeln! *Er versucht eines umzunehmen.* Viel Stoff! *erkennend* Eine reiche Gegend – eine gesegnete Gegend! *Er kniet vor dem Bettuch und beginnt die Wäsche sorgsam zu falten; manchmal glättet er sie über dem aufgestemmten Knie und schichtet sie. Zeitweilig lugt er besorgt nach allen Windrichtungen.* Mein Vater – *anerkennend* ein sehr studierter Mann – drum hatte er auch kein Geld, mich was lernen zu lassen – mein Vater nannte mich: Au-to-ly-cus! Bei meiner Geburt stand nämlich Merkur am Himmel – Merkur: Der Patron des Handels und der angrenzenden Berufe, so *Handbewegung* so rings herum! Und da nun mein Vater gelernt hatte, daß der Sohn Merkurs Autolycus hieß – solche Sachen hatte mein Vater leider gelernt –, so nannte er mich, infolge dieser Gelehrsamkeit, aus Dummheit Autolycus, ohne zu bedenken, daß dieser Autolycus, wie es heißt, einer war, der auch öfters dort „mein" las, wo „dein" stand –, und daß ein Name verpflichtet. So war mein Schicksal in den Sternen geschrieben! Nun – ich beklage mich nicht! Würfel und Dirnen haben mich zwar jetzt so luftig ausstaffiert, aber das ge-

schieht mir immer im Winter – da lieg ich zu viel in den Wirtshäusern in der Stadt herum. Im Sommer nährt mich mein Handwerk – wenn ich so sagen darf – redlich: kleiner, bescheidener Taschendiebstahl! Hie und da nehm ich auch, was so herumliegt und leicht von andern gestohlen werden könnte, an mich. Einbruch, Raub – darauf laß ich mich nicht ein! Galgen – und selbst nur Prügel – sind doch zu unwiderrufliche Dinge! Auf Jahrmärkten schwatz ich mit meinen Possen den Leuten das Geld aus dem Sack, und manchmal helf ich auch ein wenig mit den Fingern nach. Ich habe andere Berufe hinter mir. Aber mein jetziger befriedigt mich. Er ist bescheiden, aber nicht ohne Abwechslung. Reichtümer will ich in diesem Leben nicht anhäufen, und was das künftige Leben anbelangt – *während er aufsteht und zum Zaun geht* die Gedanken daran verschlaf ich. In dieser Welt muß man – *Er nimmt ein paar kleine Tücher vom Zaun ab* alle Dinge nehmen – *Er hebt ein Tuch mit beiden Händen gegen die Sonne und bemerkt ein großes Loch; achselzuckend, sanft*: so, wie sie nun einmal sind!
Er kniet nieder, legt die Tücher zu der übrigen Wäsche, preßt alles – das Knie darauf stemmend – zusammen, knüpft das Bettuch mit den vier Zipfeln zu einem Bündel. Er schnallt seinen Leibriemen ab, zieht ihn durch das Bündel – dabei immer wieder bemüht zu verhindern, daß seine Hose hinabgleitet. Er blickt auf. Oho! Da kommt einer! *Er schnallt rasch den Riemen – an dem das Bündel nun hängt – sich wieder um, so, daß es an seinem Rückenende sitzt, und zieht hastig das überhängende Hemd darüber, so, daß das Bündel nun gedeckt ist. Währenddessen:* Junger Bauer! Reicher Bauer! Oh – er spricht mit sich selbst! Also nicht ohne Phantasie! Dem kann man eine wilde Geschichte eingeben! *Er tritt nach links, zur Seite. Von rechts, nachdenklich, gesenkten Kopfes, Schritt vor Schritt, der junge Schäfer. Er ist gegen Dreißig, mit leichtem Ansatz zur Behä-*

bigkeit. Breites, offenes, gutmütiges Gesicht. Sprache, Tonfall leicht süddeutsch gefärbt.

DER JUNGE SCHÄFER: Also laßt's einmal sehen: Immer von elf Hammeln die Wolle, hat im Gewicht akkurat einen Stein. Für einen Stein Woll gibt man mir leicht ein Pfund und ein, zwei Schilling drüber. Fünfzehnhundert Hammeln haben wir geschoren – was krieg ich also jetzt für die ganze Wolle?

AUTOLYCUS *leise*: Wenn die Schlinge nicht reißt, gehört die Wolle schon mir!

DER JUNGE SCHÄFER *ist stehengeblieben, in schwerem Nachdenken mit sorgenvoll geballten Brauen, noch immer gesenkten Kopfes*: Da muß ich zuerst schauen, wie oft elf Hammeln in fünfzehnhundert Hammeln gehen: *Er hebt jetzt den Kopf und blickt in angestrengtem Nachdenken zum Himmel auf.* – Und das, was herauskommt, muß ich dann – *Er bricht ab, sammelt sich von neuem, dann mit einem gewaltsamen Anlauf immer rascher.* Zuerst also fünfzehnhundert Hammeln durch elf Hammeln: elf in fünfzehn ist einmal – ja! Einmal elf ist elf – ja! Elf von fünfzehn, bleiben vier Hammeln – ja! Null Hammeln herunter sind – – – *verwirrt* Aber zu vier Hammeln, null Hammeln dazu – das ist ja, wie wenn *kein* Hammel mehr dazu käm. *entschlossen* Vier Hammeln und null Hammeln können allemal nur vier Hammeln sein! *zaghaft* Aber auf der Tafel haben wir doch immer so gerechnet. Man muß halt vergessen, daß es Hammeln sind, dann geht's. *kategorisch* Es *sind* keine Hammeln! *in verzweifeltem Anlauf, fieberhaft, als hätte er die Tafel vor sich* – Also: Elf in vierzig ist drei, ja! Dreimal elf ist sechsunddreißig – ja! *Nein*, dreimal elf ist dreiunddreißig – ja! Dreiunddreißig von vierzig ist sieben – ja! Null herunter – schon wieder! Es *ist* kein Hammel! Elf in siebzig geht – elf in siebzig – ah was, ich laß es, ohne Rechenpfennige krieg ich's ja *doch* nicht heraus! *Er atmet erleichtert tief auf und nimmt einen Zettel aus dem Sack.* Also – schaun wir einmal nach, was ich alles

– Er sucht auf dem Zettel. Ah, da steht's: Einzukaufen für – für *Er runzelt besorgt die Brauen.* Was ist das? *leise, nachdenklich* Schafürschefst – Schafürschefst – was ist das? *Versucht es frisch zu lesen.* Scha-fschurfest – was ist Fschurfest? *erleuchtet und beglückt* Schaf-schur-fest! *Liest vom Zettel ab.* Sieben Pfund Korinthen, drei Pfund Zucker, Reis, was will denn meine Schwester mit Reis machen? Aber der Vater hat gesagt, sie soll die Wirtin vom Fest sein, und sie versteht's. Sie hat mir vierundzwanzig Blumensträuß gebunden – zum Anstecken für die Scherer. Das sind lauter Leut, die dreistimmig singen können – und alle sehr schön! Schad, daß es lauter Tenorer und Basser sind, nur ein einziger drunter ist ein *suchend und ungewiß* Baritoner *sich verbessernd* Puritaner, und der singt Psalmen zum Dudelsack. – Dann muß ich haben „Safran" – aha, daß die Früchtenkuchen schön gelb werden – dann „Muskatblüh" – und – *sehr erstaunt* keine Datteln? – Also keine! wenn's nicht am Zettel stehen. Dann „Muskatnüß", sieben Stück. „Ein oder zwei Stangen Ingwer" – die muß mir der Kaufmann draufgeben. „Vier Pfund gedörrte Pflaumen, und ebensoviel Rosinen."

AUTOLYCUS *wirft sich zu Boden, in wildem Aufschrei:* O – wär ich nie geboren!

DER JUNGE SCHÄFER *jäh zusammenfahrend:* Um Himmelswillen!

AUTOLYCUS *in grandiosem Jammern:* O Hülfe – Hülfe! Reißt nur diese Fetzen von mir ab und laßt mich sterben – sterben!

DER JUNGE SCHÄFER *über ihm geneigt:* O du arme Seel! Abreißen? Was denn? Du hast's ja eher nötig, daß man dir ein paar Fetzen umhängt!

AUTOLYCUS: O Herr! Mir ekelt so vor dem Zeug! Das ist mir ärger als alle Schläge, die ich bekommen hab. Und er hat furchtbar auf mich losgeschlagen – und vielleicht eine Million Mal.

DER JUNGE SCHÄFER: Du armer Kerl! Eine Million Schläg? Das gibt aus!

AUTOLYCUS *in sich überstürzendem Jammer*: Er hat mich ausgeraubt! Er hat mich geschlagen! Mein Geld hat er mir weggenommen. Die Kleider hat er mir ausgezogen und diese ekelhaften Fetzen umgehängt!

DER JUNGE SCHÄFER *hält ihm die Hand hin*: Gib die Hand her! Ich helf dir auf! Na komm, gib die Hand her!

AUTOLYCUS *reicht die Hand, läßt sich ein wenig in die Höhe heben, dann läßt er aus und sinkt in die Knie mit einem Schmerzensschrei*: O! mein guter Herr – behutsam – O!

DER JUNGE SCHÄFER *Über ihm gebeugt. Er entdeckt die unnatürliche Wölbung, die das Wäschebündel unter dem Hemd Autolycus' bildet. Befremdet*: Was hast du denn da?

AUTOLYCUS *einen Augenblick lang betroffen, dann mit großer Sicherheit*: Geschwollen – mein guter Herr – geschwollen! Mit dem Knotenstock dort drosch er auf mich los und trampelte auf mir herum!

DER JUNGE SCHÄFER: Na! du bist gut zugerichtet – du Armer!

AUTOLYCUS *sich betastend, im neuerweckten Jammer*: O – O!

DER JUNGE SCHÄFER: Wenn's abschwillt, da wirst du erst sehen, was du für blaue Flecken haben wirst!

AUTOLYCUS *in tiefem, ernstem, trauervollem Weh*: O, mein guter Herr – *das* werde ich nie sehen! Wie sollte ich auch?!

DER JUNGE SCHÄFER: O, du arme Seel! Komm! *Er versucht, ihn in die Höhe zu ziehen.*

AUTOLYCUS *aufstöhnend*: Behutsam – ich fürchte, das Schulterblatt ist mir ausgerenkt! *Er hat sich in die Höhe ziehen lassen, taumelt und lehnt nun schräge, mit seinem ganzen Gewicht, an der Brust des jungen Schäfers.*

DER JUNGE SCHÄFER: Wie ist's denn jetzt? Kannst stehen?

AUTOLYCUS *mit schwacher Stimme und geschlossenen Augen*: Einen Augenblick laßt mich so lehnen, mein guter Herr! Meine Beine tragen mich nicht! Nur einen Augenblick noch!

DER JUNGE SCHÄFER *beruhigend*: Ja – ja! Bleib nur so!

AUTOLYCUS *mit schwacher Stimme, gequält*: Ich bitt Euch, seht mich nicht an – ich schäme mich so! Ich bin's nicht gewohnt – in solchen Lumpen! Seht weg, mein guter Herr! *fast weinend* Ich bitt Euch *Er biegt, noch immer am Schäfer lehnend, mit der linken Hand den Kopf des Schäfers zur Seite*: Seht weg!

DER JUNGE SCHÄFER *nachgebend*: Ja – ja – ich schau schon weg.

AUTOLYCUS *immer mit schwacher Stimme*: Und jetzt noch ein bißchen mehr mich stützen, mein guter Herr – so – *Er faßt den linken Arm des Schäfers.* Euern Arm unter meine Achsel – – so – *Er klemmt den Arm des Schäfers fest.* so – *Er zieht ihm vorsichtig den Geldbeutel aus dem Sack; dann, tief befriedigt, sich aufrichtend*: So! Ihr habt mir sehr geholfen! Das muß ich sagen! Jetzt kann ich schon wieder allein stehen. Nur den Stock dort bitte – müßt Ihr mir noch reichen, mein guter Herr! *Während der Schäfer den Stock vom Boden nimmt, hebt Autolycus sein Hemd in die Höhe und steckt den Geldbeutel unter seinen Leibriemen. Er nimmt den Stock in Empfang und streichelt den Arm des jungen Schäfers.* Ihr seid ein lieber junger Herr, und ohne Eure Hilfe wäre es wirklich nicht gegangen! Ich werde es Euch nie abzahlen können!

DER JUNGE SCHÄFER: Brauchst Geld? Ich kann dir schon a bißl was geben!

AUTOLYCUS *sehr lebhaft*: Nein, mein süßer guter Herr, nein, ich bitte Euch! Keine dreiviertel Meilen von hier hab ich einen Verwandten – zu dem wollte ich ja gehen – dort bekomm ich Geld und alles, was ich brauche!

DER JUNGE SCHÄFER *mit einer Bewegung nach seinem Sack*: Aber damit du am Weg in ein Wirtshaus – –

AUTOLYCUS *erregt*: Ich bitte Euch, bietet mir jetzt kein Geld an – es tut mir weh – es kränkt mein Herz – –
DER JUNGE SCHÄFER *wieder mit einer Bewegung nach seinem Sack*: Aber nimm nur – –
AUTOLYCUS *den jungen Schäfer am Arm festhaltend, angstvoll und energisch*: Wenn Ihr noch *ein* Mal nach Eurer Börse greift, so zwingt Ihr mich, mich eiligst von hier zu entfernen! Ihr seid ein lieber guter Herr – ohne Eure Hilfe wäre es nicht gegangen – aber mehr kann ich von Euch unmöglich annehmen! *mit großer, vornehmer Geste* Laßt das!
DER JUNGE SCHÄFER: No – gut! Was für Art von Kerl war es eigentlich, der dich so ausgeraubt hat?
AUTOLYCUS *mit unendlicher Zungenfertigkeit*: O, ich habe ihn gleich erkannt. Ich kenn ihn schon lang! Erst war er beim Prinzen Florizel in Dienst, aber da wurde er – ich weiß nicht, für welche Streiche – vom Hofe weggepeitscht! Dann zog er mit einem abgerichteten Affen umher – wißt Ihr: so einem, der schießt und den Hut zieht – und auf der Violine spielt.
DER JUNGE SCHÄFER *eifrig und vergnügt*: Ja, ja ich weiß – –
AUTOLYCUS: Dann war er Gerichtsdiener, dann zog er herum mit einem Puppenspiel vom verlorenen Sohn – –
DER JUNGE SCHÄFER *enthusiastisch, schwelgend*: Ja – ja! wo am Schluß eine Sau geschlachtet wird – –
AUTOLYCUS: Nein, lieber guter Herr – das nicht! Die Säue in diesem Drama werden vom Sohn nur gehütet – geschlachtet wird nur ein Kalb – aber das tut nichts zur Sache! Dann heiratete er die Witwe von einem Kesselflicker – dreiviertel Meilen von meinem eigenen Gutshof entfernt – und dann – nachdem er, was weiß ich, wie viele Gaunergewerbe noch betrieben hatte, ließ er sich zuletzt hier in der Gegend als Gauner nieder! Erinnere ich mich recht, so nennen ihn einige „Autolycus".

DER JUNGE SCHÄFER: Autolycus? Hol ihn der Henker! Das ist ein Gauner – meiner Seel ein Gauner! Er treibt sich immer herum auf Kirmessen, Jahrmärkten und auf Bärenhetzen – –
AUTOLYCUS: Sehr richtig – Herr! Der ist es! Das ist der Schuft, der mich in diese Lumpen gesteckt hat!
DER JUNGE SCHÄFER *wild erregt*: In ganz Böhmen gibt's keinen feigeren Schuften als den. Hättest du ihn fest angeschaut und nur angespuckt – er wäre davongerannt.
AUTOLYCUS *vornehm, müde*: Ich muß offen gestehen, lieber Herr – ich bin kein Raufer! In dieser Hinsicht ist kein Verlaß auf mich. Und das wußte er! Dafür steh ich gut!
DER JUNGE SCHÄFER: Na und wie geht's dir jetzt?
AUTOLYCUS: Viel besser, mein lieber Herr, als vorher! Ich kann wieder gehen und stehen. Ich will Euch Lebewohl sagen und schön sachte zu meinem Vetter hinspazieren.
DER JUNGE SCHÄFER: Soll ich dich nicht doch auf den Weg hinbringen?
AUTOLYCUS: Nein, mein schönster Herr – nein, mein lieber Herr!
DER JUNGE SCHÄFER *ihm die Hand bietend*: Na – dann leb wohl! Ich muß gehen, für unsere Schafschur Gewürz einkaufen.
AUTOLYCUS *schüttelt ihm verbindlich die Hand*: Viel Glück, lieber Herr – kauft ein – kauft ein! *Der junge Schäfer ab nach links. Autolycus sieht ihm nach und winkt ihm noch einmal zu. Viel* Gewürz wirst du nicht einkaufen können, mein Bester! *Er wendet sich nach rechts und blickt auf den Weg, auf dem der junge Schäfer kam.* Ich will Euch bei der Schafschur heimsuchen! Wenn aus dem einen Streich da nicht ein zweiter, noch einträglicherer, herauswächst – wenn ich aus diesen Schafscherern nicht Schafe mache, die ich mir kahl schere – dann streicht meinen Namen aus dem Register der ehrlichen Spitzbubenzunft und tragt ihn in das Buch der Tugend ein! *Er hat bei den letzten Worten seinen Leibriemen abgeschnallt, das Bündel herunter-*

genommen, den Riemen wieder angelegt. *Während er das Bündel am Stock befestigt, beginnt er zu singen.*

Drauf los, drauf los – über Wiese und Zaun,
Ich weiß, wo mein *Weizen* jetzt blüht!
Ein Griesgram zerkeucht sich und kommt nicht vom Fleck –
*Er hat den Stock mit dem Bündel geschultert; während er in ein
paar Sprüngen nach rechts hin verschwindet:*
Ein Lustiger läuft sich nicht müd!

Während die Melodie verklingt, Vorhang.

*

Reinhardts Genie

Während andere in dem Maße abstumpfen, in dem ihre Bildung und ihre Detailkenntnisse wachsen, besitzt Reinhardt eine lebendige Kraft, die ihn jedes neue Unternehmen in völliger Frische antreten läßt, als wäre es das einzige Ereignis seines Lebens.

Vielleicht liegt seine Stärke darin, daß er dem Dichter aufs engste verwandt ist; und ebenso wie der Dichter unfähig ist, dasselbe zweimal zu schreiben, weil es ihm einfach unerträglich wäre, ebenso wie Gott, der Prototyp des Schöpfers, nicht zwei Wesen, zwei Blätter gleich erschaffen könnte, weil es ihn langweilen würde, so wäre Reinhardt wahrscheinlich gelähmt, wenn man von ihm verlangen würde, sich zu wiederholen. Ein Dichter, ein echter Dichter, kann nicht einen Stoff, den er beispielsweise im Jahre 1901 auf eine ganz bestimmte Weise gesehen hat, nehmen und ihn nach fünf Jahren genauso niederschreiben wie damals, denn er selbst hat sich ja in diesen fünf Jahren verändert, oder er hat zumindest eine Entwicklung durchgemacht.

Reinhardt hat mir oft gesagt, ich sei ein geborener Regisseur. Ich antwortete ihm dann jeweils: „Sie täuschen sich, ich bin nur ein geborener Dichter." Daß Reinhardt dies zu mir sagte, hängt damit zusammen, daß er etwas erfaßt hat, das in den letzten Jahren ziemlich in Vergessenheit geraten ist: nämlich, daß die Quelle allen künstlerischen Schaffens die Phantasie ist. Und so gibt Reinhardt, wissend, wie sehr er selbst auf die Phantasie angewiesen ist, dem Dichter, wenn er dessen Phantasiebegabung spürt, das höchste Lob, das er zu vergeben hat: „Sie sind ein Regisseur."

Sein suggestiver Einfluß auf den Schauspieler ist deshalb so groß, weil der Schauspieler fühlt, daß jemand ihm zuhört, der nicht nur ein Lehrer oder Arzt ist, der ihm helfen kann, sondern daß dort unten einer sitzt, der immer genauso hingerissen sein wird wie das naive Publikum, wenn der Schauspieler gut ist. Daher kommt es auch, daß der Schauspieler spürt, daß Reinhardt dazu noch hundert Dinge bemerkt, die dem Publikum entgehen, und daß er sie dankbar aufnimmt. Und er weiß auch, wie groß auch sein Erfolg am Abend der Vorstellung sein mag, daß er sein dankbarstes Publikum in Reinhardt gehabt hat, während der Proben.

Ich finde, daß Reinhardt auf viele Dichter den schlechtesten Einfluß gehabt hat. Denn viele Dichter, die selbst keine sehr starke Einbildungskraft und keine präzise Vorstellung davon haben, wie die Figuren, die sie sprechen lassen, aussehen sollen, schreiben Szenen, die fast ausschließlich aus Dialog bestehen, ohne daran zu denken, wie die Atmosphäre dieser Szenen und ihre malerischen, musikalischen und geistigen Komponenten beschaffen sein sollen. Wenn sie dann diese Szenen von Reinhardt auf die Bühne gebracht sehen, sind sie so erstaunt darüber, wie Dinge, die nur auf dem Papier existieren (und die dort geblieben wären, hätten sie nicht das Glück gehabt, von Reinhardt inszeniert zu werden), so viel echtes Leben, so viel Musik, Atmosphäre und Beseelung erhalten, daß sie (die Dichter) von da an gänzlich von Reinhardt abhängig werden und nur noch Szenarien verfassen, in der sicheren Erwartung, daß Reinhardt den nötigen Bedarf an dichterischer Substanz selbst deckt. Und Reinhardt hat diese Stücke nicht ungern angenommen, denn er fand darin die Möglichkeit, das zu verwirklichen, was er sich in seinem Innersten wünschte, und er hat es verwirklicht: ein Dichter zu sein oder wenigstens an dichterischer Schöpfung beteiligt zu sein. Aber ich sage noch einmal, daß er auf diese Dichter den schlechtesten Einfluß ausgeübt hat, denn sie waren keine echten Dichter.

Die andern hingegen, die echten Dichter, schulden ihm viel. Wenn sie nämlich unter anderen Vorzeichen dem Publikum ihre Stücke übergeben, haben sie das Gefühl, daß sie weitgehend mißverstanden werden und daß nicht einmal ein großer Schauspieler dies verhindern wird, denn der Schauspieler kann nur seine eigene Rolle interpretieren, nicht das ganze Stück. Bei Reinhardt haben sie das beruhigende Wissen, daß es hier einen Sachwalter gibt, der bereit und fähig ist, nicht nur den letzten Willen des Dichters zu erfüllen, sondern auch alle seine Wünsche, vom ersten bis zum letzten, und die Sicht des Dichters so in die Sicht der Bühne zu übersetzen, daß nicht nur nichts von der geistigen Substanz verlorengeht, sondern daß diese eine neuartige und überraschende Beleuchtung erfährt.

Es ist bemerkenswert, daß Schauspieler, die als Unbekannte zu Reinhardt kamen, oft in kurzer Zeit zu Ruhm gelangten, den sie wieder verloren, sobald sie Reinhardt verließen. Eine Zeitlang behielt das, was sie gelernt hatten, seinen Einfluß, aber sobald sie in die Hände anderer Regisseure fielen oder ohne Regisseur arbeiteten, ging ein Großteil ihres Könnens, und damit ihres Ruhms, verloren.

Reinhardt hat die glücklichste Art, seine Arbeitsweise mit ein und demselben Schauspieler bei der Arbeit an derselben Rolle zu ändern. Unter Bedingungen, die ihn zwingen, so zu verfahren, wie er, Reinhardt, es will, bringt er ihn bis zur Verzweiflung und entmutigt ihn so lange, bis er ihn in die Richtung gelenkt hat, in der er ihn haben will: Dann, mit einem gelegentlichen Wort enthusiastischen Lobes, stellt er ihn wieder auf die Beine, und zwar so, daß er die Arbeit mit größerer Intensität wieder aufnimmt als vorher.

Reinhardt beharrt nicht immer auf seinem eigenen Willen, oft kommt er durch den Schauspieler zu originellen Einfällen, die aus dessen Persönlichkeit entspringen und die er dann, sich selbst bescheidend, seiner eigenen früheren Absicht vorzieht.

Er bereitet dem Schauspieler nicht eine warme oder kalte Dusche oder Massage vor, sondern jede seiner Proben ist wie ein Dampfbad, in dem der Schauspieler vom einen ins andere geht und sich zwar oft über diese Behandlung beklagt, aber am Schluß das Bad mit dem Gefühl verläßt, daß er ein neuer Mensch geworden ist.

Ich empfinde Schauspieler als leicht verstimmbare Instrumente, die ihr Bestes nur dann geben können, wenn man ihnen seine ganze Kraft und all sein Vertrauen widmet. Ich erinnere mich eines Vorfalls, den ich selber nicht erlebte und den man mir später erzählt hat. Eine bis dahin unbekannte Schauspielerin, auf die man große Hoffnungen setzte (sie hieß Wangel, und sie hat seither dem Theater den Rücken gekehrt und sich ganz einer Sekte ähnlich der Heilsarmee hingegeben), erhielt zum ersten Mal eine bedeutende Rolle, ich glaube, es war in einem Stück von Oscar Wilde. Vor lauter Angst und Aufregung sprach sie in den ersten zwei Akten so schlecht, daß man sie kaum verstehen konnte, und man fürchtete, daß das Stück – es war eine Premiere – ihretwegen durchfallen würde. Reinhardt suchte sie in ihrer Garderobe auf, gab ihr die Hand und sagte: „Es wird ein großartiger Erfolg für Sie. Das Publikum ist eindeutig auf Ihrer Seite. Nur weiter so! – Vielleicht eine Spur lauter." Wenn das nach den ersten beiden Akten auch nicht zutraf – am Ende des dritten stimmte es.

Legende um Iphigenie

[Iphigenie vor der Ankunft auf Tauris]

Fahrt längs der Küste   die Altare am Ufer – Kränze
von den Bergen das Tannenwaldrauschen Duft der Berg-
pflanzen
Die Wasser
Das Schiff das sie trägt.
Wenn der Wind jetzt umschlüge und Sturm die Ruder brä-
che die Segel nach der anderen Seite bauschen, und es hintriebe
in die Heimat –
Nach den ersten Jahren:
Ein Schiff wird kommen umspielt von Delphinen, um-
rauscht von den Wellen umrauscht von Musik und am Bug
wird der Vater stehen – wird Achill stehen? Und es wird ein
Traum gewesen sein – wie – kann es nicht einer sein?
Die Herden die man an die Umzäunung des heiligen Haines
treibt, damit sie sie segnet.
Die Kinder die man ihr bringt. Das eine das sie an sich
nimmt und das nach ihrer Brust tastet um daran zu saugen –
Verlegenheit, Schwäche, Wenden dann Zusammenbruch, vor-
her Wegschicken der Frauen.
Auf der Erde liegen hinausschreien, keuchend, ihren Jammer.
Jedes Jahr ihrer Priesterschaft eine silberne flache Schale
am Sockel niedergestellt soviel Schalen soviel Jahre. Ins Grab
wird man es der Priesterin mitgeben
Sie ist soviel im Tempel, daß sie den immerwährenden
Weihrauch abschaffen muß – nur Wasserdämpfe und nur je-
weilige Wohlgerüche
Auf dem Rücken liegen sich dehnen
der badende Schiffer

Die Sonne die im Westen – wo ihre Heimat ist – untergeht.

Was man ihr zuträgt: Muscheln, Federn, Kristalle –

Die Sprache: Erst versteht sie nur die Fremdwörter wie…
Phönikisches, ägyptisches, das sie von den Sklaven ihrer Heimat kennt.

Der *Teich* – der einmal ihr *Spiegel* wird. Nattern, Alpen-Salamander. Gehäuse der Eintagsfliegen.

Die Zugvögel – Formen ihres Zuges.

Das Erkennen der Jahreszeiten.

Die Opfer: Schiffbrüchige verschiedener Völker – auch Nubier, vielleicht auch Asiaten – oder nordisches, oder arabisches?

Zuerst: in Bergwerke, oder die Steppe, dann Flöße bauen in denen sie hinausfahren Erkennen am Schluß – unendlich – so lange die Träne braucht um im Winkel ihres Auges sich vorzuwölben einen Augenblick lang gerundet Alles zu spiegeln und dann über die Wange zu perlen, bis sie bittersalzig auf ihren Lippen schmeckt.

Segnen des Fischzuges auf einem Floß weit draußen

Erblicken der beschneiten Gebirge

Lärm der Winzerfeste

In ihrer Einsamkeit – Schärfen aller Sinne – die Geräusche erkennen.

Wechsel ihrer Einstellung zu Agamemnon u. Klytemnestra.

Fertigsein an dem Tag da Orest kommt: Tränen brechen aus ihr hervor bei jedem Anlaß ohne Anlaß durchwühlt werden: Angst opfern zu müssen. Jubel Freude über Trojas Fall Trauer über Agamemnons Tod – Mittaghitze – Ermatten.

Neu aufgewühlt Klytemnestras Tod – Orest – Mischung – Jammer und Jubel. Und nun wie besessen vom Gedanken der Heimkehr.

Rückreise – Stoßweise immer wieder: Thoas

Und im Moment des Abschiedes mit Thoas Erkennen seiner Liebe.

Während sie am Bug des Schiffes steht und auf das entschwindende Tauris blickt letzter Kampf zwischen ihr und den Göttern.

Dann zu Ende gekämpft Resigniertheit, sich wenden ans andere Ende des Schiffes gehen der Heimat zublicken.

Epilog – Ende? – Pausanias die Dichter – –

Ein wenig Verliebtheit der jungen Priesterinnen in sie, wie Schülerinnen in die Lehrerin. Ein wenig Zurückschrecken davor – aber *nicht* gleich anfangs. Sie erfährt von den Kindern was draußen vorgeht. In den Familien bei den Herden, in den Dörfern. Sie kehren alle dorthin zurück

„In Tauris"

Eines Tages:
    Die Wellen am Ufer.
    Wie Linien
    Vergehende Wellen, im nächsten nu nicht mehr ihr Werk überdauernd sie aber – bis zur nächsten Welle – Menschenwerk – Vergänglichkeit

Ein Stern steht noch am Himmel. Aber sein flirrendes Licht erblaßt blinkt wieder auf schwindet von Neuem und rinnt zitternd hinüber in das fröstelnde Grau der Frühe vor dem Kommen der Sonne.

Um verhüllte Berge Treiben und Ziehen der Wolken.
    Versunken in Nebelfluten
    Ertrunken

die Niederung. Nebelschiffe liegen still verankert in den tief
eingeschnittenen Schluchten die den verhüllten [Burghügel?]
von den Bergen scheiden.
Von Nebeln überflutet die Niederung
Inseln Wolken
Brausende Dünste

Langsame Abneigung gegen das Meer – oder richtiger Angst
vor ihm Erde treu – man gibt ihr Samen und sie gibt ihn wieder
Über Land man wandert und ruht und legt sich nachts in
Höhlen und Feuer zündet man und trinkt und die Erde nimmt
einen auf und man ruht in ihr. Aber das Meer ist ruhelos und
schlingt hinab und speit aus. Die Erde wahrt die Zeichen die
man ihr ansteckt sie hilft den Vergänglichen dauern   Sie ist
ihresgleichen und Ungeheures kann an ihr brechen – aber das
Meer heute so und morgen so.

Der wandernde Sternenhimmel über ihr – Alle Schicksale von
Helden stehen dorten in Sternenbildern – In Tauris wird ihr die
Welt zu eigen – Steine, Tiere, Pflanzen, das tägliche Leben
schlichter Menschen Stimme, die Jahreszeiten – sie wird weise

In 16 Jahren hat sich dies Herz müdegesehnt und müde geliebt.
Die Augen der Mund ihres Vaters der Blick ihrer Mutter Bruder und Schwester blicken   [Herrschaft] *über sie* weil sie in
ihrer Phantasie lebten
In Wirklichkeit wäre sie für ihr eigenes Leben von ihnen
frei geworden.

Die sechzehn Jahre
Wie Chronik
In diesem Jahr   ein Krieg
In d. anderen   eine Seuche

> ein Komet
> ein Meteor
> ein Kalb mit zwei Köpfen
> 3 Gefangene
> 1 Schiffbrüchiger
> Kaufleute durch die Salzsteppen
> die Kinder waren haben nun schon
> welke Gesichter
> Ein Schiff gestrandet

Stadien

Am letzten Tag noch einmal unter d. Eindruck v. Orestes Heimkehr *Milde*

Versöhnen. Dann im Augenblick da sie Thoas die Hand gibt Aufbäumen letztes Zucken um eigenes Glück.

Dann kurzer Jubel – Heimat. Dann auf dem Deck des Schiffes zugewandt, letztes Aufbäumen.

Tiefes Grauen vor dem Egoismus auch Vater u. Mutter zerstört.

Dann Hinübergehen aufs Schiff – Zugvögel – Langsames Heiligwerden von ihr –

Den Blick der Heimat zugewandt.

Lied des jungen blatternarbigen Steuermanns auf der nächtlichen Fahrt der vierzehnjährigen Iphigenie von Mykene nach Aulis. Am Himmel steht das Gestirn der Hyaden. Dasselbe Lied singt derselbe Steuermann 17 Jahre später, als er Iphigenie, Orest und Pylades von Tauris nach Mykene zurückführt.

> Hyas-Schwestern! – Aus Weh um den Bruder
> Weintet Ihr – weintet Ihr, bis Ihr vergingt!
> Ward Euch zum Los nun ewiges Leuchten,
> Das sich vergänglichem Wehe entringt?
> Weist Ihr – zu wandelnden Sternen Entrückte –

Freundlich die Wege dem Steurer im Boot?
Aber: Ihr weinenden Schwestern, wer härmte –
Wer, Ihr Schwestern – um Euch sich zu tod?

Taten sind nicht nur durch das was sie wirklich erzielen wichtig
sondern auch dadurch: wie weit sie Kraft haben als Legende
weiter zu wirken. Ist es zu Ende, wenn das Bild der Artemis
heimkehrt? Die weiteren Schicksale des Bildes (Pausanias)

„Phantasie um Iphigenie"

1. Aufzug.
1. Auftritt.

Vor Vers 1 I. kommt Stiege bei 1 aus der Tiefe herauf, biegt sofort nach links, tritt über Stufe 2 auf Altan 3 und blickt aufs
Meer hinaus. Fünf Sekunden lang. (Zähle 21-25)

Tritt Stufe 2 hinab, macht einen Schritt nach vorn, bleibt
stehen, Spricht Vers 1-6. Dann, kleine, weitere Schritte bis Stufe 5. Bleibt stehen. Im Gehen dann stehend Vers 7-14.

Bei Vers 15 „Weh dem" langsames Schreiten über 6, 7,
Mitte des Raumes 8 über Stufen 12, 13, 14, 15. Auf Stufe 16
bei den Worten „zu seines Vaters Hallen" einen Augenblick
halten, dann während der Schritte über Plattform 17, Vers 33,
44.

Aufsperren der Tempeltüre. Aufstoßen der Flügel. Gruß an
die Gottheit: Das rechte Knie vorgestellt, sich neigen. Hand
ausstrecken, dann 3 Finger zum Mund führen, Kußhand mit ge-
spitzten Fingern der Göttin entgegen. Sich aufrichten.

Vers 35 „O wie beschämt" ruhiger, leicht bittender Ton.
Von 43, „Ja, Tochter Zeus" wärmer, rascher, steigernd, lauter
bis 50 „erhalten hast" dann Ausbrechen des Gefühls in voller
Kraft.

Vers 52 „errettet" Anschlag für Arkas, Vers 53 „zweiten" Stichwort für Arkas.

2. Auftritt.

I. hat während des Wortes „Tode" Vers 53 mit kurzem Seitenblick den Auftritt Arkas bemerkt. Sie faßt sich sofort, grüßt die Göttin wie zu Beginn, schließt die Flügel der Türe, sperrt jedoch nicht zu. Dann streicht sie leicht über ihr Gesicht, als wollte sie jede Erregung aus ihrem Gesichte verwischen. Sie wendet sich scharf um und steht, die Hände über der Brust (nicht gekreuzt), den Blick ins Weite gerichtet.

Arkas setzt den rechten Fuß vor, streckt die rechte Hand aus und neigt sich zum Gruß. Während er geneigt steht, spricht er Vers 54, 55. Er richtet sich auf. I. dankt mit leichtem, ruhigem Nicken. Arkas, freundlich sie anblickend, lebhafter als eigene Bemerkung, nicht mehr Auftrag des Königs, mit freudigem Ton, Vers 56, 57. I. bleibt regungslos.

Arkas merkt es, und resigniert in seine Reserve zurückkehrend – im Tone der ersten Meldung die Verse 58, 59 und verneigt sich. I. die Verse 60-63 mit heller ruhiger, etwas gekünstelt hoher Stimme, priesterlich eintönig, den Blick gnadenlos vor sich hin gerichtet.

Arkas vor Vers 63 minimale Pause, in der er sie fixiert, dann in einem vorübergleitenden Lächeln Iphigeniens Auge, das starr vor sich hinblickt, suchend. Voll tiefer Sympathie. Der Ton des Ganzen ein Zureden, Ermuntern: (Ton: „Vertrau dich doch uns an") bis Vers 74.

Vers 74: I. noch immer starr vor sich hin.

Vers 75 Arkas, leicht unmutig (Ton: „Das ist ein bißchen stark")

Vers 76 I. zum ersten Mal Arkas ins Auge fassend (Ton: „Glaubst du wirklich, daß das möglich ist")

Vers 77 Arkas betroffen. Sieht sie an, senkt die Augen. Nickt leicht (Ton: „Nun ja, du hast ja Recht. Und dazu ist dir noch dein eigenes Vaterland fremd geworden")

I. Vers 78 aus ihrer Starrheit gelöst. Nickt. (Ton: „Ja, das ist es – du rührst an die wunde Stelle")

Vers 78-84. Betonung: Kaum *band* sich die Seele – so *trennte* auch schon – – –

Vers 89 „Und frische Lust" ff. bitter, kopfschüttelnd lebenssatt.

Arkas Vers 91, 92, sichtlich bemüht zu beruhigen, mit leicht hochgezogenen Brauen lächelnd, das „un-*glücklich*" und „un-*dankbar*" ganz wenig pointierend.

Vers 93 I. mit einem mehr höflichen Lächeln, und einer den Vorwurf abwehrenden Geste.

Arkas Vers 93 schüttelt – immer freundlichen Gesichtes – den Kopf. Vers 101 „und dieses Ufer" (Ton: „Vergiß das nicht, es ist nicht wenig gewesen")

Vers 106 schon während des letzten Verses des Arkas 105 schüttelt I. den Kopf.

Vers 107 (Ton: „Sag doch selber, welch – – –")

Vers 115 mit einer Geste, die sagt: „Schade um die unnützen Worte", resümierend.

Vers 117 und ff. Arkas spricht alles mit einem Gesicht, das von großer Sympathie aussagt und von freundlichem Lächeln leicht überhaucht ist.

Mit Vers 120 frisch ansetzend – in einem Fluß bis 137.

Bei Vers 133 nach „und" kleine Pause, die innerlich ein „schließlich" enthält.

Vers 134. Nach „der uns –" ein „gewiß" in der Intonation und in Geste und Kopfbewegung, das auch sagt: „Ich gebe es zu".

Mit Vers 138 Arkas etwas näher, voll Wärme, unwillkürlich leiser, gedämpfter, vertraulicher, bewundernd, fast verliebt. Bei „von deinem Wesen" bewundernder Aufblick.

Nach Vers 141 kleine Pause, Tonwechsel.

Mit 150 „glaub mir" unwillkürlich einen kleinen Schritt näher.

Vers 153 „erleichtr' ihm" (Ton: als ginge dem „erleichtr' ihm" ein: „So sei doch nicht störrisch" voraus).

Vers 156 mit ein wenig erhobenem warnenden Zeigefinger.

Vers 165 von „er" an, sehr im Fluß.

Vers 171 seinen Blick in den ihren eindringlich senkend, breiter werdend. (Ton: „Sei nicht eigensinnig").

Vers 172 I. mit hilflos ungeduldigem Achselzucken (Ton: „Verlangst du von mir, daß ich noch –").

Vers 173 Arkas unmutig.

Vers 175 eindringlich (Ton: „Versperr dich doch nicht jedem Rat").

Vers 177 (Ton: „Warum – zum Beispiel – verschweigst")

Vers 178 I. sich von neuem verschließend, priesterlich und königlich hochmütig.

Vers 179 stark.

Vers 180-183 etwas leiser, dunkler, fließend.

Vers 185 Arkas sieht vorher in die Richtung, aus der er den König erwartet. Tritt dann näher. Leiser, gedämpft, aber sehr bestimmt und eindringlich.

Bei Vers 187 „zu besitzen" fährt I. verletzt durch das Wort „besitzen" auf, schlägt unwillkürlich ihren Mantelsaum über der Mitte des Körpers zusammen und richtet sich hoch und stolz auf.

Vers 192 den Kopf drohend hoch werfend, ganz starr.

Vers 201 (Ton: „Wie übertreibst du doch nur alles").

Vers 206 bei „gewährend" blickt Thoas um.

Vers 210 Arkas schon im Weggehen über die Stufen 7, 6, 5, dann nach rechts.

Vers 211 (Ton: „Du ehrst ihn ja ohnehin, und ich müßte dirs ja gar nicht sagen")

3. Auftritt.

I. steht noch einen Augenblick, dann steigt sie herab, und bleibt auf der drittletzten Stufe 14 stehen, den König erwartend.

Thoas, von rechts 27. In froher Hast. Da er I. erblickt, hält er ein, reicht rasch, ohne hinzusehen, dem Bogenschützen, der hinter seiner Rechten steht, Schild und Lanze, dann dem Bogenschützen links hinter ihm, auch ohne umzusehen sein Schwert. Schild und Lanze werden von dem Bogenschützen mit leichter Verbeugung entgegengenommen, das Schwert jedoch mit tiefer Verbeugung und Vorsetzen des Knies ehrfurchtsvoll von dem andern Bogenschützen. Dann rasch auf I. zu. In dem Moment, da er sich nähert, hebt sie langsam die Arme und steht mit erhobenen leicht abgebogenen Armen da, die Handflächen einander zugewandt (Stellung des Adoranten). Er tritt vor sie hin und neigt den Kopf den Segen zu empfangen.

Vers 220-225 mit hoher, ein wenig gespannter Stimme, wenig nuanciert, fast eintönig wie eine Ritual-Formel.

Bei 225 die Handflächen nach unten wendend, als gösse sie den eben von oben in den Händen aufgefangenen Segen über sein Haupt, dann, langsames Sinkenlassen der Hände.

Thoas richtet sich auf. Sieht sie einen Augenblick an. Dann mit gesenkten Augen, einem leichten Heben- und Sinkenlassen der Achseln und resignierter leichter Geste der offenen Hände aus dem Handgelenk, gedämpft, leise, langsam anhebend.

Vers 228-230 breit.

Von 231 an ruhig fließende Rede ohne I. anzusehen.

Vers 233 das „besten" mit einem kurzen Aufblick zu I. (Ton: „Denk dir, noch dazu den *besten*")

Vers 237 vor „gerächt" kaum merkliche Pause und ein resigniertes Lächeln, welches das „gerächt" sozusagen unter Anführungszeichen setzt. (Ton: „Als ob dieses Rächen mir ihn wiedergeben könnte")

Von Vers 238 an ohne I. anzusehen. Erst bei Vers 246, bei: „einen alten Wunsch" sucht sein Blick den ihren.

Bei Vers 248: „Ich hoffe dich" ganz nahe an sie herantreten, in stärkster Innigkeit. Ganz gedämpft im Ton, ein flehendes Lächeln auf den Lippen. Die Hände ineinander gefaßt auf der Brust.

Vers 251 Mit einem verlegenen zu übertriebener Verbindlichkeit sich zwingenden Lächeln.

Von Vers 252 an bis 254 weicht Thoas, der die Ablehnung sofort erfaßt, verletzt, unwillkürlich Schritt um Schritt zurück. Dann, ohne I. anzusehen bis Vers 262 „sich erfreut", verletzt — aber voll Wohlwollen für I. nur an ihre Einsicht sich wendend.

Bei Vers 263 „von dir" Aug in Aug mit I. an ihr Gefühl appellierend. Während Thoas die Verse 255-264 spricht wird I. unwillkürlich weicher und öffnet sich.

Vers 265 unter halb gesenkten Lidern mit wehmütig-resigniertem Lächeln.

Vers 267 vor „denn vielleicht" ein leicht seufzendes Atemschöpfen.

Schon bei Vers 268 „verwünschtes Haupt" hat Thoas eine abwehrende Geste und freundlich-überlegenes Lächeln, und schneidet ihr mit 281 „seitdem" das Wort ab.

Vers 287. Mit abwehrender Geste und einem Lächeln, das den Einwand nicht ernst nimmt.

Von 288 an: ernst, mit dem tiefen Willen zu überzeugen und zu gewinnen, gedämpft. Im Fluß.

Bei Vers 293 breiter werden, die Worte: „Wenn – du – nach Hause –" gesondert hinsetzend.

Vers 298 „So bist du mein" in durchbrechendem, aber noch verhaltenem Jubel und Zärtlichkeit.

Vers 299. Vor „sprich offen" ganz nahe an ihr mit einer bittenden, liebenswürdigen Bewegung sie einladend auf dem Sockel 8 Platz zu nehmen. Sie blickt ihn einen Moment prüfend an, dann nimmt sie zögernd den Platz ein. Er ist ein wenig zur Seite getreten, steht mehr gegen die Mitte, ihr halb zugewandt.

Vers 300-302. Die Worte fallen gedämpft, ernst, langsam von ihren Lippen, die Augen gesenkt.

Bei Vers 306 „vernimm" Augenaufschlag. Das „vernimm" in leichtem Aufseufzen, Unterton: „Da du darauf bestehst, höre also, ich füge mich deinem Willen, was auch daraus kommen mag." Ihn voll ansehend, ruhig, mit wenig Ton, nicht laut, ganz sachlich, als würde sie eine andere beliebige Abstammung zugeben: „Ich bin aus Tantalus Geschlecht".

Vers 307 Thoas. In seinem Erstaunen unwillkürlich ein wenig von ihr zurückweichend gegen 21 zu, nickend, ohne jede Pointierung: „Du sprichst".

Vers 308-311 sehr interessiert mit gerunzelten Brauen, eifrig.

Vers 315-326 gedämpft.

Vers 315 I. nickt vor: „Er ist es", dann in einem Aufseufzen anhebend, von hier bis Ende des Verses 325 in vollem Fluß.

Vers 320 „zu groß" im Ton: „Immerhin doch zu groß".

Vers 321. Vor „nur ein Mensch" resigniertes Lächeln. (Ton: „Was kann man tun")

Vers 323. „Es singen Dichter" mit einem Achselzucken (Ton: „Gott, wie es genau war, wer weiß das heute. Aber wenn man den Dichtern glauben soll")

Vers 326. In einem resignierten Aufseufzen, etwas müde. Nur „ganz Geschlecht" hervorheben. (Ton: „*Das Ganze* – man stelle sichs doch vor")

Vers 327. Thoas beschäftigt, interessiert, begierig, mehr zu hören, setzt sich auf Sockel 21.

Vers 328-345. Sehr einfach, fließend, bei Vers 345: „Im Brudermord die erste Tat" erregt abbrechend.

Vers 351. Fallen lassend. In einem Seufzen, Nicken und sich Senken der Lider untergehen lassen, dann winzige Pause. Dann

Vers 359 einen Anlauf nehmen und sich zwingen weiter zu erzählen.

Von Vers 359-371 an, aber ganz in Fluß. Deutlich gliedern ohne Thoas anzusehen, vor

Vers 377 „er scheint gelassen" mit verhaltener Erregung rascher werden.

Bei Vers 379: „Mit seinen beiden Söhnen" sieht sie Thoas an.

Vers 381, 382. Bei allem rascher werden durch die Eindringlichkeit sich verbreiternd.

Vers 383. Von hier an immer rascher werdend.

Vers 388. Bei „der Erschlagnen hin", scharf akzentuiert große Geste des Hinwerfens zugleich mit einem Aufspringen, und ihrer Erregung in einem raschen Gang in großen Schritten Luft machend. Diagonal über die Bühne. Von ihrem Sitz 8 aus am König 21 vorbei, ganz nach vorn. Während sie am König vorbeikommt ohne Halt zu machen, nickend und bitter lachend:

Vers 389: „Du wendest".

Vers 391: „Und ihren Wagen" ganz vorne stehen, dann kehrt, am König vorbei in der Richtung auf 8, dann, ungefähr einen Meter von der Stufe 7 entfernt, nochmals jähes Kehrt, Stehen. Einen Augenblick Pause. Dann mit kurzer, sich präsentierender Geste der herabdrängenden Hände aus dem Handgelenk:

Vers 392: „Das sind die Ahnherren deiner Priesterin! Und"

Vers 393-396 leicht abwehrende Geste der leicht erhobenen Hände, die sagt: „Ich mag lieber nicht daran rühren".

Vers 397. Thoas nickend. Die Geste I. aufnehmend. (Ton: „Ja – lassen wir es")

Vers 399. Thoas, zwischen „wildem Stamme" und „Du" ein zärtlich bewunderndes, großäugiges Lächeln. Das „Du entsprangst" in Zärtlichkeit, ganz dunkelnd.

Vers 400 mit einem Atemschöpfen, das den Beginn eines neuen Erzählens einleitet. Vor „Agamemnon" eine kaum merkliche Pause, in der sich ihr Gesicht zu einem glücklichen Leuchten verklärt, ehe sie den Namen: „Agamemnon" ausspricht.

Vers 401. „Er ist mein Vater". In dem „Er" glücklicher Stolz. Gleichzeitig heben sich die Hände unbewußt, und drücken das Wort: „Mein Vater" mit gerührtem Lächeln an die Brust. Aufsteigende Rührung vibriert durch das „Mein Vater". Gleich darauf ein innerlicher Ruck, mit dem sie sich faßt, Rührung nicht aufkommen läßt und sachlich von Vers 404 an weiter spricht. Bei „Er ist mein Vater" hat sich Thoas unwillkürlich erhoben und hört das nun Folgende stehend an.

Von Vers 413-423 in raschem Fluß, dem Ende des langen Erzählens zueilend. Nur bei 415 „die ganze Macht der Fürsten Griechenlands", im Ritardieren, einem Zucken der Mundwinkel, einem überlegenen Senken der Lider verratend, daß sie heute überlegener, aus der Entfernung das Ungeheuerliche des Aufwandes erkennt, daß Heere aufgeboten wurden, um Menelaus seine Frau wieder zu verschaffen. (Siehe Euripydes, Iphigenie in Aulis).

Vers 423. Von „des Königs älteste Tochter" innerhalb des Flusses, zeitweilig leichtes Ritardieren und breiter Werden.

Vers 431. „Des Atreus Enkel" gesenkten Hauptes mit einem kaum merklichen Nicken. (Ton: „Jawohl, auch *ich* bin dem

Fluche untertan"), dann, wie mit einem Abschütteln das Haupt erheben, sich selbst beruhigend, mit glücklich stolzem Lächeln „Agamemnons Tochter" (Ton: „Über ihn hat ja der Fluch sicher keine Kraft mehr"). „Der Göttin Eigentum" mit leichtem Neigen des Kopfes.

Vers 433-435. Thoas sich ihr nähernd. Lächelnd. Warm. (Ton: „Du weißt, mehr lieben als *ich* dich liebe – – –")

Vers 436. Ganz Nahetreten, leise, gedämpft, flehend, voll Liebe ihre Augen suchend.

Vers 437. I. zurückweichend, und dadurch den König so verletzend, daß auch er einige kurze Schritte zur Seite tritt, und das Folgende – bis 447 „ein Zeichen" abgewandt, gesenkten Hauptes, mit gerunzelten Brauen anhört. Erst bei Vers 447 „ein Zeichen" wendet er ihr jäh den Kopf zu.

Vers 448. Unmutig, ungeduldig, stark.

Vers 449-451. Unmutiger Gang in die Tiefe und zurückkehrend nach links vorne.

Vers 452, 453. I. leicht unwillig, und – schon bei Vers 450 durch das „spricht – – – viel" verletzt, das sie mit „nicht *Worte* sind es" zurückweist.

Vers 454. Wärmer, inniger, gedämpft, sich ihm nähernd bis Vers 461.

Vers 461, 462. In starkem Gefühl, ihn beschwörend.

Vers 463-467. Sehr stark losbrechend, in einem Zuge.

Vers 468. Mit einem bittern Auflachen, Aufblick nach oben, die Hände zusammenschlagend und gleichzeitig mit den Händen auch den Kopf schüttelnd.

Vers 474. Sich von I. abwendend.

Vers 475-492. Warm, immer eindringlicher.

Vers 492 „Das sie *nicht* gebilligt" unwillkürlich eindringlich und scharf. Die Stichomythien 493-501 sehr scharf ineinander greifend.

Vers 493. Kopfschüttelnd mit geballten Brauen, unmutig gerümpften Lippen, stark von ihr abgewandt.

Vers 495. Jäh zu ihr sich wendend. Mit beiden Händen an die Brust fahrend, in wachsendem Zorn.

Vers 497. Aufhöhnend. Ganz stark.

Vers 501. Die Worte ihr ins Gesicht schleudernd, rascher Gang in die Tiefe bis zum Altar, dort einen Augenblick stehen, aufs Meer hinausblicken. Pause. Dann

Vers 502 I. nickt. Dann in einem tiefen Atemholen „so büß ich – – –" (Ton: „Geschieht mir recht").

Vers 503. Thoas nach vorn kommend, gedämpft, ohne Ton und ohne I. anzusehen.

Von Vers 504-537 konstantes Steigern in Tempo und Dynamik. 504 „So bleibe" bis 506 „verzeih Diana" präzis klar abgesetzt. Bei „Verzeih Diana" schon erstes Entladen. Das „Verzeih" bereits herauswerfen, ohne sehr laut zu werden.

Vers 511. „Nur du". Das „du" mit zusammengebissenen Zähnen, einen Blick ihr zuschleudernd, dann wieder gleich, ohne sie anzusehen.

Vers 513. Nach „bald" ein leicht verlegenes, schamhaftes, unwillkürliches Leiserwerden und Stocken, zu Boden sehen.

Vers 514. „Mich tief erfreute" (Im Unterton fast das zornige Weinen eines Kindes, das sich sagt: „Warum hab ich das getan?")

Vers 514. „Wie mit Zauberbanden". Die Fäuste ballend, aufstampfend (Ton: „Warum hab ich nicht auch widerstanden?")

Vers 518. Bei „Nun rufen sie" hinweisende Geste nach der Seite, von der er kam.

Nach 531 leichter Wechsel im Ton. Scheinbar sachlich, aber bei

Vers 534 „sind in meiner Hand" mit geballten Fäusten zwischen zusammengebissenen Zähnen die Fangzähne zeigend, drohend, und gefährlich.

Vers 537. Nach „Hieher" Abgang nach links. Im Abgehen innehaltend, auf den Altar mit einer Kopfbewegung weisend, in wildem Höhnen: „Du *weißt* den Dienst"!

4. Auftritt.

Nach Vers 537 l. einen Augenblick fassungslos, dann Bewegung, als wollte sie Thoas nach, um ihn aufzuhalten. Dann eine Sekunde lang hilflos, dann die Stufen 12-17 zum Tempel mit wanken Knien hinaufstürzen, die Flügel der Türe aufstoßen, ein Versuch in ritualer Weise wie zuvor, das Bild der Göttin zu begrüßen, aber sofort es aufgeben, den Kopf zurückgeworfen.

Vers 538. In fieberhafter Hast, schwer atmend.

Von Vers 538-Ende 543. In einem Atem. Dann keuchend Atem holen, in einem Atem bis (in begriffen) zum „Oh!"

Vers 549. Nach „Oh!" in die Knie brechen. Den Kopf zurückgeworfen, die hochgezogenen Schultern zurückgedrängt, geschüttelt von Schauern „Enthalte vom Blut meine Hände"!

Vorhang

Übersetzung von Shakespeares „Richard II"

I. Akt, 1. Szene

London. Ein Zimmer im Palaste.
KÖNIG RICHARD *mit Gefolge;* JOHANN VON GAUNT *und andere*
Edle mit ihm treten auf.

KÖNIG RICHARD:
Alt-ehrwürdiger Johann Gaunt und Lancaster!
Hast du – wie dir's dein Eid gebot – hiehergebracht
Heinrich von Hereford, deinen hochgemuten Sohn,
Wilde Beschuldigungen zu erhärten,
Die jüngst –
zu Bagot, Green, Bushy, mit einem Lächeln des Einverständnis-
ses, leichthin
      – uns fehlte damals Zeit ihn anzuhören –
Er wider Herzog Norfolk, Thomas Mowbray
Hier vorgebracht?
GAUNT: Ja, gnädiger Herr!
KÖNIG RICHARD: Und weiter:
Hast du's ergründet: spricht nur alter Groll
Aus ihm? Wie? Oder will er als getreuer
Diener des Königs seinen Herrn bewahren
Vor drohendem Verrat?
GAUNT: So weit *ich* ihn
Geprüft: um offenkundig drohende
Gefahr von Eurer Hoheit abzuwenden.
KÖNIG RICHARD: Ruft vor uns, beide!
Einige aus dem Gefolge ab
      Aug' in Aug' und
Stirn, dräuend gegen Stirn – so sollen sie
Hier offen reden – Kläger wie Beklagter!

zu Bagot und Green geneigt
Gebt Acht – wie jetzt, gehußt von Haß und Hochmut,
– Daran fehlt's *beiden* nicht – ein Feuer aufloht!
Die vom Gefolge kommen zurück mit Bolingbroke und Norfolk
BOLINGBROKE: Noch manches Jahr voll froher Tage lebe
Mein gnädiger König, vielgeliebter Lehensherr!
NORFOLK:
Herr! Jedes „Gesterns" Glück soll klein Euch dünken
Vor *dem* Glück, das Euch jedes „Heute" bringt!
KÖNIG RICHARD:
Nehmt beide vielen Dank! Doch *einer* von euch –
Zumindest einer – hat jetzt arg geheuchelt!
Ihr kommt doch her, ein jeder, um den andern
Des Hochverrats zu zeihen?! – Vetter Hereford,
Was werft Ihr, Thomas Mowbray, Herzog Norfolk, vor?
BOLINGBROKE:
Vorerst – Gott sei mein Zeuge: nicht der Haß,
Nur eines Untertans ergebene Liebe,
Läßt mich als Kläger heute stehn vor Eurer
Fürstlichen Gegenwart. – Und nun zu dir,
Thomas Mowbray! merk gut auf meinen Gruß:
Ein Schurke bist du, Hochverräter, schändest
Deines Geschlechtes alten edlen Namen!
Nochmals: „*Verräter!*" Hast du es gehört? –
Daß wahr mein Wort – dafür steh' einst im Himmel
Die Seele ein – auf Erden, jetzt, mein Schwert!
NORFOLK. Stehn hier zwei zänkische Weiber, die sich vor
Dem Richter heiser krähen? Hielt mich nicht
Die Scheu vor Eurer Majestät, ich spie' ihm
„Feigling", „Verleumder", ins Gesicht – ich zwänge
Ihn vor die Klinge mir, und müßt' ich ihn
Von nie erklommenen, in tödlich Eis
Erstarrten Bergeszacken erst herab

Mir holen – *nur* sein fürstliches Geblüt
Schützt ihn –
BOLINGBROKE: Da liegt mein Pfand – heb's auf!
Ich will nicht solchen Schutz. Und jedes Recht, das
Herkunft von Königen verleiht – es schlummre –
Bis Gott im Kampf uns beiden Urteil sprach!
NORFOLK: Ich nehm' es auf, und *bin* ich ein Verräter,
So möge Gott –
KÖNIG RICHARD: Ich höre arge Worte:
„Verräter", „Schurke", „Feigling" und ein Handschuh
Saust durch die Luft – laßt endlich, werter Vetter,
Mich wissen, Thomas Mowbrays Schuld.
BOLINGBROKE: So hört und –
Für jedes Wort setz' ich mein Leben ein.
Zuerst: Wo kamen hin denn die achttausend
Gold-Rosenobels, womit in Calais
Die Söldner er bezahlen sollte? Man hat
Nichts mehr davon gehört! Als Zweites: *Was* an
Verrat und Ränken es seit achtzehn Jahren
In England gab – von *ihm* war's ausgeheckt!
Zum dritten: König! Blut von unserem Blut –
Blut der Plantagenet – schuldlos vergossen,
Schreit ungerächt – noch immer auf zum Himmel!
Mowbray ist Schuld an Herzog Glosters Tod!
Von ihm ging's aus, und – sehr gern gläubige Seelen
Hat er vermocht an Glosters Schuld zu glauben.
Ich kann beweisen, daß –
KÖNIG RICHARD: *jäh einfallend* Nun, Herzog Norfolk,
Wollt Ihr nicht Antwort geben –
NORFOLK: Wendet Euch,
Mein König, ab – es fließt durch ihn wie Euch
Desselben königlichen Ahnherrn Blut.
Und daß ich dies in ihm – trotz allem – nicht

Doch ehre – wird, so fürcht' ich, Euch –
KÖNIG RICHARD: Nein, nein –
Das fürchte nicht! Du weißt doch, Thomas Mowbray,
Des Königs Aug' und Ohr ist unparteiisch!
Wär' er mein Bruder – ja, des Thrones Erbe –
Was er durchaus nicht ist, da er nur Sohn ist
Von einem der vier Brüder meines Vaters –
Auch denn – ich schwör's bei meinem Zepter – sollte
Es ihn nicht schützen, daß sein Blut ein wenig
Benachbart unserm heiligen Blut entsprang.
Heinrich Hereford ist *so* uns Untertan,
Wie Thomas Mowbray – du. Sprich ohne Scheu!
NORFOLK. Dann, Bolingbroke, stoß ich all deine Lügen
Dir durch den Hals hinab – ins falsche Herz!
Dreiviertel des Empfangenen zahlt' ich an die
Besatzung von Calais. Den Rest behielt ich,
Mit Eurer Majestät Erlaubnis, zum
Begleich für Summen, die ich vorgestreckt,
Als ich aus Frankreich die erlauchte Königin
Nach England brachte. – Dies, die Antwort auf
Die erste Lüge! – Nun zu Glosters Tod:
Nicht *ich* schlug ihn – Doch daß ich's *nicht* tat, war
Vielleicht Verletzung einer heiligen Pflicht!
– Was Euch betrifft, mein edler Herr von Lancaster,
Sehr ehrenwerter Vater eines – meines Feindes –
Wahr ist's: Ich *habe* Eurem Leben heimlich
– Doch ist dies lang her – nachgestellt. *Die* Sünde
Gesteh' ich ein! Sie brannte mich, und eh' ich
Zuletzt das Sakrament empfing, hab' ich
Gebeichtet sie, und hab' von Euer Gnaden
In aller Form, Verzeihung mir erbeten –
Und auch erhalten – hoff' ich! Dies – *nur dies*
Hab' ich verfehlt! Doch – für den Rest der Klage,

Nenn' ich dich, Heinrich Hereford, einen Lügner,
Verräter, feigen, abgefeimten Schurken!
Da *hast* du deine Titel – da,
Er wirft ihm den Handschuh hin
                              den Handschuh –
Hebt's mit einander auf! – Und dich, mein gnäd'ger König
Dich fleh' ich an – setz' bald ihn an, den Tag –
Ich fürcht' ihn nicht – wo zwischen mir und dem dort –
Der Herr da droben richten mag!
KÖNIG RICHARD:
Ihr wutentbrannten Herren – kuriert Euch mit
*Un*blutiger Kur die Galle! Dies Rezept
Verschreiben wir Euch – sind wir gleich kein Bader:
Vergebt, vergeßt, vertragt Euch, gleicht Euch aus –
Der Doktor sagt:
In diesem Monat *läßt* man nicht zur Ader!
zu Gaunt gewendet
Mein guter Ohm – hier hub es an, helft mir,
Gleich hier es wieder zu beendigen:
Setzt Ihr nur Eurem Sohn den Kopf zurecht –
Thomas Mowbray – will *ich* schon bändigen!
GAUNT: Ich bin ein Greis. Ein Greis soll Frieden stiften.
Mein Sohn – wirf hin des Herzog Norfolks Pfand!
KÖNIG RICHARD: Und Ihr, Norfolk, das seine!
GAUNT: Nun? – *Nun?*
– Gehorchend meinem König, *bitt'* ich dich!
Er legt die Hand auf Bolingbrokes Schulter. Gedämpft, ein-
dringlich, mit seinem Blick den seines Sohnes suchend
Mein Heinz! – Laß' mich nicht zweimal bitten!
KÖNIG RICHARD:
mit gerunzelten Brauen, gedämpft, eindringlich
Wir – bitten! – Gibt's da Zögern noch? – Norfolk,
Wirf's hin!

NORFOLK: *auf den Knien*
              Mich werf' ich, Herr, vor deine Füße hin!
Schick in den *Tod* mich – nur in *Schande* nicht!
Der Name meiner Väter, die dir dienten,
Soll fleckenlos auf meinem Grabstein stehn!
Willst du Entehrte denn noch zu Vasallen?!
Und ich – *ward* hier entehrt, geschmäht, besudelt –
Und *Blut* nur, wäscht –
KÖNIG RICHARD: *ungeduldig, auffahrend*
                    Genug jetzt – Mowbray!
zu Bolingbroke gedämpft, rasch
Macht *Ihr* den Anfang, Vetter – werft sein Pfand hin!
BOLINGBROKE: *auffahrend, aber nicht Haltung verlierend;
rasch, stark, nicht schreiend*
Gott wende von mir solch abgründige Sünde!
Wich' ich vor dem dort – könnt' ich meinem Vater
Noch in die Augen sehn?! Die Schmach hinab
Zu würgen, tun, als wäre nichts geschehn –
Das *dürft* Ihr mir, mein König, nicht befehlen!
KÖNIG RICHARD: *Geboren* ward ich, zu *befehlen* – nicht
Zu *bitten!* – Doch ein alter Spruch besagt:
„Erzwungene Lieb' tut Gott im Himmel leid!" –
So tragt die Sache aus. Zu Coventry,
Auf Sankt Lambertus' Tag! – Lord Mareschall!
Die Wappenherolde bestellt – und auch –
Was solche feierliche Tagung sonst erheischt –
Sorgt, daß es sei, nach Recht und Fug und Brauch!

I. Akt, 3. Szene

Gosford Aue bei Coventry
KÖNIG RICHARD, LORD MARSCHALL, NORFOLK, BOLINGBROKE,
GAUNT, Herolde

KÖNIG RICHARD: Lord Mareschall, befragt den Ritter dort,
Warum er herkommt. Warum so in Waffen.
Wie er sich nennt. Und nehmt den Eid ihm ab,
Daß er in Wahrheit glaubt, er sei im Recht!
LORD MARSCHALL: Im Namen Gottes und des Königs! Sag:
Wie nennst du dich? Warum kommst du hieher?
Warum so ritterlich in Wehr und Waffen?
Und gegen wen kommst du? Und was verfichst du?
Bei deiner Ritterschaft und deinem Eid
Die Wahrheit sprich – willst du, daß Gott dich schütze!
NORFOLK: Ich heiße Thomas Mowbray, Herzog Norfolk!
Ich komme her – getreu geschworenem Eid.
Und daß ich Gott, dem König, und dem Haus
Des Königs Treue hielt und halte – will ich
Verfechten wider Herzog Hereford, der
Mich anklagt! Gottes Gnade und mein Arm
Erweisen Herzog Hereford als Verräter
An Gott – dem König – und an mir! Gott schütze
Mich also, wie dies lautre Wahrheit ist!
KÖNIG RICHARD:
Lord Mareschall! Befragt den andern Ritter
Warum er herkommt. Warum so in Waffen.
Wie er sich nennt. Und nehmt den Eid ihm ab,
Daß er auch wahrhaft glaubt, er sei im Recht.
LORD MARSCHALL: Im Namen Gottes und des Königs! Sag:
Wie nennst du dich? Warum kommst du hieher?
Warum so ritterlich in Wehr und Waffen?
Und gegen wen kommst du? Und was verfichst du?

Bei deiner Ritterschaft und deinem Eid
Die Wahrheit sprich – willst du, daß Gott dich schütze!
BOLINGBROKE: Heinrich von Hereford, Lancaster und Derby
Bin ich!
         Mit Gottes Gnade und mit meiner Kraft
Will ich verfechten hier, daß Thomas Mowbray,
Herzog von Norfolk, ein Verräter ist
An Gott – dem König – wie an mir! Mag Gott
Mich schützen – wie dies lautre Wahrheit ist!
Trompetenstoß
LORD MARSCHALL:
Bei Todesstrafe: Niemand unterfange sich,
Die Schranken zu berühren. Ausgenommen: Ich,
Lord Mareschall, die Herolde und Ordner!
BOLINGBROKE: Lord Mareschall! Laßt meines Fürsten Hand
Mich vorher küssen noch, und niederknien
Vor Seiner Majestät! Mowbray und ich
Sind wie vor Antritt ungewisser, langer
Und schwerer Pilgerfahrt – nicht jeder kehrt zurück!
LORD MARSCHALL:
Der Kläger grüßt in Ehrfurcht und erbittet,
Zum Abschied, Eurer Hoheit Hand zu küssen.
KÖNIG RICHARD: In unsre Arme ihn zu schließen steigen
Wir selbst herab! Mein Vetter, ist das *Recht*
Mit dir – sei *mit* dir, auch das Glück! Lebt wohl
Mein Blut! Wenn's heut' aus deinen Adern bricht,
Kann ich's *beklagen – rächen* kann ich's nicht!
BOLINGBROKE: So sicher wie der Edelfalk herab,
Auf niederes Wild stößt – stoß ich heut' auf Mowbray!
zu Lord Marschall
Von Euch, mein gütiger Herr, nehm' ich nun Abschied,
zu Aumerle
Von Euch, Aumerle, edler Vetter – und –

Zuletzt – vom Teuersten: von dir – mein Vater!
Dein jugendkühner Sinn, in mir erneut,
Braust auf, wirft mich empor, den Sieg aus Lüften
Herabzureißen auf mein Haupt! Durch *dein*
Gebet mach meine Rüstung fest – *dein* Segen,
Mein Vater, härte mir das Schwert!
GAUNT: Mag Gott
Dir Glück zu deiner guten Sache geben!
Spring *an* den Feind, laß deine Hiebe hageln,
Sei Donner ihm und Blitz und Sturm in einem –
Los – *los*, du kühnes Blut, wirf ihn, und lebe!
BOLINGBROKE: Mein Recht und Sankt Georg – steh mir bei!
NORFOLK:
Wie auch mein Los – durch Gott, durch Gott – jetzt fällt,
Hier lebt, hier stirbt – treu König Richards Thron –
Ein Edelmann, rechtschaffen, ohne Falsch!
Die hier mir Freund sind – grüß' ich, lebt im Glück!
Dir, König, Dank, daß du den Kampf gewährt hast!
Erlöst, tanzt meine Seele so ihm zu,
Als ging's zu Fest und Feier! Treue wohnt
In dieser Brust – drum wohnt in ihr auch Ruh'!
KÖNIG RICHARD:
Leb wohl! Aus Eurem Aug' – ich seh' es gut –
Mowbray, strahlt Mannheit, Treue, Mut!
König Richard steigt die Stufen hinab
Lord Mareschall! Anordnen und beginnen!
LORD MARSCHALL:
Heinrich von Hereford, Lancaster und Derby,
Die Waffe nimm! – Gott gebe Sieg dem Recht!
BOLINGBROKE: *erhebt sich*
Das tue Er! Aus tiefstem Herzen: Amen!
LORD MARSCHALL:
Herold! Die Waffe bring an Thomas Mowbray,

Herzog von Norfolk!
1. HEROLD: Heinrich von Hereford, Lancaster und Derby,
Steht hier, um zu verfechten, daß Thomas
Mowbray, Herzog von Norfolk, ein Verräter
An Gott, an seinem König sei, und ihm.
Er fordert ihn heraus, mit ihm zu kämpfen!
2. HEROLD:
Thomas Mowbray, Herzog von Norfolk, steht hier,
Sich zu verteidigen, und zu verfechten,
Daß Heinrich Hereford, Lancaster und Derby
Treulos an Gott, am König sei, und ihm!
Er nimmt die Forderung an, und harrt des Zeichens!
LORD MARSCHALL:
Trompeten ruft! Beim dritten Ruf – schlagt los!
Halt, halt! Der König warf den Stab herab!
KÖNIG RICHARD: Laßt Helm und Waffen sie beiseite legen,
Zu ihren Sitzen sich zurück begeben!
Ihr Herren: zur Beratung – und Trompeten
So lang, bis unseren Beschluß wir kund tun!
Pause; Trompetenstoß
Tretet herzu! Vernehmt, was wir beschlossen:
Weil wir nicht wollen, daß des Reiches Boden
Befleckt vom Blut der eignen Söhne werde –
Weil unser königliches Auge, Anblick
Von brudermörderischen Wunden, widert –
Weil wir erkannt, daß Hoffart, Neid und Träume,
Die höher fliegen, als Euch *beiden* ziemt,
Euch reizten – was in unsres Landes Wiege
In süßem Kinderschlaf tief atmend ruht:
Den *Frieden*, unsern holden Frieden, aus
Dem Schlaf zu scheuchen – *weil* wir dies erkannt:
Verbannen wir aus unserm Land – Euch *beide*!
Vetter Hereford! Eh' nicht zehnmal der Sommer

Die Früchte unsres schönen Reiches reift,
Ist Rückkehr Euch versagt – bei *Todesstrafe*!
Zehn Jahre müßt Ihr ferne, in der Fremde
Einsame Wege der Verbannung wandeln!
BOLINGBROKE: Ich füge mich dem Willen meines Königs!
GAUNT: Die Sonne scheint der Fremde, wie der Heimat!
KÖNIG RICHARD: Norfolk! *Norfolk tritt nahe*
Dich trifft ein härtres Los! Wie schwer's uns fällt –
Den hoffnungslosen Spruch: „Nie wiederkehren
Bei Todesstrafe" – sprech' ich über dich!
NORFOLK:
Mein König – Lohn hab' ich verdient – nicht *Leid*!
„Nie wiederkehren"! Herr – *ermeßt* das Wort!
Mit vierzig Jahren, Herr, bin ich zu alt
Zu lernen, fremde Worte nachzulallen!
Ihr bannt mich nicht bloß aus der Heimat – Herr –
Ihr stoßt aus aller freundlichen Gemeinschaft
Mich aus! Ein liebes Wort, das man dem armen
Verbannten in der Fremde schenkt – versteht er's denn?!
Und klagt er – ach – wer *horcht* dem fremden Stammler!
Stumm, taub, als Bettler, jagt Ihr mich hinaus –
„Nie wiederkehren"! Nehmt das Wort zurück!
Mein König – bannt mich lange – lange – aber sprecht:
„Bist du am Sterben – komm – stirb in der Heimat!"
KÖNIG RICHARD: Wir fühlen tiefes Mitleid – doch versuch,
Uns umzustimmen, nicht. Nur ungern sprachen
Dies Urteil wir – doch *gilt* des Königs Spruch!
NORFOLK. *senkt den Kopf; dann hebt er ihn, alles mit einem*
Blicke umfassend, leise
Heimat – leb wohl!
KÖNIG RICHARD: Halt – Norfolk, bleibt noch!
zum Marschall   Mein Schwert!
Man bringt es

Norfolk und Vetter Hereford – eh' Ihr geht,
Legt Eure Hände hier auf meines Schwertes
Kreuzgriff – und schwört, bei allem, was Euch heilig,
Den Eid zu halten, den wir von Euch fordern:
Niemals – so Gott Euch helfe – sollt Ihr in der
Verbannung zur Versöhnung Euch umarmen!
Niemals einander grüßen – mehr noch, *niemals*
Einander auch nur in die Augen sehen –
Niemals Euch Botschaft – schriftlich, mündlich – senden!
Nie über Eures Hasses Grab die Hände
Einander reichen, bösen Anschlag aus-
Zusinnen wider mich – mein Volk – mein Land!
Schwört Ihr mir das?!
BOLINGBROKE: Ich schwöre es!
NORFOLK: Und ich auch!
Er wendet sich zum Gehen
BOLINGBROKE:
Norfolk – bist du mein Feind auch – denke, daß du
Für *immer* gehst – dein Weg ist weit – nimm *nicht*
Die schwere Last der Lüge mit – *bekenne*
Deinen Verrat!
NORFOLK: Nein, Bolingbroke, war je ich ein Verräter,
Mag – wie mein Leib aus diesem Land – die Seele
Verbannt einst aus dem Himmel sein, für immer!
Nein – ich bin kein Verräter – doch was *du* bist –
Heinrich von Hereford, Lancaster und Derby –
Weißt *du* sehr wohl, weiß *ich*, weiß Gott – zu *bald* nur
Mein König – fürcht' ich – wirst auch *du* es wissen!
KÖNIG RICHARD: Oheim, aus deinen Augen blickt mich ein
So tief bekümmert Herz an – nun so seien
Vier Jahre von den zehn hinweggenommen!
Sechs eisige Winter nur währt Euer Bann –
Dann, Vetter, seid mir wieder hier willkommen!

BOLINGBROKE:
Welch *Wunder* wirkt ein König doch! Es braucht
Sein Atem nur ein Wort zu wehen – *schon* sind
Vier Sommer, Herbste, Winter, Lenze – weggehaucht!
GAUNT: Gedankt sei dir, mein Fürst, daß uns zulieb,
Vier Jahre dieses Banns du tilgst – gedankt
Für meinen *Sohn – mir, Altem* hilft es nicht!
Denn eh' sechs Jahre sich vollenden, lischt
In eisige Nacht dies kärglich flackernd Licht!
KÖNIG RICHARD:
Ei, Oheim – wie du dastehst: aufrecht, rüstig –
Geb' ich dir noch so manches Jahr zu leben!
GAUNT: *Nehmen* – mein König – kannst du Jahre mir –
Doch keine einzige *Sekunde* geben!
Ja – *kürzen kannst* du meine Tage mir mit Sorgen,
Und Nächte rauben – *ja*! Doch keinen Morgen
Mir leihen. Helfen kannst du, Furchen ziehen
Der Zeit – *das kannst* du, ja –
KÖNIG RICHARD: Was *willst* du, Oheim?
Berieten wir nicht reiflich? Stimmtest nicht
Du selbst dem Urteil bei?
GAUNT: Verfluchtes Prahlen war es, Euch zu zeigen, wie ich
Dem eignen Sohn ein ungerührter Richter sei!
„*Ja*", sagt' ich Eurem Spruch und sah dabei Euch an,
Ob keiner von Euch riefe: „Tu's nicht, alter Mann,
Dein Restchen Leben bannst du fort mit deinem Sohn!"
Ihr schweigt –
sich die Brust schlagend
                    Nun zahlst du, altes, eitles Herz, den Lohn!
KÖNIG RICHARD:
Vetter, lebt wohl – nehmt Abschied, Ohm, auch Ihr!
Geht – und sechs Jahre bleibt gebannt von hier!

*König Richard und Gefolge ab. Der Türsteher gibt ein Zeichen.
Draußen der Königsruf der Trompeten und Trommelwirbel, die
während des Folgenden bis zum Schlusse, immer ferner ver-
klingend, weitergegeben werden.*
BOLINGBROKE:
dem König nachblickend; vor sich hin leise
Verbannt!
GAUNT: „Verbannt!" Ein *Wort*! Ein jedes Ding
Wird schließlich das, wofür man's hält!
Sag *so*: der *König* ward gebannt in Englands Grenzen –
Und du darfst wandern, frei in alle Welt!
Sag: Dunst aus Mooren, Nieseln, Nebelgrauen
Verleiden Englands Luft dir, und zu blauen
Besonnten Himmeln, Meeren zieht dich's hin!
Wie du's benennst – gib deinem Schicksal Sinn!
Komm, Sohn – ich selber will den Weg dir weisen!
So jung wie du – wie *froh* wär' ich zu reisen!
BOLINGBROKE: *den Kopf leicht schüttelnd, gedämpft*
Was dunkel, wird nicht hell – nennst du's auch „Licht"!
Benennst den Frost du: „Hitze" – friert dich's nicht?
Doch mag auch, frostig, freundlos, Fremde drohn –
Was *in* mir glüht, *bleibt* Glut – in aller Fremde
Bleib' ich, mein Vater, *dein* – bleib' *Englands* Sohn!

III. Akt, 2. Szene

*Die Küste von Wales. Ein Schloß im Prospekt.
Trompetenstoß und Kriegsmusik.* KÖNIG RICHARD, DER BI-
SCHOF VON CARLISLE, *und* AUMERLE *treten auf mit Truppen.*

KÖNIG RICHARD:
Barkloughly Schloß nennt Ihr das, was dort herblickt?
AUMERLE. Ja, gnädiger Herr! Wie mutet Euch, nach all dem

Durchrütteltwerden in der Brandung, nun
Die Luft des Landes an?
KÖNIG RICHARD: *tief Atem holend*
Gut! – Muß ich nicht beglückt sie in mich trinken,
Luft meines Landes, drauf ich *endlich* stehe!
Wie eine Mutter, lang vom Kind getrennt,
Wenn sie es sieht, es faßt, und unter Tränen
Und Lächeln mit ihm spielt – so, lächelnd, weinend,
Teuere Erde, faß' ich, grüß' ich dich –
Dein König streichelt dich mit seinen Händen.
Rebellen wider Seine Majestät sie schlagen
Mit ihrer Rosse Hufen, wund dich – Erde!
Gib ihnen Nahrung nicht! In dich zurück
Reiß du den Quell, der labt, Gift schleudre du
Aus deinen Klüften: Kröten, Spinnen, Nattern,
Gezücht, das toll, mit Biß und Stich und Speien
Tödlich nach ihren Fernen fährt!
Lacht *nicht* – meint nicht, daß Taubes ich beschwöre!
Die Erde *hört*, sie *fühlt*, *kennt* ihren Herren!
Und Stein und Fels hier, schafft sie eher um,
Zu erznen Kriegern, eh' sie's duldet, daß
Empörung ruchlos ihr den eingeborenen,
Den gottgewollten König niedertritt!
CARLISLE: Getrost! Die Macht, die Euch zum König setzte,
Ist Macht genug, als König Euch zu halten.
Doch – daß der *Himmel* will, enthebt uns nicht,
Selbst, auch zu wollen, und –
AUMERLE: Er meint, mein Fürst,
Wir sind zu lässig, unser Zögern stärkt
Mit jedem Tage Bolingbroke!
KÖNIG RICHARD: *die Hand auf Aumerles Schulter; lächelnd,*
überlegen, leise anhebend
Vetter, voll Kleinmut! Sieh, die Sonne dort –

Wenn sie – wie jetzt – zum untern Erden-Halb
Hinabsteigt, Antipoden dort zu leuchten –
Dann schweifen hier, gedeckt vom Dunkel, Diebe
Und Räuber, blutig frevelnd, frech umher!
Doch steigt sie erst, die Wipfel glühend, dort
Im Ost empor – dann reißt ihr Strahl den Mantel
Der Nacht herab von schuldigen Schultern, und
Verrat, Mord, Sünde stehen nackt und schaudernd!
So – nur, weil ferne *andern* wir geleuchtet,
Hat feig im Dunkel hier ein *Bolingbroke*
Gewagt zu brüsten sich! Steig' *ich* erst auf
Im Ost – erträgt er meines Auges Strahl nicht!
Erröten wird er schamerfüllt, erschaudern
Vor dem, was er gewagt! Ein *Gegenkönig*?!
Nicht Sturm und Sturzflut wilder Meere spült
Den Balsam von gesalbter Königsstirn!
Irdischer Odem setzt nicht ab, wen *Gott* zum
Statthalter, hier auf Erden, sich geweiht!
Für *jeden* Mann, den Bolingbroke sich preßt,
Hat Gott für seinen Richard einen Engel
Im Himmelssold! Irdisches Schwert zerspellt
Am Flammenschild, das vor mich hin, ein Cherub
Leuchtend in Gottes Glorie, schirmend hält!
Salisbury tritt auf
König Richard ihn froh zuversichtlich grüßend
Willkommen Salisbury, wie weit von hier
Steht Euer Heer?
SALISBURY: *ernst, kurz, gedämpft anhebend, rasch*
                Nicht weiter und nicht näher –
Als ich *hier* steh'. Mein gnädiger Herr, was kamt
Ihr *gestern* nicht! Dies „*Gestern*" ruft zurück –
Und *zwanzigtausend* stehen hier! Zu spät –
Um *einen* armen Tag nur – und der eine

Wölkt alle Eure künftigen Erdentage,
Schwarz, unheilträchtig, ein! Herr – Tag um Tag
Verhieß ich Euer Kommen den Walisern!
Bis gestern ging's – da hieß es, Ihr wäret tot –
Aus war's! Kein Halten mehr! Zu Bolingbroke!
AUMERLE:
nahe an den König herantretend; nur zu ihm, gedämpft
Mut, Mut, mein Fürst! Ihr seid ja totenbleich!
KÖNIG RICHARD: *mit geschlossenen Augen,*
gedämpft, leise, die Lippen kaum bewegend
Noch eben prangte in den Wangen hier
Von Zwanzigtausenden das Blut – nun ist es
Mit ihnen – fort! Ich darf wohl blaß sein!
zu den andern, ohne umzusehen, noch immer gedämpft
                                        Geht!

Bringt Euch in Sicherheit – laßt mich allein –
für sich
Was jetzt mir hier geschah – brennt mir – dem Stolzen –
Ich fühl' es – tief das Todeszeichen ein!
AUMERLE:
noch näher am König, sich zu ihm neigend, gedämpft
Mut, Mut, mein Fürst! Vergeßt nicht, wer Ihr seid!
KÖNIG RICHARD *mit einem Versuch, sich aufzurichten:*
Ja – ich vergaß!
mit einer Geste, als wische er den Schlaf sich aus den Augen;
noch immer gedämpft
                    Auf – träge Majestät!
Wach auf – du schliefst! Bin ich nicht König? Wiegt nicht
Des Königs Namen vierzigtausend andre
Gleichgültige auf?!
sich Mut zusprechend, rascher
                    Was ist denn viel geschehen?
Ein ein-zi-ger armseliger Untertan

Hebt wider meine Herrlichkeit die Hand!
zu den andern, mit wiedergewonnener Zuversicht, rasch
Blickt auf! Hat Eures Königs Gunst so *hoch* Euch
Gestellt – so habt auch *hohen* königlichen Mut!
Das Heer allein, das unter Oheim York steht,
Reicht aus, um –
*Von rechts stürmt keuchend Sir Stephen Scroop. Er beugt vor
dem König das Knie. Der König winkt ihm aufzustehen. Das
Folgende in atemloser Hast*
    Stephen Scroop, was *ist* denn?!
SCROOP *nach Atem ringend:*   Herr –
Mehr Heil und Glück Euch, als –
KÖNIG RICHARD *drängend:* So rede!
SCROOP: – *ich* heut'
Euch –
KÖNIG RICHARD *ihn anherrschend:*
  Ohne Umschweif!
SCROOP: Herr, ich wag' nicht –
KÖNIG RICHARD *aufstampfend:*   *Rede!*
rasch, stark, knapp, entschlossen
Mein Ohr ist offen und mein Herz gefaßt!
Nur *weltlichen* Verlust kannst du mir melden!
Sag – ist mein Reich hin? Nun – *nur Sorge* war mir's.
Verlust nicht nenn' ich – sorgen*frei* zu sein!
Ringt Bolingbroke, so groß zu sein als wir? –
Sei er's! Doch *größer* nicht! Nur Gottes Diener
Sind wir! Dient er Gott *auch* – so sind wir gleich!
Empört mein Volk sich?
achselzuckend   *Das* – kann ich nicht ändern!
Sie brechen *Gott* die Treue – so wie mir!
Sprich, sprich! wie unheilvoll es lauten mag –
Unwiderruflich ist *nur* Tod – und *mir* –
Ich weiß – brach noch nicht an mein letzter Tag!

SCROOP *ein wenig ruhiger:*
Wie gut, daß Ihr gefaßt seid! Gnädiger Herr:
Ein *Wahnsinns*wind fegt über Euer Land,
Und wirbelt alles hin zu Bolingbroke!
Greise verjüngt es, Ihre kahlen Schädel
Zu helmen wider dich – und *wider dich,*
Mein König, gürten noch unreife Knaben
Mit schweren Panzern ihre Mädchenlenden!
Des Palasts Bettler, Volk, von je entlohnt,
Für dich zu *beten – gegen* dich gespannt
Sind ihre eibenen Bogen! Weiber reißt es
Von Herd und Spinnrad weg! Gelösten Haares!
Medusenhäuptig, heißer jauchzend, schütteln
Sie rostige Piken gegen dich! *Alles –*
Mein König – *gegen* dich! Es steht viel schlechter
Als ich es sagen kann –
KÖNIG RICHARD: Zu *gut* kannst du's!
Zu *gut* sagst du so Böses! *drängend* Aber Scroop,
Wo ist der Graf von *Wiltshire*? Wo ist *Bagot*?
Was ward aus *Bushy*? Wo blieb *Green*? Wie *konnten*
Sie meinen Todfeind denn, so ungestört, sich
Ausbreiten lassen in des Reichs Gemarken?
Gewinnen wir – *bezahlt* es uns ihr Kopf!
Sie haben Frieden wohl mit ihm gemacht?!
SCROOP *nickend, gedämpft, gesenkten Blickes:*
Sie *haben* Frieden wohl –
KÖNIG RICHARD *wild aufschreiend:*
Hundspack! das feig vor jedem wedelt! Nattern,
Gewärmt an meines Herzens Blut? *Stecht* Ihr
Mir nun ins Herz!? *Drei* Judasse, und jeder
Dreifach ein Judas!
bitter auflachend Frieden haben sie
Mit ihm gemacht!

die geballte Faust schüttelnd
                    Verfluchte Brut –
SCROOP *einfallend*:   Mein König
Flucht ihnen nicht! Sie haben Frieden – dort,
Wo einzig Friede *ist* – in kühler Erde!
Aumerle, Carlisle, Salisbury auffahrend, einen Augenblick es
nicht fassend, dann schreiend
AUMERLE *faßt Scroop an den Schultern und schüttelt ihn in*
furchtbarer Erregung:
Wie? Bushy – ?
SCROOP: Tot!
CARLISLE: Der Graf von Wiltshire – ?
SCROOP: Tot!
SALISBURY: Green – ?
SCROOP: Tot! – Zu Bristol hat man sie enthauptet! – *Alle!*
Es ist still, alle haben das Haupt entblößt
AUMERLE *gesenkten Hauptes vor sich hin, leise, gedämpft*:
Nun ist mein Vater York die letzte Hoffnung!
Wo *bleibt* er?
KÖNIG RICHARD *vor sich hinstarrend, leise, gedämpft, müde*
abwehrend:
            Gleichviel wo! – Jetzt *nichts* von „Hoffnung"!
Von Gräbern sprecht, von Würmern, von Verwesung!
Land, Leben, alles hat jetzt Bolingbroke!
Uns bleibt nur Tod und nur das Häufchen Erde,
Das unser Leib – der drin verwest – bedeckt.
Er setzt sich
Um Himmels Willen, laßt uns niedersitzen,
Im Dunkel gruseln uns an Schauermären,
Wie Könige sterben: – *die* vom Feind erschlagen
Und *die*, entthront, – und *die* in Tod und Wahnsinn
Gehetzt von Geistern der Entthronten – *die*
Vergiftet von der eigenen Frau – und *die*

Erwürgt im Schlaf – *ermordet*, alle – *alle*!
Denn im gewölbten Kronenrund, das golden
Sterbliche Schläfen eines Königs zirkt,
Hält seinen Hof – der Tod! Da sitzt er, bleckt
Die weißen Zähne wie ein Schalksnarr, höhnt,
Begrinst all unsern Pomp, läßt auf der Bühne
Uns einen Atem lang den König mimen,
Herr über Tod und Leben prahlend sein,
Bläst uns mit Hoffart eitlem Dünkel auf –
Als wär' dies Fleisch, drin unser Leben haust,
Un-ein-nehm-bare Burg – gebaut für ewig –
Und *hat* er uns so weit – kommt er zuletzt
Und bohrt mit einer kleinen spitzen Nadel
Den Burgwall an – und – König, gute Nacht!
Bedeckt die Häupter! Höhnt hinfällig Fleisch nicht!
Laßt feierlichen Gruß, gebeugte Nacken –
Kniet *nicht* im Staub – tut Ehrfurcht von Euch ab!
Verkannt habt Ihr mich ja durch all die Zeit!
Wie Ihr, leb' ich von Brot – fühl' Schmerz wie Ihr,
Bedarf der Freunde – einsam – so wie Ihr!
In Angst und irrend, keiner Sünde frei,
Jedweder irdischen Notdurft untertan – wie *könnt*
Ihr sagen noch, daß ich ein „König" sei!
CARLISLE: Wer weise ist, mein König, jammert nicht
Um Unheil, das ihn traf – *künftigem* beugt
Er vor. Furcht ist das Schlimmste, denn sie schlägt uns
Zu Boden, eh' der Feind uns niederschlug!
AUMERLE: Euch blieb doch meines Vaters Heer, als Kern!
Um ihn herum baut Eure Macht von Neuem!
Ihn frugt ja Scroop noch gar nicht, wo mein –
KÖNIG RICHARD: Ja!
Recht habt Ihr – Recht! Ein Fieberschauer war's nur,
Der mich durchschüttelte – er ist vorbei!

Sprich, Scroop, wo blieb mit seinem Heer mein Oheim?
Nun? Nun? Blickt nicht so mutlos drein –
SCROOP: Mein König!
Das Ärgste hielt ich noch zurück – nun muß
Auch dies heraus: – Sein ganzes Heer hat York
Vereint mit Bolingbroke. All Eure Burgen
Im Norden sind in seiner Hand – im Süden
Steht Euer ganzer Adel gegen Euch!
KÖNIG RICHARD: *aufschreiend* Genug!
Nun, Bischof! Vetter, nun! Was sagt Ihr jetzt?
Hab' ich zu früh verzweifelt? Wie? Wollt Ihr
Mit Hiobspost und Trostwort im Wechsel,
Von Hoffnung zu Verzweiflung, immer wieder
Hinauf – herab, mich wippen?! – Nichts von Trost mehr!
Nach Flint Burg will ich, dort schließ ich mich ein
Mit meinem Leid. – Dankt meine Truppen ab!
Und Ihr –
AUMERLE: Mein König, nur ein Wort noch –
KÖNIG RICHARD: *stark* *Nein*!
Nicht Worte jetzt! Schweigend verlaßt mich! Jeder –
Ich geb' Euch alle frei – tu was er mag!
Die Sonne sank – um uns ward Nacht! Euch lockt es
Ja doch zu Bolingbroke – Um *ihn* ist leuchtend Tag!

Die „Faust"-Aufführung im Burgtheater

Im Jahre 1903 wurde ich aufgefordert, den 1. und 2. Teil des „Faust" zu einer Aufführung zu bearbeiten. Ich habe mich an diese Arbeit nicht gemacht, und erst als man es nicht mehr von mir verlangte, habe ich aus Liebe zum „Faust" die Arbeit freiwillig gemacht. Ich habe festgestellt, daß in 50 Jahren der 1. Teil 234, der 2. Teil bloß 37 mal aufgeführt wurde. Dabei ist der 1. Teil durch die vielen Aufführungen und durch die Behandlung in der Literatur schon so bekannt, daß er lange nicht so zauberhaft wirken kann wie der 2. Teil, der geradezu als noch jungfräulich bezeichnet werden kann. Beide Teile zusammen haben 12.000 Verse. Würde man beide Teile im schnellsten Tempo aufführen, so würde die Vorstellung ohne Pausen 23 Stunden dauern. Schlenther hat im Jahre 1907 den 2. Teil aufgeführt und so zusammengestrichen, daß nur 2451 Verse übriggeblieben sind. Ich bin bei der Bearbeitung so vorgegangen, daß ich trachtete, das Leben des Faust vollständig zu erhalten, denn es handelt sich ja um die Wette zwischen Gott und dem Teufel. Dieses Leben kann man nur als einheitliches Ganzes darstellen. Goethe selbst hat sich über Kürzungen bei Shakespeare so ausgesprochen: „Es ist schlecht, Shakespeare Wort für Wort aufzuführen, wenn Schauspieler und Zuschauer sich daran nicht erwürgen sollen. Man muß den Leser vom Zuschauer trennen."

Die Ziele meiner „Faust"-Inszenierung

„Faust", zweiter Teil, das Stiefkind des Theaters

Wenn man mich fragt, welche Beweggründe mich zu der Neubearbeitung der beiden Teile des „Faust", die heute im Burgtheater zur Erstaufführung gelangt, veranlaßt haben, so habe ich mich in keiner Beziehung an bestimmte Grundsätze gehalten. In erster Linie war es nur die große Liebe zu dieser Dichtung, die mich für diese Idee begeistert hat. Man ist in früheren Jahren oft an mich herangetreten, eine derartige Neuinszenierung vorzunehmen, ich habe es aber, da ich ein Feind von Verpflichtungen bin, immer abgelehnt. Nun, da ich die Arbeit freiwillig übernommen habe, konnte ich sie mit Begeisterung ausführen.

Es war nämlich von jeher mein Schmerz gewesen, daß sich die Bühne so selten an den zweiten Teil des „Faust" herangewagt hat, was am besten durch die Tatsache illustriert wird, daß dieser Teil der „Faust"-Tragödie im Burgtheater in den letzten fünfzig Jahren nur siebenunddreißigmal gespielt wurde, während der erste Teil 234 Aufführungen erlebte. Daß der zweite Teil, dessen zauberhafte Schönheiten ich besonders schätze und der mir erschütternder erscheint als der erste Teil, ein Stiefkind des Theaters geblieben ist, hat seinen Grund darin, daß der erste Teil, der die Tragödie Gretchens enthält, dem Publikum so oft vorgeführt wurde, daß es in ihm das eigentliche Faust-Drama erblickt, während doch Gretchen eigentlich, wie die Helena im zweiten Teil, nur eine Episode ist. Der zweite Teil, in den der alternde Goethe alles aufgenommen hat, was ihm in den letzten Jahrzehnten seines Lebens an großen Gedanken und Erkenntnissen zuteil geworden ist, überstrahlt nach meiner Meinung unleugbar den ersten Teil. Mein Versuch ging nun dahin, das Nervengeflecht des zweiten Teiles bloßzulegen, der freilich nie ohne den ersten Teil gespielt werden sollte, da die ganze „Faust"-Tragödie, die zwischen zwei Himmel, den des alten und den des neuen Testaments gespannt ist, nur in ihrer Gesamtheit das Leben des Dr. Faust darstellt.

Es war freilich unmöglich, beide Teile des „Faust", die nicht weniger als ungefähr 12.000 Verse umfassen, vollständig aufzuführen, da dies nach dem üblichen Zeitmaß der Bühne eine Vorstellungsdauer von dreiundzwanzig Stunden erfordert hätte. Ich mußte mich also zu umfassenden Strichen bequemen, worin ich übrigens nur den Intentionen Goethes folgte, der mehr als einmal erklärt hat, daß auch Shakespeare beim Publikum nicht in seinem vollen Umfang geboten werden dürfte, und der auch in der Weimarer Aufführung seines ersten Teiles, nicht nur den „Prolog im Himmel", sondern auch die Szenen „Lieschen am Brunnen" und „Gretchen am Spinnrad" gestrichen hatte. Auch bei der letzten Inszenierung des „Faust", zweiter Teil, am Burgtheater durch Schlenther waren von 7498 Versen nur 2751 stehen geblieben. Ich habe mich bei der Vornahme der Striche in erster Linie von meinem Instinkt leiten lassen, der das Hauptgewicht auf die Fortentwicklung der Handlung legte. Von den beiden Teilen habe ich am meisten den ersten Teil des „Faust" geschont, weil ich die Mentalität des großen Publikums in Rechnung ziehen mußte, das alle jene Szenen vermißt hätte, in denen zu Zitaten gewordene Verse vorkommen. Ich bin überzeugt, daß man mir wegen verschiedener Striche heftige Vorwürfe machen wird, kann mich aber nur damit verantworten, daß ich meine Bearbeitung nach dem besten Willen und nur von der Liebe zum Werke geleitet vorgenommen habe.

REISE-AUFZEICHNUNGEN

Italienische Reise-Aufzeichnungen aus dem Jahre 1894

Bormio, 14. September [1894] Freitag
Seit Mittwoch von Ischl weg. Mittwoch abends Innsbruck. Donnerstag früh nach Landeck. Auf der Fahrt bei der Martinswand vorbei. Stark ergriffen von der lebhaften Vorstellung: Kaiser Maximilian am Abgrund hängend, bei vollem Bewußtsein Tod vor Augen – unten im Tal die schwarze Menge der Dorfleute von Zirl, und mitten unter ihnen der Priester mit der hocherhobenen goldenen Monstranz dem Todgeweihten die Absolution erteilend. Zu schreiben – Was denkt man in solchen Momenten? Klares Bewußtsein? Angst? Vielleicht Stumpfheit?

Drei Norddeutsche im Wagen, A. v. U. auf dem Gepäck. Vater, Mutter, siebzehnjähriger Sohn. Widerlich. Der Vater kauft die „Münchner Allgemeine", und als erstes liest er den detaillierten Manöverbericht vor. Mutter und Sohn neigen sich zu ihm und lauschen. Später envahieren noch Norddeutsche – kleine Gewerbetreibende – den Aussichtswagen.

Von Landeck Donnerstag Mittag mit der Post weg. Allein im Wagen. „Geistlicher Herr" wird vom Kondukteur vor Prutz zum Einsteigen aufgefordert, fühlt sich verpflichtet mit mir zu reden. Vintschgauer, Koperator, 27 Jahre alt, italienischer Typus, spricht ein schwerverständliches Deutsch. Kennt von der Welt Meran und Innsbruck. Spricht wie ein Kind. Geringere Intelligenz als ein Wiener Gassenjunge, stark inferior unserem Kondukteur (Postbeamter aus Innsbruck) der 14 Jahre gedient hat – bei Kaiserjägern. Koperator sitzt in einem kleinen Nest von vielleicht 200 – höchstens – Einwohnern, hat zwei Schulen im Winter. Drei Koperatoren in der Gegend. Jeder eine „Dorf-" und eine „Bergschule", anstrengend, mit Steigeisen zum Unterricht. – *Seelen*hirt?

Abends in Mals. Übernachten. Freitag früh nach Trafoi. Franzenshöhe. Stilfserjoch, Bormio – jetzt abends um halb sieben angekommen mit der Post. Stilfserjoch läßt mich kalt. Herrlich schön die Fahrt vom Joch herunter nach Bormio. Fahrt hinauf immer nur technisch imponierend: „so steil!", „so nah am Gletscher", „so hoch der Ortler", „so viel Schnee am Weg", „so tief unten die Straße" – immer nur Schwierigkeitsgefühle; mir unangenehme Alpenlandschaft. Grüne Wälder, oben Eisfelder, Spitzen zackig, phantastisch kolossale Zuckerbäckergotik. Natur grimassiert, erschreckt einen mit Pretensionen, in den Himmel zu ragen. Eine Norddeutsche im Wagen vor uns benützt die Fahrt von der Franzenshöhe zum Stilfserjoch um zu stricken. Aber gegen Bormio herunter! Erst Hochtal. Kahl ohne Bäume in monotonem Abfall von beiden Seiten, in der Mitte ein sickernder Bach. Graugrünes Moos, Schutthalden: Leeres Leben! Und dann kahles massiges Gebirge zu breiter, sich verengender Schlucht gedrängt, Berge wie versteinerte Gewitterwolken. Natur seriös in großen nackten Formen. Nichts Verzerrtes. Selbst die Wasserfälle des Braulio, der die Schlucht füllt, nicht alpenmäßig (auch verzerrt, unruhig, dann plötzlich ein „verschüttetes" Wasser über einen Abhang), sondern in Kaskaden, wie über Stufen, feierlich ruhig mit innerer dumpfer Erregung. Berge, bei denen man die Physiognomie sieht, zusammengezogene Stirnfalten. Schmerz um die Lippen. Keine gegen den Himmel gereckte Fratze, sondern ernstes Brüten, und über die Stirne ziehen Wolken wie Schatten schmerzlicher Gedanken. Auch keine Bäume, keine Alpenwiesen. Zweckloses Gebirge – man besteigt es auch nicht – hat keine Gletscher – nur Gebirge, das für sich da ist und nachdenkt. Zwecklos – für die anderen. Ist sich selbst zu wichtig.

In einem Dorf hinter Ried irgendwo hängt in der Wirtsstube ein altes Ölbild „Die Stadt Jerusalem". An dem Christus – geschnitzt, er hängt in der Ecke der Wirtsstube – haben sie Maiskolben zum Trocknen gehängt, von jedem Arm hängt ein leuchtender gelber Kolben herab. Ich habe einen Hausknecht gesehen, der eine Kappe aus grüngepreßtem Samt mit einer Troddel trug. Gibts das noch?

Bellagio, 16/IX 94, Sonntag Nachmittag 3 Uhr
Ich bin aus dem Boot ausgestiegen und habe den Ruderer zurückgeschickt – ich will zu Fuß nach Bellagio zurück. Er zeigt mir den Weg. Eine schmale steile Straße zwischen Gartenmauern laufend, dazwischen Treppen, die mich immer höher führen – dann bin ich oben auf der Höhe. Böllerschüsse, Lärm. Ich gehe rasch weiter, da ist eine Straße mit vielen Menschen, und alles drängt nach einer Stelle. Eine Brüstung – und eine steile steinige Treppe die zwischen Häusern schmal vom Markt heraufführt.

Oben knapp neben mir sind die Geistlichen angelangt, und hinter ihnen kriecht langsam feierlich die Prozession her. Kleine Mädchen, lichtblaue Schleier vom Haupte herabfallend mit brennenden Kerzen, und die andere Hand hält ein weißes Taschentuch fest; immer mehr und mehr, auch größere klettern herauf; dann kommen die Männer mit roten Mänteln, weißen Kapuzen, und sie beginnen zu singen; Alte und Junge mit hochroten Gesichtern und schweißglänzenden Stirnen, die über den mühselig geplagten Gesichtern leuchten. Starke tiefe feierliche Stimmen, die von unten heraufdringen, dann Weihrauchwolken, die sich heraufziehen, und Erregung in den Leuten um mich, und ganz unten auf den untersten Stufen schwankt, über den Häuptern der Menge einhergetragen, die Mutter Gottes, in dem Arm das Christuskind. Sie ist aus Holz geschnitzt und bemalt, den Baldachin tragen Engel, die ihr zulächeln. Sie selbst trägt die Krone auf dem Haupt, und die Augen hat sie verschämt gesenkt, als wäre sie, die schlichte Jungfrau, nicht wert, das Heil der Welt auf ihrem Arm zu tragen und über den

Häuptern der armen Leute, der Handwerker und Zimmermannsfrauen, über Weihrauchwolken und brennenden Kerzen, deren Glanz im hellen Sonnenlicht stirbt, dahinzuschweben. Wie die Träger über die steilen Stufen ziehen, schwankt sie ein wenig und neigt sich grüßend zu ihnen, daß die funkelnden, langen Ohrgehänge glitzernd schaukeln, aber gleich hat sie ihre Fassung wieder, und man wartet fast, daß sie mit den Händen ihr breites goldgesticktes Kleid, das wie ein Reifrock bauscht, sich zurechtstreichen werde.

Dann Frauen, ernste Gesichter mit weißen Schleiern, dann noch Kinder und dann der Schwarm der anderen Leute, die nachdrängen, und endlich eine Vereinskapelle. Sie ziehen zur Kirche. Auf dem Kirchenplatz ist alles voller Leute an den Fenstern. Aus einem Haus heraus ziehen Mädchen und Knaben und schließen sich der Prozession an, die in die Kirche zieht. Alle tragen sie Geschenke: Platten mit braunen Kuchen und vergoldetem Zierrat darauf, dann flache Körbe mit dunkelbraunen Kastanien, üppigen schwarzen Trauben, dann Pfirsiche mit zartem lichten Creolenteint, auf einer Astgabel hängt ein totes Huhn, dann haben sie Körbe und Tücher an Stäbe gebunden und ziehen in die Kirche ein, ganz zuletzt ein kleiner Knabe, der eine riesige dunkelgrüne Melone kaum schleppt.

Villa Seerbelloni. Vor dem Ornament sind alle gleich. Menschen die in Delphinschwänze enden, Delphine die zu Akanthusblättern ringeln, Wegnehmen der Scheidung zwischen Mensch, Tier, Pflanze. Morallosigkeit des Ornaments.

Totenkopf, Maske. Eine Mörderfratze, ein Medusenhaupt, ein Kindergesicht, ein Bischofshaupt, alles nur auf ornamentaler Wirkung hin. Auch die Bewegung, die schöne Geste. Zwecklose Kunst, die nicht einmal etwas sagen will – nur schön sein. Katze ornamentales Tier. Sphynx. Fähigkeit des Ornaments zu symbolisieren. Erklärung erleichtert: Spruchrollen, Bandrollen, Devisen, Wappen, Bilderschrift, Hieroglyphen.

Faßt man Gott als Künstler auf so versteht man die Welt, er ist dann „jenseits von Gut und Böse", er ist gewissenhaft. Probeformen, die er verwirft, rastlos arbeitend, liebt die Detailtechnik, unfertige Kartons.

Warum wir reisen? Surrogat Tätigkeit für schlaffe Naturen. Suchen des Glücks. Jetzt kann es um die Ecke liegen. Reiz des Unerwarteten. Reiz des Fragmentarischen.

Mailand, 24. September 1894

Bernardo Luini. Einfluß Leonardos, aber seine Figuren denken weniger. Er liebt zarte mandelförmige Ovale der Madonnen. Figuren leiden und freuen sich aber in dünnerer Luft als Erdenluft, sie atmen leicht und mühelos. Sie sehen klug und vornehm aus, keine Resignation in ihrer Anmut. In der Brera Freskostück: der heilige Josef und Maria wie sie von ihrer Vermählung heimkehren, sie schreiten nebeneinander einher und der heilige Josef hat die Fingerspitzen Marias erfaßt und preßt sie und sieht sie glücklich an, hinterdrein kommen Musikanten und einer davon marschiert im Takt, die Fidel in der einen Hand, hält er die andere lustig erhoben. „Musik gibts heuer", sagt er und sieht den Beschauer vergnügt an: „Musik!"

Auf der Madonna in Lugano sagt der kleine Johannes mit klugen frohen Kinderaugen wie schwarze Kirschen, „das wird nämlich der Heiland der Welt sein, weißt du!" und weist auf das Christuskind hin. Dann in der Brera: Engel, die den Leichnam der heiligen Katharina in den Himmel tragen, zwei halten den starren Leichnam und der dritte hilft ein wenig mit und sagt einem wieder mit süßem Lächeln: „Sei nur ruhig, wir tun ihr nichts, wir tragen sie ja in den Himmel, wo es so schön ist."

Kreuzigung in Lugano. Die Mutter Gottes bewußtlos, allein neben dem Kreuz steht Johannes, und er drückt die Hand an sein Herz. „Ich gelobe es!" Vor dem Kreuz kniet Magdalena, dem Beschauer den Rücken gewandt, man sieht nur die Überschneidung des Profils, sie hat den Oberkörper zurückgeworfen, die offenen Arme nach rückwärts gedrängt: „Herr, nimm mich mit Dir, – was soll ich hier?" Im Hintergrund zieht die Passionsgeschichte vorbei.

In durchgeistigter Zeit, die den Leib verachtet, Christus und Johannes in sinnenfroher Welt. Sokrates und Alkibiades.

Gestern Certosa von Pavia. Mönch in weißer Kutte und Totenkopf: „Optima philosophia mortis meditatio."

Pisa Dom. Mosaik (kolossale Dimension der Kuppel), auf Goldgrund Christus auf einem Pfühl sitzend, in der Hand eine Tafel: „ego lux sum mundi". Musik, Verzückung der Nonne, Fortstürmen der Orgel, dunkle fortreißende Wogen, darüber schweben helle Kinderstimmen, die immer eindringlicher dasselbe Motiv bringen. Rötlicher Schein der die Gesichter der Zelebrierenden erhellt. Kleinheit der Figuren im großen Raum, Ermattung nach der Verzückung. Beschämt!

Bronzetüre von Giovanni Bologna. Ornamentumrahmung der einzelnen Reliefs, nicht ornamental behandelt, sondern vollständig naturalistisch. Fruchtkränze, geplatzte Erbsenschoten (alles Hochrelief stellenweise ganz herausmodelliert), Eichhörnchen das frißt. Eule mit einer Eidechse im Mund, krähender Hahn, Gurken, Paradiesäpfel.

Fahrt von Pisa nach Florenz. Auf der Fahrt vier Kinder im Coupé. Kinderaugen kluge Tieraugen. Wohltuendes im Instinkt der Kinder, angenehm tierisches Leben. Wir alle zu sehr instinktlos, weit weg vom Tier. Frau die Kinderinstinkt sich bewahrt, das worauf man immer hineinfällt. Eigentlich: präponderierende Gehirne brauchen solche Frauen.

Rom, 9. Oktober

In der Sixtinischen. Auf dem Bild Botticellis (Bestrafung der Rotte Korah), in keinem Zusammenhang mit Haupthandlung. Im Hintergrund römischer Triumphbogen, nur weil er schön ist.

Solche Darstellungsart (unorganisch) auch bei Dichtung möglich? Warum nicht? Warum: Unmöglichkeit oder Schwermöglichkeit mit der Sprache Vorder- und Hintergrund zu trennen. Vielleicht bei starker Durchbildung der Sprache und starker plastischer Arbeit möglich, z. B., genaue Überlegung ob etwas mittels Adjektiv, Adverb, Substantiv, Infinitiv, Relativsatz, eigenem Satz gesagt werden soll. Hintergründe sollten nie eigene Sätze haben.

Palazzo Corsini. Nr. 57-67 Jacques Callot, La vie du soldat. 59) Plünderung eines Hauses, einer auf der Leiter nimmt Würste und Schinken herunter, die an einer Stange hängen. In ein Himmelbett werfen zwei eine sträubende Frau hinein, ein anderer läuft einer anderen Frau mit Kind nach. Einer legt sich im Nebenzimmer über eine Frau. Über einem Feuer haben sie einen Mann aufgehängt (an den Füßen), Kopf nach unten, einer sitzt am Feuer mit gebundenen bloßen Füßen und wird von Soldaten mit Dolch bedroht. Im Hintergrund wieder einer bedroht. Durch Türen Weinfässer. Tote Hühner, Lämmer liegen herum.

Sonntag, 14. Oktober 1894

Bahn von Rom nach Albano. Nachts. Traum: Habe Vortrag zu halten über dichterische Produktion. Wähle Exempel. Jemand der Napoleon behandeln will. Vor mir habe ich eine Broschüre von einem Nichtdichter mit Napoleonmaterial. Der Nichtdichter wird suchen, wo ist hier „Handlung“, wo sind „dramatische Momente“, wo sind „Theaterwirkungen“. Dichter kümmert sich darum nicht. Gedankengänge des Dichters: Wechselwirkung aller Dinge untereinander. Nichts spontan, alles verkettet, harmonisch verkettet. Wir kennen Schlüssel der Harmonie nicht. Kein Wissen von den innersten Harmonien. Aber wir können von äußerem Standpunkt aus uns als Schöpfer in die Ereignisse hineindichten, „unterlegen“ wo wir nicht „auslegen“

können, und können einen einheitlichen Gesichtspunkt für alle Taten und Schicksale des Napoleon finden. Je einfacher der sein wird und je mehr sich aus ihm alle Ereignisse als Notwendigkeit ergeben, desto besser.

Dichten vielleicht hauptsächlich Simplifizieren und Komprimieren, *ver*dichten. *Welterklären.* Dichter. Priester.

Fraskati, Ritt in der Dunkelheit, dann Nacht zurück von der Höhe (Ciceros Amphitheater). Traurige Maultiere, Mondlicht.

Für Götterliebling.

Mit ihr in den Ruinen eines antiken Baues. Weißer Schal. Erinnerung an tote Schönheit. Mitleid mit den schönen Dingen, die sterben müssen und voll Sehnsucht nach dem Leben sind. Bunte Fruchtbehänge mit leuchtenden Farben im Hause der Livia.

Pinien und Zypressen am Abendhimmel schwarz auf orangeverblassendem Grund. Stickerei erinnernd an japanische Seide um sie (im Götterliebling) gehängt als Schmuck: Tote Schönheit – fremde Schönheit (fremdartig) und schwere Gedanken, die ihr den Atem rauben, den leichten Lebensatem, wie der Schmuck, den er um ihre arme kranke Brust hängt. Ihre Gesten, die Stoffe, die sie trägt, Schmuck (Ringe, ägyptisch oder römisch mit Intaglien). Blumen (nicht duftende, sie leidet unter starkem Blumenduft) „sein Altar".

Reise-Aufzeichnungen April 1936.
Heiliges Land

2.IV.36 Landung

Leuchtfeuer, rot – weiter nach rechts, grün, blinken auf [...].
Das sich flachende Dreiviertel des Kreises (der sich flachende
Halbkreis der sich buchtenden Küste). [...] Hinter uns im Westen wird langsam die Bläue des Himmels mit schwarzen Wolken, Gebirgen und Küsten sichtbar. Ein ferner Nebel. Nun wird
die Kammlinie des Karmels erkenntlich, und rechts ein schwarzer Streifen ins Meer hinaus – an seinem Ende blinkt das grüne
Licht. –

Die Bläue des [Himmels] nimmt zu – die Sterne verschwinden, nur zu meiner Linken, blaugrün, der Morgenstern. (Helal
oder Helel sept., vul. „lucifer".) Jetzt die ganze Silhouette des
Gebirgkammes gegen den Himmel, der blau werden will. Links
rundet sich die Bucht weiter: Lichtergruppen von dunklern un-
erhellten Strecken des Küstensaumes durchsetzt. Nach links
sich festsetzend scheint der Kreis sich schließen zu wollen.

Vom Hinterdeck: Zwischen den Wolkenbergen die erste
orangefarben anschwellende Schichtwolke. Nun die Felsen-
wände des Karmels: Grau, kahl abgeschnitten, die dunkeln
Flecken der Vegetation. Rechts die steil emporführende Straße.
Am heller werdenden Himmel, die ersten Wolken. Die ersten
weißen Zungen der Schiffe im Hafen. Rosa zwischen grauen
Schichtwolken.

Nun, die Bucht ganz erkenntlich: rechts, der Molo. Auf dem
gelb-rötlichen Gestein, die – nun kleine – weiße Säule des
Leuchtturms, die nun ärmlich ihr grünes Licht in den Morgen
blinkt.

Die ersten Möwen.

Nun Schiffe. Häuser, langgestreckt, rotbraun. Links, fünf schwarze Scheiben der Tanks. Auf der Höhe rechts, – hell, zwischen grünen Flecken, die Straße, dann das Karmelkloster. Hinter ihm steigt eine Wolke auf.

Die Flagge Englands weht im Hafen.

Jeden Augenblick haucht der Morgen mehr Rosa über das dünne Schleiergewölk. Möwen-Schwärme, und ihr – wie bettelnder, eindringlicher Ruf. Möwen auf dem grünlichen Wasser.

Nun: Ineinanderschwimmen von Rosa, Grau-lila, auf einem immer mehr blassenden Himmel. Nun mehr: ohnmächtiges Blinken der Leuchtfeuer in den Tag. Das Rosa will erglühen. Das Wasser gewinnt Farbe: die eigene, seiner Tiefen und Seichten, und die Farbe des Himmels, die es widerspiegelt. Nun schwebt ein kleines Wolken-Geschwader, schon gelblich durchleuchtet heran. Feuerschichten zwischen dem Schwarz und dem Grau und nun die Sonne und, mit ihr zugleich, eine schmale blitzende Feuerstraße, vom Bug des Schiffes auf dem Wasser zum Ufer hin sich abrollend. [...]

8.IV.36 Ramat Rachel mit Leo Hermann, Heimanns Arbeiter fahren morgens in die Stadt. Am Nachmittag wieder heim. Manchmal ein Teil beordert in der Stadt zu arbeiten, zu verdienen – ein Teil landwirtschaftliche Arbeit.

Vom Dach die „Steppe Juda" (midbar) nicht „Wüste". Plateau-Linie der Berge Moabs blau im Dunst. Die Berge jenseits des Jordans. Mulden (nahe) gefüllt mit Herden schwarzer Ziegen, helle Lämmer, weiße, weißbraune Tauben auf der Brüstung des flachen Daches. [...]

Der Führer (braun, wie ein Knabe, schwarzes Haar weiß durchschossen) (weiße Zähne, Figur klein, aus dunklem Metall gegossen. Vielleicht aus dunklem Holz gedrechselt). 7 Städte [streiten] um Homers Geburtsort, 2 Städte streiten um Samuels Grab.

Vom Dach neues Haus – Schule, dahinter Haus im Bau für die Eltern. Er öffnet ein Zimmer – Bett und Couch, Diwanpolster, Deckchen, alles blendend sauber.

Er erzählt: Sage: in der Hauptstadt der Wüste Beth Lechems müsse der Messias geboren werden. Und am Tage der Zerstörung Jerusalems.

Schön, daß die Kinder vorausgehen [= ins Land einwandern] und die Eltern nachkommen lassen. [...] Große Fotografie im Speisesaal – wie es einst war: 2 Zelte, ein Geröllboden. Trumpeldor, Fotografie des Gründers der Gesellschaft.

Fahrt nach Chebron

Von Jerusalem aus. Vierecke: Roter Boden. Grau der Stämme. Silbergrau der Oliven. Graue Steinriegel, die manchmal Flekken grüner Gerste rahmen. Die Streifen der Riegel, die die Hänge ebenmäßig linieren. Feigenbäume, Mandeln. Gelbrosa und grau der Riegel. Übermannshohe Mauern überragen oft Wipfel der Feigenbäume. Manchmal die horizontalen Terrassen durchbrochen von vertikalen Streifen – herabführende Wege. Links, Chalkul (Gad) auf der Höhe. Manchmal, links, natürliche Felsterrassen der Felsgeschiebe. Weinstöcke, wie schwarze Schlangen über den Boden kriechend. Dann hebt sich ein junger grüner Ast senkrecht empor und seine Ranken schwanken im Wind.

Felsgeschiebe, grau, von rötlicher Erde überschwemmt, gesprenkelt von rotem Mohn, lila blühender Distel.

Zwei Störche, rechts, auf den Feldern, in der Luft ein Schwarm von zehn Störchen. Giftgrüne Gerstenfelder... Ein Kamel.

Araber (brauner Mantel). Schwalben.

(Irgendwo nachzulesen über die Chebroner Morde von 1929.) Felsgeschiebe, darauf Steinriegel, darauf dorniges Geäst. Blühende Bäume.

Großer Araber. Gesicht, Brust (im Hemdschlitz) braun. Der Mantel, die Abbaja etwas heller.

Geschorene Kamele mit Fett eingerieben, glänzend.

Wieviel Juden vor 1929? Wieviel noch da?

Fassade von Machpelah. Die 7. Stufe (aufwärts).

30 Kinder. Ein Kleiner mit Fez gestikuliert heftig, wirft einen Stein und läuft davon.

Streit der Hüter des Heiligtums über Teilung des Bakschisch.

Zweimal in den Straßen der Ausrufer, der das Ende der Nebi-Musa Feiertage proklamiert.

Die Alten der Jeschiba, Kinder in der Hadana wurden gemordet.

Gang durch die unbewohnten ausgebrannten ausgemordeten Gäßchen des Ghetto.

In dem Raum, in dem einmal die Synagoge war, kauert ein Alter. Sein Geschäft:

Lichtstümpfchen anzuzünden und einen Segen über den Besucher zu sprechen. In einer Ecke ein Haufen zerrissener heiliger Schriften und Gebetbücher. Paula nimmt ein Blatt mit.

Rückweg: Kamele werden überall geschoren. Wahrscheinlich eine Kalenderregel mit Nebi Musa verknüpft. Zurück — ungefähr bei Kil. 30 (von Jerusalem aus): Hain Mamre.

Mittwoch, 15.IV.36 Fahrt Jerusalem — Tel Aviv
Holen Leo Hermann im Keren Hajessod ab. [...] Fahren hinab durch das Gebirge Juda. Dorf Lifta. Rechts Dorf Kalondia (Colonia). 1929 schlachteten dort die Araber die Juden ab. Links (entfernt) En-Karem (arab. Dorf). Rechts Mauern des Sanatoriums Mozah. Junger Wald aus dem Felsboden. Rechts

oben am Hang, Wald von Kiriat Anavim. Vorher vorbei – rechts an den sehr geordneten Obstpflanzungen von Kiriat Anavim. Links, das Dorf Abu Gosch (1929 Raubnest). [...]

Plötzlich rechts Blick auf das mittelländische Meer.

Links (schön terrassiert) Pumpstation, Kinder mit Büscheln von rosa-lila Malven. Bab-el-Wad (Taltor). Hinab in die Ebene. Ebene mit schwarzen Ziegen gesprenkelt. Weingärten eines Klosters (Französische Reben). Rechts: erdfarben im Acker lagernd, Kamele. Rechts: gelb reifende Gerstenfelder. Steine auf den Äckern gelassen, damit der Wind nicht den Humus wegweht. Bei Ramleh, abzweigen nach Naneh, Siedlung. Ramleh, Flugplatz.

Gelbblühende Opuntien. Links Kürbisfelder, gelbblühend. Manche Opuntien wie verschlungene Reptilien. Über 2 m hoch. Mehr Bäume als Gesträuch. Um die Opuntien, Mohn und Margariten. Rechts Orangen. Beduinenfrauen, schwarz, reitend, Schmuckgehänge im Gesicht. Über Lehmäcker, Auto faucht. Links Beduinenzelt.

Hochzeit. Junger Araber fährt mit (den Weg zur Kolonie zu zeigen), auf dem Trittbrett. Mit der braunen Hand sich innen am Fensterrahmen festhaltend. [...]

Viktor Kellner fährt mit Paula, mir und Dr. Arnold mit seinem kleinen, hochbeinigen, alten blechernen Ford, der ihm wie ein zu Kunststücken dressierter Affe zu parieren scheint, über mit großen Binsenbüschen bestandene hügelige Dünen zu den Ruinen von Caesarea. (Nach dem Reisehandbuch kann man nicht hinfahren.) An Beduinenlagern vorbei. Bei jedem Zelt sitzt ein Hund, erhebt sich wenn wir kommen, macht ein paar Sprünge – wie ein Zeremoniell – kläffend neben dem Auto her, und kehrt zurück und setzt sich, wenn der Hund, der vor dem nächsten Zelt sitzt, sich erhebt und ihn im Zeremoniell ablöst. Eine Art „Stafettenlaufen und Stafettenbellen".

Die Ruinen am Meer (Ruinen des mittelalterlichen) Caesarea prachtvoll. „Prachtvoll". Torbogen. Stiegen zu Türmen schon im Meere stehend. Große Säulen aus rosa Granit und grauem Granit (Syenit) wurden statt anderer Steine der Breite nach eingemauert. Säulen im Meere liegend, vielleicht als Stützen für Molen gebraucht. Bögen mit Durchblicken in eine natürliche Bucht. Früher (– als ich jung war –) hätte man es Böcklinsche Landschaft genannt. Wir fahren zurück – dasselbe eigentlich sehr desinteressierte Zeremoniell der Hunde in umgekehrter Reihenfolge. Zwei schöne arabische Windhunde – Voll- oder Halbblut – darunter. Derselbe lahme Hund, der sich auf der Hinfahrt erhob und stumm, im Gefühl seiner Ohnmacht ins Zelt hinkte, tut nun das Gleiche. [...]

Auf dem Bahnhof von Benjamina die ersten unbestimmten Nachrichten von den Unruhen in Jaffa um 11 h vormittag. (Nach 9 Uhr fuhren wir von Tel Aviv ab). Eine Stunde Bahnfahrt nach Haifa, wo uns Bloch mit dem Auto erwartet. Erste präzise Nachrichten von Toten. Wir fahren in das „Neue Teltscherhaus" auf dem Karmel. [...]

Fahrt Haifa – Tiberias (am 21.IV.1936)
(mit Werner Bloch und Altmanns)
Straße nach Nazareth. Hinter Haifa Serpentinen zur Höhe. Links, Felsgeschicht. Malven, Kamillen. Bald Höhe – hinunter ins Emek [Tal]. Rinderherden, Schafherden, Ziegenherden, junges Kamel. Auf der Höhe links Templerkolonien. Bethlehem und Waldheim (Waldorf?). (Lernen jetzt rationellere Geflügelzucht in den Siedlungen.) Felder auf beiden Seiten.

Unendliche Fruchtbarkeit.

Links Hügelchen: King Georg [!] Wald. Zum Regierungsjubiläum: Zypressen aus der Windsor geschickt. (Gelehrtenstreit ob die botan. Bezeichnung der Zypressen richtig war.)

Rechts an der Straße Eukalyptuswald (oberes Ende) von Nahalal, das schon vorher unten sichtbar war.

Links Quelle, die vorher zum großen Teil das Gebiet von Nahalal versumpft. Nun alles drainiert, die Quelle gefaßt, glänzendes Trinkwasser.

Fahrt durch arabisches Dorf. Schon durch Nazareth beeinflußt (vom Klerus). Arabische Christen. Jetzt unten das Emek.

Wir auf der Höhe, am oberen Ende des Balfourwaldes vorbei.

Links am Hang: arabische Dörfer, teils aus Stein, teils wie von Riesenschwalben aus Lehm gemauert.

Opuntien – Hänge. Nacktes Felsengeschiebe, ein wenig grün überpolstert. Links, in großer Mulde, die kleine Hügel durchsetzen: Nazareth. Viel Feigenbäume. „Hotel Galilee". Nazareth liegt in Untergaliläa. Links oben Barockkirche mit Figuren auf der Fassade. Links: Maria-Brunnen. Rechts: Baptistenkirche. Serpentinen. Wir sehen jetzt Nazareth links unten.

Zwölf Mann englisches Militär kommen jetzt uns entgegen, die Straße herab.

Blick: Unter uns Unter-Galiläa. Der Hermon – Schnee auf dem Gipfel – wird sichtbar, verschwindet wieder. Wir steigen hinan nach Ober-Galiläa.

Links, rechts, Gerstenfelder sich gegen die Höhe verlierend in steinige Hänge.

An einer Wegkehre wird sichtbar unten im Tal Kana – viel Ölbäume.

Eine rosa Kuppel.

Links Brunnen.

Viel Granatbäume.

Herde aus lauter ganz jungen Ziegen, von einem kleinen Jungen gehütet.

Rechts am Weg Kloster – Opuntien, Ölbäume, kleiner Esel, sehr drollig, trabt an die Mutter gedrängt.

Links, Hänge. Zwei davon wie Trichter, wie Wirbel, Linien wie in einem Wasserstrudel.

Rechts, zum erstenmal, kleine Eselherde. Lila Disteln.

Beduinen.

Hochplateau, auf dem wir bleiben, bis es abwärts nach Tiberias geht.

Links, gelbbraune kahle Hänge.

Ein Geierschwarm – zur Linken.

Straßenarbeiter – Straße wird verbreitert. Straßenwalze.

Blick auf Trans-Jordanien.

Die horizontale Linie der Berge Moabs.

Plötzlich: Links, Hermon. Edomberge.

Unten, das Blau-blau-blau des Sees Genezareth.

Vor uns: Kirjath Schmuel, das neue Viertel von Tiberias. Dann, das alte Tiberias. Weg am See, gesäumt von Dattelpalmen. Häuser aus schwarz-grauem Stein. Links am See Ruinen der Kreuzfahrerfestung.

Rechts: „Stadtpark" mit Bänken. Schlankere Spatzen.

Links am Ufer, Eukalyptus, Rinderherden und Kamele, badende Schafherde am Ufer.

Die heißen Bäder, grob gefaßt am Fuß des Abhanges rechts.

Rosa blühendes Oleandergesträuch am Ufer, hart am See, Eukalyptus.

Herden, verteilt, unter Bäumen lagernd.

Fischer ziehen ein Boot herein. Rechts, die jüdische Siedlung Kinnereth. Links, arabisch, Zemach.

Emek Ha Jarden

Deganiah, gegründet 1909.

Dattelpalmen über 20 m hoch. Ungewöhnlich starkes Vogelgezwitscher. Schule für Gartenarbeiten. Kindergarten. Im Bau: Naturwissenschaftliches Museum „Gordon". Auch Forschungs-institute. Vor dem Haus „Ruppingarten", Versuchsgarten für tropische und subtropische Bäume. Ansicht vom Dach:

Wo es grün ist, da arbeiten Juden. Links, arabisches Gebiet. [...] Fahrt längs des Sees nach Kapernaum.

Felsblöcke im Wasser, auf denen schwarze Ziegen und nackte braune Kinder stehen.

Rechts Bananen, Orangenplantagen zu Migdal, links, gehörig.

Rechts: Besitz von Lord Melchett.

Links oben, Bar Kochba Felsen mit Höhlen. Zwischen Migdal und Kapernaum die Stellen, wo die „Neandertal-Schädel" gefunden wurden.

Straße steigt, wir zweigen von der Hauptstraße nach rechts ab. Im Franziskaner Kloster Kfar-Nachum-Kapernaum [...] Reste einer prachtvollen Synagoge (Drudenfuß neben Davidstern verwendet.). Inschriften. Griechisch, aber mit großen Lettern. [...]

REDEN, VORWÖRTER, EINLEITUNGEN

Maximilian Harden

Ich habe eine besondere Vorliebe für den Namen Maximilian.
Vielleicht, weil es der Name des Schriftstellers ist, für den ich
als Knabe immer geschwärmt – freilich kannte ich seinen Le-
benslauf besser, als seine Schriften. Er war schön, vornehm,
ritterlich und schrieb nichts als ein Stück Autobiographie und
einen Roman; aber wie der ausgestattet war! Was sind all' die
„exemplaires numerotés sur papier de Hollande, papier de
Japon, papier Whatman", gegen die Ausgabe seines Romanes,
den er illustrieren und auf Pergament – man denke nur – wirk-
lichem Pergament, mit eigens dazu gegossenen Lettern drucken
ließ? Allerdings hatte der Mann auch nie Geld!...

Ob an ihn, den „viel edel Held Teuerdank", ob an „Maximilian den letzten Ritter" Herr Maximilian Harden dachte, als er
sich seinen Namen zurechtlegte? Oder war es der Name „Maximilian" selbst, der ihn lockte? Die Klangfarbe? Das kurze,
scharfe, wie vom Bogen geschnellte „Max", das in „Maximilian" nichts von seiner Schärfe verliert, und nur an Kraft und
majestätischem Pompe gewinnt? Und dann „Harden" mit seinem Anklang an das französische „hardi"! Fast könnte man an
die Absicht glauben, wenn man das zweite Pseudonym Harden's besieht, dieses „Apostata", das den Leuten so provokato-
risch an die Ohren schallt! – „Eure Götter sind nicht die meinen!"

Aber vielleicht tue ich Herrn Harden Unrecht; ich lege ihm
zuviel unter; er brauchte einen Namen, und – er machte sich einen.

Man erzählte mir, daß er ein mittelmäßiger Schauspieler
war, und da mag es ihm denn eines Tages da droben auf den
Brettern zu dumm geworden sein, und mit geschlossenen Füßen sprang er hinunter ins Parkett – und ward Kritiker! Von
1889 an erschienen seine Theaterkritiken in der „Gegenwart".
Schon in den ersten von ihnen ist Harden in seiner Eigenart un-

verkennbar; hie und da zwar noch ein ungelenk-ängstlicher Satz, der froh ist, in ein Zitat enden zu dürfen; wenn man um die Ecke einer Zeile biegt, rennt man noch manchmal schmerzlich an einen Kalauer an – aber in seinen markanten Zügen haben wir bereits Harden vor uns, den Harden von heute.

Zwei Sachen hat er zunächst vor dem Gros der übrigen Kritiker voraus; er hat *hinter* die Kulissen gesehen, er kennt die Kollegen als – Kollegen, die Direktoren als Brotherren und nicht als liebenswürdige Bittsteller, wie sie sonst dem Auge des Kritikers erscheinen; er weiß auch „wie es gemacht wird", und bringt der Technik der Schauspielkunst ein Verständnis entgegen, wie es eben nur der besitzt, der sich selbst redlich damit gemüht.

Und dann: er hat nicht „von Pike auf" gedient, und das ist beim Berufe des Schriftstellers ein Vorzug. In den Köpfen der Journalisten, von denen manche sich vom Notizensammler zum Lokalreporter und dann vielleicht mühselig zum Theater-Referenten hinaufgearbeitet, wimmelt es von erstarrten Wendungen, Bildern, die ihre Anschaulichkeit verloren, plattgetretenen Zitaten – kurz: von jener einmal vielleicht ganz schön gewesenen, jetzt von den geistigen Herrschaften längst abgelegten Garderobe, von jenen ausrangierten Phrasen, die noch immer gut genug für das Publikum der Tagesblätter befunden werden. Seine journalistische Naivität ist für Harden ein Glück; er kann seinen eigenen Stil, sein eigenes schriftstellerisches Temperament entdecken. Denn sein Temperament, sein kampfesmutiges, kritisches Temperament vor allem ist es, dem Harden so viel zu verdanken hat; es gärt und treibt schon in den ersten seiner Kritiken und sprengt die journalistische Form des Theater-Referats. Die Inhaltsangabe des aufgeführten Stückes, sein literarischer Wert, die Aufnahme von Seiten des Publikums – mit diesen drei Punkten, manchmal nur mit dem ersten und dritten, findet der Durchschnittskritiker seine Aufgabe erschöpft; nicht so Harden. Zunächst läßt er, wo möglich, die Inhaltsangabe beiseite; er schreibt für Die, „die drinnen waren", nicht für die Menge derer, die nur „mitreden" wollen. Aber für das eine preisgegebene Gebiet erobert er sich eine Fülle von anderen. Harden bespricht nicht das Stück X des Herrn N, dargestellt von den Schauspielern A, B, W, Z; er bespricht Herrn N selbst, der als Autor ihm eng verknüpft mit seinem Werke erscheint, er treibt Autoren-, Darsteller-, sogar Direktoren-Psychologie, mit novellistischem Behagen trägt er die charakteristischen Züge zum Bilde zusammen und bei der Besprechung mancher Premiere erscheint Direktor Blumenthal oder Barnay ausführlicher besprochen, als das aufgeführte Stück. Freilich – *wohl* wird dem Besprochenen selten dabei; rücksichtslos, oft unzart wird an Persönliches gerührt, aber – man fühlt es – nicht aus Skandalsucht und Lust am Tratsche, es ist ein – ich möchte sagen – „künstlerisches" Bedürfnis, das Harden treibt, manchmal das Privatleben des Besprochenen auf die Bühne zu zerren. Er will den Stoff ganz und voll, von allen Seiten erfassen, und das Privatleben erscheint ihm für das künstlerische Erkennen und Schildern gleichwertig mit der öffentlichen Tätigkeit.

Wie sie verblüfft dagesessen sein mögen, als sie seine Kritiken lasen: Die Autoren, die Schauspieler, die Direktoren, das Publikum, und nicht zuletzt seine engeren Berufskollegen! Er war ein „Wilder" unter ihnen, durch keinerlei Rücksichten gebunden, keiner Partei angehörig, stark genug, um selbst eine zu sein, vielleicht in der Seele erfüllt von dem Ibsen-Stockmann'schen Spruche: „Der stärkste Mann der Welt ist derjenige, welcher allein steht!" Kein bestimmtes kritisches Programm schleppt er als Ballast mit sich herum, und in dem erbitterten Kampfe, der zwischen „Alten" und „Jungen" wogt, hat er den Mut, programmlos zu sein!

„Nicht unsere Moral, nicht unsere zufällige Vorliebe für eine bestimmte Form, ein bestimmtes Stoffgebiet; unser Kunstgefühl allein soll dich richten. Nur die so handeln, haben das Recht, sich Kritiker zu nennen."

Wer diese Apostrophe an den Dichter niederschreibt, darf sich nicht wundern, wenn man ihn von hüben und drüben angreift, wenn ihm die alten Zöpfe und die jungen Struwelpeter Gesinnungs- und Charakterlosigkeit vorwerfen. Er mag sich trösten. Einem Größeren als ihm, Herrn Heinrich Heine, ist das auch passiert, und im „fünften Buch Börne" mag man es nachlesen, was Heine dort über „Charakter" schreibt; ich will nur den Schluß hieher setzen: „Es ist immer ein Zeichen von Borniertheit, wenn man von der bornierten Menge leicht begriffen, und ausdrücklich als Charakter gefeiert wird."

„Börne!" Wer Harden bespricht, muß auch diesen Namen nennen: in der Literatur gibt es Keinen, der sein eigener Ahnherr wäre, eines Jeden Stammbaum läßt sich nach rückwärts verfolgen, und wer ein scharfes Auge besitzt, findet manchen blühenden Sprößling eines Geschlechtes, das man längst ausgestorben wähnte. „Und Schem zeugte Arpachschad, und Arpachschad zeugte Schelach"; vielleicht läßt sich Harden's literarischer Stammbaum am besten in diese einfache biblische Form kleiden: „Und Lessing zeugte Börne und Börne zeugte Harden." Ich glaube, Herr Harden selbst wird mit diesem konstruierten Stammbaum zufrieden sein und die Verwandtschaft anerkennen.

Wie Lessing mit Theaterkritik beginnt, um sich später allgemein künstlerischen Fragen, religiösen und philosophischen Problemen zuzuwenden, wie Börne die Theaterkritik als Sprungbrett benützt, um sich in den brausenden Strom der Politik zu stürzen – ebenso findet Harden bald an Theaterkritik allein nicht mehr sein Genügen; die Bretter, die die Welt bloß *bedeuten*, füllen nicht mehr seinen Ideenkreis aus; die wirkliche Welt selbst, die Zeitereignisse fesseln sein Interesse, und entschlossen, wie er von den Brettern ins Parterre hinuntersprang, schwingt er sich jetzt aus der Menge derer, die bloß Publikum der Geschehnisse sind, hinauf auf die Rednerbühne und bespricht, als wären es bloße „Haupt- und Staatsaktionen", politische und soziale Geschehnisse. Und für seinen neuen Beruf bringt er einen neuen Namen mit: „Apostata!"

„Apostata!" Diesmal liegt im Namen ein Programm; ein Lossager von den Göttern der großen Menge.

Apostata ist nicht Leitartikler und nicht Feuilletonist; will man seine Individualität in ein bestimmtes Fach zwängen, könnte man ihn annähernd „Chroniqueur" nennen; aber auch diese Bezeichnung trifft nicht zu: er ist mehr „Debatteur" als „Causeur".

Nein, es sind wirklich keine harmlosen Causerien, die Apostata seit ein und ein halb Jahren schreibt, und von denen vor einigen Wochen eine Sammlung im Buchhandel erschien. So disparat auch die Gegenstände, die er bespricht, sein mögen – ob er nun wie in „Die beiden Leo" den Papst und Tolstoi, wie in „Trüffelpurée" den Zusammenbruch großer Berliner Bankfirmen zum Ausgangspunkte seiner Improvisationen nimmt – *eines* ist allen seinen Artikeln gemeinsam: Der heilige Zorn gegen Dummheit und Gemeinheit, der in ihnen lodert, der selbst dort, wo ihn die Aschenschicht der Satire deckt, noch heiß fortglimmt. Daß ihn sein Temperament, sein ungestüm leidenschaftliches Temperament, persönliche Vorliebe und Abneigung, manchmal – nicht oft – fortreißt und sein so klares Urteil trübt, wird man, wie bei seinen theaterkritischen Aufsätzen, auch hier eingestehen müssen; aber wir haben eben noch nicht rauchlose Liebe und rauchlosen Haß erfunden, und der kluge Apostata selbst spricht in der Vorrede der Sammlung von seiner „bewußten und darum anspruchslosen Subjektivität"!

Nicht absichtslos habe ich den Ausdruck „Improvisationen" gebraucht; in der Form zumindest klingen seine Artikel wie geistvolle Improvisationen über ein manchmal sogar recht unbedeutendes Thema, und Apostata hat mich nur in der Meinung bestärkt, die sich mir schon aufdrängte, als ich bloß seinen Freund, den Theaterkritiker Maximilian Harden kannte, daß er zunächst kein schriftstellerisches, sondern ein rednerisches Talent war, denn in den kurzen, energisch dreinfahrenden Sätzen, in der lebhaften Interpunktion und selbst in der breiten Getragenheit großer Perioden fühlte man die rednerische Geste. Heute – denn in den letzten zwei Jahren hat Harden viel gelernt – hat er das Zuviel des rednerischen Pathos abgestreift und der Rückstand, der geblieben, reicht gerade hin, um seinen Artikeln jenen frischen, unmittelbaren, mühelosen Charakter zu geben, der sie vorteilhaft von der Menge jener unterscheidet, die nach der Studierlampe – und dazu noch nach der schlechtgeputzten – riechen.

Man kann über die Art und Weise, wie Harden Kritik übt, verschiedener Ansicht sein; man kann dem Satze, der in der Vorrede zu Apostata steht: – „Der harten Notwendigkeit, wo es der Sache gilt, auch vor persönlichen Angriffen nicht in falscher Vornehmtuerei zurückzuscheuen, durfte der Abtrünnige sich nicht entziehen" – man kann diesem Satze beistimmen oder nicht; aber Freund und Feind wird ihm zugestehen müssen, daß er sein Instrument, die Sprache, beherrscht. Bewundernswert ist mir die vollendete Technik erschienen, mit der er die Form dem Inhalte anpaßt, die Gelenkigkeit seiner Sprache, die unmerkliche Übergänge braucht, um vom berichtenden Tone des harmlosen Erzählers in schmerzlich-bittere Ironie überzugehen, die für das Eine vornehm-resignierte Akzente findet und gleich darauf zornig, eifernd, im Tone alttestamentarischer Propheten grollt! Unter den einundzwanzig Apostata-Artikeln, die nun gesammelt vorliegen, ist einer besonders charakteristisch für die stilistische Eigenart Harden's: „Der heilige O'Shea". Mit dem Nächstliegenden, dem Mord- und Zuhälterprozeß Heinze – der Artikel erscheint Anfangs Oktober 1891 –

setzt Harden ein. Er trägt ein zierliches Spazierstöckchen – ein leichter Klaps für den Verteidiger – nicht zu ernst gemeint, aber sicher sitzend – man weiß noch nicht, wie kommt Herr Heinze zu O'Shea?! Einige nervös erregte Sätze – der kurze Übergang: „Neu aber und überraschend ist, daß man von einem Ehebruch im Hause Heinze sprechen darf, ohne ausgelacht zu werden", und zum erstenmale erklingt das Thema: „Aber wer wird denn zu lachen wagen, wenn das sechste Gebot bedroht ist?" Nochmals schwirrt das Spazierstöckchen – ist nicht ein Bleiknopf daran? – durch die Luft: diesmal saust der Hieb auf das Haupt des Herrn Doktor Prager – das Opfer des Mordversuchs seiner Gemahlin – nieder; er wird kurz abgetan; und wiederum kurze, hastige Sätze – und zum zweitenmale wird mit schneidender Ironie das Hauptthema angeschlagen: „Ob die Prostitution vom Manne ausging, ist gleichgültig. Das sechste Gebot muß in Ehren bleiben." Und Apostata wirft das elegante Stöckchen bei Seite, und was er jetzt in Händen schwingt, ist die Peitsche. Schnalzend fährt sie über das Gesicht des ehrenwerten O'Shea: „Ein ehemaliger Offizier duldet einen zahlungsfähigen und einflußreichen Hausfreund!" Und es regnet Hiebe auf die engherzige Welt, und zum drittenmale klingt es refrainartig an unser Ohr: „Denn das sechste Gebot, o, das respektieren sie Alle, die Feudalen und die Liberalen, die Alten und die Jungen!" – Breit und getragen wird jetzt Apostata's Sprache; die Totenklage um Parnell hebt an. Luther wird zitiert, um zu zeigen, um wie viel freier der Mann vor dreihundert Jahren dachte, als wir, und unmerklich, wie beeinflußt durch das Zitat, wird Apostata's Sprache altväterlich, Anklänge an das alte Testament häufen sich, und breit, fast rhythmisch dahinfließend, erzählt er die Geschichte Parnell's, als erzählte er die „Simsons, des Richters in Israel".

Und wir lauschen traurig, und vergessen Herrn Heinze und Herrn Dr. Prager, und wenn Apostata nicht von Neuem aufwallte, und gegen die heuchlerische Menge drohend sein Schwert schwünge – ein Schwert schwingt er jetzt und nicht mehr die Peitsche – wir vergäßen ganz die Anklage, die er am Beginne erhob, die Anklage des sechsten Gebotes!

Schon einmal, als Apostata Parnell's Schicksal erzählte, ist, wie beschworen, durch die ihm so verwandte biblische Form des Ausdruckes, Zarathustra's Schatten vorübergeglitten, und jetzt, zum Schlusse, ist der vorletzte Satz ein Zitat aus Nietzsche, von „der Hündin Sinnlichkeit"; im Zarathustra-Stile fällt auch Apostata sein Urteil: „Und während alle Welt treu und keusch vor dem sechsten Gebote prüde Wache hält, hört aus der Hündin heiserem Gebell der Wissende deutlich den Kommentar heraus: ‚Du sollst dich nicht ertappen lassen!'"

Heute, da der große „Unzeitgemäße" von den Geistern der Fortgeschrittensten unter uns Besitz ergriffen, darf es uns nicht wundern, daß auch Apostata von ihm „besessen" ist. Selbst rein formell hat Harden viel von Nietzsche gelernt. „Tanzenkönnen mit den Füßen, mit den Begriffen, mit den Worten: habe ich noch zu sagen, daß man es auch mit der Feder können muß", heißt es in der „Götzendämmerung", und Herr Harden *kann* tanzen! Er könnte manche heikle Dinge – man lese nur die Artikel „Suprema lex" und „Der korsische Parvenu" – gar nicht besprechen, wenn er nicht so gelenkig, so schmiegsam wäre; an den gefährlichsten Abgründen des Strafgesetzes tanzt Apostata anscheinend harmlos vorbei, und man hält für eine ehrfurchtsvolle Verbeugung, was nur ein Niederducken zum Sprung ist!

Dieser Anmut, dieser katzenhaften Grazie, verzeiht man auch die katzenhafte, unnötige Grausamkeit, die manchmal in Apostata, wenn auch nicht so stark wie im Theaterkritiker Harden, plötzlich durchbricht, und wenn wir die weißen, blinkenden Zähne sehen, die sich scharf und spitz eingraben – ein Fußtritt hätte zwar genügt – vergessen wir das blutende Opfer in der Freude an dem prachtvollen Gebisse; denn nicht oft wird uns dieser Anblick zuteil, in unserer müden Zeit, wo die Ehrlichen oft zahnlos sind und man Denen mit dem starken Gebiß den Mund mit fetten Bissen stopft!

Herr Harden hat – so versichert uns die Vorrede – Bedenken getragen, die Apostata-Artikel gesammelt herauszugeben, „weil, was der Tag geboren hat, in kreisender Übergangszeit gar zu rasch gealtert nicht nur, auch veraltet erscheint". Herrn Harden's Bedenken halte ich für unbegründet. Wer, wie er, auf keinem Parteistandpunkte stehend, es versteht, das Tagesereignis seiner lokalen, seiner Zufallstracht zu entkleiden, wer uns große, menschliche, ewige Fragen dort aufrollt, wo Andere nur den Stoff zur interessanten Skandalnotiz finden, schreibt nicht nur für den Tag!

Und neben Heine's „Französische Zustände", neben Börne's „Pariser Briefe", will ich in meinem Bücherkasten „Apostata" stellen; man mag finden, daß ich ihn zu hoch stelle – ich tue es doch; wie sagt der kluge Apostata: „In bewußter und darum anspruchsloser Subjektivität!"

Gedenkrede auf Wolfgang Amadé Mozart

Von hohen Bergen rinnt ein Wasser zu tiefen Tälern hinab. Einem Gletschersee entstürzt es, wildstürmende Wasser aus seitlichen Tälern werfen sich ihm zu, und in Sturz und Fall, von Talstufe zu Talstufe schwellender und reicher, sucht es seinen Weg. Von Horten, die tief in ringsum starrenden Bergen verborgen schlafen, tragen mündende Bäche ihm verräterische Kunde zu; und wer den Sand seiner Ufer in hohler Hand faßt, dem gleiten, mit dem Sand zugleich, durch seine Finger: dunkles Erz und rotes Kupfer, grauer Kobalt und das Gold und Silber der Rauris. Und wer seine Hand in die Flut taucht – und wäre es selbst dort, wo sie schon zur Ebene hinabsteigt –, der fühlt noch immer: Von hoch her kommt dies Drängen, das zu Meeren will; von Gletschern gespeist, uraltem Eise nah, springt helläugig dieser Quell – tief unter ihm sind die Dünste der Täler.

Von venetischen Küsten steigt eine Straße zu verschneiten Pässen der Tauern auf, und sucht die Hänge, wo Ambisontier und Alaunen die Stätten heiligen Salzes hüten. Saumtiere, mit Öl und dunklem Wein beladen, treten den Weg, der Schritt römischer Legionen stampft ihn breiter, und ehe die alten Götter zur Ruhe gehen, leuchtet ihre heilige Nacktheit noch den Bergen.

Und dort, wo die zwei sich treffen – der Strom von den Firnen nordischer Berge, und die Straße vom Meer und vom Süden her –, ist eine Stadt gelagert. Dort wird *Mozart* geboren!

Musik ist um dies Kind, wenn es erwacht. Die schweren Glocken vieler Kirchen, hell und dunkel wie Menschenstimmen bebend, und neben ihnen kleine Glocken, zu zierlichen Liedern gebündelt, im Glockenspiel der Residenz, und über allen – die Zeiten des Tages vom Berge grüßend – das Hornwerk der hohen Salzburg. Nichts Fremdes schwingt sich von dort oben zu ihm herab. Was jetzt in Orgeltönen über den Bezirk der Stadt hinhallt, war ehedem in seinem Vater, stumm allen andern und nur diesem tönend. Nun klingt von oben allen Leopold Mozarts schäferliches Menuett im Mai, ein Jagdlied im Herbstmonat, und im Hornung ein Fastnachtsstück. Und morgens und abends haben sie dort oben in mächtigen Bälgen den Wind gefangen, und der wilde Frühwind, der die Bergnebel zerreißt, und die fächelnden Abendwinde, sie alle sind dienstbar der Musik!

Und wenn die Glocken dieser Stadt schweigen, rauschen ihre Wasser dem Knaben. Nicht bloß die des marmornen Brunnens, wo über Delphinen, die Musik verlockt, der Triton ins Horn stößt. Ein Weg führt zum Schloß des Marcus Sitticus, wo hellsprudelnde Brunnen gebändigt sind, zierliche Künste zu treiben. Dort wird er zuerst sehen, wie der leuchtende Gott den

Stümper Marsyas tötet, in steinerner Grotte wird Orpheus stehen, die Hand erhoben, bereit zum Spiel, das den Weg zu den Toten bahnt, und eine Tür wird aufspringen, und auf bunter Bühne, um den Bau eines Hauses geschart, werden Werkleute, klopfend und hämmernd, ihr Tagwerk verrichten, die Bürger an ihr Handwerk gehen und vornehme Herren aus den Fenstern grüßend sich neigen. Und mitten in den Lärm und die lächerliche Hast ihres Tuns klingt ein Choral; das Wasser, das sie alle treibt, treibt auch die Orgel, die jetzt tönt. An einem Sinnbild mag dann der Knabe hier zuerst erkennen, was ihm – wie allen, die Gott zu Schöpfern aufgerufen – verliehen ist: Auf kleiner Menschen tägliche Hast und geschäftiges Mühen, vergängliche Lust und endliches Leid, mildlächelnd, ihrer Buntheit sich freuend, zu horchen – und zugleich dem Lobgesang zu lauschen, der aus der lärmenden Unruhe ihres Treibens feierlich sich hebt; und zu wissen, daß *ein* Quell beides bewegt.

Doch ehe er noch solches zu fassen vermag, entwächst er der Stadt. Andere Kinder mögen auf Märchen hören, deren Könige und Kaiser fern und zauberhaft vorüberziehen, wie Fabeltiere und Feen. Aber dieses Kindes wunderbaren Fingern ist früh Kraft gegeben, die Welt sich aufzublättern wie ein Märchenbuch. Weit hinter ihm liegt die Stadt und der Untersberg, drin der alte Kaiser schläft. Des Heiligen Römischen Reiches Kaiserliche Majestät sendet ihm goldgebortete Kleider und lädt ihn in seiner Stadt zu Hof, des Kaisers Töchter führen ihn an der Hand durch die spiegelnden Säle, des Kaisers Frau küßt ihn mitten auf den Mund, und der Kaiser selbst steht neben ihm und verstummt, wenn sein Spiel anhebt. Und dies ist die Stadt Paris, und wenn des heiligen Ludwig Enkel zu Tische sitzt, steht dies Kind neben der Königin, und sie reicht ihm Früchte von goldenen Tellern – und dies ist die Insel Engelland, und wenn der König mit der Königin im Parke fährt, neigt er sich aus der Kutsche und winkt lächelnd dem Knaben. Ist dies ein Märchen?

Daß man an der Orgel, darauf er einmal gespielt, eine Tafel anschlägt zu ewigem Gedächtnis? Daß der Papst in Rom um diesen dünnen Kinderhals den Orden vom Goldenen Sporen hängt? Daß ein alter Meister vor diesem Kind die Arbeit und den Ruhm eines Lebens zu Staub zerfallen sieht? „Dies Kind wird uns alle zu Vergessenen machen!"

Ist dies ein Märchen?

Wenn es keines ist – was könnte dem, der dieses erfahren, noch geschehen? Demütigungen? – Sie gleiten von dem ab, dem die stolze Erinnerung solcher Jugend, wie ein goldener Harnisch um die schlanken Hüften sitzt. Armut? – Er wird sie lächelnd tragen, wie das Maskenkleid einer Karnevalsnacht. Und der Tod? – Orpheus weiß es: Wenn er stirbt, wird seine Leier als ewiges Sternbild aufflammen!

Und so kann der Jüngling furchtlos nach den Zügeln seines Reiches greifen – und was ist *nicht* sein Reich? Die Elemente sind um ihn geschart; aus Wassern rauscht es auf, alle Feuer lechzen zu ihm empor, aus den Lüften fährt es zu ihm herab; und alle vergängliche Lust und Trauer der Kreatur hebt sich werbend ihm entgegen und will ewig werden in Musik!

Und er rührt daran – und ein Abglanz seines Angesichts liegt auf allem! Helle, unbestochene Kinderaugen sehen die Welt, und diese Lippen haben nicht Bitterkeit, noch Ekel ge-schmeckt.

Aus tiefgedüngtem, altem, bluterfülltem Boden wächst, was uns bewegt. Wer weiß, ob nicht ein ungestilltes Sehnen vieler Ahnen auf solchen, und nicht anderen Lippen sich erfüllen will? Flammt nicht vielleicht aus unserem Haß die ungesühnte Qual von Toten? Und was rätselhaft mit eisigen Fingern im Dunkel uns umtastet – weht es aus noch nicht vergessenen Schauern einer alten Urnacht?

Aber dieses Meisters Töne klingen von den stilldurchsonnten Matten hochumschlossener Täler. Auf jungfräulichem Boden sprießt es auf, und, wie im Unschuldsstande der Natur, darf es nebeneinander sich entfalten. Haß und Lächeln, süße Wollust, dumpfe Gier und edle Trauer heben sich auf schlanken Stielen, und um aller Wurzeln spülen klare Paradiesesströme, und die heitere Luft seliger Gärten weht hell um ihre Kelche!

Hier steht der Meister und winkt!

Und das Meer an Kretas Gestaden schäumt auf und droht – brach Idomeneo sein Wort? Hinab, Meer, in deine Ufer, und Platz für den Zug! Masken – meint ihr? Nicht Masken! Denn wo wäre mehr Wahrheit, als in dem Antlitz, das er jedem gab? Gespenster? – Fühlt doch, wie ihre Herzen klopfen! Hört Leporello, wie er fröstelt nach durchwachter Nacht, wie er sich Mut zuspricht, seinem Herrn aufzusagen – und wird doch prahlend, feig, verfressen und geprügelt bei ihm bleiben bis an sein Ende. Osmin mag er mit sich nehmen – Osmin taumelt – und Monostatos, den lüsternen Affen, aber an der Kette! Und Papageno mag hinterdrein gehen!

Und weiter! Ihr, die ihr euch aneinanderschmiegt, seid Belmonte und Constanze, die treu Liebenden; was euch ängstigt, geht vorbei, wie Regenschauer einer Frühsommernacht. – Und die Stimmen, die sich jetzt durcheinanderschlingen, kenne ich! Platz, ihr Bauern, daß ich eure Herrschaft sehe! – Tauscht ihr eure Gewänder, bergt ihr euch hinter Gebüschen, nehmt ihr das Dunkel wie eine Maske vor euer Antlitz in euern Liebesspielen? Und alles ist nur eines tollen Tages heitere Wirrnis, eines tollen Tages leichte Liebe! Seht ihr Don Juans weiße Federn durchs Dunkel leuchten? Die hinter ihm, wie sein Schatten, gleitet – seht, die liebt! Mag sie vor ihm warnen und drohen, und ihn lästern – hinter allen Schleiern glühen ihre Wangen schamrot im Erinnern! Grüßt Donna Anna! Schwarze Flöre wehen um diese reine Stirne, und wenn ihr glaubt, daß sie der

Schmerz zu Boden beugt – gebt acht – sie schnellt zur Rache auf, wie eine edle Klinge! Drängt noch mehr sich empor? Nimmt der Zug kein Ende? Seltsame Trachten, und Priester, und Feuersgluten und Dampf – ballt es sich zum Gewölk? Die ihr hervorbrecht aus den Wolken, wie klingende Strahlen – ihr seligen Knaben – seid ihr die letzten? Ist niemand mehr hinter euch? – – Schweigt, ich brauche nicht Antwort! Denn die Augen dessen, der jetzt hinter euch tritt, kennt auch der, der ihn noch nie gesehen. Auch dir, du Ernster, der du jeden Reigen schließest, hat der Meister Stimme gegeben – aus dunklen Chören klingt sie, wenn er sich selbst zu ewigem Frieden singt!

So steht der Meister – vom Schicksal gestellt – an der Grenze zweier Zeiten. Ihm – wie nie einem andern – ist es geschenkt, das Antlitz seiner Welt, ehe es sich wandelt, allen Kommenden zu künden, und zugleich ein seliger Bote dessen zu sein, was, hinter aller Zeiten wechselndem Antlitz, ewig sich birgt.

Noch dürfen seine Gefangenen hinter goldenen Gartengittern die freie Luft des Meeres schlürfen, und ihr Wächter heißt „Osmin"; es kommt die Zeit, wo ihr Leib, zwischen feuchtem Gestein, im Finstern fault, und ihr Herr wird „Pizarro" heißen. Noch jauchzt auf Don Juans Festen ein Maskenchor ein „Lebehoch" der Freiheit; es kommt die Zeit, wo Chöre von Gefangenen in düsteren Kerkerhöfen um Freiheit auf zum Himmel stöhnen. Noch darf des Meisters „Maurerische Trauermusik" in frommen Weisen um den Tod von Edlen klagen – – Blut und wieder Blut muß fließen, ehe die Straße frei wird für den „Trauermarsch auf den Tod eines Helden"! – – –

Nicht immer will unsere Seele bei dir weilen, Wolfgang Amadé Mozart! Zu sehr hat man uns gelehrt, in unseres Wesens geheimsten Schächten zu schürfen, und wir wissen von vielzuviel Leid. Von Jupiters weißer leidloser Stirn wenden wir unsere Augen, und suchen den tiefen mitleidsvollen Blick, der unter des Prometheus wehevoll geballten Brauen wohnt.

Aber im Frühling und in Tagen des Glücks, wenn wir am frühen Morgen in unsere Gärten treten, und, mit noch schlafgelösten Gliedern, die feuchte Luft des frühen Jahres und den Duft der Erde wie ein Glück genießen, und hoch über uns ein Vogel in erdentbundenem Flug sich dem Himmel entgegenwirft, alle Seligkeit seines Lebens in Gesang verströmend – dann grüßen wir dich, Wolfgang Amadé Mozart! Und dem Frühling, und unserem Glück, und dir strömt unsere Seele zu – unaufhaltsam – wie von hohen Bergen hinab zu tiefen Tälern das Wasser rinnt!

Einleitung zu „Die Hochzeit des Todes" von Ariel Bension

Lieber Herr Doktor Ariel Bension!
Über Kurzem gehen Sie aus unserem Norden zurück in Ihre Heimat. Von hier aus – von fremdem Boden und in fremder Sprache – sollen nun Ihre Worte zuerst den Weg zu Menschen nehmen. „Die Hochzeit des Todes" soll nur Einleitung [zu] einem größeren Werke, dem „Buch Raphael" sein, und Sie sagten mir, daß Sie darin versuchen, Wesen und Art einer kabbalistischen Gemeinschaft festzuhalten, die, unter Spaniolen in Jerusalem entstanden, Jahrhunderte wuchs und lebte, und nunmehr ihrem Ende nahe ist.

Kabbalah! Ich stehe allem, was sich als „Geheimlehre" gibt, fremd gegenüber. So mag es Ihnen begreiflich erscheinen, daß als Erstes, Abwehr sich in mir regte, und daß ich nun, da ich zu Ende gelesen, erstaunt bin, wie stark und rein die Wirkung dieser wenigen Seiten zu sein vermag.

Ihr Werk ist in der Sprache der Heiligen Schrift geschrieben, und die Übertragung scheint mir manches von dem schweren, wenig gelenken feierlichen Ernst einer Sprache gewahrt zu haben, der seit mehr als ein und einhalb Jahrtausenden erspart blieb, in gleichgültigem täglichen Dienst gestumpft und abgegriffen zu werden.

Aber Wesentliches der Wirkung fühle ich ausgehen von Etwas, dessen Umriß „Landschaft", „Klima", „Atmosphäre" nur sehr ungefähr gibt.

Sie sind in Jerusalem geboren und aufgewachsen, und Sie haben mir erzählt, daß dort und in Bagdad, in Marokko, und vorher durch Jahrhunderte in Spanien Ihre Vorfahren lebten. Auch Spanien, das die Griechen „hesperia", „Abendland", nannten, war Morgenland. Denn lange vor der Herrschaft der Araber, ein und ein halbes Jahrtausend vor unserer Zeitrechnung, strömte eine Flut phönikischer Siedler über das Land der Iberer und gab ihm den phönikischen Namen „Spania", und auch die Iberer galten als aus Asien herübergewandert. So konnte sich Ihr Geschlecht niemals seiner heimatlichen Welt entfremden, und man fühlt in Ihren Worten Morgenland morgenländisch gesehen, Irdisches und Göttliches – beides nicht in die Fremde gebannt, gleichbeheimatet – ungehemmt sich durchströmen.

Denn, vielleicht oft nur mehr formelhaft oder verzerrt, aber unter allen Aschen noch glimmend, ist dem Osten ein nichtbezweifeltes Wissen um die unlösliche Einheit alles Sinnlichen und Übersinnlichen geblieben. Aus Gruß, Sitte und Gebräuchen, aus täglichen Verrichtungen, weist es noch immer feierlich und bedeutsam über sich und Zeitliches hinaus.

Wie man dem Heischenden gibt, und selbst, mit welchen Worten man ihm Gabe versagt – überkommene Rufe der Straße, mit denen Verkäufer ihre Ware als Gottesgabe preisen – der Segensspruch, mit dem die Lippen die ersten Früchte des Jahres dankbar begrüßen, ehe sie von ihnen genießen – das Abtun alles Schmuckes, ehe man zu beten anhebt – wie man Blutsgemeinschaft und Gemeinschaft des Überlieferten scheu ehrt, als heilige Gewaltige, die unablässig und unabwendbar, sichtbar und im Verborgenen, mit ehernen Griffen das Schicksal des Einzelnen, wie das des Volkes formen – – aus Zahllosem, dies Wenige nur herausgehoben – all dies gibt Zeugenschaft, daß hier nicht versucht ward, Leben zu entlasten, indem man es entgötterte und entseelte.

Morgenland!! Das war das Märchenland unserer Kindheit, und nun hebt es wieder an, das Traumland vieler zu werden, die nicht mehr Kinder sind. Nicht jener bloß, die nach zwei Jahrtausenden eines Schicksals ohnegleichen, dort die alte Heimat und ein Leben, das Haß nicht mehr umlauert, suchen.

Andere, Viele, da und dort, mit jenen Unsteten nicht blutverbunden, seßhafte, immer auf eigener Erde, eigene Herren, ihr eigenes Schicksal schaffend – Andere fühlen, wie noch Verhülltes sich vorbereitet, und auf grollendem erbebendem Boden stehen sie gebannt und blicken und horchen gegen Aufgang, als müßte von dort, von wo seit je Heilbringer kamen, noch einmal Göttliches, Rettendes erstehen.

Dorthin, in jenes Morgenland, das Ihnen Heimat bleiben durfte, kehren Sie nun zurück. Gute Fahrt – Ihnen und Ihrem Werk!

Wien, 17. März 1920   Richard Beer-Hofmann

Moissi

Diesem großen Schauspieler ist – wie keinem zuvor – Macht verliehen, mit einer auf Sinne gestellten Kunst, Übersinnliches zu geben. Seine Gestalten leben nicht in irdischen Bezirken – sie scheinen ihnen nur für wenige Zeit verhaftet. Denn: Irrende, Ringende, Leichtfertige, Sündigende – alle tragen auf ihrer Stirn ein Leuchten unzerstörbarer Gotteskindschaft.

Irgend ein huschendes Lächeln, ein Reines des Blickes, reden von schuldloser Kindheit, die ja einmal Jedem war, ehe der

Vorhang sich vor einem Schicksal hob – und wenn der Vorhang über diesem Schicksal fällt, hat eine Kreatur in Martern *so* wehe ein ungesprochenes: „Mein Gott, mein Gott, warum hast Du mich verlassen?" emporgestöhnt – hat eine Kreatur im Sterben über veratmende Lippen ein unhörbares: „Ich weiß, daß mein Erlöser lebt!" *so* siegend dem Tod entgegengehaucht, daß hinter allen schwarzen Schleiern des Verendens ein neues Anbeginnen aufzuglühen scheint.

So wird diesem großen Schauspieler jedes Spiel, in das er tritt, ein „Geistliches Spiel". Er nimmt – er vermag nicht anders – von Neuem auf sich, was des *Dichters* ist: Vergängliches in Ewiges einzubetten. Und dunkel schattend, und *doch* Frieden wehend rauscht über den Häuptern seiner Gestalten das große gute Wissen: „Ich bin ein Gast auf Erden".

Vorwort zu „Meine Schüler" von Leon Kellner

Es ist der Wunsch Anna Kellners, daß ich diesem Buche einige Zeilen voranstelle. Ich erfülle ihn gern – denn so darf ich nun Leon Kellner für viele gute Stunden des Beisammenseins noch einmal danken.

Ich glaube, im Spätsommer 1919 sind wir einander zuerst begegnet. Ich wußte, daß er seit langem schon „Diener am Wort" eines großen Herren – Shakespeares – war. Und wenn wir uns trafen, trieb immer wieder das Boot unseres Gespräches nach wenigen Ruderschlägen – wie von selbst – sanft an shakespearische Ufer an.

Welch wundervoller Führer war da Leon Kellner!

Dort, wo verstümmeltes oder von der Zeit überkrustetes Wort – unverständlich – den Weg für immer zu verrammen schien – wußte er Rat. Vor dornigen, wirr verfilztem Gestrüpp wich man zurück – und schon entwirrte er mit leichten Griffen das Geäst – nach beiden Seiten hin rankten die Büsche willig – und gaben Weg und neuen unerwarteten Ausblick frei.

Ich sagte: „Welch wundervoller Führer!" – und dachte nur an die Fülle weitausgreifenden lebendigen Wissens, das nie an Fachgrenzen selbstsicher beruhigt haltmachen wollte – – ich hätte sagen sollen: „Welch wundervoller Lehrer!" – Denn diese seltenste Gabe brach immer wieder durch.

Ich erinnere mich eines Spazierganges auf einem Höhenweg des Semmerings. Im Herbst – und der Wind blies unfreundlich ins Gesicht. Ich fragte. Irgend etwas. Was mich gerade damals lebhaft beschäftigte. Es war keine klar umrissene, sich geziemend bescheidende, wohlerzogene Frage, wie sie der Fachmann gern beantwortet. Eher ein zusammengeraffter ganzer Strauß wild aufgeschossener Fragen – das Fach wohl streifend, aber zugleich auch ins Uferlose lockend –, den ich da unbedacht, in laienhafter Unschuld, ihm ungestüm, jäh, entgegenstreckte. Mit rascher Wendung vertrat er mir den Weg. Der Rücken seiner stämmig gedrungenen Gestalt fing den kalten Herbstwind auf und hielt ihn von mir ab – als brauche er mich, stillstehend, vor jeder Störung bewahrt – ganz gesammelt. Eine Sekunde lang nur sank der Blick seiner Augen, sich besinnend, in ihre eigene Tiefe – dann warf er den Kopf ein wenig zurück, die kurze, gerade, breitflügelige Nase, die dem Gesicht bäuerlichen Einschlag gab, schien gespannt Witterung zu nehmen: von mir – von meiner augenblicklichen Stimmung – von den Tükken und Gefahren der Frage – aber schon suchte ein starker froher Blick seiner hellen blauen Augen die meinen – ein ermunterndes Lächeln lief um die sinnfrohen Lippen, die aus dem Rahmen des weißen Bartes rührend kindlich, voll, geschwungen sich vorwölbten – und die Stimme klang leise, sordiniert – wie man zu fremden Tieren spricht, um sie an sich zu locken, vertraulich zu machen: „Sie fragen – –". Langsam, Wort für Wort – so schien es mir – wiederholte er meine Frage – aber: war es anderer Tonfall? Verlegte er Akzente? – – Meine Frage war in seinem Munde wissender geworden, als ahnte sie schon etwas von der Antwort – und jetzt – – hatte er weggelassen? – hinzugefügt? – ein Wort vertauscht? – – ich hätte es nicht mehr zu sagen gewußt – irgendwo, ganz ferne, blinkte ein kleines Licht auf – unsicher flirrend noch – aber ich empfand: es wies den Weg!

Und nun kam es: Frage um Antwort – Antwort um Frage! Aber, er fragte, und ich mußte Rede stehen – ein kurzes Wort der Zustimmung trieb weiter, ein warnendes riß zurück – – und schon hörte ich staunend, wie meine eigenen Lippen die Antwort auf die Frage formten, die sie eben noch gestellt – hörte das – fast jauchzende –: „Wundervoll!" des – von Geblüt – sokratischen Lehrers, der da vor mir stand, vom Höhenwind, der ihm die Wangen rötete, umblasen – sah helle Augen leuchten und lachen – froh, wie die eines Kindes, dem eben ein Schelmenstreich gelang!

Von dem mehr als sechzigjährigen Leon Kellner sprach ich – dem Hochschullehrer. Der kaum mehr als Dreißigjährige, der junge Mittelschullehrer, „der Klassenvorstand in der IA" ist es, der die kleinen Geschichten dieses Buches erzählt.

„Geschichten", ja – weil es „Geschehenes" ist. Aber nichts, um der Wirkung willen abgerundet, nichts zugespitzt – nur: Zeugenaussage. Ein Mensch, jung, froh, gütig – um seine helle Art spielt heiter Jean Pauls Licht und Luft –, sagt aus von der Koppel ganz junger Füllen, die er in seinem Pferche hüten soll.

Sagt wahr aus – aber, immer wieder um Liebe für seine Schar werbend. Sagt nicht feierlich aus – aber wo er – für einen Augenblick nur sich abwendend von seiner kleinen Welt, der er alles Leid ersparen möchte – Kronzeuge wird gegen veraltete Normen, gegen die Quellen „überflüssiger junger Leiden, vergeudeter Kraft, unnötigen Alpdrückens, mutwillig gezüchteten Hasses, wo Liebe und Dankbarkeit von selbst wachsen würde" – überall dort schwingt – aus dem Tonfall aufsteigend – ein ungesagtes, starkes, mutiges, inbrünstig bezeugendes „So wahr mir Gott helfe!" über seinen Worten.

„Jahrmarkt der Eitelkeiten" – ihn findet der junge Lehrer auch schon in der kleinen Welt seiner „IA". Den Schweigend-Ehrgeizigen zeigt er, den Selig-Subalternen, den Liebediener, den Querulanten, den Streber, den Träumer, den Überlegenen, den Arglosen, die Schar sich erst formender Masken – und zuletzt geistert noch durch die Seiten des Buches – ein Enkel des „Magister Tinte" – skurril, in entmenschter Pedanterie böse, der Lehrer Etzel – „Der letzte Tyrann".

Aber, wenn man dieses kleine Buch zu Ende gelesen hat und es aus den Händen legt, merkt man, wie alle Buntheit der froh sich tummelnden Gestalten langsam, bescheiden zur Seite weicht vor einem, der ruhig – nicht leicht mehr zu vergessen – nun aus diesem Buche heraustritt: vor Leon Kellner.

Der Lehrer von Geburt war – weil er *zweimal* ein wahrhaft Liebender, und *zweimal* ein wahrhaft Ehrfürchtiger war.

Das eine Mal, da er sein Herz in Liebe an das, was ihn überdauern sollte – an die Jugend nach ihm – gab – in Ehrfurcht bangend vor kaum erwachten morgendlichen Seelen, die zu hüten ihm anvertraut war[en].

Das andere Mal, da er seine Liebe dem Andenken Eines gab, der lang vor ihm gewesen – in Ehrfurcht vor dem Werk, das eine große Seele – irrend, ringend, in Leid und Zweifeln und Verzichten, jauchzend und schluchzend – schuf.

Und der ein Lehrer von Geburt war, weil er erfaßte, was eines Lehrers wundervolles, einfaches Amt sei:

Zu stehen zwischen dem, was war – und dem, was sein wird.

Zu hüten, was noch unvergessen, aus Vergangenem herüberragt, was noch an unsere Seelen zu rühren vermag, was wir vergängliche Menschen darum noch ein Weilchen lang unvergänglich nennen dürfen – das, ehrfürchtig zu hüten, und – von

Seele zu Seele – weiter zu reichen an nach uns Kommende – –:
„Daß die Fackel nicht erlösche!"

An der Schwelle des Goethe-Jahres

In diesem neuen, noch rätselvoll verhüllten Jahr, durch dessen Torbogen wir heute – bangend und hoffend – schreiten, jährt sich zum hundertstenmal der Tag, an dem jener, der auf Erden *Johann Wolfgang Goethe* hieß, irdischer Zeit, irdischen Maßen entwich, um schwerlos leuchtend sich emporzuheben in alles Künftige. Nicht von einem *Gedenktag* ist die Rede. Denn sonderbar gleichzeitig an allen Enden – wie geheime rasch zugeraunte Losung die Runde macht – ist ein anderes Wort aufgeflogen, sofort gebietend den Gemütern sich aufzwingend: *Gedenkjahr – „Goethe-Jahr"*.

Um diese Zeit des Winters schreibt der fromme Bauer mit ungefüger Arbeitshand die Initialen der „Heiligen Drei Könige und Magier" an die Tür seines Hauses, daß ihre Namen alles Böse von seiner Schwelle bannen mögen.

Um diese Zeit schreibt nun ein großes Volk – von Not, von Leid, von wirrenden Zweifeln zerwühlt, verbittert und verstört – einen *einzigen* Namen, wundervoll vertrauend, als schützenden, helfenden, heiligen, über die Tür seines Hauses. Denn: dunkles Ahnen, aus dem ewigen Urgrund seiner Seele aufquellend, – weiser und edler als kluges Wissen und jähe Tat der Stunde – heißt dieses Volk, als letzten stärksten Helfer, den *Einen* anrufen, der – über allen Zeiten – „Magier und heiliger König" eines deutschen Reiches thront, dessen Grenzen Gewalt nicht zu schmälern – dessen Name Haß nicht herabzusetzen vermag.

An tausend Orten, in tausend Stunden wird in diesem Jahr Ungezählten immer wieder sein Name genannt, die Legende seines Lebens berichtet, sein Wort verkündet werden. *Mir* ist heute aufgetragen, mit einem Heroldsruf ihn zu grüßen.

Aber: *vermessenes* Unterfangen – sein Herold sein zu wollen, leichthin alle Kronen zu melden, die dies Haupt wechselnd tragen darf – *ohnmächtiges* Unterfangen, *feierlich* ihn grüßen zu wollen, wo jedes Sich-Neigen zum In-die-Knie-Sinken, jedes grüßende Wort doch immer nur zu hilflos-stammelndem Bekennen tiefster Dankesschuld werden muß.

Ihm zu Dank verschuldet sind *alle* – von Vätern und Vätersvätern her!

Denn seit vor mehr als einem und einem halben Jahrhundert der Jüngling – mit nichts als dem flammenden Bekennen einer großen Liebe, mit dem wilden Aufreißen seines Herzens – Tausende bannte und ihr Blut zwang, in den Maßen *seines* liebenden Herzens fiebernd *mit*zupulsen, ist das breite Strömen seiner Macht über Menschenseelen nie versiegt.

Geschlecht um Geschlecht! – *zwang* es sie nicht alle, vor sein Werk zu treten wie vor einen ungeheuren Zauberspiegel, darin unter der wogenden Menge der Gestalten ein jeder nach seinem eigenen Antlitz suchte – und sein eigenes Antlitz oder seine eigene Maske wiederfand?

War es jungen Liebenden nicht *Glück*, wenn ihre eigene ungeduldig stürmende Liebe, und die zärtlich verspielte, und die bitter-süß nicht erhörte, aus dem Spiegel ihnen, wunderbar gesteigert, berauschend erhöht, zulächelte? *Löste* es nicht die Seele des ohnmächtig Verbitterten, wenn im Spiegel ein Antlitz, gleich seinem, unter wehevoll geballten Brauen, den Göttern, „den Schlafenden da droben" entgegenzutrotzen sich vermaß? Und wenn einsames Alter schwermütig dem Spiegel sich zuneigte, trug es Entsagen nicht leichter, wenn hinter allen Gestalten, aus Nebeln, ein wundervolles Antlitz blickte, von den Einsamkeiten des Stolzes, des Schöpfers und des Alternden *dreimal* umwittert, *dreimal* entsagend?

Unübersehbar, das Erbe dieses Einen!

Denn neben allem, was dies „heilig glühend Herz" an Gestalten, Schicksalen, Liedern wach-träumend formte, noch die Schatzkammern, die, hochkreisend, ein falkenäugiges Erkennen – alles Irdische erfassend – mit seiner Beute füllte!

Ich stehe hier. Geschlossener Raum umgibt mich. Ich rede. – Und ehe mein Wort sich noch von den Lippen ganz löst, wird es erfaßt – ungeheure Kräfte wachsen ihm zu, Mauern durchdringt es, wirft sich in ein Äthermeer. Von Bergen nicht aufgehalten, von Stürmen kaum gehemmt, wogt es ins Grenzenlose, vermag den Erdball zu umkreisen, landet an allen Küsten, die ihm zum Empfang bereitstehen...und streift, unerkannt, auf verschneiter Paßhöhe die Wangen des einsamen Wanderers, der nicht ahnt, daß es Menschenbotschaft ist, die er mit seinem Atem in sich trinkt.

Mag dies ein Gleichnis sein!

Denn was gesegnete Lippen einstmals formten, Worte, in die ein großes Herz, Jugendglück, Jubel, Aufruhr, Tatendrang, Lust, Stolz und Entsagen eines ganzen Lebens – sich verschwendend verströmte...ungeheure Kräfte wuchsen ihm zu aus der Liebe ganzer Geschlechter. Unhemmbar wogten die Worte ins Grenzenlose, und wo Herzen offen standen zum Empfang, tönten sie, alterslos, wundervoll auf.

Und, der sie nicht hört, der von ihnen nicht weiß – selbst *der* noch nimmt sie unerkannt in sich auf.

Denn ihr Eigenstes, Unfaßbarstes – was einmal tiefstes Fühlen eines Menschenherzens war, hat auch den letzten Kerker noch – den der Worte – schon durchbrochen. Es weht um uns, wir *müssen* es in uns atmen...weil es Luft unseres Lebens geworden ist.

Ansprache für Samuel R. Wachtell
am 31.10.1943 in New York

Am 19. September nachts wurde ich angerufen, Jean Manheim sagte uns, *was* geschehen war, und ihr tiefes naturhaftes Gefühl fand die knappe Formel dafür: „Es kommt nicht auf *uns* an, nicht auf das an, was wir jetzt empfinden – es kommt darauf an *ganz* zu erfassen, daß einem wundervollen Menschen ein wundervolles Ende beschieden war."

Von diesem Menschen wissen ungezählte, denen er in letzter Not, ein Gottgesandter Retter war, *seinen* Namen nannte man, rief sich ihn zu, wie den eines wundertätigen Helfers, dessen *bleibende Erscheinung*, jetzt schon, mild-leuchtend, eine Aureole sagenhaft zu umfließen beginnt.

Ich stehe vor Ihnen, *nicht* im Auftrage einer Gemeinschaft, *nicht* im Namen von vielen – *nicht* einmal in meinem *eigenen* Namen, denn, nicht *ich – Sam Wachtell* soll noch *einmal* mit seinen eigenen Worten zu Ihnen sprechen – aus fünf Briefen. Der erste, vom 20. Juni, der letzte, vom 2. September, legen sie untrüglich-klare Zeugenschaft ab von den letzten drei Monaten seines Lebens.

Mir sind nur wenige Minuten gegeben – so muß ich verzichten, kleine Dichtungen in Prosa, die – nur leicht verhüllt – verschämt, in diesen Briefen sich bergen, zu lesen. Da ist, mit knappen, aber unfehlbar sichern Strichen umrissen, das Porträt eines Landarztes – das Leben einer Familie kleiner Vögel ist mit so viel Liebe und schalkhafter Neugier eines Knaben erfaßt, als müßte der Mann nachholen, was dem Knaben in dürftigen Jugendjahren an froher Verspieltheit versagt geblieben war. Aber ich muß mich beschränken, die Stellen, die Wendungen herauszuheben, welche das traumhaft Heitere, kindlich Schuldlose anklingen lassen, das alle Briefe durchweht, und selbst der Anrede und dem Abschiedsgruß des Briefschlusses einen Schimmer von zärtlicher Anmut leiht.

Die Briefe sind in deutscher Sprache abgefaßt.

Aus dem ersten Brief – vom 20. Juni 1943
„Liebster Richard: also, wir sind hier. Die Autofahrt war herrlich. Unsere Kolonie schaut zwar aus wie ein Dschungel. Das Kraut ist hüftenhoch. Alles ist verwachsen. Aber der See ist wunderschön, die Luft klar und frisch, das Laub üppig und duftend und der Vogelgesang symphonisch und fortwährend.

In den ersten Tagen der Ausspannung scheinen Hast, Krieg, Bomben, Mord und Vernichtung – *Ewigkeiten* entfernt. Rose und Jerry haben für mich ein Regime verordnet, daß ich kein Begehren habe zu verletzen: Früh schlafen gehen, früh aufstehen, ordentlich essen, Milch trinken, Vitamintabletten unaufhörlich schlucken, und – nichts tun. Zur Abwechslung veranstalten wir abendliche Konzerte: Bach, Beethoven, Brahms, Schubert, Monteverdi und Mozart. Nachmittags lesen wir laut, Rose und ich...

Es ist halb sechs. Die Hitze des Mittags ist vorbei. Es lüftet. Das Laub murmelt und flüstert mir etwas – ich weiß nicht was – zu. Nur ein Klavier und, mild-leise, Windesgeräusche sind vernehmbar. Chico (Tonis Hund) bellt zwar, aber ganz ohne Überzeugung. Er versucht nur seine hohe Hundschaft, sozusagen, auszudrücken. Niemand nimmt ihm's übel. Das Bellen ist nur Hintergrund für die verlockende und zauberhafte Stille und Ruhe.

Nun Liebster, sei gesund. Rose und ich haben Dich innig lieb.

Es geht mir eigentlich gut.

Dein Sam."

Der zweite Brief – vom 28. Juni 1943:
Das Idyll der Vogelfamilie füllt ihn ganz.

Aus dem dritten Brief – vom 8. Juli 1943
Überkommene uralte hebräische Zahlenmystik ist in den Dienst
eines Geburtstagsbriefes gestellt, in dem er, ernst und scherz-
haft, die Geburtsdaten auslegt und deutet, und zugleich sich als
Glied in die Kette aller Vorfahren einfügt:

„Jetzt siehst Du welcher Reichtum an Sinnbildlichkeit in
den Daten Deines Geburtstages steckt. Kannst auch nebenbei
sehen, wie vollkommen ich der Sohn meines seligen Vaters
bin. Ich habe mich in seine Denkungsart versetzt, und nach seinem Diktat geschrieben."

Aus dem vierten Brief – vom 9. August 1943
„...Du scheinst mit Allem zufrieden zu sein. Deine Arbeit und
Du sind endlich miteinander allein und ungestört...

Uns geht es hier gut. Das Wetter ist herrlich, und mir paßt
das Lediggehen und Nichtstun außergewöhnlich gut. Ich ruhe
mich vollständig aus. Die Tage sind voll Sonne, die Abende
voll Musik, die Nächte voll Schlaf. Also, was kann ein Sterbli-
cher sonst begehren?"

Aus dem Letzten – vom 2. September 1943
Den harmlosen Worten des Anfangs hat nun das Schicksal
Doppeldeutigkeit gegeben.

„Lieber Richard: Die Zeit naht. Bald werden wir für die
Heimkehr packen müssen. Ich gestehe, die Heimkehr lockt
mich nicht. Dieser lang ersehnte Urlaub scheint im Rückblick
viel zu kurz gewesen zu sein. Es war ein herrliches Erlebnis –
das erste dieser Art, in dreißig Jahren. Die sonnigen Tage, die
köstlichen, mit Musik fast überfüllten Abende, die Schlaf-
trunkenen, ruhevollen Nächte waren voll Zauber und Genuß.
Sie gewährten mir viel mehr als Erholung, sie gewährten, kör-
perlich und seelisch, Erneuerung. Mein Urlaub ist eine Sym-
phonie. Der Anfang war ein belebtes Allegro; kam dann ein ru-

hig fließendes Andante; von Scherzi hatten wir auch manche; und jetzt soll das abschließende Fortissimo eintreten: Jerry, Edith und Bob sind schon mit uns, und am Sonntag kommt Peter! Mit Ausnahme von Abe, dem Gatten Jerrys, wird unsere sämtliche Familie die letzten vier oder fünf Tage mit uns, hier in Kauneonga verbringen.

Während dieser ganzen Zeit war mir Rose ein wirklicher Schutzengel. Keine junge Mutter hat sich ihrem Erstling noch so gewidmet. Sie hielt alles Erregende weit entfernt von mir. Unangenehmes oder Uninteressantes wurde einfach verbannt. Sie machte mich zum Zentrum unseres Mikrokosmos. Ich war der Erwählte, und Alles wurde nur meinetwegen getan. Und ich, der doch nie so anspruchsvoll bin, habe keine Einwände gemacht, da ich erahnte, daß diese Aufopferung und Selbstlosigkeit ihr viel Freude schuf. Ich weiß, daß ich es ihr nie vergelten kann.

Am 11. dieses Monats werden wir voraussichtlich wieder zu Hause sein. Aber Du sollst solange es nur geht in Lake Placid bleiben. Die Spät-September- und Früh-Oktober-Tage in den Adirondacks – der sogenannte Indian summer – bietet die herrlichste Zeit des frühen Herbstes. Du sollst sie in vollem Maß genießen. Laß uns wissen, wann Du zurückzukommen gedenkst. Ein knappes Vierteljahr ist verflossen, seit wir zusammen waren.

Wir sehnen uns sehr danach, Dich zu sehen. Sei umarmt.“

Nun hat uns Sam Wachtells gütige, sanft sich schmiegende Sprache, noch einmal geliebkost, und uns den Trost gegeben, daß – so, wie sein kindlich-reines makelloses Leben, so, wie sein stilles unmerkliches Entgleiten aus dieser Welt, gesegnet war, – auch auf den, von der Sommersonne an seinem vertrauten See heiter überleuchteten, von geliebter Musik verschwenderisch umfluteten, letzten drei Monaten die ihm beschieden waren, restloses – *ihm bewußtes* – Glück lag, und wunderbarer gnadenvoller Segen.

Rede für Sam Wachtell am 10.9.1944

Es ist Rose Wachtells Wunsch, daß ich heute, hier, zu Ihnen spreche.

Ich bin – wie wäre es in einem langen Leben anders denkbar – oft an Gräbern von Menschen gestanden, an denen mein Herz hing. Doch gesprochen habe ich noch nie an einem Grabe. Vor dem, was wir „Tod" nennen, schwinden Worte ohnmächtig hin, oder – übermannt vom Empfinden – zerbrechen sie leicht in stammelndes Schluchzen.

So habe ich heute morgen, was ich Ihnen sagen möchte, niedergeschrieben, um zumindest das Kühlende des Niederschreibens zwischen mich und mein Wort zu legen, und *beherrscht* zu Ihnen zu sprechen – so ruhig und beherrscht, wie es Sams Wunsch wäre.

Hunderte und Hunderte hat Sam Wachtell gerettet, Jahr um Jahr rastlos zu helfen gerungen. Er wartete nicht, bis man ihn anrief – gütig ging er allem Leid entgegen, es zu lindern. Und es mag geschehen, daß, wenn in hundert Jahren ein Sohn seinen Vater fragt: „Vater, wie kam es, daß wir in dieses Land uns retten konnten?", daß der Vater antwortet: „Kind, es war damals ein Mann, der hieß – Sam Wachtell, der rettete uns. Ich kannte ihn nicht, denn er starb jung – aber dein Großvater hat mir oft von ihm erzählt, und nie versäumt zu sagen, er wäre der *reinste* Mensch gewesen, dem er je begegnete." – Der *reinste* Mensch! Daß er *das* war, *das* ist seine Größe. Daß er schlicht, doch beispielhaft durchs Leben ging – in Zeiten erfüllt von vorher nie erhörten Martern und Morden und unausdenkbaren Greueln – ein Zeuge, der zu glauben half, daß – in all dem würgenden Grauen – Reinheit *doch* noch *möglich* sei. – Und höher als alles *Tun* ist: Beispiel *sein*. Weil es in ewig neuer Wiedergeburt an Menschenseelen zu rühren vermag.

Ich sagte, ich hätte *bis* heute noch an *keinem* Grab gesprochen – ich spreche auch *heute* nicht an einem Grab. Denn dieser Stein ist nur ein Zeichen, daß ein Leben eingeengt zwischen irdischer Geburt und irdischem Tod, erfüllt von irdischem Tun seinen Abschluß gefunden hat. Nur Sam Wachtells *erstes* Leben ist vollendet, aber sein *zweites*, reicheres Leben, das des Beispiels, das er gegeben, hat *schon* begonnen.

Wenn wir von hier wieder hinaus ins Leben treten, sollen wir es wissen: wir kommen von keiner Trauerfeier, wir kommen von einem feierlichen Danken, daß es Sam Wachtell gab – daß er *war*, daß er noch *ist* und wohl noch weiter sein wird!

Dankwort

Herr Präsident, Mitglieder der Akademie und des Instituts, meine Damen und Herren!
Ihre großherzigen Worte der Anerkennung haben mich ebenso tief bewegt wie die Ehre, die mir durch Ihren Preis zuteil wird. Es fügte sich so, daß ich von der bevorstehenden Verleihung des Preises am gleichen Tag verständigt wurde, an dem mich dieses Land zu seinem Bürger gemacht hat.

Mehr als siebzig Jahre meines Lebens habe ich in meinem Geburtsland verlebt und habe das als eine Selbstverständlichkeit empfunden. Als ich hierher nach Amerika kam, hätte ich wahrhaftig nicht vorauszusehen gewagt, daß ich hier wiederfinden würde, was die Tyrannis mir genommen hatte: eine Heimat, eine Arbeitsstätte, ein Land, das mein werden sollte durch Wahl und Recht. Und nun noch dieser Beweis von menschlicher Zuneigung, von Verständnis und Anerkennung! Ich nehme ihn entgegen als demokratische Lektion, die mir erteilt wird: denn der Respekt für die Würde des Menschen, diese

Grundlage aller Demokratie, ist zugleich die Grundlage jeder ehrlichen künstlerischen Bemühung.

Ob ich in meinen eigenen Bemühungen erfolgreich war, weiß ich nicht – die Arbeit des Schreibenden darf ja niemals auf Vollendung hoffen. Aber der Versuch war der Mühe wert – und sei es nur um dieser Lektion willen. Ich danke Ihnen.

Michael Matthias Schardt

Nachwort

Das *Schlaflied für Mirjam*, entstanden 1897, schrieb Richard Beer-Hofmann, als seine erste Tochter geboren wurde, absichtsvoll-absichtslos aus keinem weiteren Anlaß, als das kleine Mädchen in den Schlaf zu wiegen. Daß diese vier Strophen ihn, einen nahezu unbekannten Dichter, auf der Stelle berühmt machen würden, ahnte er nicht. Daß es der Text von ihm bleiben sollte, der noch nach Jahren und Jahrzehnten von Lyrikfreunden auswendig rezitiert werden konnte und der als einziger vielleicht noch heute mit dem Namen des Dichters verbunden wird, ist allein dem magischen Zauber der Verse zu verdanken, der Geschlossenheit des lyrischen Gebildes und der Anmut der sicher und geschmeidig fließenden Worte. Dies bemerkten die Kritiker und Zeitgenossen sofort; man schrieb Beer-Hofmann bewundernde Briefe, lud ihn zu Gesellschaften ein und sprach ihm unverhohlen die hohe Achtung aus, die ihm gebühre. Das Gedicht, so muß es heute scheinen, hat Beer-Hofmann die hohe Wertschätzung als kunstsinnige Autorität, als gefühlvoller Dichter und moralische Instanz eingebracht, die er, obwohl kaum andere Werke von ihm vorlagen, im Kreis der Wiener Intellektuellen und Künstler bereits in den neunziger Jahren innehatte. Erich von Kahler spricht in einem 1952 erschienenen Artikel sogar davon, daß nur wenige Autoren eine bedeutende Stellung in der Öffentlichkeit so kampflos erreicht hätten wie Beer-Hofmann.[1] Dies dürfte zu einem Großteil dem *Schlaflied* und ab 1900 auch dem *Tod Georgs* zu verdanken sein. Und damit nicht genug: das Gedicht ist seither häufig interpretiert, zahllos nachgedruckt und nicht selten öffentlich rezitiert worden. Es hat noch in jüngerer Zeit u. a. in Peter Härtling[2] und Nino Erné[3] enthusiastische

[1]   Erich von Kahler: Richard Beer-Hofmann. In: *Die Verantwortung des Geistes*. Frankfurt 1952, S. 134.

[2]   Siehe „Der Triumph der vierten Strophe". In: Sören Eberhardt / Charis Goer (Hg.): *Über Richard Beer-Hofmann. Rezeptionsdokumente aus 100 Jahren*. Paderborn 1996, S. 24-25.

[3]   Siehe: „Mein Gedicht". In: Ebd., S. 22-23.

Bewunderer gefunden. Letzterer zählt das Gedicht zu den Texten, die er auf eine einsame Insel mitnehmen würde, wenn die Anzahl des „Buchproviants" auf fünf begrenzt wäre.[4] Angesichts dieser breiten Wertschätzung für das *Schlaflied für Mirjam* lag es nahe, den ersten Band dieser Werkausgabe nach ihm zu benennen.

Das Werk und der Dichter

Wenn man den Umfang von Werkeditionen anderer Dichter dieses Jahrhunderts betrachtet, die der Brüder Mann, von Hesse, Jahnn, Schnitzler oder Hofmannsthal, so nimmt sich das Gesamtwerk des bei seinem Tod fast achtzigjährigen Schriftstellers Richard Beer-Hofmann einigermaßen dürftig aus. Zu Lebzeiten erschienen nur wenige Bücher, einige Artikel und hin und wieder fragmentarische Veröffentlichungen von in Arbeit befindlichen Werken. Die Publikation eigener Texte schien Beer-Hofmann oft voreilig oder unangenehm. So wollte er die beiden ersten Novellen gar nicht herausbringen; dies geschah erst auf persönliches Drängen seiner Freunde Hofmannsthal und Schnitzler. Für eine spätere Werkausgabe machte er zur Bedingung, diese beiden Prosastücke, *Camelias* und *Das Kind*, nicht aufzunehmen. Eine zweite Auflage hat es nie gegeben. Schon Beer-Hofmanns erste Veröffentlichung, ein lange verschollen geglaubter Essay über Maximilian Harden, wurde nur auf Umwegen publiziert (siehe die editorische Nachbemerkung zu diesem Band), und die vom Dichter selbst ins Auge gefaßte Werkauswahl in drei Bänden Anfang der vierziger Jahre kam nie zustande. So blieb es bei den wenigen, auf fünf Jahrzehnte verteilten Veröffentlichungen. Dem an Beer-Hofmann Interessierten war es zu Lebzeiten des Dichters eigentlich unmöglich, sich einen Überblick über das Werk zu verschaffen und zu erkennen, worauf sich dessen großer Ruhm eigentlich gründete. Als man sich im Fischer Verlag Anfang der sechziger Jahre an die Planung einer Ausgabe in einem Band machte, konnte man lediglich auf wenige vollendete Werke zurückgreifen: Den Kurzroman *Der Tod Georgs*, das Drama *Der Graf von Charolais*, den schmalen Band *Verse* und die nachgelassene Pantomime *Das goldene Pferd*. Von der *Historie von*

[4] Ebd., S. 22.

König David waren nur Teile fertiggestellt. Man erweiterte diese Auswahl um das Erinnerungsbuch *Paula* und einige Skizzen aus dem Nachlaß, so daß das nun präsentierte Werk inklusive eines Geleitwortes von Martin Buber und eines editorischen Anhangs gerade einmal 900 Seiten umfaßte.[5]

Die geringe Anzahl seiner Publikationen brachte Beer-Hofmann teils Bewunderer in dem Sinne ein, daß er ein wahrer Dichter sei, der jedes Wort und jedes Satzzeichen vielfach bedenke, ehe er es an die Öffentlichkeit gebe; teils mußte er sich aber auch Kritik gefallen lassen: Als wohlhabender Mann habe er es nicht nötig, schreibend sein Brot zu verdienen, sondern könne sich als Snob und Ästhet der Pflege der eigenen Seele und dem gehobenen gesellschaftlichen Leben widmen.

Eine solche Einschätzung, vielleicht für die frühen Lebensjahre noch teilweise zutreffend, muß im ganzen als falsch angesehen werden, zumal die Spötter nicht selten jenen verbreiteten Fehler begingen, die Helden der frühen Prosatexte mit dem Autor gleichzusetzen.

Freilich hat Beer-Hofmann seine Sätze in einem quälend langsamen Arbeitstempo niedergeschrieben, verworfen, korrigiert und neuformuliert, vieles wieder verworfen und letztlich nicht vollendet. Aber dieser Umstand ist auf eine respektvolle Haltung des Schriftstellers zum Wort zurückzuführen. In einem nicht so beiläufigen Vers, den er *Ins Stammbuch von Hilla Fischer* schrieb, spricht Beer-Hofmann das Problem der Qualität gegenüber der Quantität an:

> „Oh, ließen manche es auch *sonst* bewenden
> Bei *einem* Blatt, statt bei sehr vielen Bänden!"

Seine Zurückhaltung gegenüber eigenen Veröffentlichungen resultierte bei ihm nicht, wie manche es ihm vorgeworfen haben, aus einer Koketterie oder gar aus mangelndem Fleiß – denn über seine akribische Arbeitsweise und nie erlahmende Schaffenskraft geben die Briefe und Nachlaßkonvolute beredt Zeugnis –, sondern aus einem tief empfundenen Zweifel über die Wirkung und die Bedeutung des Schreibens. Sinnfällig heißt es im Gedicht *Der Beschwörer*:

5 *Gesammelte Werke.* Mit einem Geleitwort von Martin Buber. Frankfurt 1963.

„Schatten beschwor ich all mein Leben lang!
Ans Licht rief ich, was längst in dunkles Reich gesunken –
Ich – Herr und Knecht der Schatten, der mit ihnen rang,
Mit seinem Blut sie tränkte, bis sie trunken
Anstimmten dröhnend ihres Lebens einstigen Sang. –
Wie lange währts – ist dieser auch verhallt – – ein Leben
Ward für verhallenden Gesang von Schatten hingegeben!"

Die Vorstellung, sein Leben für „verhallenden Gesang von Schatten" hingegeben zu haben, kann dem Dichter Beer-Hofmann alles andere als tröstlich gewesen sein und ihn dazu veranlaßt haben, mit Energie ständig an die Öffentlichkeit zu treten. Vielmehr gemahnte sie ihn, alles noch einmal zu überprüfen, was den Schreibtisch verlassen wird. In dem Gedicht *Der Dichter* läßt Beer-Hofmann „gesagtes Wort zum Sarg" werden und „Unfaßbares in brüchiges Gefäß...fassen" zur „Danaidenfron" des Wortkünstlers. In *Einer Photographin ins Stammbuch* wird nicht nur das Flüchtige des Dichterworts thematisiert, sondern auch danach gefragt, ob es über das Festhalten subjektiver Befindlichkeiten hinaus etwas gelte:

„Wort wird, tönt, schwingt, und schon verhallt –
Flüchtigstes muß ich ballen zu Gestalt –
Wer weiß, ob es vermag, viel von der Welt zu sagen – –?
Am Ende sagts doch nur, wie einst mein Herz geschlagen!"

Aus all diesen Zeilen spricht die unverkennbare Skepsis gegenüber der Schöpferkraft des Dichters, der Wertigkeit des Wortes und der Wirkung des Gesagten. So erklärt sich Zweifaches: die Scheu Beer-Hofmanns vor der Drucklegung seiner Texte, aber auch die Bürde, die er sich durch die Wahl seines Berufes auferlegt hat. Es klingt wie ein Erlösungsgesuch, was Beer-Hofmann im letzten, kurz vor seinem Tod entstandenen Gedicht formuliert:

„Ich wollt' es wär nichts mehr zu tun –
Es hieße, ruhn mich – *endlich* ruhn!
Nichts mehr beginnen, *nichts* beenden –
Den alten welken müden Händen,
Entgleiten lassen stumm das Leben,
Dorthin – woher mir's ward gegeben."

Richard Beer-Hofmann ist heute nur noch einem kleinen Kreis interessierter Leser bekannt. Die vorliegende Ausgabe stellt sich die Aufgabe, dies zu ändern und die Werke, die nun endlich in hinreichender Vollständigkeit vorliegen, einem erweiterten Publikum vorzustellen. Erfreulich ist, daß sich der Umfang des Werkes durch die Hinzuziehung des Nachlasses (Band 7, 1999), der beiden frühen Novellen, einer zweiten umfangreichen Pantomime, diverser verstreuter Publikationen seit seinem Tod und nicht zuletzt durch die umfangreiche Briefeedition (Band 8, 1999) in einem nicht mehr so dürftigen Zustand präsentiert und nun – bei angemessener Gestaltung – acht Bände füllt. Bevor etwas näher auf die Werke des vorliegenden Bandes eingegangen wird, scheint es angebracht, das Leben des Dichters kurz nachzuzeichnen.

Richard Beer-Hofmann wird am 11. Juli 1866 in Wien geboren. Sein Vater ist der jüdische Rechtsanwalt Hermann Beer. Da die Mutter Rosa Beer, geborene Steckerl, fünf Tage nach der Geburt am Kindbettfieber stirbt, sieht sich der Vater veranlaßt, den vier Wochen alten Jungen nach Brünn zu geben, wo er von der Schwester der Mutter, Berta, und deren Mann Alois Hofmann erzogen und später adoptiert wird. Über seine frühe Jugendzeit, die durch das ländliche Leben geprägt ist, hat Beer-Hofmann später in seinem Erinnerungsbuch *Paula* berichtet.

1885 immatrikuliert sich der junge Beer-Hofmann nach bestandener schulischer Reifeprüfung an der Universität Wien, um das Studium der Rechte aufzunehmen. Kurz nach der Einschreibung leistet er seinen Militärdienst, das sogenannte Freiwilligenjahr, ab. 1891 nimmt er in Brünn noch einmal an einer Waffenübung teil, nachdem er 1890 seine Universitätslaufbahn mit der Promotion abgeschlossen hat. 1892 setzt seine literarische Tätigkeit ein. Ein Artikel über Maximilian Harden erscheint, der *Pierrot* wird von Beer-Hofmann im Freundeskreis vorgelesen und erntet allgemeine Anerkennung, die beiden Novellen *Camelias* und *Das Kind* finden 1893 einen Verleger. In die frühen neunziger Jahre fallen auch die wichtigen Bekanntschaften mit Schnitzler, Hofmannsthal und anderen jungen Schriftstellern, die den sogenannten Jungwiener Kreis bilden, der sich in den Kaffeehäusern der Stadt regelmäßig trifft. Beer-Hofmann avanciert schnell zu einer seiner zentralen Gestalten.

Der 5. Dezember 1895 wird zu einem für das weitere Leben entscheidenden Tag. In einem Konfektladen, wo Paula Lissy eine Lehre absolviert, begegnet der Dichter seiner großen Liebe das erste Mal. Beer-Hofmann wirbt um die 16jährige und unternimmt 1896 mit ihr verschiedene Reisen, u. a. an den Wolfgang-See und nach Dänemark. Ein Jahr später heiratet der betuchte Autor die aus einfacheren Verhältnissen stammende Paula. Zuvor ist Paula zum jüdischen Glauben konvertiert. Die erste Tochter Mirjam wird 1897 geboren; Beer-Hofmann schreibt für sie das *Schlaflied*. Aus dieser Ehe gehen noch zwei weitere Kinder hervor, Naëmah und Gabriel. Letzterer tritt später in die Fußstapfen des Vaters und schreibt unter dem Pseudonym G. S. Marlowe in englischer Sprache. Mit seiner Familie unternimmt Beer-Hofmann in den folgenden Jahren einige Reisen, die ihn unter anderem nach Italien (1903) führen.

1905 stellt sich nach der Uraufführung und Publikation des *Grafen von Charolais* auch die öffentliche Anerkennung ein. Er erhält zusammen mit Gerhart und Carl Hauptmann den angesehenen Volks-Schillerpreis. 1906 wird im S. Fischer Verlag die *Mozart-Rede* herausgebracht; die Arbeit an den *David-Dramen* hat inzwischen begonnen, die Beer-Hofmann rund vier Jahrzehnte beschäftigen sollten. Obwohl der Zyklus ein Fragment geblieben ist, muß er als sein Hauptwerk angesehen werden.

In den zwanziger Jahren rückt die Tätigkeit als Dramaturg immer mehr in den Vordergrund. Besonders die Zusammenarbeit mit Max Reinhardt trägt Früchte, wobei die Vorlieben für Goethe und Shakespeare deutlich hervortreten. Den Höhepunkt als Theatermann erlebt Beer-Hofmann 1932, als er im Goethe-Jubiläumsjahr beide Teile des *Faust* inszenierte, die an einem Abend aufgeführt wurden. Nach Vorlesungen in Zürich und Luzern 1935 und einer Reise mit Paula nach Alt-Aussee, wo er das *Vorspiel auf dem Theater zu König David* beendet, wird Beer-Hofmann von zionistischen Organisationen nach Palästina eingeladen. Zusammen mit seiner Frau bereist er im April 1936 erstmals das ‚Land der Väter‘

Mit 73 Jahren sieht sich Beer-Hofmann 1939 gezwungen, seine Heimat zu verlassen. Über die Schweiz wandert er in die USA aus. Einen schweren Schlag erleidet Beer-Hofmann auf der Durchreise, als Paula in Zürich schwer erkrankt und stirbt. In New York findet er für seine letzten Lebensjahre ein neues zu Hause. Hier wird ihm 1945 eine öffentliche Anerkennung zuteil und er erhält die amerikanische Staatsbürgerschaft. Die letzten Jahre stehen im Zeichen des *Paula*-Buches. Beer-Hofmann stirbt, 79jährig, am 26. September 1945 in New York.

Werke des ersten Bandes

Zunächst mutete die Aufgabe, der sich der Herausgeber gegenübergestellt sah, wenig verlockend an. Es galt, alle verstreut publizierten Texte Beer-Hofmanns zusammenzutragen und in einen Band zu bringen. Während in den übrigen Bänden einheitliche Werke ediert sind, blieb für den 1. Band ein merklich disparates Textkonvolut übrig, ohne daß es hervorragende bibliographische Vorleistungen oder große Hoffnung auf besondere Fundstücke gegeben hätte. Außerdem bestand die problematische Notwendigkeit, die aus dem Nachlaß von verschiedenen Herausgebern bereits edierten Teilstücke zu überprüfen, wenn nötig zu korrigieren oder, in wenigen Fällen, wenn die Vorlagen nicht mehr greifbar sind, sich auf die Vorarbeiten verlassen zu müssen.

Als erfreulich ist am Ende der Arbeit jedoch zu konstatieren, daß sich der Aufwand gelohnt hat. Fast alle Teile des gedruckten Nachlasses konnten aufgefunden und editorisch korrekt dargeboten werden. (Die drei, vier sehr kurzen Texte, die fehlen, werden im Nachlaßband 7 nachgereicht.) Erfreulich ist auch, daß gerade durch diesen Band das Gesamtwerk facettenreicher erscheint und er die Vielfalt der Gattungen zeigt, in der sich der Dichter betätigte.

Die heterogenen Texte dieses Bandes lassen sich einigermaßen sinnvoll in sechs Sektionen unterteilen: Gedichte, Pantomimen, Prosaskizzen, Dramaturgisches, Reiseaufzeichnungen und Reden, Einleitungen bzw. Vorworte. Mit Ausnahme der Gedichte, deren größter Teil der noch von Beer-Hofmann besorgte Band *Verse* ausmacht, sind

alle Rubriken chronologisch nach den (in manchen Fällen vermuteten)
Entstehungsdaten geordnet.

Gedichte

Daß Beer-Hofmann im Jahre 1941 den schmalen Band *Verse* heraus-
gab, in dem die bis dahin entstandenen 24 Gedichte abgedruckt sind,
muß auch im nachhinein einigermaßen verwundern, da die Sammlung
keineswegs den Eindruck von Geschlossenheit und Entwicklung bietet, wie man es von einem lyrischen Lebenswerk erwarten würde. Da
stehen Gelegenheitsgedichte und Bruchstücke zum *David-Zyklus* zusammen mit Widmungsgedichten und Ausarbeitungen zum *Ariadne*-
Drama oder zur Reinhardt-Inszenierung von *Romeo und Julia*. Bedenkt man die sonstige Zurückhaltung Beer-Hofmanns bei Veröffentlichungen und die Zweifel gegenüber dem eigenen Schaffen, die, wie
schon weiter oben erwähnt, auch ein zentraler Gedanke der *Verse*
selbst sind, so muß man annehmen, daß der Autor besondere Beweggründe für die Publikation hatte. Sie könnten darin liegen, daß sich
seine finanzielle Situation seit dem Exilgang in die USA sehr ver-
schlechtert hatte; wahrscheinlicher aber ist, daß er seiner verstorbenen
Frau, für die er später noch ein Erinnerungsbuch – *Paula* – schrieb,
ein literarisches Andenken bewahren wollte. Sieht man von den Ausarbeitungen für das Theater, den Widmungs- und Gelegenheitssprü-
chen ab, so bleibt inklusive der nachgelassenen Verse gerade einmal
ein Dutzend Gedichte übrig, die man im traditionellen Sinn als solche
bezeichnen kann. Es ist deshalb ganz unangemessen – darauf hat Stefan Scherer bereits hingewiesen[6] –, Beer-Hofmann primär als Lyriker
zu bezeichnen.

Auffallend in formaler Hinsicht ist der unkonventionelle Umgang
Beer-Hofmanns mit der deutschen Sprache. Oft zwingt er sie in eine
unübliche Metrik, rhythmisiert sie nach eigenem Gutdünken, als ob es
keine „natürlichen" Übereinkünfte gäbe. Manchmal wirken die Gedichte gedanklich überladen, steif und zu abstrakt. Zuweilen hat man
den Eindruck, als beabsichtige Beer-Hofmann geradezu, die Natür-

---

[6]   Stefan Scherer: *Richard Beer-Hofmann und die Wiener Moderne*. Tübin-
      gen 1993, S. 76. Hier auch eine detaillierte Analyse der Lyrik (S. 76-95).

lichkeit des sprachlichen Flusses zu zerstören, als sei die Holprigkeit ein bewußt gesetztes Mittel, den Lese- und Rezitationsfluß zu verlangsamen oder gar zu brechen. In einem Gespräch hat Beer-Hofmann gegenüber Vordtriede in diesem Sinne auf die besondere Bedeutung von Pausen beim Vortrag seiner Gedichte hingewiesen.[7] Man sollte sich an dem formalen Aspekt also nicht zu sehr stören; interessanter scheint die Frage nach Themen und Motiven zu sein, die in den Gedichten zum Ausdruck kommen.

Die Beschäftigung mit dem Tod, für das Gesamtwerk konstitutiv,[8] spielt auch in dem lyrischen Schaffen eine wichtige Rolle. Die Themen Vergänglichkeit, Altern und Einsamkeit werden mehrfach aufgegriffen, nie aber ohne die Fragen nach Trost, Hoffnung, Ruhe oder Gelassenheit zu stellen. Das dialektische Spannungsverhältnis von Einsamkeit und Trost scheint das zentrale Problem der Beer-Hofmannschen Lyrik zu sein.[9] In dem biographischen Gedicht von 1897, *Du warst mir gegeben*, fleht das lyrische Ich Mutter und Kind an:

„Ihr Beide – nicht wahr – *Beide*,
Ihr laßt mich nicht allein."

Denn in ihnen liegt auch der Trost begründet:

„Das Letzte, was ich sehe,
Sollt ihr – so bet ich – sein!

Mit Augen, schon versagend,
Halt ich euch dann noch fest,
Wenn mich das Licht – das liebe –
Verläßt."

7 Werner Vordtriede: Gespräch mit Beer-Hofmann (1941). In: Dieter Borchmeyer (Hg.): *Richard Beer-Hofmann. „Zwischen Ästhetizismus und Judentum"*. Symposium Heidelberg 1995. Paderborn 1996, S. 177.

8 Dies hat schon Martin Buber in seinem „Geleitwort" zu den *Gesammelten Werken* (1963, S. 5-12) festgestellt. Dazu auch: Alo Allkemper: „Nachwort". In: Beer-Hofmann: *Der Tod Georgs*. Paderborn 1994, S. 137-152.

9 Ausführlich dazu mein Aufsatz: Einsamkeit und Trost in den Gedichten Beer-Hofmanns. In: Borchmeyer [Anm. 7], S. 67-80. Hier eine detaillierte Analyse der Gedichte *Der einsame Weg, Altern* und *Abbild*.

Ist es hier noch die eigene Familie, die dem Einsamen die Hoffnung vermittelt, nicht allein zu sein, weitet das im gleichen Jahr entstandene *Schlaflied für Mirjam* (1897) die Perspektive aus auf die gemeinsame Tradition, die vergangenen wie zukünftigen Generationen des eigenen Volkes, in die das eigene Schicksal eingebettet und wo es seinen Sinn finden wird. In den ersten drei Strophen wird das Alleinsein betont („so gehen wir und gehen allein", „Keiner kann Keinem Gefährte hier sein", „Keiner kann Keinem ein Erbe hier sein"), bevor die vierte Strophe das *Ich* in den Generationenkreislauf des Volkes integriert, der Trost spendet und die rhetorische Frage zuläßt: „Wer fühlt sich allein?"

Nicht uninteressant an diesem Gedicht, darauf wurde bisher kaum eingegangen, ist die Einsamkeit des Vaters, die sich aus der Gesprächs-, besser: Monologsituation ergibt. Denn das Kind ist unwissend („du weißt nichts von Sonne und Tod") und einschlafend („Schall ists für dich"). Während das Kind den Sinn der Worte nicht verstehen kann, zumal sie zu seiner Beruhigung gesprochen werden, vollzieht der Vater die unruhebringenden Zusammenhänge („Sinn hats für mich nur") vor seinem geistigen Auge nach und nennt die Gründe seines Trostes erst im letzten Teil.

Programmatischen Charakter erhält in diesem Kontext das Arthur Schnitzler gewidmete Gedicht *Der einsame Weg* (1905). Der Text stellt eine Selbstvergewisserung dar, die sich schon in den Eingangszeilen in einer klaren Erkenntnis Ausdruck verschafft:

> „*Alle* Wege, die wir treten,
> Münden in die Einsamkeit –"

Im Laufe des Gedichts wird diese Feststellung begründet, variiert und manifestiert. Sie gipfelt darin, daß auch an dem Ort, an den sich das *Ich* „hinbegibt zu wohnen", niemand zu ihm finden wird. Nur das „Erkennen" dieser Umstände macht es möglich, überhaupt an diesen Ort zu gelangen.

Während *Altern* das Motiv von Vereinzelung im Zusammenhang mit dem ewigen Naturkreislauf aufnimmt, wird in dem längsten Gedicht des *Verse*-Bandes, dem *Lied an den Hund Ardon* (1938), das Problem an ein subjektives Erleben geknüpft. Das Zusammenleben von Herr und Hund von den ersten Wochen nach der Geburt Ardons bis zu seinem Tod nimmt Beer-Hofmann zum Anlaß, noch einmal auf die spezifischen Themen einzugehen. Und wieder entsteht, ähnlich wie beim *Schlaflied*, eine ungleiche Kommunikationssituation. Der Herr ist wissend, das affirmativ vereinnahmend angesprochene Gegenüber bleibt unverständig und ist unwissend. Letzteres weiß nichts von dem, was den Dichter beschäftigt:

> „Und wie, geschöpft in hohlen Händen, Wasser
> Zwischen den Fingern, eh mans merkt, verrinnt − −
> Verläßt uns Jugend, über uns sinkt Altern,
> Siechtum bespeit den Leib, wir sterben."

Doch der Tod − so will es das Gedicht − bedeutet mehr als

> „Zuletzt, verwest, zerstäubt: Heimkehrer in ein Nichts"

zu sein. Im letzten pathetischen Vers wird der Tod als Voraussetzung erkannt, daß Hund und Herr neu zusammenkommen können:

> „Hierher − Mein schweigender Gefährte − mein Geschwister −
> Aus gleichem kommen wir − wir gehn in gleiches Land!"

Pantomimen

Das neben der Novelle *Camelias* früheste literarische Werk Beer-Hofmanns ist die Pantomime *Pierrot Hypnotiseur*, die 1891/92 entstand, zu Lebzeiten nicht gedruckt wurde und bis heute nie zur Aufführung kam. Dennoch war sie im Kreis der Jungwiener um Schnitzler, Bahr und Hofmannsthal nicht unbekannt, da Beer-Hofmann sie in seinem Freundeskreis vorlas und diskutierte. Man lobte das Werk uneingeschränkt; insbesondere der junge Hugo von Hofmannsthal war derart angetan von dem Stück, daß er es so oft wie kein zweites in Briefen und Ausarbeitungen erwähnte, erörterte und offen bewunderte. Der *Pierrot* hat deutliche Einflüsse auch auf das literarische und kritische Werk Hofmannsthals ausgeübt. Fasziniert war er offenbar besonders von der geheimnisvollen, androgynen Figur Nochosch.

Im Rückblick verwundert es nicht, daß die Pantomime eine starke Wirkung auf die jungen Intellektuellen ausübte. Das Thema Hypnose war aktuell. Schnitzler bediente sich dessen schon 1889 in seinem Stück *Anatol*, nachdem er zuvor eine Abhandlung darüber geschrieben hatte. Auch Hofmannsthal verarbeitete das Thema in der Pantomime *Der Schüler* (1901). Zudem hatten die Arbeiten von Josef Breuer über die Heilmöglichkeiten im Zustand der Hypnose und seine mit Freud publizierten *Studien über Hysterie* (1895) zur Fundierung beigetragen. Neben der Aktualität des Themas Hypnose war die Modernität der Gattung Pantomime sicher ein weiterer Grund für die Beachtung des *Pierrot*. Denn in der Pantomime sahen viele Dichter das adäquate darstellerische Mittel für Träume, innere Befindlichkeitszustände oder Bewußtseinsströme der Helden auf der Bühne. Für die Prosa entwickelte sich zur selben Zeit der innere Monolog. Fraglich bleibt nur, warum Beer-Hofmann nichts für die Realisierung im Theater tat, zumal viele Wiener Bühnen, insbesondere die der Vorstädte, eine lange Tradition der Pantomimedarstellung und ihrer Vorgänger pflegten[10] und Beer-Hofmann sich der Annahme und des Erfolges hätte sicher sein können.

Die *Pierrot*-Variante Beer-Hofmanns läßt sich unschwer als Commedia dell'Arte in der französischen Spielart der Comédie Italienne bestimmen, deren tiefgreifende Veränderung der Wechsel der Helden ist. Spielt in der Commedia dell'Arte noch Arlequino als Liebhaber die Hauptrolle, steht im Zentrum der Comédie Italienne der melancholische Pierrot.[11]

In Beer-Hofmanns Pantomime ist der melancholische Charakterzug unverkennbar. Im Augenblick seines Karrierehöhepunktes – Ehrung durch die Universität und Fertigstellung des neuen wissenschaftlichen Werkes über die Hypnose – wird Pierrot nachdenklich. Er bemerkt traurig seine verflossenen Jahre, die körperlichen Alterserscheinungen und das Opfer für die Wissenschaft: den Verzicht auf vitales, genießerisches Leben. Als ihm das bewußt wird, ruft er verzweifelt aus, daß er jung und schön sein möchte. In einer ähnlichen Situation, in der Faust durch Mephisto seine Jungträume mit Gretchen zu verwirklichen sucht, die letztlich damit ins Elend gestoßen wird, entwik-

---

10   Vgl. dazu Rainer Hank: *Mortifikation und Beschwörung. Zur Veränderung ästhetischer Wahrnehmung in der Moderne am Beispiel des Frühwerks Beer-Hofmanns*. Mit einem Anhang: Erstveröffentlichung von Richard Beer-Hofmanns *Pierrot Hypnotiseur* (1892). Frankfurt 1984, S. 235-241.

11   Dazu ausführlich Hank, ebd.

kelt sich Pierrots deutlich erotisch geprägter Wunsch, mit Colombine, dem einfachen, fröhlichen Mädchen, zusammenzukommen. In diesem Moment taucht Nochosch, der diabolische Vermittler, auf, der den Fortgang der Handlung motiviert. Nochosch ist es, der Pierrot den Gedanken gibt, sich mittels der Hypnose die Liebe Colombines zu sichern, der ihn später auch provoziert, sich die Folgen der Hypnose klarzumachen: die Entseelung des jungen Mädchens, die es zur marionettenhaft handelnden Puppe werden läßt. Colombine ist aber nicht nur wegen Pierrot dem Untergang geweiht, sondern auch aufgrund ihrer Liebe zu Arlequino, von dem sie ein Kind erwartet. Als sich Pierrot fortschleicht und, wie die anderen vermuten, Selbstmord begeht, zeigt sich, daß auch die Beziehung zu Arlequino nicht tragfähig ist. Schon zuvor entpuppt sich dieser nämlich als geldgierig und selbstverliebt. Er „liebt" Colombine nur, weil er sein männliches Ego bestätigt wissen will und weil er zufällig erfährt, daß die Eltern Colombines reich sind. Arlequino erweist sich als herzlos, egoistisch und als brutaler Alkoholiker, der nicht einmal in der Lage ist, seinem kranken Kind etwas Fürsorge zu geben. Gerade in der moralischen und charakterlichen Disposition unterscheidet sich Pierrot von seinem Nebenbuhler. Ihn interessiert das Geld der Eltern nicht, und er handelt nicht aus sexuellem Antrieb allein, er liebt Colombine *auch* auf eine seelisch-geistige Weise. Pierrot erweist sich ihr und dem Kind gegenüber als verantwortungsbewußt. Um sie vor Arlequinos Schmähungen zu schützen, sieht er keinen anderen Ausweg als den Doppelselbstmord. Erst im Tod sind beide vereint.

Pierrot hat gegenüber Arlequino nur einen Nachteil: Wegen seines Alters hat er keine Chance, die Liebe Colombines zu erlangen. Doch darf auch nicht übersehen werden, daß Pierrot nicht nur der – wenn auch traurige und melancholische – Menschenfreund und Altruist ist. Daß er sein Leben verpaßt, weil er es zu hohen wissenschaftlichen Meriten bringen will, ist ein egoistischer Zug. Daß die für Colombine vernichtende Hypnose von ihm durchgeführt wird und er sich lange weigert, die Folgen anzuerkennen, entlarvt ihn als selbstsüchtig und narzißtisch. Auch die Verfehlungen des Nochosch sind ohne weiteres Pierrots Persönlichkeitsprofil zuzurechnen. Nochosch, der erstmals aus dem Morgenmantel Pierrots heraus sichtbar wird, als dieser Colombine wunscherfüllt gewahr wird, und der stirbt, als sich Pierrot das Messer in die Brust stößt, muß als Teil der Persönlichkeit Pierrots angesehen werden. Nochosch verkörpert einerseits den sexuellen Trieb Pierrots, der sich verselbständigt und Macht über sein Gewissen gewinnt; er ist aber auch Initiator der Wende des Stücks, die direkt ins Unglück und zum Tod des Paares führt. So erweist sich Pierrot als durchaus differenzierte, facettenreiche und individuelle Figur, deren Persönlichkeit extrem nach zwei Seiten ausschlägt. Darauf weist u. a. auch die Figur Nochoschs hin, die als einzige nicht dem typenorientierten Bereich der Commedia zuzuordnen ist. Freilich legt sein melancholischer Grundzug das tragische Ende von vornherein fest.

Vergleicht man den *Pierrot Hypnotiseur* mit dem Stück *Das goldene Pferd*, das Beer-Hofmann dreißig Jahre später niederschrieb (1922), so fallen im formalen Bereich einige Veränderungen auf, die mit seinen „theaterpoetologischen" Überlegungen in Zusammenhang stehen. Während es im *Pierrot* noch verstärkt Dialogpassagen gibt und die auf das Bühnenbild bezogenen Beschreibungen bzw. mimischen, gestischen und musikalischen Anweisungen massiv nur in der Exposition der einzelnen Akte auftreten und im Verlauf der Handlung nur reduziert eingesetzt werden, fallen Dialoge in der zweiten Pantomime vollkommen fort, sind die Bemerkungen zur Bühne und zum Darsteller äußerst detailliert und verteilen sich auf die Länge des gesamten Stückes, so daß Scherer mit Recht davon spricht, daß sich das *Goldene Pferd* als eine einzige Szenen- und Handlungsanweisung bezeichnen läßt.[12] Daran ändern auch die balladen- und liedhaften Einfügungen des Märchenerzählers, des blinden Sängers oder, am Schluß, Tarkahs nichts. Sie bilden nur den äußeren Rahmen des Geschehens und deuten die Handlung voraus, und dies nicht in den sechs Bildern, sondern im Rahmen des Epilogs, des Prologs und der beiden Zwischenakte.

Die Vorbemerkung Beer-Hofmanns zum *Goldenen Pferd* nennt die Gründe für die Notwendigkeit, das gesprochene Wort auf der Bühne stark zu reduzieren bzw. ganz durch die pantomimische Dar-

---

[12] Vgl. Scherer [Anm. 6], S. 67.

stellungskunst zu ersetzen. Er glaubt, wie auch aus anderen Äußerungen hervorgeht, daß menschliche Grund- und Extremhandlungen wie Essen, Zeugen, Gebären, Sterben oder Töten ohne das Wort geschehen und deshalb auch durch eine wortlose Bühnenkunst am authentischsten dargestellt werden können. Dies gelte gleichermaßen für die Visualisierung von Gedanken, Träumen und seelischen Vorgängen. Die Gebärdensprache hat für Beer-Hofmann gegenüber dem Wort den Vorteil, unmittelbar zu sein und keine „Übersetzung" zu benötigen. Das, was die Pantomime ausdrücke, sei sofort jedem verständlich, da sie der eigenen Erfahrungswelt entspreche. Daraus erwächst bei Beer-Hofmann auch die Ansicht, durch die Pantomime ein deutlich größeres Publikum erreichen zu können, als es das Wort-Theater je vermag.

Das mag im Grundgedanken durchaus zutreffend und beachtenswert sein, wenn das Stück zur Aufführung gelangt. Jedoch hat Beer-Hofmann auch hier die Umsetzung gescheut, so daß das *Goldene Pferd* als Lesetext auf die Nachwelt gekommen ist und dies möglicherweise intendiert, da der Dichter sich in seiner Vorbemerkung nicht an den Zuschauer, sondern explizit an den Leser wendet: „In der hier vorliegenden Fassung sind die genauen Angaben der Geste, des Spiels, des mimischen, choreographischen, kostümlichen Details, der Farbenkontrastierung und Beleuchtung, der Forderungen an die Musik eingeschränkt. Vollständig würden sie den Leser zu sehr belasten."

Als Lesetext sind die äußerst präzisen, detailgenauen Szenen- und Handlungsanweisungen schon in der vorliegenden Form „belastend". Man wird geradezu *gezwungen*, sich etwas genau so vorzustellen, wie es sich der Verfasser gedacht hat. Daß eine solche Forderung aber vom Leser nicht einzulösen ist, wird deutlich, wenn man an die Musik denkt. Zwar beschreibt Beer-Hofmann Instrument, Rhythmus, Klang und sogar Wirkung der Musik, jedoch ist es für den Leser unmöglich, sich eine nichtkomponierte Melodie ins Ohr zu rufen. Ohne eine orchestrale Hörbarmachung bleibt die Musik tot und ohne Wirkung. Gleiches gilt für die Handlungs-, Tanz- und die gestisch-mimischen Elemente. Man muß sogar feststellen, daß die Pantomime als Lesetext im Sinne Beer-Hofmanns das Wort (nämlich das beschreibende) in noch viel intensiverer Weise benötigt als ein herkömmliches Sprechdrama in Leseform. Und dies widerspricht dem von Beer-Hofmann proklamierten Verzicht auf das Wort. Wenn man so will, hat er das *Goldene Pferd* von hinten aufgezäumt.

Die etwas mühsam zu lesende Textversion der Pantomime ist ein für die Bühne gedachtes, zeitentrücktes orientalisches Märchen, dessen Binnenhandlung sich am Schluß als böser Traum des jungen Helden Bahádur herausstellt. Dieser legt sich am Vorabend seiner Hochzeit mit Halimah zur Nachtruhe und träumt die Vorausdeutungen des blinden Sängers, für den Fall, daß er sich durch Glanz und Macht verführen lasse. In dem Traum erleiden er und Halimah ein böses Schicksal: der Preis für Bahádurs Geltungssucht wird Unfreiheit, Verlust und Tod sein. In die reine Verzweiflung getrieben wacht der Held auf und merkt, daß er alles nur geträumt hat. Es kommt zu einem guten (Märchen-)Ende, das nicht zuletzt der Unterhaltung und Ermahnung der Zuschauer dienen soll, wie aus den direkten Ansprachen der Darsteller an das Publikum zu ersehen ist.

Der dargestellte Traum zeigt, was aus Bahádur auch hätte werden können, wenn er der Verführung, die in vielerlei Gestalt auf ihn wartet (Tanz, Erotik, Geselligkeit, Macht, Glanz, Abenteuer), erlegen wäre. Sie ließe ihn herrschsüchtig, verlogen, ehrgeizig, gemein und hinterhältig werden. Er würde seine Geliebte und deren Vater verleugnen und müßte doch erfahren, in die Abhängigkeit seiner Verführer und Handlanger zu geraten. Er würde die Erfahrung von Tod, Vergänglichkeit und Vereinsamung machen; ein sinngebendes Leben in der Gemeinschaft bliebe ihm verwehrt, weil er dem äußeren Schein der Macht, symbolisiert im goldgepanzerten Pferd, welches im Inneren eine verwesende Kreatur ist, verfallen wäre.

Der überraschende Ausklang der Pantomime aber zeigt, daß dies Bahádur und dem Zuschauer erspart bleibt.

Prosaskizzen

Die knapp drei Dutzend Skizzen entstanden in den letzten beiden Lebensjahrzehnten des Dichters und stehen damit in enger gedanklicher Verbindung zu seiner Beschäftigung mit dem *David*-Zyklus. Es handelt sich zumeist um „Texte mit programmatischen Zügen und bekenntnishaftem Tonfall"[13] wie Stefan Scherer in seiner Studie mit Recht feststellt. Die Skizzen lassen sich nur schwer einer literarischen Gattung zuordnen. Für ein Epigramm oder einen Aphorismus fehlt ihnen die gedankliche Zuspitzung, für andere Kurzformen der Prosa die Literarisierung. Nicht nur deshalb scheint hier der neutrale Begriff „Prosaskizze" angebracht. Die kurzen, manchmal nur zwei Zeilen umfassenden Stücke haben zuweilen etwas Unfertiges, so, als seien es Gedankennotizen, die dann später einmal ausgeformt werden könnten.

Inhaltlich steht die Frage nach dem Wesen des Dichters und der Dichtung im Mittelpunkt. Dabei entpuppt sich ein fast mystifiziertes, althergebrachtes und auch stilisiertes Bild des Dichters, der, gottgleich, Schöpfer, Zauberer und Magier ist und sich mittels seiner außerordentlichen Bestimmung zur künstlerischen Formgebung dem weltlichen Chaos entgegenstellt. Durch das Wort enthebt der Dichter die zahllosen Dinge ohne Namen aus der dahinströmenden unendlichen Zeit, indem er ihnen Namen gibt, sie gewissermaßen „tauft".

Damit hat er auch Macht über die Geschichte, da *er* es ist, der die Dinge auswählt, die neue, bedeutende Existenzen gewinnen. Auch an diesem Leitgedanken wird deutlich, warum Beer-Hofmann sich in der Rolle des Dichters in einer besonderen, von Skrupeln geplagten Verantwortung sah. Sein Dichterbild steht damit in einem merkwürdigen Gegensatz zum Selbstverständnis vieler Autoren dieses Jahrhunderts, die sich als „Steller der Schrift", als Werkstattautoren, Arbeiter im Labor der Sprache oder „Wortmetze" verstehen.

Aber nicht nur dem Dichter, auch dem Wort mutet Beer-Hofmann einiges mehr zu, als es leisten kann. Jedem Wort wird auferlegt, dem Willen des Zauberers und Schöpfers den entsprechenden Ausdruck zu verleihen, es soll den Dingen einen Namen geben, der länger währt als das Ding selbst, soll „Chaos zu seliger Ordnung sich verklär[en]" helfen (*Die Beschenkten*) oder alle „transzendenten Regungen" erfassen und beschreiben. Diese Forderungen an das Wort, das für andere Autoren kaum adäquates Werkzeug ist, überrascht insofern, als daß Beer-Hofmann sehr wohl die allgemeine Sprachskepsis der Jahrhundertwende kannte und teilte. Nicht zuletzt stehen seine Überlegungen zur

---

[13] Scherer [Anm. 6], S. 102.

Pantomime, die ein Abrücken vom Wort ins Auge fassen, im Widerspruch auch zu seinen Skizzen. So erscheinen hier Beer-Hofmanns Berufsbild und die Auffassung von Sprache anachronistisch zur Entwicklung des 20. Jahrhunderts.

Dramaturgisches

Die unter diesem Gattungsbegriff abgedruckten Texte zeigen ausschnitthaft die Überlegungen und Arbeiten Beer-Hofmanns für die Bühne. Von entscheidender Bedeutung sind dabei Bezugspunkte des Dichters zu den Werken Goethes und Shakespeares sowie seine tätige Freundschaft mit Max Reinhardt. Vervollständigt wird die Zusammenstellung durch zwei Gemeinschaftsproduktionen, die Beer-Hofmann mit Arthur Schnitzler bzw. Hugo von Hofmannsthal schuf.

Bei der Zusammenarbeit mit Hofmannsthal, einer Rohskizze mit dem Titel *Verkaufte Geliebte*, ist der Anteil eines jeden bekannt. Die hier kursiv wiedergegebenen Partikel Beer-Hofmanns sind so marginal, daß sie kaum Aussagekraft erlangen. Anders sieht es bei *Das Echo des Lebens* aus. Hier zeigt sich Beer-Hofmann, wie sonst nur noch in seiner Shakespeare-Bearbeitung des *Wintermärchens*, als Humorist. Die komplett durchgearbeitete Szene, ein Epilog zum Stück *Der Ruf des Lebens*, spielt mit den Rollen der Schauspieler, des Souffleurs und des Dichters. Witzige Dialoge und Situationen ergeben sich hauptsächlich dadurch, daß die Figuren eigenmächtig aus ihrer Rolle schlüpfen und die Funktion des Dichters übernehmen wollen, der selbst, in der Maske des Oberst, zugegen ist und sich erst am Ende zu erkennen gibt. So manch absurdes Gespräch oder sinnwidrige Handlung kommen zustande, aber auch ein Theater im Theater wird zwischen der Generalprobe des Vortags und der noch erwarteten Premiere aufgeführt.

Eine größere Anzahl von Theater-Projekten erarbeiteten Max Reinhardt und Beer-Hofmann in Wien gemeinsam. Schon 1904 hatte Reinhardt Beer-Hofmanns erstes Drama *Der Graf von Charolais* mit großem Erfolg aufgeführt. Von da an entwickelte sich zwischen ihnen eine innige Freundschaft. Beer-Hofmann arbeitete im Hintergrund als Berater und Dramaturg für Reinhardt. So wurde etwa *Chorus zu „Romeo und Julia"*, hier in den *Versen* abgedruckt, in das Stück von

Shakespeare integriert. Beer-Hofmann war auch – neben Andrian – an der Planung der Salzburger Festspiele ab 1918 und an der Spielgestaltung des Theaters in der Josefstadt beteiligt, das Reinhardt 1923 übernommen hatte. Letztlich erfüllte sich für Reinhardts Lebensgefährtin und spätere Frau, Helene Thimig, ein Herzenswunsch, als Beer-Hofmann 1928 die *Iphigenie* inszenierte, wozu sich Reinhardt nicht durchringen konnte, und ihr die Titelrolle (an der Seite von Moissi, und später Gründgens, als Orest) gab.

Der hier mit dem Titel *Legende von Iphigenie* wiedergegebene Text zeigt Beer-Hofmann als akribischen Dramaturgen, der sich intensiv mit dem Text beschäftigte und nahezu jeden Vers mit Handlungs- und Sprechnotizen versah. Leonhard M. Fiedler berichtet,[14] daß Beer-Hofmann eine alles in allem vierjährige Vorbereitungszeit beanspruchte, in der er ein ausführliches Quellen- und Forschungsliteratur-Studium betrieb, sich in die Psyche der Figuren einfand, Bühnenzeichnungen anfertigte u. v. m. Aus dieser langjährigen Arbeit gingen drei Regiebücher zur *Iphigenie* hervor, die noch der Veröffentlichung harren. Insgesamt zeigt sich hier die schon aus der Beschäftigung mit dem *Goldenen Pferd* bekannte Tendenz, das Bühnenstück zu visualisieren, die Sprache zur Nebensache werden zu lassen und die Gebärden ins Zentrum zu rücken. Im Hinblick auf die Funktionen von Dichter, Dramaturg und Schauspieler strebt Beer-Hofmann eine Synthese an, die alle Bereiche verschmelzen läßt. In diesem Sinne kann wohl auch die kleine Hommage an Reinhardt gelesen werden, die er 1924 für einen amerikanischen Sammelband verfaßte.

Bedeutender noch als seine *Iphigenie*-Inszenierung empfand Beer-Hofmann seine Aufführung des *Faust 1. und 2. Teil* an einem Abend aus Anlaß des 100. Todestages Goethes am Wiener Burgtheater 1932. Diese Fassung wurde in der Tat ein großer Erfolg und blieb bis 1938 im Programm. Die beiden kurzen Zeitungsartikel geben einiges von dem wieder, in welcher Art und Weise der Autor an das Projekt her-

---

14 Vgl. Leonhard M. Fiedler: „Legende von Iphigenie". Richard Beer-Hofmann als Regisseur von Goethes *Iphigenie auf Tauris*, in seiner Vorbemerkung. In: *Hofmannsthal Blätter*, 1982, Heft 26, S. 32-40 und 56-57. Dort auch weitere Details.

anging und es durchführte; sie erscheinen allerdings auch als eine Art prophylaktische Rechtfertigung für den Fall eines Mißerfolgs.

Bemerkenswert an der Bearbeitung von Shakespeares *Wintermärchen* ist – neben der humoristischen Umsetzung –, daß Beer-Hofmann mit mundartlichen Sprachpartikeln arbeitet. Was ihn an diesem Stück gereizt haben mag, könnten die tänzerischen, liedhaften und durch die Gebärde getragenen Elemente gewesen sein, die genau in seine Konzeption von mimischem Theater – hier zum komödienhaften Volkstheater gestaltet – passen. Ein genauer Vergleich mit der Übersetzung von Dorothea Tieck, die Beer-Hofmann als Grundlage benutzte, würde dies erweisen.

Gleiches gilt auch für Beer-Hofmanns Übersetzung dreier Szenen aus Shakespeares *Richard II*. Eugene Weber, der sich die Mühe des Vergleichs gemacht hat, hebt in seinem Kommentar dazu hervor, daß Beer-Hofmanns Übersetzung nicht den Nuancenreichtum der existierenden Übersetzungen erreiche und es ihm eindeutig mehr auf die Verständlichkeit angekommen sei, um ein größeres Publikum zu erreichen.[15] Tatsächlich vereinfacht und modernisiert Beer-Hofmann Shakespeares Sprache unter Verzicht auf eine höhere Literarität, die etwa Schlegels Übersetzung kennzeichnet. Beer-Hofmann benutzt eine direktere, kompaktere Sprache, um eine höhere Anschaulichkeit und Emotionalität zu erzielen.

Im ganzen betrachtet zeigen die dramaturgischen Arbeiten Beer-Hofmanns die schon in den Pantomimen sichtbar werdende Tendenz, ein Theater des Optischen auf Kosten des gesprochenen Wortes anzustreben. Umgekehrt tritt die Arbeit des Dramaturgen und Schauspielers in den Vordergrund, während dem Dichter, der das Wortwerk schafft, ein hinterer Platz zugewiesen wird. Man könnte es pointiert formulieren, daß der Dichter Beer-Hofmann als Regisseur bestrebt ist, den Dichter als Wortkünstler langsam abzuschaffen.

---

[15] Vgl. Eugene Webers Vorwort in: *Essays in Honor of James Edward Walsh*. Cambridge 1983, S. 95-99.

Reiseaufzeichnungen

Zwei mehr als vierzig Jahre auseinanderliegende Reiseskizzen hat Beer-Hofmann hinterlassen. Die eine Reise unternahm er als 28jähriger nach Italien; die zweite führte den 70jährigen zusammen mit seiner Frau Paula 1936 nach Palästina.

Schon die fünf Einträge zur Italienreise von 1894 zeigen die genaue Beobachtungsgabe des Augenmenschen Beer-Hofmann. Während er den Landschaften, durch die er fährt, und den Menschen, denen er begegnet, nur wenig Aufmerksamkeit zukommen läßt, zeigt sich sein Interesse für Malerei und bildende Kunst sehr ausgeprägt. Nicht ohne Belang für das dichterische Selbstverständnis dürften seine Gedanken im Zusammenhang mit einem Vortrag sein, von dem er träumte, ihn halten zu müssen. Darin werden Vorstellungen vom Schriftsteller entwickelt, die die der späteren Jahre kontrastieren. An einem historischen Stoff, der Biographie Napoleons, will er exemplifizieren, was den Dichter vom Nichtdichter unterscheidet. Dabei offenbart sich, daß der wahre Dichter an der Handlung, an dramatischer Spannung oder Wirkung auf der Bühne kein Interesse zeigt. Er wird sich um die Kausalität des Ganzen bemühen oder zumindest den „einheitlichen Gesichtspunkt für alle Taten und Schicksale des Napoleon finden". Als Schöpfer soll sich der Dichter also in den Stoff einfinden und Ganzheit herstellen, möglichst im harmonischen Einklang aller Dinge. Dies verwundert, wenn man bedenkt, daß soeben seine *Novellen* erschienen waren, die die Zerrissenheit gesellschaftlicher und individueller Zustände thematisieren. Man kann diese Gedanken vielleicht auf das Kunsterlebnis Italien zurückführen; denn für sich genommen dürften die Aufzeichnungen, wie Eugene Weber bemerkt, „in mancher Hinsicht ... als symptomatisch für Gedankenwelt und Atmosphäre der Wiener Moderne am Ende des neunzehnten Jahrhunderts gelten".[16]

Die erst 1995 veröffentlichten Reiseaufzeichnungen aus dem Heiligen Land sind stichwortartig, emotionslos, nüchtern und in einer fast wissenschaftlichen Distanziertheit niedergeschrieben. Eine besondere

16 Eugene Weber: Richard Beer-Hofmann in Italien. In: *Neue Zürcher Zeitung*, 9./10.8.1975.

stilistische Auffälligkeit besteht vielleicht darin, daß sie mit Farbeindrücken überfrachtet sind. Man hätte eigentlich erwarten können, daß Beer-Hofmann mit größerer gefühlter Anteilnahme das Land beschreiben würde, das er zum ersten Mal in seinem Leben besucht und das ihn biographisch wie auch von seinem Lebenswerk her, dem *David*-Zyklus, hätte mehr einnehmen müssen. Eine herzliche Beschreibung der Bewohner des Landes oder der vielen Besuche bei Künstlern und Intellektuellen, die er zum Teil schon aus Berlin oder Wien kannte, fehlt völlig.

Sarah Fraiman hat in ihrer editorischen Vorbemerkung auf eine weitere Sonderbarkeit aufmerksam gemacht, nämlich daß Beer-Hofmann ein Tableau friedlichen Zusammenlebens zwischen jüdischen, arabischen und christlichen Bevölkerungsgruppen des unter englischem Mandat stehenden Palästina entworfen hat. Und dies, obwohl die letzten Tage seines Aufenthaltes vom Ausbruch der Araberunruhen überschattet waren, die noch bis 1939 andauern sollten.[17] Beer-Hofmann sah sich deswegen sogar gezwungen, seine Reisepläne zu ändern.

Beer-Hofmann, der sich drei Wochen auf Einladung des Keren Kajemet, des Jüdischen Nationalfonds, in Palästina aufhielt, hat am Ende der Reise Werner Bloch ein Interview gegeben, das als Ergänzung der Aufzeichnungen vollständig in der „Editorischen Nachbemerkung" dieses Buches abgedruckt ist. Darin wird Beer-Hofmann direkt auf die Vorgänge angesprochen. Doch auch hier äußert er sich sehr vage und vermeidet, wie im ganzen Text, eine konkrete politische Aussage. Immerhin zeigt er sich in seinen Antworten von seinem Besuch stärker beeindruckt, als es das aussparende Tagebuch vermuten läßt.

Reden, Vorworte, Einleitungen

Beschlossen wird der vorliegende Band mit einigen kleinen Reden und Einleitungen, die Beer-Hofmann aus Anlaß von Gedenktagen oder der Publikation von Büchern verfaßt hat.

---

[17] Vgl. Sarah Fraiman: Richard Beer-Hofmanns Palästina-Tagebuch. In: *Jüdischer Almanach* 1996/5756. Frankfurt 1995, S. 38.

Dazu gehört auch der verschollen geglaubte und erst kürzlich entdeckte Essay über Maximilian Harden. Er stellt die erste (bisher bekannte) Veröffentlichung des Autors dar, deren Anlaß ein von Harden erschienenes Buch mit Kritiken war. Dieser Artikel von 1892 sollte auch die einzige Buchbesprechung bleiben, die Beer-Hofmann in seinem Leben veröffentlichte. Die aus seiner jugendlichen Bewunderung für Harden erwachsene Rezension stellt den Kritiker in eine Reihe mit Lessing und Börne und scheut auch den Vergleich mit Heine nicht. Bemerkenswert daran ist, daß der Artikel in Stil und Aufbau die Kritiken Hardens nachempfindet und darauf auch in Anspielungen hinweist. Wie Harden nutzt Beer-Hofmann als Aufhänger nicht das zu besprechende Buch, sondern er stellt augenzwinkernd Eigenheiten der Persönlichkeit heraus, lenkt dann zum Buch und erläutert den Stil an einem Beispiel, bevor eine (als äußerst subjektiv getarnte) Wertung den Artikel beschließt.

Neben dem kurzen Text über Alexander Moissi und den Reden, die im amerikanischen Exil gehalten wurden, sind die Jubiläums-Artikel über Goethe und Mozart bzw. Vorworte für Kellner und Bension, im Kontrast gesehen, aufschlußreich für Beer-Hofmanns Art, Würdigungen zu formulieren.

Mit Leon Kellner war Beer-Hofmann gut befreundet. Auf die Bitte von dessen Frau verfaßte er ein Vorwort für ein kleines Buch Kellners mit schlichten Geschichten, die der inzwischen pensionierte Professor im Alter von dreißig Jahren vor dem Hintergrund seiner Volksschullehrertätigkeit niedergeschrieben hatte. Das Buch erschien erst nach dem Tod Kellners. In seinem Vorwort zeichnet Beer-Hofmann ein liebevolles Portrait des leidenschaftlichen Lehrers, stellt dessen freundliche Persönlichkeit durch eine Anekdote dem Leser vor Augen und charakterisiert die abgedruckten Geschichten und ihre Gestalten als ursprünglich und lebensecht.

Im Gegensatz dazu bereitete Beer-Hofmann die Einleitung zu Ariel Bensions *Die Hochzeit des Todes* einiges Unbehagen. Dies äußert sich schon darin, daß er sie in Form eines Briefes formuliert, die ihm die Möglichkeit verschafft, den Inhalt des Buches zu umgehen. Hinzu kommt, daß er offen eingesteht, der Kabbalah und allen anderen Geheimlehren fremd gegenüberzustehen. In dem kurzen Text beläßt er es dann auch bei sehr allgemeinen Betrachtungen über die Kultur Spaniens und Überlegungen zum Morgenland. Mit äußerst diplomatischem Geschick vermeidet Beer-Hofmann eine Stellungnahme zum Thema des Buches.

Die 1906 aus Anlaß des 150. Geburtstages von Mozart verfaßte Gedenkrede ist, wie später auch die Rede zu Goethe, eine Hymne auf den künstlerischen Genius. Mit beiden hatte sich Beer-Hofmann das ganze Leben beschäftigt. Eine nüchterne Betrachtung kam als Würdigung nicht in Frage. Der Stil beider Texte ist getragen und elegisch: sie zeigen eine dienstvolle Ehrfurcht vor dem Schöpfer und weisen den Werken eine immerwährende allseitige Wirkung zu. In beiden Fällen liegt es Beer-Hofmann fern, konkrete biographische Abrisse nachzuzeichnen oder auf einzelne Werke näher einzugehen. Bei Mozart beschreibt er die Atmosphäre der Stadt und Umgebung, in der der Junge aufwuchs. Er deutet Mozarts Leben als märchenhaft und benutzt zur Beschreibung sinnbildlich auch entsprechende Motive und Vokabeln. Auf die Opern geht er nur in Anspielungen ein, ohne selbst die Titel zu nennen. Über die Intention seiner Mozart-Ehrung hat Beer-Hofmann sehr Genaues in einem Brief an den Germanistikprofessor Franz Schneider berichtet: „Fachleute hatten es übernommen, über die Musik, die Texte, die Zeit, die Briefe, das Biographische zu schreiben. Mein Auftrag ging dahin, vor all den fachlichen Würdigungen noch eine Art Triumphbogen, eine ‚Ehrenpforte' aufzurichten. Was mich lockte, war von dieser einmaligen Jünglingsgestalt in einem Ton zu sprechen, als wäre sie der Prinz eines Zaubermärchens, und alles Wohldokumentierte ihres irdischen Erlebens und Schaffens, ein rasch vorüberrauschender leuchtender Traum." [18]

Auch die Goethe-Rundfunkrede vom 1.1.1932, von der Karl Kraus meinte, daß sie „turmhoch über allem stehen werde, was uns für dieses Jahr der Weihe und des Greuels die ungebändigten vorbehalten",[19] geht über einen Sachtext weit hinaus und trägt eher die Züge eines poetischen Entwurfs. An der Überhöhung, die Goethe erfährt, mag man die überragende Bedeutung ermessen, die dieser für Beer-

[18] In: *Essays* [Anm. 15], S. 130.
[19] In: *Die Fackel*, Nr. 868-872, März 1932, S. 1.

Hofmann besaß und die sich auch in der weihevollen Diktion nieder-
schlägt. Wenn Beer-Hofmann schreibt, das Unfaßbare seiner Worte
„weht um uns, ...weil es Luft unseres Lebens ist", so denkt er an eine
umfassende humanistische Wirkung auf die Menschen, von denen er
glaubt, sie seien so uneingeschränkt vertraut mit Goethes Büchern wie
er selbst.[20] Daß die Zeit schon eine andere war, 1932, und die über-
kommenen geistigen Traditionen weitgehend außer Kraft gesetzt waren, mußte der Dichter selbst wenige Jahre später am eigenen Leibe
schmerzvoll erfahren.

[20] In diesem Sinn auch Scherer [Anm. 6], S. 101.

Editorische Notiz zu Band 1

Im Gegensatz zu den Bänden 2 bis 6, die weitgehend einheitliche Werke beinhalten, nimmt der Band 1 bereits gedruckte Texte ganz unterschiedlicher Themen, Gattungen, Entstehungszeiträume und Überlieferungs- und Druckgeschichten auf. Nur ein kleiner Teil der hier versammelten Texte ist autorisiert; viele Gedichte, Prosaskizzen, Reden und Pantomimen wurden aus dem Nachlaß herausgegeben. Dies macht eine ausführliche Notiz zur Quellenlage und zum editorischen Verfahren notwendig.

1. Gedichte

Bisher sind 37 Gedichte von Beer-Hofmann bekannt. 24 davon publizierte der Dichter 1941 im Band *Verse* bei Bermann Fischer in Stockholm und New York. Zu diesen 24 Gedichten zähle ich auch die dem Band vorangestellte Widmung an Paula und die vier einzelnen Entwürfe zum *David*-Zyklus. Zwölf weitere Gedichte wurden vereinzelt aus dem Nachlaß veröffentlicht.

Der Band *Verse* wird hier als Einheit aufgefaßt und vollständig in der von Beer-Hofmann vorgesehenen Anordnung veröffentlicht. Die vier Texte zum *David*-Zyklus sind auch im Band 5 dieser Ausgabe abgedruckt, wo sie thematisch eingebunden sind. Der *Prolog-Entwurf zu einer „Ariadne auf Kreta"* wurde im Band 4 bereits veröffentlicht. In den *Gesammelten Werken* von 1963 (Fischer Verlag) kamen nicht alle Gedichte aus *Verse* zum Abdruck. Aus unbekannten Gründen fehlt dort das Gedicht *Erahnte Insel*. Von den 13 hier abgedruckten Gedichten aus dem Nachlaß enthalten die *Gesammelten Werke* fünf, und zwar *Rolandsrufen*, *Leopoldskron*, *In das Stammbuch eines Schauspielers*, *Hintergrund* und *1001 Nacht*. Die anderen acht Gedichte sind Einzelveröffentlichungen und erweitern den Textbestand gegenüber dem Fischer-Band. – Die Gedichte aus dem Nachlaß sind hier chronologisch nach der Entstehung geordnet.
Druckvorlage:
a. Für den Band *Verse* (von [*Vor dem Bilde Paulas*] bis *Ferne Hand*): Richard Beer-Hofmann: *Verse*. Stockholm, New York 1941;

b. Für *Auf das Feuilleton von Berger über Arthur* und [*Und lest ihr*]:
Arthur Schnitzler – Richard Beer-Hofmann: Briefwechsel 1891-1931,
hg. v. Konstanze Fliedl. Wien, Zürich 1992, S. 185 und 210;
c. Für *Leopoldskron, In das Stammbuch eines Schauspielers, Rolandsrufen* und *1001 Nacht*: Richard Beer-Hofmann: *Gesammelte Werke.*
Frankfurt 1963, S. 671-674;
d. Für [*Miß nicht dein Leben*]: Brigitte und Gottfried B. Fischer (Hg.):
In memoriam S. Fischer. 24. Dezember 1859-1959. Frankfurt 1960, S.
52;
e. Für *Hintergrund: Weihnachtskatalog Dr. Martin Flinker*. Wien
1935, unpag.;
f. Für *Ins Stammbuch von Hilla Fischer: Essays in Honor of James
Edward Walsh. On his sixty-fifth Birthday*. Cambridge (Mass.) 1983,
S. 23f.;
g. Für *Widmung an Moritz Heimann* und *Du!*: *Almanach. Das 80.
Jahr*. Frankfurt 1966, S. 27;
h. Für [*Ich wollt'*]: *Neue Zürcher Zeitung*, 9.7.1966.

2. Pantomimen

Die beiden von Beer-Hofmann verfaßten Pantomimen *Pierrot Hypnotiseur*, entstanden 1892, und *Das goldene Pferd*, entstanden
1921/22, wurden nicht zu Lebzeiten, sondern erst 1955 bzw. 1984 aus
dem Nachlaß veröffentlicht. Sie werden hier in der Reihenfolge ihrer
Entstehung abgedruckt.

a. *Pierrot Hypnotiseur*
Eine erste, aus heutiger Sicht vorläufige Druckversion erstellte Rainer
Hank innerhalb seiner Dissertation *Mortifikation und Beschwörung.
Zur Veränderung ästhetischer Wahrnehmung in der Moderne am Beispiel des Frühwerks Richard Beer-Hofmanns*. Frankfurt 1984, S. 261-
309. In seiner editorischen Notiz (S. 310) schreibt Hank zur Überlie-
ferung und zum Zustand des Manuskripts:

„Der hier erstellten Textfassung der Pantomime ‚Pierrot Hypnotiseur‘ liegt ein Manuskript aus dem Besitz von Mrs. Mirjam Beerhof-
mann-Lens, New York, zugrunde, zu dessen Veröffentlichung Mrs.
BH-Lens freundlicherweise die Erlaubnis gab.

Beer-Hofmann schrieb mit schwarzer Tinte auf kleinen Heften im Format 17cm x 21cm. Der erste Akt umfaßt 49 Seiten (in lateinischer Handschrift), der zweite Akt 28 Seiten und der IV. Akt 24 Seiten (in deutscher Handschrift). Dem III. Akt liegt ein Typoskript zugrunde, das vermutlich von Beer-Hofmann selbst dem Exemplar beigelegt worden sein dürfte; er selbst hatte die handschriftliche Fassung herausgenommen. Dazu vermerkt er auf dem Deckblatt: ‚III. Akt herausgenommen u. in Ex. I eingelegt da Clemens Frankenstein den III. Akt aus Ex. I verlor.‘

Der vorliegende Text genügt somit nicht kritischen Editionsansprüchen. Ziel war es, einen Lesetext zu erstellen.“

Handschrift-Faksimile von Beer-Hofmanns „Pierrot“.

Freundlicherweise wurde mir die Kopie des Manuskriptes von Rainer Hank zur Verfügung gestellt. Sie bildet auch die Grundlage der Neuedition, da Hanks Fassung kleinere Lesefehler aufweist.

Für die Neuedition wurden Worte oder Sätze, die Beer-Hofmann später durch andere ersetzt hat, die aber eindeutig zur Erstfassung gehörten, in den Text integriert. Sie sind durch eckige Klammern [ ] kenntlich gemacht. Des weiteren wurden alle Zeichnungen aufgenommen, Fehler, die auf Nachlässigkeiten Beer-Hofmanns zurückzuführen sind, korrigiert, Abkürzungen der Namen ausgeschrieben und der gesamte Text typographisch den anderen Dramentexten angeglichen und behutsam modernisiert (siehe dazu auch: „Werkausgabe und Editionsrichtlinien" im Anhang dieses Bandes).

Andere Stellen, die der Dichter schon in der Erstfassung gestrichen hat, sind nicht aufgenommen worden. Im Bereich der Zeichensetzung wurden Vereinheitlichungen vorgenommen, da Beer-Hofmann hier offenbar noch keine Korrektur vorgenommen hatte.

b. *Das goldene Pferd*

Textgrundlage bildet der erste vollständige Abdruck der Pantomime in: *Die neue Rundschau*, 63. Jg., 1952, Heft 4, S. 679-726. Wenige Abschnitte, nämlich das 1. und 2. Bild des ersten Aktes, wurden am 19. und 26.7.1930 in der Sonntagsbeilage der *Neuen Freien Presse* (Wien) abgedruckt. Ein zweiter vollständiger Abdruck erfolgte 1963 in den *Gesammelten Werken*.

3. Prosaskizzen

Textgrundlage: Für „*Was sich nicht ausdrücken läßt*", *Stumme Szenen, Nebenfiguren, Katzen, Sonnensysteme, „Ultra Posse", Hirten und Bauern, Von seinen „Pairs" gesehen, Form-Chaos, Kein Regenschirm, Die „Vorzugs-Schüler", Austriazismus, Die Beschenkten, Von einer Dichtung reden, Fang der Tief-See, Vorspiel im Himmel, Gottes Frömmigkeit, Ur-Zeit des Wortes, „Diesseits – Jenseits", Nestroy, Schönheit der Dinge, Entgeheimnissung, Vor-Rechte, „Zeit ist Geld", Gezähmte Triebe, „Ursache", Das Unwiderrufliche* und *Chronist des Fatums* gab es eine Vorpublikation in: *Die neue Rundschau*, 63. Jg., 1952, Heft 4, S. 525-535.

Die übrigen Texte wurden in den *Gesammelten Werken* erstmals veröffentlicht. Lediglich die Skizze *Die blasse Kaiserin der Nacht* fehlt dort. Sie entstand 1940 und trug ursprünglich den Titel *Bild eines Falters*. Die Druckvorlage liefert: *Almanach. Das 80. Jahr*. Frankfurt 1966, S. 27-28. Vereinzelt hatte Beer-Hofmann selbst (oder andere) verschiedene Skizzen separat publiziert, so *„Was sich nicht ausdrücken läßt"* und *Sonnensysteme* in: *German Quarterly*, 14, 1941, S. 69-70. (Nähere Angaben hierzu in Kathleen Harris, Richard Sheirich: Richard Beer-Hofmann: A Bibliography. In: *Modern Austrian Literature*, 15. Jg., 1982, Nr. 1, S. 8-11.) Der Neudruck der *Gesammelten Werke* wurde mit dem Erstdruck verglichen und ggf. korrigiert.

Im Gegensatz zu den *Gesammelten Werken* wurden die Skizzen für diese Ausgabe streng chronologisch nach der Entstehung geordnet. Die thematische Reihenfolge der *Gesammelten Werke* erscheint wenig nützlich.

4. Dramaturgisches

Die hier versammelten Texte sind fast alle aus dem Nachlaß herausgegeben worden. Sie sind chronologisch nach der Entstehung geordnet.

a. *Verkaufte Geliebte*
Vorlage: *Hugo von Hofmannsthal – Richard Beer-Hofmann Briefwechsel*. Hg. v. Eugene Weber. Frankfurt 1972, S. 187-189. Die *Verkaufte Geliebte* wurde von Hofmannsthal und Beer-Hofmann gemeinsam verfaßt. Die Anteile von Beer-Hofmann sind kursiv gesetzt. Entstanden ist das kleine Werk vermutlich 1893. In der hier gebotenen Fassung wurden keine Modernisierungen oder sonstige Eingriffe in den Text vorgenommen, auch wenn er offensichtliche Schreibfehler birgt, da nur drei Zeilen von Beer-Hofmann stammen;
b. *Das Echo des Lebens*
Vorlage: *Arthur Schnitzler – Richard Beer-Hofmann Briefwechsel 1891-1931*. Hg. v. Konstanze Fliedl. Wien, Zürich 1992, S. 198-206. Datiert ist die zusammen mit Arthur Schnitzler verfaßte Szene auf „Wien, 11./12.12.1909";
c. *Eine Bearbeitung von „The Winter's Tale" von Shakespeare*

Vorlage ist die Herausgabe von Eugene Weber unter dem Titel „Richard Beer-Hofmann und Shakespeare. Eine Bearbeitung des ‚Wintermärchens'. In: *Neue Zürcher Zeitung*, 5./6.12.1981, S. 65-66. Die Bearbeitung Beer-Hofmanns bezieht sich lediglich auf eine Szene, IV. 2., zwischen dem Gauner Autolycus und dem jungen Schäfer. Entstanden ist sie unter Verwendung der Übersetzung von Dorothea Tieck Anfang der zwanziger Jahre;

d. *Reinhardts Genie*

Vorlage: „Reinhardts Genie". Ein Blatt von Beer-Hofmann. In: *Frankfurter Allgemeine Zeitung*, 17.9.1973. Es handelt sich hier um eine Rückübersetzung. Vom deutschen Original, das verschollen ist, fertigte Lucie R. Sayler eine Übersetzung ins Englische an, die dann erschien in: *Max Reinhardt and his Theater*. Hg. v. Oliver Martin Sayler. New York 1924, S. 103-107. Hiervon fertigte Leonhard M. Fiedler die Rückübersetzung ins Deutsche an, die in der *Frankfurter Allgemeinen Zeitung* erschien;

e. *Legende um Iphigenie*

Vorlage: „Legende um Iphigenie. Richard Beer-Hofmann als Regisseur von Goethes ‚Iphigenie auf Tauris'. Notizen und Blätter" Hg. v. Leonhard M. Fiedler. In: *Hofmannsthal-Blätter* 1982, Heft 26, S. 32-57. Grundlage der Mitteilungen von Fiedler zur *Iphigenie*-Aufführung sind Blätter und Notizen aus dem Nachlaß, die mit *Legende um Iphigenie* überschrieben wurden und vermutlich im Zusammenhang mit der Inszenierung von 1928 entstanden sind. Beer-Hofmann inszenierte die *Iphigenie* in Wien im Frühjahr 1928 mit Helene Thimig, der Freundin und späteren Frau von Max Reinhardt, in der Titelrolle und Alexander Moissi als Orest. Premiere war am 27.4.1928 im Theater in der Josefstadt. Die Aufführung fand auch in Salzburg (28.7.1928) und in verschiedenen deutschen Städten statt. Am 28.5.1930 inszenierte Beer-Hofmann die *Iphigenie* ein zweites Mal an den Berliner Kammerspielen, erneut mit Helene Thimig. Gustav Gründgens spielte nun den Orest. Auf die Wiedergabe der Zeichnungen wird verzichtet, da sie im Nachlaßband 7 im Zusammenhang mit drei Regiebüchern zur *Iphigenie* publiziert werden;

f. *Übersetzung von Shakespeares „Richard II."*

Vorlage: „Richard Beer-Hofmann's Translation of Shakespeare's *Richard II*. Hg. v. Eugene Weber. In: *Essays in Honor of James Edward Walsh. On his Sixty-Fifth Birthday*. Cambridge (Mass.) 1983, S. 95-118. Die Übersetzung der 1. und 3. Szene des 1. Aktes sowie der 2. Szene des 3. Aktes fertigte Beer-Hofmann vermutlich Ende der zwanziger Jahre für eine Max-Reinhardt-Produktion an. Sie wurde jedoch ebenso wenig realisiert wie seine anderen Shakespeare-Bearbeitungen (etwa von *Macbeth* oder von *The Winter's Tale*);
g. *Die „Faust"-Aufführung im Burgtheater*
In: *Wiener Zeitung*, 27.2.1932;
h. *Die Ziele meiner „Faust"-Inszenierung*
In: *Neues Wiener Journal*, 27.2.1932.

5. Reiseaufzeichnungen

a. *Italienische Reise-Aufzeichnungen aus dem Jahre 1894*
Vorlage: „Richard Beer-Hofmann in Italien. Unveröffentlichte Aufzeichnungen aus dem Jahre 1894. Mitgeteilt von Eugene Weber." In: *Neue Zürcher Zeitung*, 9./10.8.1975;
b. *Reise-Aufzeichnungen April 1936. Heiliges Land*
Vorlage unter diesem Titel in: *Jüdischer Almanach* 1956/5756 des Leo Baeck Instituts. Hg. v. Jakob Hessing. Frankfurt 1995, S. 41-51. Es handelt sich um eine auszugsweise Veröffentlichung eines Palästina-Tagebuches, das Beer-Hofmann vom 2.-22.4.1936 anläßlich einer Reise mit Paula führte. Das Manuskript liegt in der Handschriften-Abteilung der Jewish National and University Library in Jerusalem. Die Edition wurde von Sarah Fraiman besorgt und eingeleitet (S. 36-39). Kleinere Setzfehler, die der Herausgeberin bei der Edition des *Reisetagebuchs* unterliefen, wurden stillschweigend verbessert.
Im Tagebuch fehlt die Beschreibung der Fahrt nach Jerusalem. Diese Lücke füllt ein Brief an Bernhard Altmann (zitiert nach A. Werner: Meeting Richard Beer-Hofmann. In: *Jewish Spectator*, July 1943, S. 22.): „Da ist gleich zu Beginn – die Fahrt von Haifa nach Jerusalem. Der Wagen steigt, von Wegkehre zu Wegkehre, eilend hinauf – noch vor Sabbat-Eingang die Stadt zu erreichen. Der Lenker spricht zu ihrem Vater, der neben ihm sitzt. Ihr Vater wendet sich zurück, nach uns im Wagen. Mit einer leichten Kopfbewegung weist er

auf die Höhe des Hanges, wo Mauerwerk sichtbar wird. ‚Jerusalem’, sagt er, leise, gedämpft, ehrfürchtig, wie man Heiliges ausspricht, und schon wendet er den Kopf, und man fühlt ein Schamhaftes, das eigenes Erschüttertsein verbergen, und auch nicht Zeuge fremden Ergriffenseins sein möchte."

Des weiteren gab Beer-Hofmann vor seiner Abreise aus Palästina Werner Bloch am 22.4.1936 ein Interview, das hier wiedergegeben wird (zitiert nach der oben genannten Edition im *Jüdischen Almanach,* S. 49-51.):

WERNER BLOCH: „Viele Jahre haben Sie sich in Ihren dichterischen Werken mit Palästina beschäftigt und kommen nun zum ersten Mal in das Land. – Wie sind Ihre allgemeinen Eindrücke?"

RICHARD BEER-HOFMANN: „Ich glaube, daß der erste Eindruck, den man von Palästina empfängt, ein typisches Erlebnis ist, das zwar kleinen Variationen unterworfen ist, aber immer wieder beobachtet werden kann. Nicht bloß der Anblick, sondern das Erklingen von Namen, die seit mehr als zwei Jahrtausenden jedem in Geschichte und Legende wieder begegnen, und deren Klang von Verehrung, Liebe und oft idyllischem Reiz alter Erzählungen umwittert sind, wird für das erste so stark sein, daß es alles andere zurückdrängen wird. Man braucht Zeit, um diesen ersten Ansturm zu ertragen und langsam zu erkennen, wie einem eine neue Realität gegenübersteht, die so stark, so überraschend und so zwingend ist, daß man fast versucht ist, sie als eine neue andere Legende zu empfinden und sich selbst immer wieder zurufen möchte: was Du an Erstaunlichem jetzt erlebst, ist Wahrheit."

WERNER BLOCH: „Von dieser ‚Wahrheit’ haben Sie doch sicherlich viel gehört und gelesen, ehe Sie ins Land kamen?"

RICHARD BEER-HOFMANN: „Gewiß, aber Zahlen, Daten und auch Bilder, trockene oder enthusiastische Berichte, das alles – ich habe es jetzt wieder deutlich empfunden – ist nie imstande, das zu ersetzen, was eigenes Sehen und Hören, was ein Aufenthalt – und wäre er so kurz wie der meine – einem zu geben imstande ist. Viele Gespräche, die sich doch im Laufe der Jahre ergaben, erscheinen unnütz: was als ein Problem erschien, um dessen Lösung man dialektisch bemüht war, schwindet und ist nicht mehr vorhanden. Wie sehr verblassen all die

Schlagworte, politische wie soziale, die zu uns nach Europa herüber-
klangen, vor der getanen Tat.

Weiß man noch oder hat man noch Sehnsucht zu wissen, welche
Schlagworte nebenher erklangen, als Menschen den Spaten ansetzten
und gruben, Steine zerschlugen, Sümpfe entwässerten und Quellen
faßten, wenn als ungeheure Antwort auf das problematischste aller
Schlagworte so sehr unproblematisches fruchtbares Land daliegt, auf
dem schon eine neue Generation junger mutiger Menschen herange-
wachsen ist und weiter heranwächst. Kindergärten, Schulen, For-
schungsinstitute, Heilanstalten, all das steht da, wirkt unendlich Gutes
und hat so wenig politische Gesinnung als ein Baum, der Schatten
spendet, oder ein Brunnen, der tränkt. Eine Stadt von hundertfünfzig-
tausend Menschen [Tel Aviv], mit allen Vorteilen und gewiß auch
Nachteilen der großen Stadt, steht da; aber daß sie in 25 Jahren –
wörtlich – aus dem Boden und, schwerer noch, aus dem Dünensand
gestampft wurde, zeigt, welche ungeheuren Kraftquellen vorhanden
waren, vorhanden sind, bereit, immer neue Aufgaben zu stellen und
zu erfüllen.

In diesem verrufenen, wasserarmen Lande wandelt der Wille jüdischer Menschen Wasserkräfte zu Energien, die dem neuen Typ des
Bauern dienen. Land, verrufen, verödet, das noch bis vor kurzem die
furchtbare Kraft besaß, Siechtum den Siedlern zu geben, nährt nun in
den drei großen Tälern Emek Jesreel, Sebulon, Chefer Tausende. Was
hier geschehen ist, ist ungeheuer, was noch geschehen könnte, ist un-
ausdenkbar."

WERNER BLOCH: „Haben Sie sich in den letzten Tagen nur in Haifa
aufgehalten?"

RICHARD BEER-HOFMANN: „Nein, ich hatte noch sehr vieles zu sehen.
[...]"

WERNER BLOCH: „Sie verstehen, warum ich frage, denn Sie haben ja
die Ereignisse der letzten Tage [die jüdisch-arabischen Auseinander-
setzungen] mit uns erlebt."

RICHARD BEER-HOFMANN: „Gewiß, das sind keine guten und frohen
Tage gewesen, und die Menschen in den Siedlungen wußten, was
vorging. Manchmal fragte man auch, ob ich Neuigkeiten wüßte, aber
vorbildlich ruhig, alle großen Worte vermeidend und von letzter Ent-

schlossenheit, den Fortgang der friedlichen Arbeit zu wahren, waren alle diese Menschen."
WERNER BLOCH: „Haben die Ereignisse der letzten Tage Sie um die Zukunft unseres Aufbauwerkes beunruhigt?"
RICHARD BEER-HOFMANN: „Nein-nein-nein! Dieses England, mehr als andere Völker seit Jahrtausenden mit der Bibel verbunden, durch den Glauben seines Volkes, wie durch die Namen seiner besten Söhne – denken Sie nur an Ruskin, an Gordon – ...dieses England kann nicht anders, als darin eine wundervolle Fügung des Schicksals zu erkennen, daß es ihm vergönnt war, Verheißungen zu erfüllen, die in Büchern, die ihm wie uns gleich heilig sind, verzeichnet sind. Es weiß auch, daß es uns nur das Tor in ein ödes brachliegendes Land öffnen konnte, und es muß erkennen, daß wir es in ein gesegnetes Land wandeln.

Aber über das hinaus empfinde nicht ich bloß, nein jeder, der den Fuß hierher gesetzt hat, muß fühlen, welche Kräfte im jüdischen Volk geweckt sind, und welche noch schlummernden nur des Anrufes harren, um hier unaufhaltsam neues jüdisches Schicksal zu formen."

6. Reden, Vorworte, Einleitungen

Die hier versammelten Texte sind chronologisch nach ihrer Entstehungszeit, die auch weitgehend die Reihenfolge der Veröffentlichungen ist, angeordnet.

a. *Maximilian Harden*
Vorlage: *Wiener Allgemeine Zeitung*, 20.4.1892, S. 7-8. Dieser Artikel ist die erste Veröffentlichung Beer-Hofmanns. Der Essay galt lange als verschollen. Er tauchte erst kürzlich bei Recherchen von Ursula Renner-Henke für die Herausgabe von Hofmannsthals *Reden und Aufsätze 1891-1901* wieder auf. Hans-Georg Schede, der den Hinweisen von Ursula Renner-Henke nachging, konnte die Hintergründe aufklären. Beer-Hofmann hatte den *Harden*-Artikel 1892 an die *Frankfurter Zeitung* geschickt. Am 10.3. fragte Beer-Hofmann bei Schnitzler nach, ob der Artikel erschienen sei. Die Frage blieb ungeklärt. Es war zuvor zu staatlichen Zensurmaßnahmen gegen die *Frankfurter Zeitung* gekommen, die sich auf einen Artikel von Maximilian Harden zurückführen lassen. Die Zeitung druckte daraufhin

Beer-Hofmanns Artikel nicht. Wie er an die *Wiener Allgemeine* kam, ist unbekannt;

b. *Gedenkrede auf Wolfgang Amadé Mozart*

Vorlage: *Frankfurter Zeitung*, 28.1.1906. Nachdruck als Heft von 16 Seiten: Berlin 1906, im Fischer Verlag, und später auch in den *Gesammelten Werken* 1963;

c. *Einleitung zu „Die Hochzeit des Todes" von Ariel Bension*

Vorlage: Ariel Bension: *Die Hochzeit des Todes*. Wien 1920, S. 5-8. Nachdruck später auch in den *Gesammelten Werken* 1963;

d. *Moissi*

Vorlage: *Moissi. Der Mensch und der Künstler in Worten und Bildern*, zusammengestellt von Hans Böhm. Berlin 1927, S. 48-49, später nachgedruckt in den *Gesammelten Werken* 1963;

e. *Vorrede zu „Meine Schüler" von Leon Kellner*

Vorlage: Leon Kellner: *Meine Schüler*. Wien 1930, S. 203-207. Auch in *Neue Freie Presse*, Wien, 3.5.1930, S. 1-2, und später in den *Gesammelten Werken* 1963;

f. *An der Schwelle des Goethe-Jahres*

Vorlage: *Neue Freie Presse*, Wien, 2.1.1932, S. 1. Beer-Hofmann hielt diese Rede am 1.1.1932 im Sender RAWAG in Wien. Der Text wurde auch im Programmheft des Burgtheaters, *Fest-Aufführung des ‚Faust' von Goethe*, nachgedruckt. Dieser Nachdruck lag mir nicht vor. Den Nachweis bringen die *Gesammelten Werke* (S. 896) von 1963, wo die Rede ebenfalls abgedruckt wurde;

g. *Ansprache für Samuel R. Wachtell am 31.10.1943 in New York*

Vorlage: „Ansprache, gehalten an dem ‚Remembrance Meeting' für Samuel R. Wachtell am 31. Oktober 1943 in New York". In: *Literatur und Kritik*, 98. Jg., September 1975, S. 474-476. Herausgegeben hat diesen Text Eugene Weber und ebd. S. 468ff. erläutert. Diese Rede hielt Beer-Hofmann anläßlich einer Gedenkfeier, die von „The Jewish Braille Society of America" veranstaltet wurde;

h. *Rede für Samuel R. Wachtell am 10.9.1944*

Vorlage: wie oben, S. 476-477 unter dem Titel „Rede von Richard Beer-Hofmann gehalten am Grabe seines Freundes Sam Wachtell am 10. September 1944". Hg. wie oben. Beer-Hofmann hielt die Rede bei der Enthüllung des Grabsteins von Samuel Wachtell;

i. *Dankwort*

Vorlage: *Forum*, Wien, 17, 1955, S. 181-182. Der Text ist eine Rück-übersetzung des englischen Originals; der Übersetzer ist unbekannt. Die Rede hielt der Dichter aus Anlaß der Verleihung des „Award for Distinguished Achievement" durch das „National Institute of Arts and Letters" am 18.5.1945 in New York. Der englische Originalwortlaut folgt hier; Vorlage wie g, S. 477-478:

„Acceptance by Richard Beer-Hofmann

Mr. President, Members of the Academy and the Institute, Ladies and Gentlemen:

I am deeply touched by your generous words of appreciation – as I have been by the great honor bestowed upon me since I first received the good news. It so happened that the letter of your secretary, I am sorry he could not be present today, arrived almost the same day on which this country accepted me as a citizen.

More than seventy years of my life I spent in the country of my birth – surrounded by what seemed as self-evident to me as my existence itself. When I came to these shores, I could by no stretch of my imagination foresee that I was to receive again what had been taken from me by tyranny: a home, a working place, a country that was to be mine by choice and by right, and now – this proof of human sympathy, of understanding and recognition. To me – this has come as a lesson in democracy. For: respect for the dignity of man, the basis of democracy, is at the same time the very foundation of any sincere artistic endeavor.

I do not know how well I succeeded in what I did. A writer's work can never hope to be complete. Yet, it was worth trying – if only to learn this lesson. I thank you."

An dieser Stelle danken Herausgeber und Verleger all jenen, die durch ihre Funde und Nachlaßveröffentlichungen wichtige Vorarbeiten zu diesem Band leisteten: Leonhard M. Fiedler, Konstanze Fliedl, Sarah Fraiman, Rainer Hank, Alexander Košemina, Hans-Georg Schede, Stefan Scherer, Eugene Weber u. a.

Werkausgabe und Editionsrichtlinien

Der Plan zu dieser Werkausgabe konnte 1991 konkretisiert werden. Als schwierigste Aufgabe stellte sich die Finanzierung heraus. Glücklicherweise leistete die Universität Paderborn eine Anschubförderung für den ersten Band (Werke 2). Die Adolf-Messer-Stiftung in Königstein und die Speyersche Hochschulstiftung in Frankfurt ermöglichten durch großzügige Hilfen das Erscheinen der weiteren Bände. Hierfür bedanken sich Verlag und Herausgeber herzlich. In der Folge konnten die drei Oberherausgeber weitere Kollegen dafür gewinnen, einzelne Bände zu betreuen. So entstand der Plan, das Werk in sechs Bänden zu edieren, wobei der erste Band mit verstreuten Texten zeitlich und editionslogisch als letzter erscheint. Die sechs Bände und ihre Herausgeber sind:

Band 1: *Schlaflied für Mirjam. Gedichte und Verstreutes*
    Hg. v. Michael Matthias Schardt (1998);
Band 2: *Novellen: Camelias. Das Kind*
    Hg. v. Günter Helmes (1993);
Band 3: *Der Tod Georgs*
    Hg. v. Alo Allkemper (1994);
Band 4: *Der Graf von Charolais u. a. Dramenentwürfe*
    Hg. v. Andreas Thomasberger (1994);
Band 5: *Die Historie von König David u. a. dramatische Entwürfe*
    Hg. v. Norbert Otto Eke (1996);
Band 6: *Paula*
    Hg. v. Sören Eberhardt (1994).

Während eines Heidelberger *Beer-Hofmann-Symposiums* 1995 entstand der Plan, den sechs Bänden zwei Supplementbände folgen zu lassen. Zum einen ist an einen Briefband gedacht, der die verstreute Korrespondenz des Dichters versammelt, die teilweise schon in Zeitschriften publiziert wurde bzw. noch unveröffentlicht ist (Hg. Alexander Košenina 1999); zum anderen konnte Konstanze Fliedl während eines Studienaufenthalts den Nachlaß in den USA sichten. Der relevante und vollständig unbekannte Werkteil wird in einem eigenen Nachlaßband erscheinen (1999).

Während die Bände 1-6 ausschließlich bereits gedruckte Texte beinhalten, werden mit den Supplementbänden vorwiegend unveröffentlichte Werke und Briefe präsentiert. Alle Bände enthalten ein eigens verfaßtes Nachwort des Herausgebers sowie eine editorische Notiz, die darüber Auskunft gibt, wann und wo die Texte zuerst publiziert wurden und welche Abdrucke die Grundlage des Textes bilden.

Im folgenden werden einige Hinweise zu den allgemeinen Editionsrichtlinien gegeben. Die Bände 2, 3, 4 und 6 weisen keine besonderen Editionsprobleme auf. Auf Besonderheiten, Eigenarten und Probleme bei der Edition der Bände 1, 5, 7 und 8 wird hier nicht eingegangen; sie haben als „Editorische Notiz" im Anhang des jeweiligen Bandes ihren natürlichen Platz.

1. Textgrundlage für die Ausgabe ist grundsätzlich der Erstdruck. Die genauen Daten des Erscheinens sind in der „Editorischen Notiz" der einzelnen Bände genannt. Dort sind auch Angaben zu veränderten Neuausgaben, nicht autorisierten Texten, Überlieferungen etc. zu finden, sofern sie die Neuedition betreffen.

2. Die Texte wurden äußerst behutsam in bezug auf einige graphische Varianten modernisiert:

- Th zu t, beispielsweise in „Thür"
- ss zu ß, beispielsweise in „grosse"
- Oe zu Ö, beispielsweise in „Oesterreich"
- i zu ie, beispielsweise in „rasiren"
- c zu z, beispielsweise in „Cypressen"
- y zu i, beispielsweise in „bey".

Des weiteren wurden vereinzelt veraltete Schreibweisen angeglichen, z. B. „giltig" zu „gültig" oder „giebt" zu „gibt".

3. Beibehalten wurden hingegen uneingeschränkt:

- die Zeichensetzung (selbst dann, wenn sie der Dichter, wie im Fall der Apostrophe, teils in ein und demselben Gedicht uneinheitlich benutzte)
- die Groß- und Kleinschreibung
- die Getrennt- und Zusammenschreibung
- die Schreibung der Personalpronomina

— die Schreibung von Eigennamen, Werken und fremden Sprachpartikeln.

Sprachliche Eigenheiten wurden nicht angetastet, sondern lediglich offensichtliche Druckfehler korrigiert.

4. Auszeichnungen (**Fettdruck**, S p e r r u n g e n, <u>Unterstreichungen</u>) werden in dieser Ausgabe einheitlich kursiv wiedergegeben. Bei dramatischen Texten, die typographisch vereinheitlicht wurden, stehen alle Szenenanweisungen *kursiv*. Gibt es hier Auszeichnungen, stehen diese in Standard-Schrift.

5. Alle dramatischen und dialogischen Texte wurden dergestalt typographisch vereinheitlicht, daß Sprecher in KAPITÄLCHEN stehen, Sprechtext standard und Szenenanweisungen *kursiv* gesetzt sind u. ä. Die üblichen Einzüge bei Abschnitten wurden in diesen Texten fortgelassen, wenn es Beer-Hofmann vorgab.

6. Eingriffe oder Ergänzungen der Herausgeber stehen in eckigen Klammern, z. B. bei ausgelassenen Buchstaben wie „habe[n]".

7. Angeglichen wurden letztlich die von Beer-Hofmann uneinheitlich gebrauchten Auslassungspunkte.

G. H., M. M. S., A. T.

Inhalt

GEDICHTE.. 7

Verse (1941).. 8
[Vor dem Bilde Paulas].. 9
Du warst mir gegeben – –.. 10
Schlaflied für Mirjam... 11
Strom vom Berge... 13
Verse des Kaisers Hadrian... 14
Mit einem kleinen silbernen Spiegel.. 15
„Der einsame Weg".. 16
Einer Photographin ins Stammbuch.. 17
Prolog-Entwurf zu einer „Ariadne auf Kreta"............................ 18
Chorus zu „Romeo und Julia"... 21
Echo... 22
Altern... 23
Zu dem Zyklus „Die Historie von König David".......................... 25
I. Chor der Engel.. 25
II. Sang der Ahnen.. 26
III. Prolog-Entwurf zu „Der Junge David"................................ 28
IV. Gesang während des Rauchopfers... 31
Der Beschwörer... 33
Herakleitische Paraphrase.. 34
Erahnte Insel.. 35
Der Künstler spricht.. 37
Maáchas Lied.. 38
Abbild.. 39
Lied an den Hund Ardon – da er noch lebte................................ 40
Ferne Hand... 44

Gedichte aus dem Nachlaß... 45
Auf das Feuilleton von Berger über Arthur................................. 46
[Und lest ihr].. 47
Leopoldskron.. 48
In das Stammbuch eines Schauspielers.. 49

[Miß nicht Dein Leben] 50
Hintergrund 51
Rolandsrufen 52
Ins Stammbuch von Hilla Fischer 53
1001 Nacht, aus der 303. Nacht 54
Widmung an Moritz Heimann 55
Du! 56
[Ich wollt'] 57

PANTOMIMEN 59
Pierrot Hypnotiseur 61
Das goldene Pferd 116

PROSASKIZZEN 181
„Was sich nicht ausdrücken läßt" 182
Stumme Szenen 183
Nebenfiguren 183
Katzen 184
Sonnensysteme 184
„Ultra Posse" 185
Hirten und Bauern 185
Frömmigkeit „auf den ersten Blick" 186
Klima 187
Von seinen „Pairs" gesehen 187
Form-Chaos 187
Kein Regenschirm 189
Die „Vorzugs-Schüler" 189
Austriazismus 189
Die Beschenkten 190
Von einer Dichtung reden 191
Fang der Tief-See 192
„Die blasse Kaiserin der Nacht" 193
Vorspiel im Himmel 193
Gottes Frömmigkeit 194
Ur-Zeit des Wortes 194
[Dichter] 195

Der Freund der Worte 196
„Diesseits – Jenseits" 196
Nestroy 196
Schönheit der Dinge 197
Entgeheimnissung 197
Vor-Rechte 198
„Zeit ist Geld" 198
Gezähmte Triebe 199
„Ursache" 199
Das Unwiderrufliche 199
Chronist des Fatums 199
„Beruhigend" – „beunruhigend" 200
[Gottesfriede] 200

DRAMATURGISCHES 201
Verkaufte Geliebte 203
Das Echo des Lebens 206
Eine Bearbeitung von
„The Winter's Tale" von Shakespeare 217
Reinhardts Genie 228
Legende um Iphigenie 232
Übersetzung von Shakespeares „Richard II" 249
Die „Faust"-Aufführung im Burgtheater 271
Die Ziele meiner „Faust"-Inszenierung 272

REISE-AUFZEICHNUNGEN 275
Italienische Reise-Aufzeichnungen, 1894 277
Reise-Aufzeichnungen April 1936. Heiliges Land 285

REDEN, VORWORTE, EINLEITUNGEN 295
Maximilian Harden 297
Gedenkrede auf Wolfgang Amadé Mozart 305
Einleitung zu „Die Hochzeit des Todes" von Ariel Bension 311
Moissi 313
Vorwort zu „Meine Schüler" von Leon Kellner 314

An der Schwelle des Goethe-Jahres 318
Ansprache für Samuel R. Wachtell am 31.10.1943 in New York ... 321
Rede für Sam Wachtell am 10.9.1944 325
Dankwort 326

M. M. SCHARDT: NACHWORT 329
Editorische Notiz zu Band 1 354

Werkausgabe und Editionsrichtlinien 366

Richard Beer-Hofmann im Igel Verlag

WERKAUSGABE

Werke I: *Schlaflied für Mirjam*. Lyrik. Br., 380 S., 34,90 Euro;
2. unveränd. Aufl. (TB) ISBN 978-3-86815-539-6.

Werke II: *Novellen*. Gb. 128 S., 21,- Euro;
ISBN 978-3-927104-40-2.

Werke III: *Der Tod Georgs*. Roman. Gb. 152 S., 24,- Euro;
ISBN 978-3-927104-70-9.

Werke IV: *Der Graf von Charolais*. Gb. 276 S., 29,- Euro;
ISBN 978-3-927104-71-6.

Werke V: Die *Historie von König David und andere dramatische
Entwürfe*. Gb. 570 S., 44,- Euro; ISBN 978-3-89621-011-1.

Werke VI: *Paula. Ein Fragment*. Br. 264 S., 27,90 Euro;
2. unveränd. Auf. (TB) ISBN 978-3-927104-540-2.

Werke VII: *Briefe 1895-1945*. Gb. 480 S., 34,- Euro;
ISBN 978-3-89621-100-2.

Werke VIII:*Der Briefwechsel mit Paula*. Gb. 512 S., 34,- Euro;
ISBN 978-3-89621-117-0.

Borchmeyer, Dieter (Hg.): *Richard Beer-Hofmann: „Zwischen
Ästhetizismus und Judentum"*. Symposion Heidelberg 1995. Br.,
188 S., 44,00 €; 2. unveränd. Aufl. ISBN 978-3-86815-534-1.

Daniel Hoh: *Todeserfahrungen und Vitalisierungsstrategien im
frühen Erzählwerk Richard Beer-Hofmanns*. Br. 140 S.,
30,- Euro; ISBN 978-3-89621-215-3.

Karin C. Inderwisch: *Augen-Blicke bei Richard Beer-Hofmann*.
Br. 164 S., 34,- Euro; ISBN 978-3-89621-063-0.

Tim Krechting: *Richard Beer-Hofmanns jüdisches Denken. Eine
theologische Werkanalyse unter besonderer Berücksichtigung
der "Historie von König David"*. Br. 300 S., 44,00 Euro;
ISBN 978-3-86815-503-7.

Elke Surmann: *Tod und Liebe bei Richard Beer-Hofmann und
Arthur Schnitzler*. Br. 114 S., 34,- Euro;
ISBN 978-3-89621-148-4.

www.ingramcontent.com/pod-product-compliance
Lightning Source LLC
Chambersburg PA
CBHW030345120726
47901CB00007B/1913